古典文獻研究輯刊

二九編

第 **21** 冊

茗花齋雜稿（下）

王星琦 著

國家圖書館出版品預行編目資料

茗花齋雜稿（下）／王星琦　著 -- 初版 -- 新北市：花木蘭文
化事業有限公司，2024〔民 113〕
目 2+236 面；19×26 公分
（古典文學研究輯刊　二九編；第 21 冊）
ISBN 978-626-344-571-0（精裝）
1.CST：中國文學 2.CST：文學評論 3.CST：文集
820.8　　　　　　　　　　　　　　　　112022465

古典文學研究輯刊
二九編　第二一冊　　　　　　ISBN：978-626-344-571-0

茗花齋雜稿（下）

作　　　者　王星琦
總 編 輯　杜潔祥
副總編輯　楊嘉樂
編輯主任　許郁翎
編　　　輯　潘玟靜、蔡正宣　美術編輯　陳逸婷
出　　　版　花木蘭文化事業有限公司
發 行 人　高小娟
聯絡地址　235 新北市中和區中安街七二號十三樓
　　　　　　電話：02-2923-1455 ／傳真：02-2923-1452
網　　　址　http://www.huamulan.tw 信箱 service@huamulans.com
印　　　刷　普羅文化出版廣告事業
初　　　版　2024 年 3 月
定　　　價　二九編 21 冊（精裝）新台幣 56,000 元　　版權所有 · 請勿翻印

茗花齋雜稿（下）

王星琦 著

目次

關於「九儒十丐」——讀書札記一則

人們說到元代知識分子社會地位低下，每每言及「九儒十丐」，即「九儒十丐」說一向頗為流行，以至時下仍不乏有學者以此說事，將其當作可徵信之說。事實上這是一種誤讀。

所謂「九儒十丐」，其出處有二：

其一是南宋詩人謝枋得《疊山集》卷六《送方伯載歸三山序》：「滑稽之雄，以儒為戲者曰：『我大元典制，人有十等：一官二吏，先之者貴之也；七匠八娼，九儒十丐，後之者賤之也。』吾人品豈在娼之下、丐之上乎。」這顯然是玩笑語，「滑稽之雄，以儒為戲者曰」一句不可割斷或無視。這句話譯為語體，就是：最為滑稽可笑的是拿儒生戲謔打趣者所說的……汰除了這句話，只取後面所言，便是典型的斷章取義。無論有意還是無意，均誤己誤人。

其二是宋末元初詩人鄭思肖《心史》（下）《大義略序》：「韃法：一官，二吏，三僧，四道，五醫，六工，七獵，八民，九儒，十丐，各有所統轄。」且不論《心史》是一部偽書已成定論，退一步說，這裏分明說的是編戶制度，即諸戶部均各有管理部門，並未涉及人之等第高下，尤為值得注意的是，此所言「七獵，八民」，與謝疊山所言之「七匠，八娼」亦不相侔。若是成法，豈有歧異之理。元代本有儒戶、醫戶、樂戶、獵戶等稱謂，可知其戶籍管理與其他朝代略有不同。這裏若是刪去了「各有所統轄」一句，亦屬斷章取義了。

近日翻檢，知前輩學者對「九儒十丐」說早有說法。如范文瀾先生認為，此或為當時降元之儒士無恥可賤，行同乞丐，故民間有此傳說。（參見《中國通史簡編》）陳垣先生說得更為明確：「九儒十丐之說，出於南宋人之詆詞，不

足為據。」〔註1〕惜前輩只有結論，並未展開來詳加考索論辯，以至時至今日，不時尚有人以「九儒十丐」說當作可徵信的材料以說事，故筆者意欲略加辨析。

當然，前輩學者中亦有持不同看法者。如鄭天挺先生就在引述《元史》卷八十一《選舉製序》等有關材料之後說：「九儒十丐之等第必在太宗提倡儒術之前也」〔註2〕這又是基本上肯定了「九儒十丐」說，只是在時間斷限上略持異義。窩闊台採取耶律楚材建言，以儒術選士，儒生之地位自是與前不同，然言此前之等第如此嚴格區分，實際上亦屬荒唐。況且，元太宗時代，元蒙並未統一中原，尚屬通常所稱之蒙古時期，人們習慣上是將元世祖忽烈統一天下之後，即從公元 1279 年以後才稱為元代的。鄭先生似亦意識到其說之含混，故又稱「案，此或是社會上對職業高下的看法。」這就與范文瀾先生「民間傳說」的說法相近了。此外，清人王士禛《居易錄》卷三論《燕石集》謂：「元時崇文如此，或謂九儒十丐當是天曆末行科舉之前語。」（按，天曆應作延祐）這又是一種推測之辭，認定「九儒十丐」說可信，唯時間斷限上有疑點罷了。

以上諸家之說，推斷者多，確鑿者稀，當以陳垣先生的說法較為可取。但不必是「南宋人詆詞」，戲謔之言不可徵信，難以為據。指出「九儒十丐」說之不可信，並非是說元代士人社會地位不低，甚或與其他朝代無異，而是說這個問題較為複雜。不僅是前面提及的太宗倡儒術前後和延祐恢復科考前後，元代士人的地位明顯不同，其實各個時期都不相同。這是因為元蒙統治者對漢族士人的態度並非一以貫之。至元時期（1279～1294），世祖忽必烈金蓮川幕府中的漢族幕僚，皆被委以重任，地位不可謂不高。如劉秉忠、竇默、許衡、姚樞等，都是明例。其中劉秉忠最有代表性，至元初拜為光祿大夫，位至太保，參預中書省事。歿後追贈太傅，封趙國公，諡文貞。此外，元英宗碩德八剌曾採取一系列改革措施，廣泛起用漢族官員和儒士，如張珪、王約、吳澄、王結、韓鏞等人一時均被重用，同時大力薦舉人才，選拔賢能，推行漢法。元文宗圖歡貼睦爾在位期間，創建奎章閣，編修《經世大典》，封贈先儒，親祀南郊，頗有意於興漢法，舉文治。每當此時，漢族士人的地位就相對較高。因此，不能籠統地說元代漢族儒士社會地位低下，此一時彼一時，情況是非常複雜的。儘管從總體上看，元代儒士與其他封建王朝相較，社會地位有著很大的不同，

〔註 1〕陳垣：《西域人華化考》，見《中國現代學術經典·陳垣卷》第 175 頁，劉夢溪主編，河北教育出版社 1996 年版。
〔註 2〕鄭天挺：《元史講義》第 106 頁，中華書局 2009 年版。

尤其是與宋代相比，明顯要低得多。但總是以「九儒十丐」來說明元代儒士社會地位低下，既顯得空泛，又因材料之不可靠而缺乏說服力。

附帶說到，臺灣學者王明蓀先生對「九儒十丐」說的看法，相對較為客觀，也近於變通。他在《元代士人與政治》第三章中寫道：「元代的戶計是以蒙古式為主揉合漢制而成，在這種複合性質中的『儒戶』，顯然士人的地位沒有被特別強調，也使士人不成其四民之首了。但『儒戶』也絕不是淪落到『九儒十丐』的地位，相反地，不僅屬賤民的娼、丐絕不能與之相比外，即使一般的民戶，以及軍、匠、站等戶也不如。『儒戶』所受的待遇，大致相當於僧、道等宗教團體類似的待遇，至少是屬中等階級，甚至可擠於上層階級中。若與其他各代相比，元代士人差在入仕方面質的機會，以及社會上所受敬重等二者為最顯著。」〔註3〕入仕機會好理解，廢止科考近八十年，延祐間恢復後，也是時斷時續，「質的機會」自然無從談起了。「社會上所受敬重」與入仕機會之間是有內在聯繫的。不入仕途，社會上就不尊重你，拿你開玩笑也就順理成章了。玩笑而近於誇張，便有了「九儒十丐」之說，大約相當於今之「段子」之類吧。

原載《南京師範大學文學院學報》2015 年第 1 期

〔註 3〕王明蓀：《元代士人與政治》第 199～200 頁，臺灣學生書局 1992 年版。

元人套數中的「獨幕劇」

一

　　在中國古代韻文史上，元散曲中的套數形式，的確是極為獨特的。從純粹文體的意義上來審視，它真的有些四不像。說它類於詩或詞，似不成問題；若將其視為說唱類，亦未始不可。這是因為套數乃由纏令發展而來，又與諸宮調有著某種淵源聯繫，十分顯然，它有著很強的敘事性功能。此外，元人套數中又有不少作品是向戲劇靠攏的，劉永濟先生就曾說過：「散曲者，詩餘之流衍，而戲曲之本基也。」〔註1〕即是說，由小令而套數，再由套數而戲曲，演進之跡甚明。我們知道，元雜劇最基本的形式體例為四折一楔子，四折戲便是四套曲，合起來敷演出一個完整的故事。對於元劇這種體例，趙景深先生曾大為讚賞，說「倘若一折勉強相當於西洋一幕的話，那麼這種一本四幕，倒是與歐洲近代易卜生之類的戲劇暗合的。我覺得這比南戲動輒三四十齣鬆懈的結構要好得多。結構既緊湊，時間又經濟，真是最理想的」〔註2〕就一般規律而言，事物發震總是由簡單趨向複雜，再歸於高層次的、螺旋式上升的簡單。俄羅斯的戲劇理論家霍洛道夫曾談到一個耐人尋味的戲劇結構向題：「很有趣的是，每一個民族的戲劇根據不同的時代，在獨特的幕次數目方面都有著自己的傳統。例如，古西班牙戲劇主要是寫成四幕。洛普·德·維加在確立三幕劇傳統的時候，曾經諷刺說『這些古西班牙喜劇的作者像嬰兒一樣，是用四肢爬著走

〔註1〕劉永濟：《元人散曲選·序論》第1頁，上海古籍出版社1981年版。
〔註2〕趙景深：《讀曲小記》第1頁，中華書局上海編輯所1960年版。

的』。」〔註3〕我國的宋雜劇通例為三段，元雜劇則為四折。雖說段、折未必等同於幕，其間還是有很多差異的，段、折與音樂組織單元不可分割，但從戲劇結構的意義上還是有通同之處的。因為中國古代戲曲音樂組織的一個單元，也恰是故事情節的一個段落。如此看來，元人套數是同一宮調的一套北曲，元雜劇的一折戲曲，也同樣是同一宮調的一套北曲套數，至少在音樂組織上有一致之處。

從戲劇學的本質上來審視元人套數中的一些傑作，的確有不少作品具有濃厚的戲劇性，其中特別典型的作品，甚至徑可視為「獨幕劇」。如杜仁傑的〔般涉調・耍孩兒〕《莊家不識勾欄》套，馬致遠的同調牌《借馬》套以及睢景臣的〔段涉調・哨遍〕《高祖還鄉》套等等，即是如此。前輩與時賢似乎都在不同程度上注意到了這個問題，惜未深入闡發，故未曾引起人們的重視。實際上這個問題關涉到文體遞嬗以及元雜劇成因研究，同時中國戲曲的一些基本特點與結構形態亦與此密切相關。王國維在談及「元雜劇之淵源」時，曾列舉了宋金雜劇院本、大曲、法曲、詞以及諸宮調、纏達等對元雜劇的影響，從敘事與代言兩端來探求元劇成因，謂「由元劇之形式材料兩面研究之，可知元劇雖有特色，而非盡出於創造；由是其創作之時代，亦得而略定焉」。〔註4〕所謂「非盡出於創造」，指的正是雜劇中所融入的其他藝術形式，由纏令、纏達直至套數的形式，無疑是雜劇體例既成的一個重要的基礎。如從敘事與代言兩個方面衡之，套數已具備了最基本的戲劇性因素。劉大杰先生在談及《高祖還鄉》套時就認為：「這一套散曲，實際上是一幕諷世的喜劇。有排場、有人物，有各種語言和動作，並且還有音樂。寫得那麼自然、生動，而又結構嚴謹。」〔註5〕這無疑是一種獨到的見解。因為這個見解既揭示了套數的某些本質特徵，而且洞徹幽微，為探討套數的戲劇性內蘊及其與雜劇文學的血肉聯繫，作了有意義的開掘。李昌集先生在談到杜仁傑的《莊家不識勾欄》套時，也指出：「作者在曲中模擬一鄉民形象，誇張其憨傻淳樸，虛構了一齣『鄉下人進城』的滑稽小品。」並斷言「在以前的文人詩歌中，如此世俗化的形象還未有過」。甚至認為杜仁傑是散套中「此格的開創者」，其「對以後的散曲影響極

〔註3〕（俄）霍羅道夫：《戲劇結構》第29頁，李明琨、高士彥譯本，華東師範大學出版社1981年版。
〔註4〕《王國維戲曲論文集》第62頁，中國戲劇出版社1984年版。
〔註5〕劉大杰：《中國文學發展史》第790頁，上海古籍出版社1982年版。

大。劉時中的《代馬訴冤》套即沿用其體；睢景臣的《高相還鄉》套，在立意、敘事方式和語言上受杜仁傑的影響則更為明顯」。〔註6〕趙義山先生也看出了《莊家不識勾欄》套濃厚的戲劇性：「全曲從頭至尾純以代言體敘事，極其生動，富於戲劇性。〔註7〕（以上著重號為引者所加）至於此套中濃重的滑稽戲謔色彩，溯其源頭，亦中國戲劇之正宗，與古優諷諫的喜劇性傳統有著明顯的聯繫。說得近一些，杜仁傑是受到了宋金雜刷院本的影響。李昌集以為杜氏「此套本身即摹仿了宋雜劇中『雜扮』的創作方式」，同時引吳自牧《夢粱錄》卷20「妓樂」條作根據。其實耐得翁《都城紀勝》也有類似記載，且信息似乎又略多一些：

「雜扮」或名「雜班」，又名「紐元子」，又名「拔和」，乃雜劇之「散段」。在京師時。村人罕得入城，遂撰此端，多是借裝為山東、河北村人，以資笑端。今之「打和鼓」、「燃梢子」、「散耍」是也。

可知《莊家不識勾欄》套正是沿襲了這種「借裝為山東、河北村人，以資笑端」的宋雜劇「散段」風習，所不同在於宋雜劇與金院本乃以說為主，而此套則是可唱之曲了。然精神上以滑稽諧謔為指歸，卻是一致的。「打和鼓」、「拔和」都有一個「和」字，即伴奏，看來「散段」這種相對獨立的、以說為主的表演形式，是要以鼓、拔（鈸）來伴和的，即以簡單的打擊樂器以作伴奏。「燃梢子」當與「豔段」呼應，按陶宗儀《輟耕錄》中的解釋，「豔段」即「焰段」，乃是「取其火焰易明而易滅」之義，它既簡短，又有引子的意味。在唐宋大麯曰「豔」，在宋雜劇則作「焰」，其義相彷彿。這樣看來，在前為「焰段」，在後便是「燃梢子」。「梢」在這裏當為「尾」之義；「燃」固亦取「易明而易滅」義，謂其短也。前有「豔段」，後有「燃梢子」、「散段」，合為四段，宋雜劇的這種形式與元雜劇的通例四折，應是一脈相承的。雜扮（又寫作雜班）原本是相對獨立的形式，在納入宋雜劇演出時，內容上也是相對獨立的，與正雜劇內容往往不涉，因此，它在根本上就具有獨幕劇性質，而摹仿它的套數，自然也就帶有明顯的「獨幕劇」（或稱小型喜劇、喜劇小品、喜劇片斷）烙印。順便說到，宋雜劇中的「焰」「燃」之稱謂，都與火有關，而宋金院本，又有「爨弄」之別稱，據黃天驥先生考證，均與古代西南彝族為代表的少數民族火崇拜有關。古爨國的民間歌舞在宋代傳入中原，不僅影響了宋金雜劇院本，而且對

〔註6〕李昌集：《中國古代散曲史》第447～478頁，華東師範大學出版社1991年版。
〔註7〕趙義山：《散曲通論》第182頁，巴蜀書社1993年版。

元雜劇以及中國戲曲表演體制的成熟，起到了催化作用。〔註8〕至於稱作「紐元子」，一般認為與後世戲曲中的醜行有關，如耐得翁《都城紀勝》中就說：「今之丑腳蓋紐元子之省文。」總之，這種相對獨立的以說為主的雜扮，以鼓、拔（鈸）以作伴和，它有簡單的故事情節，又是代言體的，稱其謂小型喜劇是不成問題的。而《莊家不識勾欄》套，既模仿雜扮，其具有戲劇性特徵，也就成了自然而然之事，因此，它在散曲史上與戲曲史上有著雙重的意義，值得深人探究。

二

我們說元人套數的部分傑作具有明顯的戲劇性，甚至從某種意義上逕可將其視作「獨幕劇」，當然是從今天的戲劇學意義上而言的，而元人對散曲和戲曲的文體意義並非像我們今天這樣銖兩悉稱，區分得涇渭分明的。我們知道，元前期雜劇作家往往將「散曲意識」帶入雜劇創作中去，「文人首先是在作『曲』，而不是在作『劇』——將傳統的『歌謠意識』，帶入戲曲便勢在不免，在整個古代戲曲史上，『以曲為本』的現象都極為普遍」。〔註9〕這幾乎是一個不爭的事實。白樸的《梧桐雨》、馬致遠的《漢宮秋》都是明例，就連關漢卿的《單刀會》，也程度不同地存在著這樣的情況。套數而似劇，雜劇卻如抒情詩，這是個有趣的現象。「曲意識」之中有自覺不自覺的「劇意識」，而「劇意識」之中又夾帶者濃重的「曲意識」，這種文體意識的不確定性在整個古代戲曲史上都有影響，甚至形成了中國戲曲一個基本藝術特色。即使到了晚明文人「劇意識」強化以後，其影響依然存在。《長生段》之《哭像》齣、《桃花南》之《餘韻》齣，可資為證。問題在於散曲的兩種最基本形式中，套數與小令在性質、特點上實有很大的不同，令雅而套俗，其趣大異。燕南芝庵《唱論》謂「套數當有樂府氣味，樂府不可似套數」；周德清在《中原音韻》中亦大倡「有文章者謂之樂府」，而「無文飾者謂之俚歌，不可與樂府共論也」；又云：「套數中可摘為樂府者能幾？」重雅而經俗的傾向至為明顯。這裏所謂的「樂府氣味」、「有文章者」，皆指傳統的歌辭意識，即傳統詩學意識，而對作劇意識則顯然是排斥的。元人引以為榮的、自認為可與唐詩、宋詞比併共稱的，正是所謂「大元樂府」。而「大元樂府」主要是指令曲，絕大多數套數，特別是《莊

〔註 8〕參見黃天驥《「爨弄」辨析——兼談戲劇文化淵源的多元化問題》，《文學遺產》2001 年第一期。

〔註 9〕李昌集：《中國古代散曲史》第 54 頁，華東師範大學出版社 1999 年版。

家不識勾欄》一類俗味十足，向戲劇靠攏的套數是不得闌入的。那麼，杜仁傑
這位曾以詩名世的文人士夫，緣何對套數如此垂青，同時又出手不凡呢？這恐
怕主要是受了宋元之際新思潮的激蕩和影響，他與當時的一些書會才人一樣，
對俗文學的勃興起到了推波助瀾的作用。郝經在《青樓集·序》中，就將他與
白樸、關漢卿等相提並論，謂其「不屑仕進，乃嘲風弄月，留連光景」。顯然，
在《莊家不識勾欄》中，作者帶著濃重的遊戲意識和調笑意識，便是「嘲風弄
月，留連光景」。或許杜仁傑緣詞調中的〔調笑令〕而來，沿大曲──轉踏──
唱賺等形式的遞嬗演變，再直接或間接受到宋金雜劇院本的啟發，寫成了這一
類乎詞似散曲更近於戲劇的傑作。若果是如此，那他在創作中還帶著填詞的意
識，或稱為歌辭與樂府意識。但我們更重視其中的作劇意識，其對元雜劇的走
向成熟，至少起到了探路人的作用。這樣看來，關漢卿「一空依傍，自鑄偉
詞」，以及「初為雜劇之始」的推斷便值得懷疑了。事實上，一體文學的產生，
原因很複雜，應該是綜合作用的產物。在劉時中的套數〔雙調·新水令〕《代
馬訴冤》中，我們看到了明顯的《莊家不識勾欄》的影響。自然，戲劇性在其
中或顯或隱也是不言而喻的。首先，此套中馬的意象被賦予了隱喻性和象徵
性。馬之冤，曲折反喚的正是人之冤，是元代士人的憤懣、牢騷，乃是借馬以
發攄鬱勃、困頓之怨懟與苦悶。套曲之首曲即開宗明義，一吐為快：

世無伯樂忽他誰？乾送了挽鹽車騏驥。空懷伏櫪心，徒負化龍
威。索甚傷悲？用之行捨之棄。

劈頭便是不平之鳴和恃才傲物的牢騷。良馬不遇伯樂，只能困挽鹽車。「挽
鹽車」之典，出於《戰國策·楚四》之「汗明見春申君」章，說到底無非是汗
明負才而受厄，屈居窮巷，偃塞日久，希望得到春申君的薦拔。這裏是以良馬
拉鹽車以喻元代人才的被埋沒。以下分別化用曹操《步出夏門行》詩句和梁任
昉《述異記》中穆天子飼八駿化為龍駒事，又以《論語·述而》中「用之則行，
舍之則藏」以作自我解嘲。就中既有悲慨與怨憤，也有欷惋與無奈。總之，表
面上處處皆言馬，骨子裏字字隱喻人。這正是元代士人與元蒙統治者最直接、
最激烈的衝突，其與鄭德輝在《王粲登樓》雜劇中，以及馬致遠在《薦福碑》
雜劇中所宣洩的憤激之辭可以說是異曲同工，精神上完全相通的。此套數中
「命乖我自知，眼見的千金駿骨無人貴」（〔駐馬聽〕）；「為這等乍富兒曹，無
知小輩，一概地把人欺」（〔甜水令〕）；「為此輩無知，將我連累，把我埋沒在
蓬蒿，失陷污泥」（〔折桂令〕）等，可與《薦福碑》、《王粲登樓》中的曲詞對讀

並觀，互相發明。「挽鹽車」之馬，實質上正是王粲、張鎬等人物形象的一種變形，最終又都是元代士人藉以發攄胸臆的載體（或言中介）。可見《代馬訴冤》套與《薦福碑》等雜劇之立意旨趣是同出一轍的。比較而言，套數似乎更迂回、更曲折、更饒情趣。因而我們是不是可以說，《代馬訴冤》本質上是戲劇的，其所包合的戲劇性因子豈止是代言體而已？其中誇張、擬人、象徵乃至寓言性手法的運用，特別是內心獨白形式的巧思，更增強了它的表現力。其次，是此一格套數在一時期形成了一種小氣候，如姚守中的《牛訴冤》、曾瑞的《羊訴冤》以及馬致遠《借馬》等，在命意題旨上均與劉時中的《代馬訴冤》有通會之處。從大處著眼，無非是懷才不遇，憤世嫉俗，對現實社會顛倒賢愚、魚龍不辨的用人制度怨氣衝天。其中馬致遠的《借馬》套，思想藏得更深，表現手法也更曲折，戲劇性也更為濃重。關於《借馬》的思想內涵，筆者曾在《元明散曲——大俗之美的張揚與泛化》中，作過這樣的探究：「此作滑稽背後怕也有憤世嫉俗的情緒在，骨子里正是元代士人的『二難情結』。士之被喻為千里馬，是由來已久的。元代為生計所迫，許多人不得不走上為人驅使的吏途，有抱負的士人為吏，無異於好馬被趕上險途惡路。借用馬，亦耐人猜詳。漢族士人出仕蒙古新朝，都有一種為客、寄身之感，便是『借』了。當然，此套有多義性，甚至從構思到行文也許只服從『有趣』二字，乃是戲筆，我們的臆想與猜測只是想拓寬一下思路，難以坐實。」〔註10〕如果我們的思路在此基礎上再開闊一些，聯繫馬致遠的〔天淨沙〕《秋思》小令，似更覺元散曲中馬的意象著實值得深入探究。「古道西風瘦馬」與「斷腸人在天涯」之間實質上是連為一體的，馬亦人，人亦馬，都是一種邊緣的、失落的意象，也是一種孤淒、悲涼的意象。讓我們再回到《借馬》套中：主人是那樣愛惜看承自己的馬，一念之差借與別人了又大後其悔，就裏豈不就藏著馬求知音，企附賢主看承與愛惜的意味嗎？如果說元散曲中馬的意象確有深層意蘊的話，那麼，其大約就是曲折反映了士人們做簿書小吏，為人所役使，同時內心又極為不平衡的嚴酷現實。六文苑的〔南呂·一枝花〕套中亦有云：「盡是些喧曉日茅簷燕雀，故意困鹽車千里驊騮，英雄肯落兒曹彀？」（〔梁州〕）「鹽車」之典在不同作者的不同作品中反覆出現，實是對元代黃鍾毀棄、瓦釜雷鳴用人制度的憤極之言，或者說是對小人得志、賢才困窘的社會現實的揭露與批判。明乎此，元散曲中的

〔註10〕王星琦：《元明散曲——大俗之美的張揚與泛化》第 94 頁，廣西師範大學出版社 1999 年版。

馬的意象庶幾可得訓釋。

揭示出這種隱蔽在作品背後的深層意蘊,更加深了我們對此類作品富於戲劇性特徵的印象。在這些巧妙運用擬人化或帶有寓言性特徵的套數中,代言體為其共同之處,儘管它們情節簡單,且多為內心獨白式的,然其中的戲劇性傾向卻是很明確的。由於突出的動作性貫穿於整個作品之中,我們便有足夠的理由將其視為獨幕劇。馬丁‧艾思琳說得非常清楚:「關鍵是著重強調動作。因此戲劇不單純是一種文學形式(雖然一齣戲裏所用的言語一經寫下來後,可以看作是文學作品)。戲劇之所以成為戲劇,怡好是由於除言語之外的那一組成部分,而這部分必須看作是使作者的觀念得到充分表現的動作(或行動)。」〔註11〕杜仁傑、劉時中以及馬致遠等曲家,觀念上受到俗文學思潮的激蕩,他們在一些套數中特別注重「動作性」,且尤精於內心獨白式的「動作」描寫,這可以說是「動作中的動作」。弗賴塔克說得好:「所謂戲劇性,就是那些強烈的、凝成意志和行動的內心活動,那些由一種行動所激起的內心活動;也就是一個人的萌生一種感覺到發生激烈的欲望和行動所經歷的內心過程,以及由於自己的或別人的行動在心靈中所引起的影響;也就是說,意志力從心靈深處向外湧出和決定性的影響從外界向心靈內部湧入;也就是一個行為的形成及其對心靈的後果。」〔註12〕在所有類於獨幕劇的元人套數中,人物內心活動過程和行為的形成,都與社會的殘酷性和決定性影響密切關聯,往往寫來層次感極強。而所有這一切對心靈所造成的後果,又多是悲劇性的。即在喜劇性情調的背後,潛藏著濃重的悲劇況味,這與元前期雜劇的基調也是吻合的。亦即除了憤懣牢騷之外,對現實又萬般無奈,失落與痛苦彷彿是一種宿命。

三

最具內心獨白特色的元人套數,還得要推董君瑞〔般涉調‧哨遍〕《硬謁》套。此套堪稱元人套數中的傑作,也是最具戲劇性的套數中極有說服力的一個範例。然長期以來此套似未曾引起人們的足夠重視。君瑞生卒年、字號均不詳,只知他是冀州(今河北省衡水市冀州區)人,鍾嗣成《錄鬼簿》將其列為「方今才人,聞名而不相知者」一類。從他的作品中可以推斷出,與元代大多數漢

〔註11〕（英）馬丁‧艾思琳:《戲劇剖析》,羅婉華譯本,第6頁,中國戲劇出版社,1981版。

〔註12〕（德）古斯塔夫‧弗萊塔克:《論戲劇情節》,張玉書譯本,第10頁,上海譯文出版社,1981年版。

族知識分子一樣，他一生仕途偃蹇，四處飄蓬，落寞鬱勃，牢騷滿腹：「十載驅馳逃竄，虎狼叢裏經魔難。居處不能安，空區區歷遍塵寰。遠遊世間，波波漉漉穰穰勞牢，一向無程限，劃地不著邊岸。鏡中空照，冠上空彈。詩書有味眼空花，歲月無情鬢成斑。」〔〔般涉調‧哨遍〕〕空老浩歎，大半生屈居人下，這對志在功名的士人來說，無疑是殘酷的磨難。從《硬謁》套首曲結句「長鋏歸來，壯志難酬，功名運晚」來看，他可能晚年在仕途上小有所成，然而此時已是眼花鬢斑，桑榆暮景，便是有個「以儒補吏」之類的際遇，也是食之無味，棄之可惜了。細繹此套，大有自述平生之意。〔么〕曲中說：「腹內間，五車經典，七步文章，到處難興販。半紙虛名薄官，飄零吳越，夢覺邯鄲。碧天鳳翼未曾附，蒼海龍鱗幾時攀？困此窮途，進退無門，似羝羊觸藩。」這個「半紙虛名薄官」，究為何職？已無從考索，顯然與他的才學不相稱，距他的抱負相差甚遠就是了。《錄鬼簿》董氏小傳中有「隱語、樂府、多傳江南」語，正與〔么〕中「飄零吳越」相合。套曲的前三曲，概括了其一生的顛沛流離、仕途多舛，實具自述性質。有趣的是在「進退無門」「羝羊觸藩」（謂羊角卡在藩籬間，乃進退兩難之義，語出《易‧大壯》）的無奈之中，孤高狷狂、清正自守的節操便保不住了。面對混濁腐敗的官場和貪緣攀附的世風，這位「眼花鬢斑」的老先生，不得不低頭折腰，萬般無奈地去走跑官買官的路頭了。

題目是《硬謁》，本就很有意味。「謁」，好理解，是進謁、干謁之義，又叫干祿。用今天的話來說，就是走門子拉關係跑官買官。關鍵在「硬」字，俗語中謂不善某事而勉力為之，即「硬是」、「非要……不可」的意思。故標題暗合自我解嘲、苦笑不得的意味。這就為全篇定下了既有幾分滑稽，又透出濃厚的悲劇性之基調，注定了全篇以喜劇筆調寫悲劇的特色，大可玩味。特別值得玩味處更在於：此套揭露社會的腐敗不遺餘力，寫活了人物，寫透了事體，以至使我們不僅對元代，甚至對整個封建社會的政治腐敗，都有深刻的認識，謂其是古代貪污腐敗史上活的材料，當不為過之。人們常稱元曲是「活的文學」，此足資為一力證。套曲在當時看來，絕對是通俗的，但由於大量運用當時市井熟語、俗語、謠諺甚至隱語、切口，今天讀來障礙不少，即很難讀懂。目前已有的少數注本，也只限於注出一般典實，幾無助於讀者疏通全文。因此，下面我們不得不一邊箋釋一邊作些分析，其戲劇性特徵亦隨之豁然。從第三曲開始，套曲漸入佳境，好在寫得細微生動，妙趣橫生：

〔耍孩兒〕待向人前開口羞赧，折腰處拳拳意懶。這回不免向

君前，曲弓弓冒突臺顏。故來海上垂釣線，特向津頭執釣竿，有意
相侵犯。將你個高門諂媚，小子相干。

這裏描寫的與前兩曲君子固窮，卻不肯折腰，困頓受厄又怨天尤人的態度
大相徑庭，當然是不得已而為之。你看這位硬謁者，心裏想的與面上做的全然
不是一回事；一方面「曲弓弓」連連「諂媚」；一方面心裏又以李白自況，罵
高門權貴為「小子」。真可謂寫盡了人情世態的極微曲、極真切之處。傳神阿
睹，莫過於斯。以下的〔六煞〕曲，是硬謁者當面吹捧執掌權柄者，蜜語甜言，
近乎肉麻：

知君廉儉猶清幹，據頭角軒昂見罕。……你是多少人稱讚，道
你量如江海，器若丘山。

不消說，這是口不應心之言。硬謁者是從心底裏看不起這些「乍富而曹」、
「無知小子」的。如果說此套前二曲重在寫硬謁者內心活動（主要是忿忿不平）
的話，那麼三、四曲便是寫他「硬謁」行動的實施了。作者迤邐寫來，從容不
迫。寫得既誇張，又真實。硬謁者複雜的心理情態被寫得活靈活現。使我們對
元代社會的政治腐敗，獲得了真正意義上的感性認識。這可以與文獻記載中的
材料印讀體味，合起來便可把握歷史的真實。如胡祗遹在其《雜著·即今弊政》
中就說：「有平生不執弓矢而為縣尉捕捉之職者，有『未俱如前』四字不解者
而為首領官吏員者，有《孝經》、《論語》不知篇目而為學士者，有眾星不能辨
次而主天文者，何乖謬之若是也？推原其弊，人皆知之，而不能革者何也？請
託得行而無敗官責成之罰耳。」（《紫山先生大全集》卷二十二）腐而不敗，故
賄路公行、買官鬻爵之風愈演愈烈。鄭介夫在大德七年（1303）所上奏的「一
綱二十目」中，所言就更加尖銳了：「懷能抱德，沉沒下僚，駑才妄子，遽登
樞要，以此不公，可為一慨。」他認為正是朝廷助長了奔競之風：「近年以來，
倖門大開，庸妄紛進，士行交薄，廉恥道喪，雖執鞭拂須舐痔嘗糞之事，靡所
不為。其有攀附營救即獲升遷者，則眾口稱之羨之以為能；若安分自守羞於干
謁者，則眾日譏之笑之以為不了事。習已成風，幾不可解矣」。又言此風「流
俗相因，恬不知恥，而能不求不趨，卓然自立於名利之外者，千萬人中無一人
也」。其結論是：「人非樂於奔競也，其勢不得不然耳。……是朝廷開天下以奔
競之路也。」（《歷代名臣奏議》卷六十七）這些議論，直可與《硬謁》套互為
注腳。

這裏必須重申，此套雖以俗言俚語寫成，我們今天讀來仍有許多隔膜之

處。畢竟宋元市井間口語與我們有很大的歷史距離，故而真正讀懂此套誠為不易。時下僅有的極少數注本，往往在注釋時避難從易，令人看了注文仍憒憒然摸不著頭腦，甚至在最費解處索性付之闕如。如下面的〔五煞〕曲中「掃除乞儉分開吝，倚閣寒酸打破慳二句，大意是說要去攀援走門子，就要捨得花錢。然而要字字落實、務求甚解卻非易事。分開「吝」字是一個「文」字，一個「口」字，是什麼意思呢？其實，說白了就是要甜言蜜語，善於當面吹捧，馬屁要拍在點子上。文口嘛，就是嘴巴上要下工夫。「慳」字打破（分開）是一個「心」字，一個「堅」字，是說要橫下一條心，不能考慮破財則半途而廢。最難還在「椅閣」二字，倘若望文生義，就不得索解了。原來「倚閣」乃是元代徵斂差發習用語，為「權行住徵」之義（見徐元瑞《吏學指南》），即額外所徵收的住宅款。「倚閣寒酸」句連起來，是說儘管居陋室連房租也付不起，為了「硬謁」，也只好咬緊牙關一切在所不惜了。下面的〔四煞〕曲為全套中的點睛之筆，自然也是最富於戲劇性之處。硬謁者將錢當面付與了執權柄者，赤裸裸的權錢交易開始了：

> 你是明白與，俺索子細揀，怕有挑剜接補並糜爛。至元折腦通
> 行少，中統糖心倒換難。翻覆從頭看，則要完全貫伯，分曉邊闌。

　　此一曲轉換為受賄者的口吻。前三句較容易貫通，是說你心中有數自願送錢與我的，但我必須仔細檢查一遍，看看裏面有沒有破爛不能用的鈔。這種檢查實質上還有另外的意思，即下文所說的，至元鈔與中統鈔不等值，要換算，故須仔細數。據《元史》卷九十三《志》第四十二《食貨》一《鈔法》，可知元代鈔法凡三變，即先後發行過中統、至元、至大三種鈔。「大抵至元鈔五倍於中統鈔，至大鈔又五倍於至元」。其中「中統、至元二鈔終元之世，蓋常行矣」。「至元折腦」二句，難理解在「折腦」與「糖心」。我們知道，終元一代都存在鈔虛而物不足之弊，折腦當指使用時要打折扣。而由於中統鈔曾一度終止使用，通用至元鈔，故中統鈔使用時須兌換成通行鈔。「糖心」當指中統鈔一時不入流通領域，因其比較少而受人們歡迎，其較至元鈔為寶。貫伯，這裏是虛指全部行賄之錢，言其頗多。貫，本指一千文錢；伯，同百，即一百文錢。宋元俗語又將「貫伯」與「貫把」混用，猶謂有些錢之意。〔註13〕「邊闌」當指兩種鈔不同的圖案標識。連起來的意思無非是受賄者要把許多錢一一數過去才肯放心。至此，受賄者眉開眼笑地數錢，行賄者心裏則犯嘀咕：收了錢如

〔註13〕可參閱龍潛庵編著：《宋元語言辭典》，上海辭書出版社1985年版。

不辦事可就慘了，自己好不容易湊了這麼多錢（從各種鈔都有和破舊程度可見湊之不易）。於是，他當面威脅對方。好戲還在後頭：

〔三〕你要尋走衰，覓轉關，上天掇著梯兒趄。襟廝封頭髮牢結定，額廝拶眉毛緊廝栓。廝蘸定權休散，坐時同坐，趄後齊趄。

〔二〕你又奔，俺又頑，則要緊無格迸鬆無慢。皮鍋裏炒爆銅豌豆，火炕上疊翻鐵臥單。無辭憚，天生耐性，不喜心煩。

〔一〕謾把猾，枉占奸，布衫領安上難尋綻。頭巾頂攢就宜新裹，鏊子餅熱時趁熱翻。消息湯著犯，你便轆轤井口，直打的泉乾。

此三曲又轉換到硬謁者口吻，其神情畢肖，令人絕倒；繪形摹影，栩栩如生。硬謁者生怕錢拋了出去，自己卻不能達到升遷的目的。他反反覆覆強調的是已與對方捆綁在了一起，俱榮俱損，誰都休想脫了干係。「走衰」「轉關」互文對舉，均是宋元市井俗語，猶言說話不定準，翻臉不認人，緊接著說若調轉臉就不認帳，你就是跑到天上去，我也搬個登天梯追你到天上去。「襟廝封」二句，言兩個人衣襟相牽纏，頭髮相縮結，額頭拶在一塊，眉毛栓在一起。這裏大有入地上天，九轉不回的架勢。下文「蘸」同「纏」；「趄」即走。意甚顯豁，乃是說我們兩人是棒打不散，同坐同行；如形隨形，須臾不離。〔二〕曲仍多用市井俗諺，反覆說兩人既捆綁在一起，緊不能迸斷，鬆不能太遠，我是天生的慢性子，有耐心。「皮鍋裏」二句，本意指老狎客不怕妓女嚴刻無情，總有對付的辦法。此借喻自己老於事故，任何險惡環境都不畏懼。銅豌豆，是隱語，指一毛不拔的老嫖客。大有「潑皮」、「光棍」的派頭。〔一〕曲為硬謁者繼續脅迫對方。「布衫領」句言二人已混為一體，難解難分；「頭巾頂」二句是敦促對方趁熱打鐵，盡快受人賄賂終人之事。末三句是說倘若走漏了風聲，事情敗露，對方便有丟官被懲之禍。

在元代許多名臣的奏議中，屢見防腐反貪的策議。如程鉅夫《吏治五事》中的奏請，或可使我們對元代腐敗政治的程度有較明晰的認識，同時可見當時防腐反貪的艱難與嚴峻：「國朝內有御史臺，外有行臺、按察司，其所以關防貪官污吏者可謂嚴矣，而貪污狼藉者往往而是，何也？蓋其弊在於以徵贓為急務，於按劾則具文，故今日斥罷於東，明日擢用於西，隨仆隨起，此棄彼用，多方計置，反得美官，相師成風，愈無忌憚。」他提出應對諸路官員因貪贓罷免者「置籍稽考，未許受用」；而對吏人犯贓者「重置於法，永不敘用」。倘能如此，「庶幾官吏知所警戒」（《程鉅夫文集》卷十）。由此可見出《硬謁》套中

行賄者的擔心，以及他反覆威脅對方的描寫是真實的，也是細緻生動的。套曲在描寫權錢交易的往來之中，特別是對雙方心理情態的生動描繪，將兩個人物塑造得活脫脫如在目前，不失為元人套數中不可多得的傑作。

〔尾〕曲寫使錢行賄者進一步催逼對方，令其不要推三阻四，若嫌錢少，還可以再商量，一副討價還價的模樣。全套從硬謁者矛盾而又複雜的心理活動寫起，細緻描寫了他「謁」的過程，深刻極了。這已不是個人的行為，而是社會惡劣風氣造就的一個典型，其意義已不啻在認識元代社會。

內心獨白的成功運用，是《硬謁》套類於戲劇的一個重要標誌。誠如馬丁·艾思林所說的那樣：「事實上內心獨白是一種戲劇形式，同樣也是一種敘述形式。」內心獨白本質上也是一種「行動」，而且是一種更深刻、更典型的「行動」，故「內心獨白本質是屬於戲劇的」。〔註14〕在中國戲曲，就更是如此。

元人套數中鄰於戲劇（或稱亞戲劇形態）的作品，還不止本文中所點到的篇目，他如高安道的〔般涉調·哨遍〕《嗓淡行院》、同調牌的《皮匠說謊》，以及王大學士的兩套〔仙呂·點絳唇〕等，都不同程度具有戲劇性特徵。這種情況大約只限於元前期雜劇藝術形成前後，而後期絕少，至明散曲則基本絕跡了。同時，此類作品所用調牌也比較集中，用得最多的是〔般涉調·哨遍〕，何以如此？則有待另文再作探討了。

原載《藝術百家》2001 年第 3 期

〔註14〕（英）馬丁·艾思林：《戲劇剖析》第 10 頁，羅婉華譯本，中國戲劇出版社 1981 年版。

散曲語言對正宗文學語言的疏離

　　在人的審美活動中，求新異、圖變化怕是一種普通的心理趨勢，故而「新變」與「代興」往往是聯繫在一起的。文學作品最基本的表現手段不是別的，首先是語言。當人們對一種語言表達方式感到司空見慣，並無任何新鮮感時，閱讀與欣賞的興趣也會隨之而銳減。我們讀花底閒人批點《夾竹桃頂針千家詩山歌》，總感到那是在調侃嘲弄經見而不鮮的傳統詩歌，甚至近乎於褻瀆與挖苦。這一方面反映了晚明時期一些具有激進思想的文人推崇與張揚俗文學的熱情，同時也隱約透露出人們對欣賞傳統詩文的怠惰與厭倦心理。說來晚明小曲承襲的正是元前期散曲的精神，從語言到體式都不難看出它們之間的血肉聯繫。

　　鄭振鐸的《中國俗文學史》論竟了元散曲，並不直接談明散曲，而是專闢一章敘述「明代的民歌」，所談竟是晚明小曲，最多附帶說到文人們模擬民歌所創作的小曲。顯然，鄭先生是將明代文人散曲排斥在俗文學之外的。這本身就是一種觀點，一種評價，是值得我們仔細玩味的。即是說，鄭先生認為只有明代的小曲，才是與元散曲一脈相承的，「元代散曲到了第二期已是文人們的玩藝了；和詩、詞是同流的東西，離開民間是一天天的遠了」。〔註1〕他所以也論列了元代第二期、第三期的曲家，想是因為文人們接手未久，尚保留著散曲活潑的民間氣息，而到了明祚鼎固之後的成（化）、弘（治）以降，「出色當行的民間作風的曲子，在明代是幾乎絕跡了」。〔註2〕

〔註 1〕鄭振鐸：《中國俗文學史》下冊第 258、259 頁，商務印書館 1938 年版。
〔註 2〕鄭振鐸：《中國俗文學史》下冊第 258、259 頁，商務印書館 1938 年版。

這個觀點雖說有些絕對化，一刀切，卻基本上是正確的，只要遍翻《全明散曲》，〔註3〕並不難獲得這樣的印象；從散曲語言的角度視之，這條線索就更加明晰，明代文人未曾在語言方面有任何突破，除了少數人的少數作品是例外，明人在散曲體式、題材、語言、意境等諸方面，都未能逸出元人矩矱。

我們來看元散曲的語言之變。除卻音樂之變的因素之外，散曲語言對傳統詩詞語言的偏離，乃是一個核心問題。自然，語言之變與音樂之變之間的聯繫，從某種意義上說又是難分難解的。然而，音樂之變歷時既久，更無第一手的切實的資料，與其猜測推斷，不如從看得見摸得著的語言入手，作些細緻探討，這對於我們把握元明散曲形成發展的內在運行機制，無疑是有意義的。

口語、方言、俚語和俗語，在宋元人的生活中，可以說是人們普遍熟悉的語言；作為文學語言，因為傳統與習慣的原因，卻又排斥著人們熟悉的語言。故而俗語要進入文學的殿堂，開始時則又是一種生疏。姑且也可以稱作「陌生化效果」吧。「尖新茜意」當是指此種效果無疑。劉時中的《上高監司》是一個奇特的作品，所謂「以散曲代說帖」，寫法上有其獨到之處。它又是元散曲中最長的套數，前套由十五支曲子組成，後套竟長達三十四支曲子。前套寫由於災荒加人禍，把老百姓推向了絕境。其中〔滾繡球〕一曲寫道：

> 偷宰了些闊角牛，盜研了些大葉桑。遭時疫無官活葬，賤賣了
> 些家業田莊。嫡親兒共女，等閒參與商，痛分離是何情況。乳哺兒
> 沒人要搬入長江。那裏取廚中剩飯杯中酒，看了些河裏孩兒岸上娘，
> 不由我不哽咽悲傷！

作者分明是細緻描畫了一幅哀鴻遍野、餓莩橫陳的災民罹難圖。全曲視野開闊，刻畫精微傳神，有如長卷畫幅，魄力不可謂不大，運用散曲形式不能說不得心應手。細部刻畫如〔倘秀才〕曲：

> 或是捶麻枯稠調豆漿，或是煮麥麩稀和細糠，他每早合掌擎拳
> 謝上蒼。一個個黃如經紙，一個個瘦似豺狼，填街臥巷。

粗略處如〔叨叨令〕：

> 有錢的販米穀置田莊添生放，無錢的少過活分骨肉無承望；有
> 錢的納寵妾買人口偏興旺，無錢的受饑餒填溝壑遭災障。小民好苦
> 也麼哥，小民好苦也麼哥！便秋收鬻妻賣子家私喪。

如此將精微勾描與大筆暈染結合起來，藝術效果是相當強烈的。套曲的語

〔註3〕謝伯陽編：《全明散曲》，全五冊，齊魯書社1994年版。

言，平白如話，不尚修飾，甚至近於「亂頭粗服」，但它卻與內容是諧調的，也是美的。或許作者追求的正是一種「亂頭粗服」之美。這情形有些像書法史上的求變，對妍媚溫潤的界破與矯枉，有時確須一種大刀闊斧般的凌厲。陳振濂先生談到楊維楨（1296～1370）的書法時，曾概括為楊書有「亂世氣」，謂其「點畫狼藉，多不守用筆規範」，「但筆勢開拓，拔山挽濤之氣則為眾所不及」。又引吳寬跋楊維楨書法之語，認為楊氏書法的價值恰在於「亂頭粗服」之美，「作為藝術作品本身的鑒賞價值也許頗有可議，但作為藝術史上一大類型的歷史啟迪價值卻是難能可貴的」。〔註4〕類似的書家還有明代的徐文長，這並非藝術史上孤立的現象。「亂世氣」云云，實際上是說從作品中所感受到的時代氣息，捫觸當時文人心跡而產生的一種藝術聯想和感覺。劉時中的作品中也流露出濃重的「亂世氣」。劉氏與鍾嗣成差不多同時，是稍晚些的曲家。〔註5〕楊維楨與他們也幾乎是同時期的人物，可見這種圖變求新，乃是一時期湧動於文人心理上的一股思潮。無論是楊維楨的樂府詩，還是劉時中的套曲，在語言上都明顯偏離了傳統文學語言。前人早已注意到了楊維楨的這一傾向，謂其「其詩兀臬，自喜不蹈襲前人」（朱彝尊《曝書亭集》）。或謂鐵崖詩「長卷心同苦，狂歌調已非」（吳偉業《過鐵崖墓有感》）。總之，贊之者稱其「以橫絕一世之才，乘其弊而力矯之，根柢於青蓮、昌穀，縱橫排奡，自闢町畦」（紀昀等《四庫全書總目·鐵崖古樂府·補樂府提要》）。而詆之者則指其為「魔道」、「怪趣」。吳喬《圍爐詩話》則持論公允：「楊鐵崖樂府，……文字自是創體，頗傷於怪。然篤而論之，不失為近代高手。太白之後，自是一家，在作者擇之。」「文字自是創體」的見解，是極敏銳、極有價值的發見。所謂「文字創體」，就是藝術語言的獨特性。鐵崖亦作散曲，有〔雙調·夜行船〕《弔古》套曲傳世，看其中二曲：

〔錦衣香〕館娃宮，荊榛蔽。響屧廊，莓苔驛。可惜剩水殘山，斷崖高寺，百花深處一僧歸。空遺舊跡，走狗鬥雞。想當年僭祭，

〔註4〕陳振濂：《書法學綜論》第54～55頁，浙江美術學院出版社1990年版。引吳寬跋語為：「大將班師，三軍奏凱，破斧缺斨，例載而歸。」

〔註5〕王國維在《宋元戲曲考·附錄》中謂元代有三個劉時中，曲家中有二人。「《遂昌雜錄》又有劉時中，名致；曲家之劉時中則號道齋，洪都人，官學士，《陽春白雪》所謂古洪劉時中者是也」（此與《遂昌雜錄》之劉時中時代略同，或係一人）。一般認為石州寧鄉（今屬山西）劉時中與洪都（今江西南昌）人劉時中為二人，前者做過翰林待制，後者沒有做過官，時代也較後，這後者正是寫《上高監司》套曲者。

望效臺淒涼雲樹，香水鴛鴦去。酒城傾墜，茫茫練瀆，無邊秋水。

〔漿水令〕採蓮涇紅芳盡死，越來溪吳歌慘淒。宮中鹿走草萋萋，黍離故墟，過客傷悲。離宮廢，誰避暑？瓊姬墓冷蒼煙蔽。空原滴，空原滴，梧桐秋雨。臺城上，臺城上，夜烏啼。

古來寫「吳宮弔古」者不知凡幾，似楊維杭這般悽楚蒼涼，長歌當哭者，卻是罕見。分明他心中別有一段哀怨，亂世之音，庶幾可辨。其語言的通俗曉暢，純用賦法，一唱三歎，反覆渲染，特別值得我們注意。套曲對後世影響亦大，吳梅村《秣陵春》傳奇、孔尚任《桃花扇》傳奇都有楊曲的影子。我們將楊曲與吳曲第四十一齣《仙祠》、孔曲第四十齣《餘韻》對讀並觀，是不難體味到其間的影響與聯繫的。楊曲短句鋪排，大有哽咽凝噎、扼腕浩歎之概；偶一長句界破，則使曲情在流瀉與頓宕之間，韻味淋漓，堪稱別調。吳梅村謂楊氏「狂歌調已非」，是獨具慧眼的。王驥德《曲律》卷四「雜論」第四以格律「刻核」此曲，以為楊維楨此套「用韻雜出」，起句「便腐而迂」，「語亦湊插」，頗著微詞。實則未識楊氏追求，所評拘泥而未著痛癢處，非確語也。

劉時中的《上高監司》套，以熟語為生新，挽家常語入曲，痛心疾首中揉入些許諧謔，亦是對傳統文學語言的有意偏離與矯枉，稱其為「調已非」或是「別調」，都是沒有問題的。我們來看《上高監司》後套中的三曲：

〔耍孩兒九（煞）〕覷乘字模樣哏，扭蠻腰禮儀疏，不疼錢一地裏胡分付。宰頭羊日日羔兒會，沒手盞朝朝仕女圖。怯薛回家去，一個個欺凌親戚，眇視鄉閭。

〔八〕沒高低妾與妻，無分限兒共女。及時打扮衡珠玉，難頭般珠子緣鞋口。火炭似真金裹腦梳，服色例休題取，打扮得怕有賽夫人樣子。脫不了市輩規模。

〔七〕他那想赴京師關本時，受官差在旅途。擔驚受怕過朝暮，受了五十四站風波苦，虧殺數百千程遞運夫。哏生受哏搭負，廣費了些首思分例，倒換了些沿路文書。

後套揭露了元代鈔法敗壞，官吏貪贓枉法，商人巧取豪奪，普通百姓深受鈔法之害的社會現實。一般認為它寫作時間或早於前套，當作於至正十年（1350）改定鈔法前後。以上三曲運用的是對比的手法。〔九〕、〔八〕二曲寫蒙古貴族及有錢人的驕奢淫逸，志得意滿。他們將得來的不義之財大肆揮霍，肥甘飫足，買妾納婢。〔八〕曲寫富家女子的穿金戴銀、珠光寶氣，末了一句

「脫不了市輩規模」，由揭露轉為嘲笑，順勢一筆，謔中有刺，令人不禁失笑。說富家女越打扮越俗氣，其態近於滑稽，就中流露出作者的愛憎、好惡。怯薛，本指成吉思汗所創設的一種宿衛親軍制度。「怯薛者，猶言番直宿衛也」（《元史》卷九十九《兵制·宿衛》）。《輟耕錄》卷一「云都赤」條：「國朝有四怯薛太官。怯薛者，分宿衛供奉之士為四番，番三晝夜，凡上之起居飲食，諸服御之政令，怯薛之長皆總焉。」這裏是泛指蒙古貴族及其子弟。此怯薛與第二句「扭蠻腰禮儀疏」相呼應，顯然此曲寫的是蒙古貴族與權豪勢要們的恃強凌弱、作威作福。首句意為面目兇狠。孛，「人色也」（《說文》），即孛然變色。「孛」同「勃」。「哏」，通「狠」。〔七〕曲寫運鈔至京師的艱難，差役們途程之苦。「首思分例」，乃重複為義，都是由湯水轉為飲食、給養之意。漢語又稱為「祗應」，元明間又轉釋為「下程」，是饋贈食物之意。明清小說中多用之。這三支曲子以口語為主，雜以當時通用了的人皆能曉的蒙古語，鋪陳描述，頗涉謔刺，則又別饒一番機趣。劉熙載《藝概·詞曲概》有云：「詞如詩，曲如賦，賦可補詩之不足者也。」細讀《上高監司》，知其多用賦法，中間又時而敘述，時而議論，特別是生動細緻的人物描寫，繪形摹影，栩栩如生，的確稱得上是精彩紛呈、美不勝收的大製作。從總體上看，前後套都算上，有人物，有事件，有場景，涉筆即趣，語近家常，詞入俚俗，已與戲曲形態相鄰，或徑可視作散曲與戲曲之間的過渡形態。所謂「編作本詞兒唱」，本，當引起我們的特殊注意，元雜劇是四折為一本的。唱，乃是說唱的意思。如果我們剔除為高監司歌功頌德的部分，把上書、呈遞的意思也撇開，此二套曲無異於以散曲形式來說唱時事，它是完全獨特的，也是文學史上絕無僅有的作品。考證高監司究竟何許人，二套寫作的具體時間，無疑是有意義的，但我們更應該將其當作文學作品來讀，而不應僅僅將其看作以散曲形式寫成的說帖。它的資料價值、史實意義都值得探索，然而，套曲的最重要的價值和意義無疑在於其文學性，特別是語言藝術。英國詩人、批評家柯勒律治說：「事實上，風格只能是清晰而確切地傳達意蘊的藝術，不問這個意蘊是什麼，作為風格的一個標準就是它不能在不傷害意蘊的情況下用另外語言去加以復述。」〔註6〕這段話中的「風格」一詞。也有人將其譯為「文體」，細細揣摩，還是譯為「風格」恰當些。倘若有某一位高明的作手，將《上高監司》二套改作古典的詩或詞，怕是

〔註6〕（英）柯勒律治：《關於風格》，見《文學風格論》第37頁，王元化譯本，上海譯文出版社1982年版。

許多韻味就失去了。「選擇」觀念在這裏是異常重要的。你幾乎完全不能想像，若將趙樸初先生的《某公三哭》寫成齊言詩，那會是個什麼滋味。這是無可替換的，若強為替換，意蘊會喪失殆盡。同樣，替換《上高監司》的表達方式，也是不可思議的。這其中，語言藝術符號的不可替換性又是最為明顯的。

本世紀初以來，西方的文化研究出現了諸多流派，他們各執一端，企圖尋找文體演變的內在依據和規律。其中俄國形式主義文論家最有代表性的什克洛夫斯基就認為，藝術經常要用的手法是偏離習慣的藝術語言，造成語言的陌生化效應，這既可產生新鮮感，又可能造成文體的變異。他說：「為了恢復對生活的感覺，為了感覺到事物，為了使石頭成為石頭，存在著一種名為藝術的東西。藝術的目的是提供作為視角而不是作為識別的事物的感覺：藝術的手法就是使事物陌生化的手法，是使形式變得模糊、增加感覺的困難和時間的手法，因為藝術中的感覺行為本身就是目的，應該延長。」〔註7〕什克洛夫斯基強調的是藝術的感覺過程，增加感覺困難和品味時間的直接方式是語言，在文學作品中，尤其如此。然而文體演變代興是系統而又複雜的機制，語言的變異與陌生化只是其中的一個層面。而且，語言不是關在屋子中苦思冥想出來的，它與社會環境、歷史發展、風俗習慣、文化承傳等有著割不斷的聯繫。將語言變異與陌生化看作是文體演變的唯一原因，不能不跌進極端形式主義的淵藪。然而，俄國形式主義文論家所揭示的現象又有正確的一面，至少他們尋到了文體演變機制系統中一個層面上的原因，而且，這又是一個特殊重要的層面。說它是部分正確的，看來是不成問題的，但無論如何不能將其推到極端去。其實我國古代文論亦不乏有相類似的說法。《文心雕龍·通變》有云：「夫設文之體有常，變文之數無方，何以明其然耶？凡詩賦書記，各理相因，此有常之體也；文辭氣力，通變則久，此無方之數也。名理有常，體必資於故實；通變無方，數必酌於新聲；故能騁無窮之路，飲不竭之源。」便是所謂「文律運周，日新其業。變則其久，通則不乏。趨時必果，乘機無怯。望今制奇，參古定法。」劉勰論文體演變，顧及全般，所論是有系統的，語言（文辭）所營造的氣勢與氛圍，是活法，變化無窮。欲尋變化之跡，不僅要參酌於新的語言和體式（新聲），也要看所表現的內容、思想（故實）。這就從多方面的綜合作用的意義上探討了文體的通變，它是一個「形生勢成，始末相承」（《文心雕龍·情采》）

〔註7〕（俄）什克洛夫斯基：《藝術作為手法》，見《俄蘇形式主義文論選》第 63 頁，中國社會科學出版社 1989 年版。

的複雜過程。即「因勢騁節，情采自凝」（同上）。語言不是孤立存在的，它與情感、文律交互作用。故，俄國形式主義文體家局限於一端，只能是一個片面的真理。對語言的變化出新，我國古代文論家也是很重視的，諸如「語不驚人死不休」（杜甫《江上值水如海勢聊短述》），「惟陳言之務去」（韓愈《答李翊書》）「一語天然萬古新，豪華落盡見真淳」（元好問《論詩三十首》之四）等，皆求變圖新之語。有時，返璞歸真，追求天然絕俗也是一種變，劉勰所言「通變」，與「新變」有所不同，紀昀謂劉勰「通變」的提法有復古的意思，是對的。然，亦有返歸天然真淳之意義在其中，這是不爭之理。而元散曲在語言方面的變化，不是刻意求新，斤斤計較於所謂「詞高則出眾，出眾則奇」（皇甫湜：《皇甫持正文集》卷四《答李生第一書》），也不是復古，而是取了現實生活中的日常用語，至俚至俗，被之以聲歌，這不能不說是中國古代詩歌語言史上一次深刻的變革。胡適曾言：

> 文學革命至元代而極盛，其時之詞也，曲也，劇本也，小說也，皆第一流之文學而皆以俚語為之。其時吾國真可謂有一種「活文學」出現。倘此革命潮流，（自注：革命潮流即天演進化之跡，自其異者言之，謂之革命；自其循序漸進之跡言之，即為之進化可也。）不遭明代八股之劫，不遭前後七子復古之劫，則吾國之文學已成俚語的文學；而吾國之語言早成為言文一致之語言，可無疑也。……惜乎五百餘年來半死之古文，半死之詩詞，復奪此「活文學」之席，而「半死文學」遂苟延殘喘以至於今日。〔註8〕

顯然胡適也是著眼於語言上來論斷元代文學（主要是元曲）的地位和價值的。儘管以語言文學之變化並不能解釋、說明元曲這一「活文學」所以能代興的諸多方面的內在原因，但這的確是至關重要的一端。當然，胡適的說法是有背景的，有著提倡白話文的矯枉意義，這卻並不妨礙這番見識的精警與透闢。且時又在辛亥革命後不久，有此卓識遠見，在當時怕也是駭世驚俗的吧！至少在滿清遺老們聽起來，是要連連搖頭的。

散曲文學對傳統文學語言的疏離，還表現在修辭學意義上的豐富與創新。所謂修辭，就是對語言功能的變換與更新，它與文體創新的關係是不言而喻的。通常意義上的修辭格，諸如誇張、比喻、擬人、對偶、排比等，在散曲作

〔註8〕胡適：《嘗試集自序》引《札記》第十冊五年四月五日夜所記。轉引自陳子展：
《中國近代文學之變遷》第165～166頁，上海書店影印中華書局1929年版。

品中是得到了充分的發揮和廣泛的運用的。如王和卿的〔醉中天〕《詠大蝴蝶》、馬致遠的〔般涉調‧耍孩兒〕《借馬》套、高安道的〔般涉調‧哨遍〕《皮匠說謊》套，也都是以誇張為能事，讀之令人噴笑之作。此等作品的用意指歸，彷彿只是在於追求有趣，倒並不在於諷刺。《借馬》套中，馬主人「氣命兒般看承受惜」他的馬。適有朋友要借，馬主人左右為難，心裏罵求借者是「無知輩」，是「不曉事頹人」；面子上又不好推卻，「不借時惡了兄弟，不借時反了面皮」，只得咬掉牙吞到肚子裏，自家心裏苦不堪言。作者連用四曲寫馬主人對借馬人的千叮萬囑，近乎絮叨，卻極為真實，非常有味。馬主人走到馬跟前悄悄與他心愛的馬說：「鞍心馬戶將伊打，刷子去刀莫作疑。則歇的一聲長吁氣，哀哀怨怨，切切悲悲。」（〔二煞〕）於是，借者牽走了馬，馬主人悵然癡立，心緒黯然。尾二曲是這樣寫的：

〔一煞〕早晨間借與他，日平西盼望你，倚門專等來家內。柔腸寸寸因他斷，側耳頻頻聽你嘶。道一聲「好去」，早兩淚相垂。

〔尾〕沒道理沒道理，忒下的忒下的。恰才說來的話君須記，一口氣不違借與了你。

說來此套以誇張為主，同時也穿插運用了多種修辭格。無妨臆測一下，此作滑稽背後怕也有憤世嫉俗的情緒在，骨子里正是元代士人的「二難情結」。士之被喻為千里馬，是由來已久的。元代士人為生活所迫。許多人不得不走上為人驅使的吏途，有抱負的士人為吏無疑於好馬被趕上險途惡路。借用馬，亦耐人猜詳，漢族士人出任蒙古新朝，都有一種為客、寄身之感，便是「借」了。當然，此套有多意性，甚至從構思到行文也許只服從「有趣」二字，乃是戲筆。我們的臆想與猜測只是想拓寬一下思路，未可坐實。此套語言潑辣到了極至，連罵人的粗話都用上了，如「頹人」、「鞍心馬戶（驢）」、「刷子去刀」（弔），馬主人氣得罵起來，謂打他的馬的人就是「驢弔」。此套從立意到寫法，乃至各種修辭格與俗語、市井聲吻的綜合運用，都是與傳統詩詞文賦分庭抗禮、背悖不侔的。

高安道的《皮匠說謊》，寫市井小手工業者的不講信用，承攬活時說得天花亂墜，結果一雙靴子做了差不多一年，令人哭笑不得。「小王皮」的神態聲容被刻畫得活靈活現。如其中的〔二煞〕曲云：

好一場惡一場，哭不得笑不得。軟廝禁硬廝拼都不濟。調脫空對眾攀今古，念條款依然說是非。難迴避，骷髏卦幾番自說，貓狗

砌數遍親題。

「小王皮」對顧客扯皮搪塞的神情被刻畫得維妙維肖，呼之欲出。骷髏卦，本指骷髏占卦，此指皮匠自語自己該死；貓狗砌，字面意為貓狗的表演，砌，本指戲曲中道具，引伸為表演。此處是皮匠在賭誓，說再拖下去不交貨就是貓狗不如了。此套闋頭裏有句：「十載寒窗誠意，書生皆想登科記。奈時運未亨通，混塵囂日日銜杯，廝伴著青雲益友。」或作者借皮匠要賴拖期事在發牢騷，流露出對科舉仕途的留戀、嚮往。元蒙統治者議恢復科考，遲遲不定，延祐間試行不久，又停而不行。靴是用來走路的，無靴豈能走上路（仕）途！科考不是可以喻為靴嗎？通過科考方能入仕途門徑，無靴則又無法上路。這是值得思索的。同樣，如此推論也僅是一種推論而已，未可當作定論成說。

元散曲套數作品中又有姚守中的《牛訴冤》、曾瑞的《羊訴冤》、劉時中的《代馬訴冤》等近於比喻和寓言之間的一類作品。比喻中的隱喻與寓言之間有時的確是難分難解的，亞里士多德在他的《修辭學》第二卷第二十章中就將比喻和寓言並起來敘述。〔註9〕在姚作〔中呂·粉蝶兒〕中，牛被描寫成「一勇性天生膽氣粗，從來不怕虎」的無所畏懼者，它「為伍的是伴哥王留，受用的是村歌社鼓」。牛在曲中顯然是被人格化了。從前三曲來看，「杏花村，桃林野，疏林外紅日西晡」，以及「橫風斜雨」，「暮煙曉霧」，「芳草岸白蘋古渡」，「綠楊堤紅蓼平湖」的描寫，正是元曲家們在歸隱類曲子中反覆謳歌的環境。看其中二曲：

〔五（煞）〕泥牛能報春，石牛能致雨。耕牛運土道誅戮。從今後草叢邊野鹿無朋友，麥壟上山羊失去了伴侶，那的是我傷情處。再不見柳梢殘月，再不見古木昏烏。

〔四〕觔兒鋪了弓，皮兒靮做鼓，骨頭兒賣與釵環鋪。黑角兒做就烏犀帶，花蹄兒開成玳瑁梳。無一件拋殘物。好材兒賣與了靴匠，碎皮兒回與田夫。

這樣的下梢頭是令人傷悲的，曲子嗟歎再三，曲折傾訴的彷彿正是元代士人的不幸命運。而且曲語平白，絲毫不作修飾，然就裏透出的悲淒哀怨，卻不能不令人去作許多聯想。

在劉時中的〔雙調·新水令〕《代馬訴冤》中，這種促使人聯想的描寫處

〔註9〕（古希臘）亞里士多德：《修辭學》第109頁，羅念生譯本，三聯書店1991年版。

尤多。「命乖我自知，眼見的乾金駿骨無人貴」；「空懷伏櫪心，徒負化龍威」。元代士人不被所用，侘傺空老的牢騷悄然透出。曲中又以不能沙場征戰的驢來反村馬的威風，喊出了「誰憐我千里才，誰識我千鈞力」，「果必有征敵，這驢們怎用的」的憤怨，終至於破口而大罵了：

〔甜水令〕為這等乍富兒曹，無知小輩，一概地把人欺。一地裏快躥輕踮，亂走胡奔，緊先行不識尊卑。

〔折桂令〕致令得官府聞知，驗數目存留，分官品高低。準備著竹杖芒鞋，免不得奔走驅馳。再不敢鞭俊騎向街頭閙起。則索扭蠻腰將足下殃及，為此輩無知，將我連累，把我埋沒在蓬蒿，失陷污泥。

聯繫此套首曲「世無伯樂怨他誰」的發語，其弦外之音是再明顯不過的了。若再聯繫無名氏〔醉太平〕《誌感》小令，以及王惲的名文《儒用篇》，我們完全可以說，劉時中此套之作，骨子裏是在「代士人訴冤」。套曲寫法極特殊，忽而是馬的自述，忽而又是「代」訴冤者的聲吻，如此，任筆隨性，牢籠不住，從不同側面吐盡牢騷不平，一腔憤怨。可見劉時中是頗富創造性的一位曲家，他的《上高監司》與《代馬訴冤》都是曲史上絕無而僅有的佳構。《上高監司》是否真的是上書、說帖，頗值得懷疑。多半是文體上的特殊需要，借題發揮。他在語言上的錘鍊，也不同凡響，看上去平樸直白，精神上則力重千斤。家常語，俚俗語，在他手裏是那樣富有魅力。特別是他在體格上的創新意識，極為強烈。過去我們對他的研究很不夠，應當予以特殊注重。亞里士多德在談到演說風格時曾說：「只要我們能從日常語言中選擇詞彙，就能把手法巧妙的遮掩起來。」〔註10〕說的雖是演講修辭學的技巧，卻不無普遍意義。元散曲中運用誇張、比喻、擬人以至類於寓言的修辭手法時，往往是含蓄朦朧，似是而非，思想被包裹起來。這樣一來，情趣豐厚，韻味不盡，耐得起反覆琢磨。其特點是以直白的近於生活化的語言，營造出令人聯想無限的藝術境界，平中寓奇，奇中又見出風光無限。

原載北京師範大學古籍所編《元代文化研究》
第 1 輯　北京師範大學出版社 2001 年版

〔註10〕（古希臘）亞里士多德：《修辭學》第二卷第二章第 151 頁，三聯書店 1991 年版。

言文一致　語含悲辛
——讀盧摯《蟾宮曲》

　　想人生七十猶稀，百歲光陰，先過了三十。七十年間，十歲頑
童，十載尪羸。五十歲除分晝黑，剛分得一半兒白日。風雨相催，
兔走烏飛。仔細沉吟，都不如快活了便宜。

　　此曲平白如話，一瀉無餘，彷彿老朋友酒酣耳熱之際對面談心。細細體味，
其於簡易平淡之中分明蘊含著無盡痛楚，狂放曠達背後又見天真率性。作者將
人生歷程算了一筆賬，是再簡單不過的一道算術題。人們常說的人生百年，其
實是個虛指的概數。在古代醫療衛生條件相對落後的情況下，能活到百歲者寥
若晨星，倘超過百歲的差不多就成了神仙了。故作者劈頭裏就言明「七十猶
稀」，所謂百歲人生，先就得減去三十年。在這七十年中，還要減去前後各十
年：前十年是懵懂稚童，不諳世事，體會不到人生的快樂與憂傷，似不能算作
真正的人生；後十年則體衰多病，風燭殘年，成了別人的負擔，自己也完全失
卻了歡娛。這樣一來，就剩下五十歲了。這五十歲還必須被二除一下，因晝往
夜來，人睡覺睡掉了一半兒時間。如此，只剩下區區二十五歲了。這麼一算，
還真是不算不知道，一算嚇一跳。原來人真正充分體味和享受生命賜與的時間
是如此之短呵！我們這裏不妨再發揮一下盧摯的這個思路，事實上這個淨剩
的二十五年也不可靠。人吃五穀稻粱，總要生病吧？三災八難，五癆七傷，是
否還要再減？此外，人生或許還有許多的坎坷，數不清的磨難。雖說逆境也是
一種人生，但那畢竟不是快樂愉悅的時光。按林語堂的說法至少不是悠閒自適
的人生享樂。這二十五年是不是還要一減再減呢？總然就生存時間來說，只有

減與除，沒有加與乘。

　　古往今來，歎唱人生須臾的詩篇不知凡幾，卻彷彿都不似元人這般沉重。如「古詩十九首」中的「生命不滿百，常懷千歲憂」；曹操《短歌行》中的「對酒當歌，人生幾何？譬如朝露，去日苦多」等。然而，元代的文人士夫發這樣的感慨，承載的卻是格外沉痛，特別悲愴。它飽含著一個特定時代的一種別樣的況味：元人無論在朝在野，一種沒著沒落的失落感，選擇生存道路的「兩難」，生存空間的窘迫，以及前途未可逆料、寓客於當世的幾近絕望的意緒，則是通同的。至於此曲結尾處的感歎時光易逝，大倡及時行樂，也不能簡單認為是一種消極、頹傷的情緒，元前期散曲正是在消極表現中深藏著不甘沉淪、拒絕與元蒙貴族合作的棱棱芒角的。這種潛藏著的芒角，說到底乃是一種對人生意義與價值的重新求索，保持人格尊嚴卓然獨立的精神追求。這其實可視為解讀元前期散曲的一把鑰匙。

　　盧摯此曲，藝術上最值得我們注意的，乃是語言運用上的「言文一致」，這是一種義無返顧的選擇，也是一種極高的境界。正是這種「言文一致」，劃開了曲語與詩詞語的界限。所謂「言文一致」，是指對語言的錘鍊融鑄達到相當自由、極為自然的火候。不消說，這種自由而又自然地運用口語又必須是藝術的、美的，不能僅止停留在原生口語狀態。曲中除了「兔走烏飛」一句之外，今天的讀者完全可以不要任何注釋。「兔走烏飛」與「風雨相催」對舉，是說時光迅疾。兔、烏分別代指月、日。「言文一致」的說法最早是胡適提出來的。言，指平時說話；文，則指「為文」。胡適早在 20 世紀初《嘗試集自序》中說過，元代的俗文學作品「皆第一流文學而皆以俚語為之。其時吾國真可謂有一種活文學出現」。如若不遭明代「復古之劫」，「則吾國之文學已成俚語之文學；而吾國之語言早成為言文一致之語言，可無疑也」。這裏所言之「俚語」，即指口語化之語言，毫無貶意，相反倒是褒意的；而「言文一致」，分明指的是以口語為基礎，經加工提煉而成的文學語言。舊時有「蓮花落」云：「人生七十古來稀，我今七十不為奇。前十年幼小不更事，後十年衰老步難移，人生只有五十年，一半又在睡夢裏。」此可作為盧曲注腳。盧梭的《愛彌爾》中有一段話，可與盧摯曲對讀發明：「我們在世上的時間過得多麼快啊！生命的第一個四分之一，在我們不懂得怎樣用它以前，它就過去了；而最後的四分之一，又是我們不能享受生命的時候才到來的。起初，我們是不知道怎樣生活，而不久以後我們又失去了享受生活的能力；在這虛度過去的兩端之間，我們剩下來的

時間又有四分之三是由於睡眠、工作、悲傷、抑鬱和各種各樣的痛苦而消耗了的。人生是很短促的，我們之所以這樣說，不是由於它經歷的時間少，而是由於在這很少的時間當中，我們幾乎沒有工夫領略它。」〔註1〕

　　附帶說到，元散曲家在曲子中所謂的「快活」、「閒快活」等語，骨子裏是一種自嘲式的反諷之語。這個失落的群體，內心太多的苦悶與彷徨，更懷一腔牢騷與憤懣，如何快活得起來呢？張申府先生別解「快活」二字，很有意味，也頗富啟迪性：「人生最好的境界只是活得快，死得快。人生最不好的境界只是活不得死不得。」（《所思》）此真可謂睿哲之思。想想元曲家們想必是硬將後者說成了前者，非為調侃，實是至哀至痛之苦澀之言。不快活而嚮往快活而已。

原載《古典文學知識》2000 年第 5 期

〔註 1〕（法）盧梭：《愛彌爾》上冊第 286 頁，李平漚譯本，商務印書館 1999 年版。

讀曲三札

生命中的熱情

〔中呂・喜春來過普天樂〕

琉璃殿暖香浮細,翡翠簾深卷燕遲,夕陽芳草小亭西。閒納履,
見十二個粉蝶兒飛。一個戀花心,一個攪春意;一個翩翩粉翅,一
個亂點羅衣;一個掠草飛,一個穿簾戲;一個趕過楊花西園裏睡;
一個與遊人步步相隨;一個拍散晚煙,一個貪歡嫩蕊;那一個與祝
英臺夢裏為期。

趙岩的這首帶過曲是詠蝴蝶的。它與王和卿〔醉中天〕《詠大蝴蝶》的不
同之處,一在於實寫與虛與之間的差異:趙曲基本上是實寫,有如工筆重彩
畫,而王曲則是高度誇張的,以虛寫為主;二在於趙曲寫的是姿態各異的群
蝶,王曲寫的是難以想像其究竟有多麼大的一隻蝴蝶。韻味不同,各逞其美。

此帶過曲,一妙在對蝴蝶不同姿態瞬間形象的捕捉,如攝影之快鏡,各各
栩栩如生;二妙在寫蝴蝶之前先寫夕陽中歸巢之燕,且用了極富創造性的手
法。這裏「珠簾暮卷」的不是「西山雨」,而是紫燕的掠影,它給人們留下了
極大的聯想空間:即捲簾時燕子已歸回「琉璃殿」下之巢穴了。主人與燕子之
間彷彿有著某種交流與默契,所以遲捲簾,乃是等候燕子的歸來,文心之細微
至於此乎!最妙還在全曲之尾句。我們知道所謂「帶過曲」,實際上是兩首小
令的疊加使用。這裏〔喜春來〕小曲只是一個引子,為群蝶圖鋪排好時間、環
境的背景而已。「閒納履」(散步)三個字,可謂轉關樞紐,不著痕跡地將二曲
融為一休。〔普天樂〕曲方是主體,它共有十一句,卻要描摹十二隻蝴蝶。即

— 275 —

是說必須有一句得寫兩隻蝴蝶，情形有些像傳說中蘇軾為「三光日月星」對出下句「四詩風雅頌」。(《西湖遊覽志》)於是便有了「那一個與祝英臺夢裏為期」，實際上引入梁祝化蝶傳說，寫了兩隻蝴蝶。文心之妙，又至於此乎！孔齊《至正直記》卷一有云：「長沙趙岩，……嘗又於北門李氏園亭小飲，時有粉蝶十二枚，戲舞亭前，座客請賦今樂府，即席賦〔普天樂〕。前聯〔喜春來〕四句云云，猶曲引子也。『一個戀花心』云云。〔普天樂〕止十一句，今卻賦十二個，末句結得甚工：便如作文字，轉換處不過如此也。」

　　梁祝傳說，宋元時已在民間廣為流傳了。人們以美麗的蝴蝶來寄寓對美好愛情的嚮往，顯然是由來已久的。然而，梁祝故事也是憂傷的，因為戀愛本身就是憂傷的，或者說是美麗與憂傷的混合物。日本詩人萩原朔太郎說得好：「美，不擁有肉體。正因如此，一切美的事物——音樂、詩、風景——像戀愛一樣憂傷。美，是朝向所有肉體的鄉愁。」(《美》)蝴蝶是美與憂傷混合的活的標本。人人幾乎都有這樣的體會，孩提時只是覺得蝴蝶美，未曾發現蝴蝶的憂傷。及待戀愛了，特別是熟知了韓憑妻化蝶和梁祝化蝶故事之後，蝴蝶的憂傷就會給人帶來揮之不去的感覺。前幾年街面上乃至旅遊點有將蝴蝶標本當作工藝品出售的，是將美麗的蝴蝶標本置於盒子狀的鏡框中，使人感到很不舒服（專業研究者與標本家除外）。因蝴蝶不翩翩起舞了，其生命便停止了，美也就隨之消逝了，只剩下了憂傷。有位學生送了我一個盒子鏡框，中有兩隻蝴蝶標本，一隻是「戲水蝶」，一隻是「歌星蝶」（未知何以如此命名）。「戲水蝶」黑翅上灑滿霧狀的草綠色斑點，下翅對稱有兩塊誘人的孔雀藍，翅尾上則是對稱的朱紅、石綠和深藍色的圖案；「歌星蝶」通體是淺褐色，細微的圖案極為複雜。仔細觀察，不能不令人感到大自然造化之工的不可思議。看著這兩枚蝴蝶標本，我只是感到憂傷，甚至為小時候撲捉了很多的蝴蝶而產生了負罪感，情緒相當複雜。因此，我沒有將這件學生送的禮物擺到可供觀賞的地方，而是鎖在了抽屜裏。後來這種複雜的情緒有所緩釋，那是讀了赫塞的散文《大蝴蝶》之後。

　　小時候的赫塞曾一度癡迷於搜集蝴蝶標本，幾乎到了廢寢忘食的地步。後來他覺得那是一種只有少年才有的激情，並常常懷念起那份熱情。他寫道：

　　　　我現在看到特別漂亮的蝴蝶的時候，偶而還能稍稍感受到當年
　　的熱情。於是那一瞬間我的內心便又充滿了如飢似渴無可名狀的喜
　　悅，那是唯有孩子才能感受得到的，就像我當年潛近我那第一隻黃

鳳蝶時的感覺。……當我向它潛近又潛近,直到能夠看清每一次閃
光的彩色斑點,每一條透明的脈絡和每一根纖細的綜色觸鬚茸毛,
那是一種緊張和狂喜的感覺,一種混合著柔的喜悅和與狂暴的欲望
的感覺,我後來在生活中極少再產生這種感覺。

赫塞的這種感覺是所有的孩子都曾有過的感覺,如今在城市的水泥森林
中生長的孩子,卻幾乎沒有了這種感覺,想到這一點,我都會有一種杞人憂天
似的悲憫與憂傷。

趙岩曲子中所寫到的蝴蝶的各種姿態,觀察極為細微,倘若沒有一種對活
生生的蝴蝶的熱情,怕是寫不出來的。不過,「西園裏睡」的那一隻蝴蝶,恐
怕是作者想像出來的。蝴蝶睡不睡覺?是日間睡還是晚上睡?我們無從知曉,
這要去問生物學家。說起蝴蝶睡覺,倒是讓我想起了俄羅斯「大自然的歌手」
普里什文的一篇名文,題作《一隻死蝴蝶》。文不長,卻令人驚心動魄。作者
說,有一次他在淡紫色風鈴草叢中,在一枝薄荷花上看到一隻翅膀併攏的蝴
蝶。他用手去觸它的翅膀和觸鬚,它一動不動,心想它是不是睡著了。當用力
將它拉開時,同時拉出了一隻淡黃色蜘蛛,「肚子像一隻挺大的淺綠色小球。
它用它所有的腳抱住蝴蝶的肚子,正在吸它的汁液」。於是,普里什文議論說,
大自然的美麗與和諧,是人的心靈裏產生的感覺,真正深入到大自然中去,你
也會發現血腥和殺戮。這種感覺,後來看電視節目《動物世界》時,就更強化
了。趙岩但見蝴蝶之美,十一句寫十二個蝴蝶,能諧謔,有巧思,卻未曾觸及
蝴蝶世界的大悲哀。從這個意義上說,普里什文的過人之處,正在於他深入到
了大自然的不為常人所瞭解的層面。

趙岩字魯瞻,長沙人,是一個才子。據《至正直記》上說,他醉後「可頃
刻賦詩百篇」,「時人皆雅慕之」。又說「因不得志,日飲酒,醉病而死,遺骨
歸長沙」。可歎!

臭皮囊與乾骷髏中的哲學

一個空皮囊包裹著千重氣,一個乾骷髏頂戴著十分罪。為兒女
使盡些拖刀計,為家私費盡些擔山力。您省的也麼哥,您省的也麼
哥?這一個長生道理何人會?

此為鄧玉賓〔正宮・叨叨令〕《道情》小令,原為一組共四首,每首言一
事,此為第二首,是勸那些邀名逐利、積財好貨者及早省悟的。曲子取譬巧妙,

不乏幽默諧謔，出語警拔，運思深刻，富於哲理韻味。所謂「道情」，說得通俗些，就是揭示人情世故，原出於道教之曲，如唐時的《承天》、《九真》等，後演變為俗曲，是唱為主，說為輔的曲藝。散曲中的道情指義寬泛。這個「情」，包括人生方方面面，而不限於男女之情。道，有道破之意。

　　作者將人的身體說成是包裹著種種凡俗之氣的皮口袋，就像《紅樓夢》中所說的「臭皮囊」一樣。這種說法，皆出於王充的「人以氣為壽，氣猶粟米，形猶囊也」（《論衡・無形篇》）。身體既是臭皮囊，腦袋瓜子說穿了不過是個乾骷髏而已。不過這個乾骷髏未乾之前卻能思想，有情感，生出種種欲望，蠻複雜的。人之所以不同於其他動物，根本上不在臭皮囊，而在於這個乾骷髏。孟夫子說「人之異於禽獸者幾希（稀）」（《孟子・離婁下》），怕是稀就稀在這乾骷髏中的種種欲念。幾希（稀），猶如說只有那麼一點點。所以說「頂戴著十分罪」，乃是說人有七情六欲，因貪婪而生出種種罪孽來。「拖刀計」指古代戰爭中一種詐敗而出其不意致敵於死命的戰術，這裏是指不惜採取任何狡詐兇狠的手段。採取損招毒計幹什麼呢？無非追逐名利，聚斂財富，為兒女做馬牛。但結果就像《紅樓夢》中《好了歌》所唱的那樣：「金滿箱，銀滿箱，轉眼乞丐人皆謗。」「為家私費盡擔山力」一句尤為警醒。在人的物質欲望普遍膨脹的時候，能講一點人格精神和心靈追求，真的僅是少數人所奉行的人生哲學了。《老子》第五十章上說：

　　　　出生入死。生之徒，十有三；死之徒，十有三；人之生，動之
　　死地，亦十有三。夫何故？以其生生之厚。

　　這段話翻成語體，就是：

　　　　人出世為「生」，入地為「死」。屬於長壽的，占十分之三；屬
　　於短命的，占十分之三；人本來可以活得長久，卻自己走向死路的，
　　也占十分之三。為什麼呢？因為奉養太過度了。（見陳鼓應《老子注
　　譯及評介》譯文）

　　這裏所說的占百分之九十的大多數是自然狀態生存的；真正「善攝生者」（精於養生之道的人）充其量只占百分之十。這百分之十中就是那些有精神追求的人了。按老子的說法，這種人「知足不辱，知止不殆，可以長久」（《老子》第四十四章），即可入「無死地」狀態。

　　細味此曲，可見出作者思想頗受老子哲學的影響。曲子涉及到了一個古老而又永恆的問題——所謂死生之大。老子這個「出生入死」的說法，並非像儒

家那樣，強調「死生有命，富貴在天」(《論語‧顏淵》)，或所謂「畏天命」。孔子的天命觀，基本理念來源手我國原始的宗教觀。所不同的是，孔子並不迷信「筮卜」和鬼神，對死生採取的是迴避的態度，如「未知生，焉知死」(《論語‧先進》)；「敬鬼神而遠之」(《論語‧雍也》)。老子注重的是「出生入死」過程當中人們自身主觀努力的作用，認為生、死並非是命定不變的，主觀能動作用可以使其轉化。與此同時，老子還強調了人可以通過努力而處於「無死地」的狀況，這就是「善攝生者」。老子的這個思想，便正是後世道家養生理論的先聲。這個「無死地」，恐怕也不能理解成永遠不死，長生不老。陳鼓應將其譯為「沒有進入死亡的范國」，它是與「貪饜好得，傷殘身體」即「奉養太過度」(「生生之厚」)相對立的範疇。

老子「生生之厚」的說法，是老子死生問題討論中一個很值得注意的命題，而且頗有現實針對性。前面一個「生」是動詞，可理解為刻意追求，千方百計求得；後一個「生」用作名詞，即生存的狀況，猶時下有人狹隘理解的所謂生活質量。「生生之厚」陳鼓應譯作：「求生太過度了，酒肉饜飽，奢侈淫佚，奉養過厚了。」又引嚴靈峰說云：「以其求生太厚之故，飽飫烹宰，奢侈淫汰，戕賊性命。故曰『生生之厚』也。」時下許多腆著大肚子，出入豪華賓館飯店和享樂場所的款爺們、腕兒們，不是同時又出入醫院診所被斷為「三高」了嗎？這些人有空真要好好讀讀《南華真經》哩。

曲子的結尾，對於不思省悟者猛擊一掌，令其好好體悟老子的「長生道理」，就裏隱藏了一個價值問題，即怎樣生存更有意義的問題。《老子》第四十四章有云：

名與身孰親？身與貨孰多？得與亡孰病？甚愛必大費；多藏必厚亡。

我們仍取陳鼓應的譯文：

聲名和生命比起來哪一樣親切？生命和貨利比起來哪一樣貴重？得到名利和喪失生命哪一樣為害？過分的愛名就必定要付出重大的耗費，豐富的藏貨就必定會招致慘重的損失。

此誠為智者之言。雖然未必完全適用於我們今天的社會生活，但其合理的內核和積極地對待生命的態度，仍給我們提供了啟迪。要為兒女攢得金箱銀箱，家財聚得子子孫孫永保用享，你就得削尖腦袋去攀援，要謀私利就得先謀得聲名、權勢。如此，便活得極累。弄不好栽得頭破血流，甚至性命不保。曾

在電視上看到一些貪官一把鼻涕一把淚地在懺悔，覺得為物所役者確實愚蠢，蓋戕賊自身而不自知，是可悲的，也不值得憐憫。無論古今中外，道理是通同的吧。看來，「生生之厚」的人生追求是沒有意義的，而「生生」之精神性目標卻注定是有意義的。而對精神性目標，哲學家們各有不同的理解，對精神性目標的不懈探究與努力，便構成了哲學史。

鄧玉賓的這首小令的意味，要義在於結合現實生活去體味老子的哲學思想，無疑他是有著較為明確的精神目標的。元人特好老子哲學，這大約與當時文人們的邊緣化有關。正因為如此，元人曲子往往寓深刻於平淺，此為明顯一例。

諧謔中的芒角

〔雙調‧蟾宮曲〕

倚篷窗無語嗟呀，七件兒全無，做甚麼人家？柴似靈芝，油如甘露，米若丹砂。醬甕兒恰才夢撒，鹽瓶兒又告消乏。茶也無多，醋也無多。七件事尚且艱難，怎生教我折柳攀花？

這是周德清的一隻俗而又俗的曲子，無疑當屬俳諧一格。周德清乃詞家周邦彥之後代，於曲學浸淫極深。他的《中原音韻》被虞集稱為「正語之本，變雅之端」（《中原音韻序》），「有補於樂府（元人稱散曲為樂府）者多矣。」至其散曲創作，西域人瑣非復初引當時人語曰：「德清之詞，不惟江南，實天下之獨步也。」（《中原音韻序》）

這首令曲，不必就是作者實際生活的真實寫照，但也多少透露出當時一般文人生活之困窘。曲子有調侃與解嘲意味，不無誇張，更兼諧謔，或許是為一般下層文人宣洩不平，曲折反映了元代中後期社會生活的一個側面。吳瞿安先生《顧曲塵談》卷下第四章《談曲》云：「挺齋家況奇窘，時有斷炊之虞。戲詠開門七件事，〔折桂令〕云云，其貧可想見也。」這樣去理解，似乎太實了。既謂是「戲詠」，也就無須件件坐實。挺齋交遊甚廣，從文壇巨公奎章閣侍書學士虞集、翰林學士歐陽玄，到西域名流瑣非復初，以及青原名士羅宗信、蕭存存等，正所謂「其稱豪傑者，非富即貴耳」（《中原音韻後序》）。挺齋也曾闊氣過的，以下二曲〔紅繡鞋〕足以為證：

穿雲響一乘山轎，見風消數盞村醪，十里松聲畫難描。楓林霜葉舞，蕎麥雪花飄，又一年秋事了。

共妾圍爐說話，呼童掃雪烹茶，休說羊羔味偏佳，調情須酒興，
壓逆索茶芽，酒和茶都俊煞。

前一首寫酒醉乘轎，風吹酒醒，一路觀賞秋色畫圖，情緒極佳。「穿雲響
一乘山篹」一句，有注本將「篹」字釋為樂器，即大管。誤。篹（jiào），這裏
用同「轎」。山篹，即簡易轎子，猶滑竿一類，故可一路觀景，若豪華轎子，
非掀簾是看不到周遭景物的。只有將篹釋為轎，「乘」字才有了著落，一路賞
景也就順理成章了。倘釋為樂器，全曲就無法讀通。篹字猶「轎」，例甚多。
如《朱子語類·高宗朝》：「隆佑自中禁乘篹而出。」「穿雲響」，當是指轎夫的
吆喝聲，或邊跑邊唱著山歌野調。看看，挺齋喝得醉醺醺的，有轎子乘，一路
欣賞秋色，何其瀟灑。這哪兒像揭不開鍋人家的爺兒們呀！後邊一首，就更闊
氣了。與姬妾圍爐小宴，羊羔兒酒（宋元時美酒的代稱）盈樽，喝多了還要洌
茶芽（泛指綠茶中名品）來解酒。而洌茶用雪水，更是富貴兼大雅之舉。傳說
宋代的陶穀學士，買得黨太尉家之妓，取雪水烹茶，謂妓曰：「覺太尉家應不
識此。」妓曰：「彼粗人也，安有此景，但能銷金暖帳下，淺斟低唱，飲羊羔
美酒耳。」挺齋曲中若果是實寫，那就是將位極人臣者和飽學之士的雅俗奢華
都占盡了。如再進一步，像《紅樓夢》中妙玉那樣，取香雪海梅枝上積雪烹茶，
就更是雅上加雅，翩若神仙了。依筆者看，挺齋的這首《賞雪偶成》曲，多半
也是附庸風雅，擺譜逞闊的成份居多。

何以挺齋曲中所寫日常生活竟天壤之別？或許世事無常態，人生多變故
所致吧，亦未可知。不過，文學作品中描寫的東西，不能一一坐實，曲中所寫
判若霄壤的生活狀況，是不能當作實錄的。

俗話說，「開門七件事，柴米油鹽醬醋茶」。這個說法至遲在宋代就有了。
吳自牧《夢粱錄》卷十六「鯗鋪」：「蓋人家每日不可缺者，柴米油鹽醬醋茶。」
這是開門過日子最起碼的生活必需品。周挺齋寫貧窮，真的是寫到了極至。靈
芝、甘露、丹砂，都是貴重的寶物。靈芝為藥材中之仙物；而甘露，非指一般
意義上的甘霖，即雨水，乃是指靈異的、逢大吉祥才會從天而降的神物；丹砂，
本指一種名貴的可入藥的礦物質，這裏有仙人煉就的丹藥之意。不消說，皆是
誇飾之辭。夢撒，原意為夢中所持之物，醒來卻無憑在手，這裏就是壓根沒有
了之意。表面上看，作者是在寫自家生活的窘迫與拮据，骨子裏卻暗寓諷諭。
我們知道，元代至正間（1341後），開河徵伕，鈔法變濫，黎民不堪其擾。時
有無名氏小令云：

堂堂大元，姦佞專權。開河變鈔禍根源，惹紅巾萬千。官法濫，刑法重，黎民怨。人吃人，鈔買鈔，何曾見？賊做官，官做賊，混愚賢，哀哉可憐！

將這首〔正宮·醉太平〕小令與周挺齋〔蟾宮曲〕對讀，我們不難發現，周曲或在譏刺物價騰飛，鈔濫民怨的現實社會。周德清的生卒年，據《暇堂周氏宗譜》（有民國 35 年重修本），可斷為 1277～1365，至正間他已是六十多歲了。挺齋高壽（89 歲），至正間自然尚能度曲。如此看來，〔蟾宮曲〕小令唱窮數困是假，鞭撻時弊，揭露時政黑暗才是它的要義。明蔣一葵《堯山堂外紀》卷七十四有云：「至正間，上下以墨為政，風紀之司，贓污狼藉。」挺齋於是時，以此小令發攄一腔牢騷憤怨，亦在情理之中。可知此曲俳諧背後，有芒角四射而出。至於尾句「折柳攀花」，顯然是「臨了須打諢」之語。餓著肚子便無法尋花問柳了——挺齋始終是不忘以名士自居的。莫洛亞在《論幽默》中說：「幽默家應該不露聲色，他描繪得愈是荒謬無稽，他愈應該顯得莊重嚴肅。這樣便形成他所描繪之物的荒誕離奇，與他的畫面顯示出來的使讀者或聽眾得以免除思想重負的淳樸自然，這兩者之間的鮮明對照。」如此看來，尾句是繃了臉的嚴肅話，封建時代的名士才子向來是以「折柳攀花」為榮耀的。別本或作「折桂攀花」，拉扯到科考功名上去了，意趣反不如「折柳攀花」來得濃鬱。因為，幽默應該是在無意的輕鬆之中抓住對象，博取功名的目標似乎太沉重了，它會阻斷笑聲。

原載《南京師範大學文學院學報》2004 年第 1 期

寄深情於家常語之中
——魏初曲讀札

〔黃鍾・人月圓〕為細君壽

冷雲凍雪褒斜路，泥滑似登天。年來又到，吳頭楚尾，風雨江船。

但教康健，心頭過得，莫論無錢。從今只望，兒婚女嫁，雞犬山田。

上面這首令曲，是為妻子祝壽之詞。乍看上去，似平白淺近，並無驚人之語，實則於質樸中寄深情，於淡泊中寓厚意，頗耐細細咀含，再三品味。作者魏初（1226～1286），字太初，號青崖，弘州順聖（今河北省陽原縣）人。曾從學於大詩人元好問。中統初出為中書省掾史兼掌書記，後以祖母年邁辭歸鄉里，隱居教授。至元七年（1270）授國史院編修官，拜監察御史。歷任陝西、河東按察副使，行臺揚州、江西按察使等職。這首令曲，當是作者赴江西任所時所作。

一說到愛情，人們很自然地會想到刻骨銘心的愛慕，生死相隨的戀情；天長地久，永不離分的情愛理想固令人為之動容，然而，生活又是具體的，甚至是平淡的。愛，也需要平常心，更需要共同面對艱難困苦。只有歡樂沒有痛苦的人生是不完整的，也是不存在的。這首曲子的妙處恰恰在此，即以平常心去面對愛。褒斜路，亦作褒斜道、褒斜谷，古地名，在今山西省西南部。作者帶了家眷從家鄉河北出發，往江西赴任，要經過褒斜。時值冬令，凍雪寒天，行走艱難，看看又到了年關，一家人卻奔波在地北天南。吳頭楚尾，指今江西北

—283—

部，因其處在春秋時吳、楚兩國的交界之處，故有此稱。為仕宦生計，鞍馬舟車，由北而南，作者的心境是複雜的。恰於赴任途中，逢妻子誕日，作者寫下了這首《為細君壽》。從曲中希望「兒婚女嫁」來看，作者赴江西任時已近知天命之年，老夫老妻，仕於異鄉，風雨江船，其艱難可知。正是在這種艱難之中，夫婦之愛才顯得格外動人。曲子的後半部，既像是對老妻述說，又像是自言自語。一家老小，康健第一；日子雖難，卻還過得，倒也知足常樂，有錢無錢，與幸福快樂無涉；但求男婚女嫁，過普通人清貧但舒心安穩的日子。尾句流露出作者嚮往隱居生活的心志，也是對漂泊生涯的厭倦。元蒙一統中國時是1279 年，這時的太初已逾50 歲了，他對自己的歸焉之計是不能不盤算的。

按說此曲主要是寫仕途艱辛，寫老夫老妻的情感倒在其次。但不知為什麼我們讀了它之後，印象最深的卻是太初內斂而外抑的深情，對妻子對子女的那樣一種深沉的愛。也許正是由於它文面的質樸、率直，家常語、平常心，卻強烈地反襯出愛的切實與淳真。結尾處的達觀平易，亦可見出太初的飽經風霜和對人生深切的體會。池田大作曾在《我的履歷書》中說過這樣一段話：

> 從多年風霜中跋涉而來的人們，不管有無名氣，其足跡都放射出如同薰銀一般深沉的光澤。這樣的人方可稱作人生之達人。他們往往深沉，年紀不輕，每當我見到這樣的人，我就要說：「這才是真正的人。」從其尊貴的風采中，你可想像出他們以往堅忍的歷程，感受到人生的真諦。縱然他們在面對末日時仍那麼平凡，但不管怎樣也竭盡全力度過了人生，這便是崇高。對此，不由使人產生熾熱的敬愛之情。

平凡與崇高只有一步之遙，而這一步說到底不過是對人生的感受力與認知力的作用。就愛情而言，少男少女刻骨銘心之愛自然是動人的，但平凡的老夫老妻貼心貼肺的愛，同樣具有震撼人心的力量。挈婦將雛，地北天南，老夫為老婦祝壽，是年關來到之時，在吳頭楚尾之地，太初對妻子的愛有多麼深沉，可想而知。心頭纏繞之事，無非一家人平安康健，過無憂無慮的日子。沒有奢望，更無非分之想，太初以平常心想平常事，在經歷憂患與顛簸之後，已與崇高不遠了，或者說由於他的人生經歷而稱得上是達人了。

或以為太初好歹為官一方，其艱難畢竟與患難的平民夫妻不可同日而語吧？且不論元代漢人為官的艱難，以及每多掣肘、進退兩難的處境，但說冰天雪地奔赴任所途路的艱辛，太初於字裏行間所流露出的對故鄉的留戀，特別是

他的歸隱之想，其內心的矛盾與苦悶是不難體會到的。褒斜路上的行進之難，也正是仕途艱難險阻的縮影，也是人生路上難關重重的象徵。但是，因為有了愛，也便有了力量，只要一家人能在一起，再苦再難，也是苦中有樂，貧中有味——太初一家人是幸福的。

　　太初是詩人，偶一為曲，便出手不凡。你看他於平實淺近之中，揭示了人生的真諦，品出了生命的真味。叔本華在《人生的智慧》中說：「人生前 40 年提供了正文，而隨後 30 年則提供了對這正文的注釋。後者幫助我們正確理解正文的真正含意及其個中相互的關聯，並揭示出它包含的道德教訓和其他多種微妙之處。」(《人生的各個階段》) 這「多種微妙之處」中顯然包括了愛情。一種成熟了的、將人性的東西理性化了的平凡而又動人的愛情，是要到為正文作注時 40 歲之後才能深切感受與體會到的。常常感歎元人曲子的妙處，恰在能於家常語中寄深情厚味，太初此曲可謂是一個明顯的例子。此外，有所言說，而又言說不盡，亦是元人曲子佳妙處之一。無名氏〔雙調·山丹花〕：

　　　　昨朝滿樹花正開，蝴蝶來，蝴蝶來。今朝花落委蒼苔，不見蝴

　　蝶來，蝴蝶來。

　　此堪稱令曲中之傑作，其妙正在有所言說而又言說不盡的多意性。太初亦然，以家常語狀人生況味，令人聯想無限，思緒綿長。

原載《古典文學知識》2004 年第 1 期

稗説編

褚人獲和他的《隋唐演義》

　　《隋唐演義》，二十卷，一百回，共七十餘萬言，清初褚人獲撰，是一部在民間流傳很廣、歷來受讀者歡迎的歷史演義小說。

　　隋唐兩代故事，宋、元間已經盛傳於民間。但作為長篇講史小說卻始於明代。至清初，長篇歷史演義小說大量湧現，所涉及的內容上自上古三代、春秋戰國，下迄明代，幾乎構成了完整、細密的歷史系列。《隋唐演義》則是這個系列中的一個環節。它與《三國演義》、《東周列國志》等歷史演義小說一樣，在民間產生了強烈的影響，有著十分廣泛的讀者群，書中所塑造的英雄好漢，長期以來一直為群眾所喜聞樂道。我國著名的古小說研究者孫楷第說：「我國小說演隋唐故事者唯《隋唐演義》最普通。」（《日本東京所見小說書目》）這裏所說的普通，是普遍而又通俗之意，意思是流佈甚廣而又為一般讀者所喜愛。

　　《隋唐演義》的作者褚人獲，字稼軒，又字學軒，號石農，長洲（今江蘇蘇州）人，康熙二十年（公元 1681 年）前後在世。褚氏在人文薈萃的吳中頗負聲望，詩文以外，更廣涉歷代稗史秩聞，有多方面的藝術才能。主要著作有《堅瓠集》（又作《堅瓠秘集》）、《讀史隨筆》、《退佳瑣錄》、《續蟹譜》等，其中《堅瓠集》尤為人們所稱道。褚氏還廣為交遊，與江南著名文人尤侗、洪昇、顧貞觀等往來甚密，而評點、修訂《三國志演義》的毛宗崗對褚氏影響更為直接，《隋唐演義》的創作，與此不無關係。關於褚人獲其人，尤侗在為《堅瓠集》所作的序中稱其「少而好學，至老彌篤，搜群書窮秘籍，取經史所未及載者，條列枚舉，其事小可悟乎大，其文奇而不離乎正。」褚氏似乎有窮究野史稗聞的僻好，《堅瓠集》中頗多搜求怪異、神魔的鉤稽述錄。聯繫到《隋唐演

義》中的某些迷信色彩、怪誕描寫，就不足為怪了。

《隋唐演義》從隋文帝即位伐陳寫起，歷敘隋末農民起義、唐太宗登極、安史之亂，到唐明皇從四川返回長安為止，中間還鋪敘了隋煬帝的宮幃生活、武則天「荒淫亂唐」等等。作品所寫的歷史時間很長，內容繁富、人物眾多。概括起來主要內容有三個方面：一、秦瓊、單雄信、程咬金、尉遲敬德、羅成等英雄人物的故事；二、隋煬帝與朱貴兒的故事；三、唐明皇與楊貴妃的故事。全書幾乎沒有一個貫穿全書的人物，卻組織巧妙，不見斷痕。這就是小說家的本事。從這個意義上說，褚人獲稱得上一位有才能的作家，他正是不滿意前人一些同題材作品的缺欠，才著力撰作《隋唐演義》這部長篇講史小說的。

《隋唐演義》自序中有云：「《隋唐志傳》創自羅氏，纂輯於林氏，可謂善矣。然始於隋官剪影，則前多闕略，厥後補綴唐季一二事，又零星不聯屬，觀者獨有議焉。」按：《隋唐志傳》據說為羅貫中（又說為施耐庵）所著，後又由林瀚重編，改稱為《隋唐兩朝志傳》，共十二卷一百二十二回。林瀚為明季閩縣人，由進士及第官至資政大夫南京參贊機務兵部尚書，他在序言中自言曾得到羅貫中原本重新加以改編。這很可能是出於偽託。孫楷第認為「所載瀚序，蓋依託耳」。並認為《隋唐兩朝忘傳》係改編嘉靖時熊大木所編《唐書志通俗演義》。十分明顯，林瀚的《隋唐兩朝志傳》對褚人獲創作《隋唐演義》是有直接影響的。此外，如明刊本《大唐秦王詞話》、無名氏的《隋煬帝豔史》以及長期以來同類隋唐講史說部逐漸衍進的材料，都不同程度對褚人獲的創作產生了影響。在此基礎上，褚氏還廣泛吸取了唐宋傳奇、戲曲、民間傳說等材料，如《海山記》、《迷樓記》、《開河記》以及劉餗的《隋唐嘉話》，鄭處誨的《明皇雜錄》，曹鄴的《梅妃傳》，柳珵的《常侍言旨》，鄭棨的《開天傳信記》，王仁裕的《開元天寶遺事》，無名氏的《太真外傳》，陳鴻的《長恨歌傳》等等。作者廣採博撷，精心結撰，將那樣多的人物，那樣多的事件，那樣長的歷史，熔於一爐，成為有機的藝術整體，這不是一件容易的事。敢於這樣去設想，並且真正付諸寫作實踐，實在就很不簡單。一部作品能傳之久遠，讀者面寬廣，這本身就很值得我們去做深入的深索和研究。

有些論著認為本書結構鬆散，思想低下，藝術平庸，似乎全無可取；這顯然是一種苛責。其實，書中有些東西足以引為今天的借鑒，在藝術上也有可取之處。魯迅先生是基本上肯定這部作品的，說它「敘述多有來歷，殆不亞於《三國志演義》。」（《中國小說史略》）同時也指出了它的某些缺點。可惜的是解放

以後的文學史、小說史論著往往只著眼於魯迅對《隋唐演義》文筆方面的批評，過多地否定這部書，這是不符合實際情況的。須知魯迅是在肯定了《隋唐演義》「殆不亞於《三國志演義》」之後才接著說：「惟其文筆，乃純如明季時風，浮豔在膚，沉著不足，羅氏軌範，殆已蕩然。」（《中國小說史略》）明顯得很，魯迅這裏是基本肯定，又指出其不足。《隋唐演義》自有其特色，這是它所以能受到一般讀者歡迎的主要原因。

那麼，《隋唐演義》在寫作上究竟有些什麼特色呢？

首先，是它結構的特殊性。作者對大量有關材料的取捨、安排，顯示出組織構造之功。三組人物，兩朝史事，橫以素材，縱以史脈，以秦叔寶穿插其間，讀來饒有興味。清代的梁紹壬在他的《兩般秋雨庵隨筆》中說：《隋唐演義》「復緯之以『本紀』、『列傳』而成者，可謂無一字無來歷矣。」這是很有見地的評語。從某種意義上說，《隋唐演義》貫穿的東西是歷史，而不是人物。史為經，人物事件為緯，這就是《隋唐演義》的結構方法。這樣的結構有一個最大的好處，就是可以使一般讀者從小說去認識歷史，起到了普及歷史知識的作用。我們許多的文化知識較少的讀者正是從戲曲、評書以及演義小說去認識和熟悉中國歷史的。一般歷史演義小說所以受到普遍歡迎，這是重要的原因之一。細心的、善於鑒別思考的讀者，從《隋唐演義》中是會看得出其結構的特點的，三組人物猶如三個團塊，作品結構基本上是嚴整的。

其次，是人物刻畫有許多成功處。特別是作者筆下的所謂「草澤英雄」，如秦叔寶、單雄信、程咬金、羅成等等，都寫得非常生動，就連著墨不多的尉遲敬德，也寫得躍然紙上，虎虎有生氣。如寫秦叔寶「當鐧賣馬」的幾個回目，尤其精彩。一波未平，一波又起，曲折再三，跌宕有致。使讀者跟著作者的一枝筆行進。這幾回中，不僅秦瓊神態畢肖，就是單雄信乃至陪襯人物王小二夫婦也活靈活現。秦瓊的捉襟見肘、死愛面子，單雄信的任俠好義、耿直淳厚，王小二的圓滑機變、世故練達，均被作者一枝妙筆活畫出來。而王小二夫妻一刁鑽，一善柔，形成了強烈對比，亦相映成趣。「當鐧賣馬」極饒戲劇性，層層鋪墊，常是出人尋常意料之外，卻又在人情物理之中，將人物性格和內心活動揭示得非常充分。因此，後世戲曲多將它搬上舞臺。

我們來看第八回秦叔寶初與單雄信見面時的一段文字：

> 叔寶隔溪一望，見雄信身高一丈，貌若靈官，戴萬字頂皂英巾
> 金，穿寒羅細褶，粉底皂鞋。叔寶自家看著身上，不像模樣得緊，

躲在大樹背後解淨手，抖下衣袖，揩了面上淚痕。雄信過橋，只去看馬，不去問人。

待到雄信看罷了馬，才與秦叔寶相見：

「馬是你賣的嗎？」單員外只道是販馬的漢子，不以禮貌相待，只把你我相稱。叔寶卻認賣馬，不認販馬，答道：「小可也不是販馬的人；自己的腳力，窮途貨於寶莊。」雄信道：「也不管你買來的自騎的，竟說價罷了。……

這段文字，乾淨利落，人物聲情相貌，俱在眼前。單雄信的外貌特徵是通過秦叔寶「隔溪一望」而展現的，而秦叔寶的窘態則是「自家看著身上，不像模樣得緊。」是通過「主觀鏡頭」顯示出來的。「躲在大樹背後解淨手，抖下衣袖，揩了面上淚痕」一段更是維妙維肖。從中可以略見作者描寫人物的功力。

作者還繼承了我國古典小說的優良傳統，特別是受到《水滸傳》、《三國演義》等書的影響。例如，有意識地運用所謂「特犯不犯」、「同而不同處有辨」以及「傳神摹影」、白描等藝術手段，藝術效果十分強烈。同是逼上瓦崗的「草澤英雄」，由於出身、遭際、性情各不相同，各有各的個性。如，同是魯莽的火暴性子，程咬金和尉遲恭同中有異，同是任俠好義的剛強漢子，秦叔寶與徐懋功、單雄信與竇建德也各不相同。這同與不同之中，充分顯示出我國傳統藝術手法豐富的表現力。作者通過細節描寫來刻畫人物、增強作品藝術感染力的寫法也是值得注意的。像寫秦瓊對母親的孝順，是那樣細膩、生動。三年未曾歸家，又念及老母臥病在床，及待進了家門，聽妻子說母親剛吃了藥睡去，秦瓊便「躡足潛蹤，進老母臥房來，……叔寶伏在宋邊，見老母鼻息中止有一線遊氣，摸摸腦臂身軀，像枯柴一般。叔寶自知手重，只得住手，摸椅子在床邊上叩首，……」此外，作者也頗注意到人物描寫中的性格化語言，即是所謂「一樣人，便還他一樣說話」。如第二十一回寫程咬金和尤俊達兩人劫了三千兩官銀之後，咬金衝著押解差官叫道：

你卻不要走，我不殺你，我不是無名的好漢，通一個姓名與你去，我叫程咬金，平生再不欺人。我一個相厚的朋友，叫尤俊達，是我二人取了這三千兩銀子，你去罷。

這只能是程咬金的聲口。他坦率得可愛，殊不知為此卻招惹了大麻煩，官府到處緝拿陳達、牛金（係差官誤聽），累得眾英雄只得千方百計去通融官府。當眾英雄尚不知是誰劫了官銀，聚在一起議論時，咬金憋不住就要說出來，尤

俊達急得一面向咬金丟眼色,一邊在桌子下面捏咬金的大腿,咬金全不理會,叫將起來道:「尤大哥,你不要捏我,就捏我也少不得要說出來。」於是他便和盤端出。程咬金性格的憨直,叫人忍俊不禁。又如秦叔寶與尉遲恭對陣,勝負難解,尉遲則提議用兵器擊石以決勝負,出語亦令人噴笑。這都是作者賦予人物以個性化的語言來突現人物性格。

再次,是作品故事性強,引人入勝。演義小說受說書人講史和話本小說影響,很注意情節的曲折有趣,因為這樣可以引起讀者的興趣,增強作品的藝術感染力。例如,書中描入紅拂女私奔李靖,李太白醉草答番書以及秦國楨與達奚女,花木蘭替父從軍等故事,增加了故事性。這些故事都來源於唐宋傳奇、話本、戲曲和傳說,有些是讀者熟知的,但到了作家手中,經過一番改造加工,又別具一番魅力。如第八回寫秦國楨與達奚女的遭遇,迤邐道來,一波三折,文字流暢而有奇趣,十分動人。作者的藝術手段是較高明的。摭撖前人作品,為我所用,但又不是照搬過來,而是進行服從於新的藝術整體的再創造。又如,書中敘宮中閱《廣陵圖》,麻叔謀開河食小兒,狄去邪入地穴,皇甫君擊大鼠,殿腳女挽龍舟,煬帝泛舟北海遇陳後主,官中楊梅、玉李開花以及西苑十六院名號,美人名姓等等,都有所本,卻又都經作者加工製作而後納入作品中。又如,所謂「啖肉為誓」一事,在《隋唐嘉話》中,是由徐懋功提議的,《隋唐演義》中則改為由秦叔寶來提議了(參閱第六十回),並且由原來的語焉不詳,敷演出有聲有色的一篇文字來。再如《隋唐嘉話》有條:「隋文帝夢洪水沒城,意惡之,乃移都大興。術者云:『洪水,即唐高祖之名也。』」《隋唐演義》作者卻據此鋪排出李姓遭罹,李淵長行等一系列情節。作者採擷融會其他材料的工夫大率如此。

復次,是語言的通俗曉暢、生動自然。這主要是指描寫「草澤英雄」們的篇章。魯迅先生所說的「文筆浮艷」的弊病主要是指那些描寫宮廷生活的回目。前面我們列舉人物描寫中的個性化語言的例子,也可用來說明作者善用通俗生動語言。茲再舉一例,這就是秦瓊與賈潤甫一道去買馬的片斷:

> 兩個攜手到後槽,只見青驄、赤兔、烏騅、黃驃、白驥斑的五花虬,長的一丈烏,嘶的,跳的,伏的,滾的,吃草的,咬蚤的,錦雲似一片⋯⋯

馬的色彩、動態,寥寥數語,競展示如畫,顯示出作者具有很嫻熟的駕馭語言的能力。

最後，是作者對隋唐兩朝宮廷生活的描述，書中比較真實地揭露了封建帝王與整個封建統治集團窮奢極欲、荒淫無恥的罪惡行徑，襯托出「草澤英雄」們揭竿而起是事所必然。其中有些描寫比較生動，為讀者展現出一幕幕宮幃爭權奪寵、彼此傾軋乃至斧聲燭影、血雨橫流的活劇，中間又雜以唱歌侑觴、逐笑尋歡的場面，活畫出昏君佞臣醜惡的靈魂和嘴臉。對今天的讀者，也還有認識封建社會的作用。

毋庸諱言，《隋唐演義》還存在著許多缺點。如矛盾衝突不夠集中，有些人物性格很模糊；描寫雖細膩生動，但有的地方未免瑣屑冗長；文筆通俗流暢，然而也有些章節徒有表面浮豔，不夠本色；大幅鋪染與細節描寫尚不夠均勻、諧調等等。使作品減色不少。作家花費不少筆墨寫矮臣王義、姜婷婷夫妻愚忠求寵，最後雙雙為煬帝殉死，還有朱貴兒、袁寶兒、梁夫人等也一味愚忠忘我等，儘管寫得淒婉動人，卻都是不足取的。至於說插入一些迷信、神怪的描寫，要具體情況具體分析。如第三十二回「狄去邪入虎穴，皇甫君擊大鼠」，作者將隋煬帝寫成是前世鼠精，並借皇甫君的口罵道：「你這畜生，我令你暫脫皮毛，為國之主，蒼生何罪，遭你荼毒；骸骨何辜，遭你發掘；荒淫肆虐，一至於此！我今把你擊死，以泄人鬼之憤。」於是喝令武士狠擊鼠頭。這分明表達了人民對暴君昏主兇殘無道和時政黑暗的強烈義憤，恰恰是著意之處，並非閒筆。

但是，書中在每回開頭，都有一段忠孝節義、封建倫理的說教；在全書結尾時，又捏出一段所謂神仙點明，說楊貴妃、唐明皇乃是隋煬帝、朱貴兒轉生，來結此再世之緣等等，這完全是神道迷信、因果輪迴之謬說。作家以此來解釋歷史，更是荒唐。凡此數例，純屬糟粕，應該揚棄。

總之，《隋唐演義》應該給予基本的肯定，但是它無論思想上、藝術上都較為複雜，我們應多作認真的、實事求是的分析，才能決定吸取哪些，揚棄何物，給以恰如其分的評價。

原載《中國古代通俗小說閱讀提示》江蘇人民出版社 1983 年版

《聊齋誌異》三題

《黃英》篇新論

關於《黃英》，因其為《聊齋》名篇，人們對它的思想性和藝術性，已經說得很多很多了。我們這裏只拈出一個問題作些新的探討，這就是我國古代的商品經濟意識問題。

一般的看法，認為中國古代一向重農輕商，尚本抑末，因而人們的商品經濟意識淡薄。所謂：「士農工商」，士居其首，農亦在工商之上。這個說法，有符合實際情況的一面，但也未免籠統、含混。我們只要去翻翻《史記》中的《貨殖列傳）就不難感受到漢代人商品經濟意識並不薄弱，司馬遷以經商致富為榮的觀念就很明確，崇富惡貧思想相當鮮明：「故君子富，好行其德；小人富，以適其力。淵深而魚生之，山深而獸往之，人富而仁義附焉。富者得勢益彰，失勢而客無所之，以而不樂。夷狄益甚。諺曰：『千金之子，不死於市。』此非空言也。故曰：『天下熙熙，皆為利來；天下攘攘，皆為利往。』夫千乘之王，萬家之侯，百室之君，尚猶患貧，而況匹夫編戶之民乎？」（《貨殖列傳序》）說來「貨殖」二字，就很有意思。貨就是我們今天所說的商品；殖則差不多專指經營，即是古人所說的「子母之術。說白了，就是通過經商獲利。司馬遷讚揚蜀寡婦清及陶朱公等人的利甲天下，貨殖而巨富，為漢以前及漢代許多大商人立傳播遠，識見不可謂不高。司馬遷甚至說：「夫用貧求富，農不如工，工不如商，刺繡文不如依市門，此言末業，貧者之資也。」所謂「依市門」，還不就是拉起門面售貨嘛！所謂「安貧樂道」，看不起經商，原不過是很迂拘的懶漢們的口實罷了。司馬遷在《貨殖列傳》中的一些思想火花，我們今天看來，

仍閃灼著熠熠光彩。如他將全國分成四大經濟區域，依次敘述各個區域的物產、交通、城市、商業和風土民俗，無異於一篇周流天下的商業導遊指南。他關於人的追求生活美好、爭過富裕日子的議論，還有強調人才在致富中的作用，以為才智高超的人經營任何行業均可有所作為，成為「素封」的言論，都非常精彩，即使在今天，仍然富有啟發性。素封，指無官爵封邑而仍有資財的富人。蒲松齡曾在《醫術》篇中稱貧民以行醫致富的張氏為素封。司馬遷《貨殖列傳》並非憑空結撰，它真實地反映了漢代一般經濟思想和人們經濟活動的某些方面。

到了宋元時期，隨著工商業的繁榮，城市工商業者十分活躍，一些巨商大賈倚仗著自己的經濟實力與封建統治者抗衡，商人的社會地位進一步提高了。《宣和遺事》中就記載了蔡京為宰相時，商人們曾來向他索還國家借款三千七百萬貫的故事，這說明當時的商人階層經濟實力之雄厚。明清時代，由於資本主義萌芽的出現，商品經濟日趨繁榮，人們對商人的看法亦有所不同。從話本小說對商人及商販的描寫來看，商人的社會地位空前提高了。因此，籠統地說我國古代重農輕商或商品經濟意識薄弱並不那麼確切。

蒲松齡在《黃英》篇中借陶三郎之口說：「自食其力不為貪，販花為業不為俗。人固不可苟求富，然亦不必務求貧也。」這番話表達的正是蒲松齡對商販及商人階層的看法。應該說，這個思想既反映了作家個人思想的敏銳和開放，又是特定的社會──文化背景使然。我們知道，蒲松齡的父親蒲槃二十幾歲時即棄舉子而去經商，「蘊行殖學，毫不露諸頰齒」（路大荒《蒲松齡年譜》）。即是說，以一「淹博經史」的儒生而事商賈，且有所建樹。至於後來他將「所積金錢，輒以義盡散去」，則是其豪俠之舉了。蒲松齡自己，也是不甘於貧困的。這從他嬉笑怒罵的《除日祭窮神文》、《學究自嘲》等俚曲中不難感受得到。如在前者中有云：「我縱有通天的手段，滿腹的經綸，腰裏無錢難撐混。」在後者中他又悄悄透露了他所以沒像父親那樣去經商的消息：「再盼明年，又想新館接舊館，不教書也無的幹。」大約因了個人氣質和身體條件等等複雜原因的綜合作用吧，蒲松齡終是安於在畢老爺家教書課徒，未曾去「蘊行殖學」，可他對經商不存偏見，甚或加以讚揚，這卻是十分明顯的。

在《黃英》篇中，蒲松齡成功地塑造了兩種對襯的人物：商販與書生。黃英姊弟是花農兼商販形象，馬子才則是一位迂拘且自命清高的書生形象。

作者通過對比描寫，使兩種人物相映成趣，俱各鮮活生動，從而揭示出商品經濟相對發達時期人們不同的價值觀念。馬子才雅愛菊花，崇敬陶淵明，如癡如醉，心誠意篤。他的這種精神感動了菊花精，於是菊花精化為陶姓姊弟，姊黃英，弟三郎。三人相識在旅途之中，相談契合，同歸馬家。後來黃英嫁馬生，三郎亦成馬生內弟與好友。蒲松齡巧幻奇布，三人之間生出種種曲折、層層波瀾。

先是，三郎見馬家生活清苦，提出「賣菊亦足謀生」的設想，不想馬生不悅，言含鄙夷：「僕以君風流雅士，當能安貧；今作是論，則以東籬為市井，有辱黃花矣。」其狷介清高溢於言表。於是引出三郎「自食其力」的一番言論。此後，三郎種菊、販菊，「其門囂喧如市」，「市人買花者，車載肩負，道相屬也」。第二年春天，三郎又在都中設花肆，生意興隆，很快富了起來。「一年增舍，二年起夏屋」，更於「牆外買田一區，築墉四周，悉種菊」。黃英也如三郎一樣，「課僕種菊」，不久也發達起來：「村外治膏田二十頃，甲第益壯。」這樣一來，馬生心理不平衡了，他既不願入贅，又「恥以妻富」，甚至對黃英說出什麼「僕三十年清德，為卿所累」的迂闊之言。又說：「今視息人間，徒依裙帶而食，真無一毫丈夫氣矣。人皆祝富，我但祝窮耳！」馬生徒恃清高，近乎可笑。蒲松齡就是這樣，以諧謔和善意的筆調，揭示出馬生觀念上的迂執，藉以抒發自己對「殖學」的深入思考。前有司馬遷，後有蒲松齡，言古人缺乏商品經濟意識，豈不謬哉！更為有趣的是，因馬生與黃英觀念不同，夫妻兩人竟分居了一段時間，蒲松齡一支妙筆，真是令人難以琢磨，出其不意之間，令人為之絕倒。且看：「黃英曰：『君不願富，妾亦不能貧也。無已，析君居：清者自清，濁者自濁，何害。」黃英一時說服不了馬生，只好令其自省了。結果，馬生沒過幾天，就苦苦思念黃英，請黃英過來，黃英不肯，只好去黃英那裏。先還是「隔宿輒至」，後來就徹底住過去了。黃英笑著說，何必東食西宿，豈不更破費嗎？說得馬生也笑了，竟無言以對，「遂復合居如初」。夫婦二人終於取得了一致意見，和好了。讀至此，能不令人啞然失笑？馬生的以清高自居自有其可愛之處，冷峻思之，又酸溜溜的，難怪他自己也覺得自己可笑呢！馬生的影子今天似亦不完全陌生。讀《黃英》所以覺得親切、有趣，那是因為今天安貧樂道、自恃清高的讀書人並不曾絕跡。蒲松齡將馬子才思想觀念的轉變過程寫得細緻生動，非常有趣，於諧謔調侃之中，表現出作者對重仕輕商觀念的不屑。這在蒲松齡的時代，是很可貴的。

亦幻亦真　神似《西廂》筆調——讀《葛巾》篇

　　蒲松齡此篇寫人與花仙相戀，曲折纏綿，通篇用轉筆，故事情節起伏跌宕，多姿多彩，幾令人目不暇接。一般認為，它與《香玉》篇是姊妹篇，均是寫牡丹花仙與人生死愛情的，突出的是一個「情」字。且二篇相映成趣，時有互補。傳說蒲松齡曾於嶗山避難，在道觀中見到一株生長多年的很高的牡丹，遂產生了靈感寫成《香玉》。如果說《香玉》篇是作者因花生情，由實際感受而產生聯想，喚醒靈感的話，那麼《葛巾》篇則由記載牡丹品種及產地的書籍和傳說生發而來，想像之瑰奇與超妙更是令人歎為觀止。馮振巒在夾評中謂：「歐公有《牡丹譜》，凡數百種，內一種名葛巾紫。」呂湛恩注本夾評則引述《群芳譜》：「牡丹名玉版，白者單葉，長如拍版，色如玉，深檀心。」又引歐陽修《牡丹》詩：「當時絕品可數者，魏紅窈窕姚黃肥；壽安細葉開尚小，朱砂玉版人未知。」由此我們似可循到《葛巾》與《香玉》二篇各逞其美、韻味正自不同的一些消息。將二篇對讀，無疑對理解蒲松齡這一類作品大有裨益。

　　只要讀讀二篇的「異史氏曰」，就不難看出它們精神上的相通之處。《葛巾》篇的「異史氏曰」有云：「懷之專一，鬼神可通，偏反者（指花）亦不可謂無情也。」蒲松齡認為花之有情者，彌足珍視，不必去探詢其為異類還是為同類，即所謂「何必力窮其原哉？」可惜可歎的是常生未至達境，到頭來因「浮言終不可滅，猜疑究不可消，遂使玉碎香消」（但明倫評語）。蒲松齡所謂的「達」，乃是指鬼神可通、異類可感的一種通達，即不疑不惑，不論形骸，癡情深篤，略無滯礙。這與湯顯祖在《牡丹亭》中所表現的「真情」是一脈相承的。正是因為常大用「未達」，對葛巾姓氏族裏終懷疑竇。當葛巾、玉版分別嫁與常家兄弟大用、大器之後二年，各生子，「始漸自言魏姓，母封曹國夫人」。大用先疑曹州並無魏姓世家，繼託故往曹州訪詢，果不出所料，曹地向無魏姓世族。於是大用去見舊館主人，見壁上有《贈曹國夫人》詩，疑惑更深。及待得知曹國夫人乃是一本「高與簷等」的牡丹時，常大用就不單純是疑，而是心生恐懼了，「愈駭，遂疑女為花妖」。歸家後，大用述《贈曹國夫人》詩以探察，遂激葛巾「蹙然變色」，終與玉版俱各擲兒於地，二女亦渺然不知所向。常大用的一番「內察外調」，疑神疑鬼，說明他的心不夠至誠，對「偏反者」的懷一真情，視為妖異，恰恰說明其「癖好杜丹」亦未入癡境，差不多是葉公好龍。總之，他與葛巾之間的愛情，終有一層隔膜，故葛巾未作更多的解釋決然離他而去。「今見猜疑，何可復聚？」是說她不能容忍夫妻之間那怕是些微的隔膜和

不信任。蒲松齡這樣寫，突出的是一種異乎尋常的超越性，一種非「形骸之論」的真情至性，常大用缺少的正是這種最可寶貴的東西，因此，他終於失去了葛巾。蒲松齡以情對理，視禮教名分為俗物的孤高品格，就這樣曲折而含蓄地流露出來。

本來，異類相戀，總不免隔膜。常生之始「疑之」，復「駭異」之，至「愈駭」，乃屬一般人的正常心理活動。待到一瞬間失卻妻兒，常生則「悔恨不已」。常生之於葛巾，好事多磨，苦苦追求，情不可謂不深；葛巾之於常生，始出銀相助，繼而私奔同歸洛下，及至喝退群盜，為常生生子，情亦不可謂不篤。這裏，我們不能不想到一個名教、名分問題。知曉妻子族裏姓氏，本屬常情，故常生赴曹地探詢，原也無可非議。何以一俟常生疑葛巾為花妖，葛巾當即不計前情，毅然義斷恩絕了呢？湯顯祖在《牡丹亭》的「作者題詞」中說：「自非通人，恒以理相隔耳！」意思是說，人與人之間，人與鬼之間，並非不可通情愫，而是理學、禮教橫在人們之間、人鬼之間，使其不能相通。當然，這裏的「鬼」，意蘊深涵而複雜，不可執求，當以幻而真視之。《葛巾》中曲折表現的，也是這樣一種意向，花妖，在蒲松齡筆下有各種各樣的姿態和身份，有時也隱約喻為風塵女子。葛巾來歷不明，不願明示自己身份，這是常生疑惑的根據。常生一直希望她是大家閨秀。他初遇葛巾時，「疑為貴家宅眷」，後又疑為仙媛，唯獨不去想葛巾是花妖。「花妖」是否一定指風塵女子，不好遽斷，但從常生之驚恐萬狀來看，「花妖」在本篇中當有所指。常生初疑葛巾為仙媛，是並不駭怕的。退盜賊時葛巾明言：「我姊妹皆仙媛，暫時一履塵世，何畏寇盜！」此時常生並不驚駭。然一涉「妖」字，常生便六神無主、驚而又駭。常生擇偶，看重門第出身，便這樣隱晦幽曲地透露出來。因此，「疑為貴家宅眷」及「終疑為仙」二句十分重要，這是常生與葛巾成為夫妻之前的想法，放過了這二句，讀《葛巾》篇就難免墮人雲裏霧裏。至於常生的身份，作者雖未明確交代，然他能作《懷牡丹詩百絕》，自然是雅愛牡丹的書生了。有人以為常生是「花匠」，怕是毫無根據。一個花匠，見了「貴家宅眷」，怎麼敢斗膽上前糾纏呢？有愛花之癖者未必就是花匠，這是不言而喻的。

說到《葛巾》的藝術技巧，人們都注意到了其靈透多變的轉筆，這是它的主要特色。但明倫似乎偏愛此篇，夾評與回末總評，洋洋灑灑，嘖嘖讚賞。如葛巾喝退寇盜時，但評云：「以婦美金多而致寇，而乃先允其索金之請，繼且炫妝而面與之言，是謾藏而不必誨盜，冶容而不必誨淫也。然險中得計，仙人

乃可行之，如諸葛武鄉侯之啟關彈琴而退司馬，豈他人所得而傚之哉」將葛巾退賊與孔明空城計相提並論，識見不可謂不奇特。但氏還在回末評曰：「此篇純用迷離閃爍、夭矯變幻之筆，不惟筆筆轉，直句句轉，且字字轉矣。」又云：「事則反覆離奇，文則縱橫詭變。觀書者即此而推求之，無有不深入之文思，無有不矯健之文筆矣。」但氏評語，目光敏銳，言之鑿鑿，且能由事及文，由文及法，引出可供借鑒之方法和途徑。這對我們的閱讀欣賞，是饒有啟發性的。結合情節來看，如常生苦思苦念，果獨遇葛巾。正欲上前表白心曲，而老嫗突至。葛巾讓常生隱於石後，悄語相約：「夜以花梯度牆，四面紅窗者，即妾居也。」常生按約度牆，卻聞紅窗內有敲棋聲，逡巡再三，憑窗窺探，見葛巾與一素衣女子下棋，一嫗一婢，侍立在旁，只得返回。如此「凡三往復」，第四次登牆，梯又為嫗移去，如此折騰了一夜。次夕終於見到葛巾，不意玉版又來，害得常生躲在床下，苦不堪言。這個梯而過牆，屢赴不果的情節似受到《西廂記》中張生跳牆事的啟發，後葛巾來就，成其好事亦近似於《西廂記》中的「後候」。所謂「筆筆轉」、「句句轉」、「字字轉」，於此可見。如此轉筆，須是用心體會方可悟到的。

以上兩篇原載《古代志怪小說鑒賞辭典》上海辭書出版社 2014 年版

「世間只有情難畫，誰似先生寫狀來？」——《阿寶》篇讀識

蒲松齡在《聊齋誌異》中寫過「書癡」、「藝癡」，這篇《阿寶》寫的是「情癡」。

蒲松齡是自謂其癡的。在《聊齋自序》中，這位聊齋先生說自己在寫「孤憤」之書時，「遄飛逸興，狂固難辭，永託曠懷，癡且不諱」，他還認為，「性癡，則其志凝：故書癡者文必工，藝癡者技必良。——世之落拓而無成者，皆自謂不癡者也」。這裏，蒲松齡雖然沒有直接說明，卻通過孫子楚和阿寶之間真摯的愛情形象地揭示出：情癡，則其意必真。真情實意、兩情相投的愛情，應該得到美滿的結局。正是從「癡」與「真」出發，作者精心構織了孫子楚與阿寶愛情生活中令人迴腸盪氣而又迷離惝恍的情節，鋪排出「斷指」、「離魂」、「化鳥」等等曲折纏綿的故事。表面上看，似乎離奇莫測，卻緊緊扣住一個「癡」字，整個作品的藝術結構巧妙自然，怪而不誕，使人但願信其有，不願知其無，有著極為強烈的藝術感染力。

值得我們注意的是，蒲松齡在《聊齋誌異》中塑造了一大批「情癡」的藝

術形象，他們不貪功名，蔑視仕宦，常常背悖封建家長為他們指定的人生道路，敢於向封建禮教的約束和傳統的道德觀念進行鬥爭，熱烈而又誠摯地去追求建立在真正愛情基礎上的自主婚姻。這些作品反映了作者具有先進的世界觀和帶有民主主義色彩的激進思想，是《聊齋》故事中思想深邃、藝術上絢爛多彩的篇章。在這類作品中，《阿寶》更是寫得文情渾厚質樸，格調清新可愛，顯得分外突出。「世間只有情難畫，誰似先生寫狀來？」清人馮鎮巒援引半癡子的話來評價這篇作品，是頗有見地的。

寫「情癡」者，在蒲松齡以前不乏其人。在唐有陳玄佑的《離魂記》傳奇。元人鄭德輝據此改編成雜劇《倩女離魂》，是元雜劇的名篇。到了明代，湯顯祖據話本小說《杜麗娘慕色還魂》寫成了「家傳戶誦」的戲曲傑作《牡丹亭》，堪稱此類作品的極致，是文學史上佔有重要地位的名作。傳說遭遇不幸的馮小青讀了《牡丹亭》之後，曾寫過一首絕句，其中後兩句是：「人間亦有癡於我，豈獨傷心是小青。」馮小青與杜麗娘的心是相通的，她們都是癡情女。明人潘之恒認為杜麗娘之情是「癡而幻」（《鸞嘯小品‧情癡》），馮小青抑鬱而死，於情亦可謂癡極。蒲松齡之前，作家們大多寫的是女癡，湯顯祖《牡丹亭》以降，諸家蜂起效尤，多無甚新意。惟獨蒲松齡另闢溪徑，翻空出奇，以癡筆寫癡人，塑造了孫子楚這樣一個男癡的形象，稱得上別開生面，情深趣濃，意態直入化境。馮鎮巒說得好，「此（指《阿寶》篇）與杜麗娘之於柳夢梅，一女悅男，一男悅女，皆以夢感，俱千古一對情癡」（見「三會本」《聊齋誌異‧阿寶》）。從《聊齋誌異》中百餘篇表現男女愛情的作品來看，十分明顯，蒲松齡承繼並發展了包括湯顯祖在內的明清進步思想家的民主思想和反封建意識，他通過活生生的藝術形象，表達了「情理對立」、「以情為本」的進步認識和主張，對「存天理、滅人慾」的宋明禮教進行了大膽的挑成和強有力的衝擊，發出「懷之專一，鬼神可通，偏反者亦不可謂無情也」（《葛巾》）的呼號，把人類的正當要求（情慾）強調到突出的地位，並對情的力量進行了浪漫主義的誇張和渲染，它甚至可以超越時間和空間的限制，可以不受生死榮辱、門第貴賤以及傳統的道德觀念的束縛，只要是「真心」、「至情」，就能金石俱開，天地鬼神皆通，衝破一切阻隔而獲得自由幸福。自然，這包含著濃重的理想色彩，但在當時畢竟代表著進步的民主思想和強烈的市民意識，是離經叛道的、反傳統的。蒲松齡所處的時代畢竟比湯顯祖時代前進了，因此，他的挑戰和衝擊似乎更為大膽，更為激烈。

如果說《牡丹亭》的肯綮是在死生之間，是「癡而幻」，那麼《阿寶》篇則是立意在「癡」字，處處寫「癡」，卻筆筆關「情」，而且這「情」又是那樣實在，那樣具體，那樣真切！不是「癡而幻」，而是「癡而真」。這就是《阿寶》這篇小說通篇之關竅。

讓我們通過具體分析來看看蒲松齡是如何寫「癡」，又是怎樣把「癡情」寫得既實實在在、真真切切而又使人讀之魂牽魄攝、心醉神迷的。更重要的，是通過分析，尋到這位藝術大師是如何在藝術實踐中將深刻的思想溶於藝術形象的蹤跡，為我們今天的小說創作提供借鑒。

蒲松齡在《阿寶》中，一開始就從寫孫子楚的癡入手，說孫生「性迂訥，人誑之輒信為真。或值座有歌妓，則必遙望卻走。或知其然，誘之來，使妓狎逼之，則頳顏徹頸，汗珠珠下滴，因共為笑。」寥寥數語，寫盡老實人迂訥、癡憨的情態。這一筆乍看似乎隨意寫來，仔細玩味，卻是那樣富於包孕，文字簡約、生動，意蘊則細微、傳神。用但明倫的話來說，便是「以敘筆為提筆，以閒筆為伏筆」（「三會本」《聊齋誌異‧林四娘》總評）。首先是開宗明義，點出「癡」字，突出了人物個性。其次，說明孫生非放蕩之徒，漁色之輩，恰為下文所要描寫的孫生對阿寶的綿綿真情作張本。第三，開筆便不同凡響，即是所謂「以敘筆為提筆」，提，是提挈之意，「立片言以居要，乃通篇之精策」。這一筆著實有力！

癡人自有凝志。孫子楚不僅對美好的愛情大膽追求，毫無顧及，而且感情熱烈，態度執著。這是他在整個作品中的貫穿行動。當「與王侯埒富，姻戚皆貴冑」的大賈某翁為其女阿寶「日擇良匹」時，有人竟揶揄攛掇孫子楚去求婚，於是「生殊不自揣，果從其教」。他不顧門第懸殊，怎樣想就怎樣做，遣媒作伐，行動果敢。這亦是一「癡」。不言而喻，孫子楚受到了冷遇，這是門閥觀念在作祟。不料作者在此處著一險筆，使文勢陡起波瀾：「媒媼將出，適遇寶。問之，以告。女戲曰：『渠去其枝指，余當歸之。』」小說開始，作者曾告訴我們孫子楚生有枝指，乃一重要伏筆。這裏阿寶以此為「戲」，完金是脫口而出，帶有很大程度的隨意性。及待孫生真的忍巨痛「以斧自斷其指」，媒媼奔告阿寶時，阿寶不能不為之震驚：「女亦奇之，戲請再去其癡。」作者兩次用了「戲」字，為什麼阿寶一「戲」再「戲」呢？第一次「戲」是寫阿寶的單純、真率，是真正的「戲」，同時又以阿寶不無稚氣的相「戲」，反襯出孫子楚的執著和頑強，即「癡」。孫生之「癡」簡直令人「驚心動魄」。至於第二次的「戲請再去

其癡」，就不完全是玩笑了，因為阿寶畢竟心裏有所觸動，「去其癡」，不過是含含糊糊的字眼兒。我們從「生聞而嘩辨，自謂不癡」的行動來看，孫子楚是那樣認真，只要能獲得自己所愛的人的真情，他一切都在所不辭。阿寶「戲」而再「戲」，孫生「癡」而又「癡」，作者就是這樣細緻地揭示出人物內心活動的層次，使人物個性鮮明，性格豐滿。至此，文勢轉落。孫生苦於無由「見而自剖」，「曩念頓冷」。猶如樂章進入舒緩，浪疊復於平靜，都是積聚以待驟起。但明倫評謂「小作頓挫」，極是。這個段落節次分明，又不失為針線工細、綿密，收束得迅疾而不覺其草率，自然巧妙。僅僅三、四百字，人物形象卻栩栩如生。

在從「會值清明」始，作者集中筆力寫了阿寶姿容之美以及孫生魂依阿寶的始末。寫阿寶之美用的是「反逼法」。所謂「反逼法」，是但明倫在《嘉平公子》篇總評中提出來的。《嘉平公子》開篇只說嘉平某公子「風儀秀美」，不是採取正面描寫公子如何如何美的寫法，而是極力描寫麗人對公子的主動追求，以麗人的行動來反襯公子的貌美。這種手法實即湯顯祖所說的「以客行主」法，猶同不直接描寫崔鶯鶯的美貌，而花許多筆墨去寫和尚們的驚愕、呆望、亂了佛法等等，用以襯托鶯鶯之美。湯顯祖評箋「董西廂」，「文章之妙全在借客行主，若只寫崔之奇豔，張之瘋狂，人皆能之，此卻把眾和尚鬧道場處極力描畫，正為張生張本。」這種寫法早在漢樂府《陌上桑》中就有了端倪，寫羅敷之美借筆使君便是如此。蒲松齡吸取了前人技巧中的長處，巧妙地運用這種方法來寫阿寶姿容之美：

　　……遙見有女子憩樹下，惡少年環如牆堵。……少頃，人益稠。

　　女起，遽去。眾情顛倒，品頭題足，紛紛若狂。

這是從惡少們眼中看阿寶，以惡少們的「恣其月旦」（任意品評），顛倒若狂，來村託阿寶的「娟麗無雙」。再看從孫子楚的眼中和行動中看阿寶：

　　生獨默然，及眾他適，回視，生猶癡立故所，呼之不應。群曳

　　之曰：「魂隨阿寶去耶？」亦不答。眾以其素訥，故不為怪，或推之，

　　或挽之，以歸。

既寫出了孫生之「癡」，又村托出阿寶之美，而且，為下文孫子楚魂依阿寶伏下預示，真是一枝筆作多處用場，文情之妙，令人拍案。馮鎮巒評此段說：「寫情癡工。此下魂依阿寶一段，已於此透過，一面是兩面。」根據我們上面的分析，便不止是「一面是兩面」，分明是「一面作多面」，一以當十。

　　作者關於「離魂」、「化鳥」的描寫，想像馳騁，變化莫測，是小說中寫得最精彩的段落。說它精彩，並不僅僅在於藝術家的奇思妙想，讀來使人神馳魂搖，更在於字裏行間所躍動著的深邃的思想，真摯的情感以及那些精微的細節描繪：

　　　　初，生見女去，竟不忍捨，覺身已從之行，漸傍其衿帶間，人無呵者。遂從女歸，坐臥依之，夜輒與狎，甚相得，然覺腹中奇餒，思欲一返家門，而迷不知路。

　　身從之行，傍其衿帶間的妙想，叫人歎為觀止，只有蒲松齡才想得出，這與顏如玉從書中走出來一樣的玄妙，然卻深切動人，毫無矯飾、外假之弊。孫子楚魂化鸚鵡，飛至阿寶居所，日夕依偎在所愛身邊的一段描寫，更是深情款款，十分動人：

　　　　女喜而撲之，鎖其肘，飼以麻子。大呼曰：「姐姐勿鎖！我孫子楚也！」女大駭，解其縛，亦不去。女祝曰：「深情已篆中心。今已人禽異類，姻好何可復圓？」鳥云：「得近芳澤，於願已足。」他人飼之，不食，女自飼之，則食。女坐，則集其膝，臥，則依其床。

　　這是一曲想像美妙且又飽含著熱烈、真摯情感的愛情之歌，寫「癡情」到如此地步，狀愛戀竟這樣深濃，惟蒲松齡而已！當阿寶向鸚鵡祝曰，「君能復為人，當誓死相從。」作者寫道：

　　　　鳥云，「誆我！」女乃自矢。鳥側目若有所思。」

　　鳥乎？人乎？分明是寫人。然鸚鵡又銜阿寶繡鞋飛去，以作信物。人豈能飛？是人又是鳥。妙趣橫生，真可謂文心通靈。但明倫評此云，「雖已旦旦相要，而驟取誓物，於人則癡，於鳥則不癡。綠鳥銜繡履，於紅喙上添出幾分顏色。」色彩之妙還不過是枝節，此處妙在孫子楚一向篤誠敦實，一經妙筆點染，化鳥後竟平添出幾分可愛的狡黠。於人，豐富了性格的層次，於鳥，活畫出異類的神態，此類點染，恰為匠心所在處，不可輕易放過。我們說，蒲松齡的這些描寫，富有浪漫主義的奇情異采，但基調還是現實主義的，因為科學的現實主義概念並不排斥描寫中美好的嚮往和崇高的理想。沒有深切的感受和深邃的思想，奇想便成為不著邊際的東西，也就不會使人深深地感動。誠如托爾斯泰所說，「因為在驚心動魄的因素中，在新奇、出其不意的對比和駭人聽聞等效果中，沒有感情的傳達，而只有對神經的作用而已。」〔註1〕蒲松齡在《阿

〔註 1〕 （俄）托爾斯泰：《藝術論》第 111 頁，人民文學出版社 1958 年版。

寶》中並不是刻意去追求新奇和出其不意，而是緊緊扣住「癡」和「情」，真
誠地向讀者傳達著美好的感情，熱烈地向人們展示著理想的畫卷。「離魂」、「化
鳥」不過是傳達的方式和手段，寄於幻而出於真，因此我們才說它「癡而真」。
將《阿寶》與《牡丹亭》作一比較，其同中有異是很明顯的。簡言之，《牡丹
亭》實中有幻，多浪漫色彩，《阿寶》以幻為實，重寫實精神，前者是氣勢磅
傳的樂章，後者是和易恬淡的詠唱。調異工同，各逞其美，二者俱為傳情之絕
調。

　　「忽而離魂，忽而化鳥」，不僅極寫孫子楚之「癡」，同時也一層層細緻地
揭示出阿寶漸入「癡」境的內心變化過程，即「生以癡感，女以癡應」的過程。
作者以他敏銳的觀察力和高超的藝術技巧，通過阿寶微妙的心理活動，令人信
服地展示了這個少女純潔、善良、美好、深情的心靈。阿寶從「心異之」，到
「駭極」、「益駭」、「大駭」、「心益異之」，直至向父母表示「矢不他」，經歷了
愛情從萌發到成熟的重重考驗。「駭」，在這裏含有內心驚異、震動的意味，非
指一般意義上的駭怕。阿寶從自己「陰感其情之深」，就已在心裏屬意於孫，
這是她「癡情」之始。到她感歎「深情已篆中心。今已人禽異類，姻好何可復
圓？」這是希望，也是真誠剖白，愛戀遂深，「癡」益甚。直至又深一層：「女
又祝曰：『君能復為人，當誓死相從。』這已是熱烈的嚮往，忠誠的誓願，「癡」
之已極。最後則是「處蓬茆而甘，藜藿不怨也。」此乃「以癡報癡，至以身殉」
（但明倫評語），是兩「癡」的果實，阿寶一「癡」到底。作者層層剝示，細
膩有致，然並不是「謹毛失貌」，一味按實，而是精心遴選最能表達人物情態
的細節，使作品意、趣、神、色俱佳。正是所謂「體貼人情，委曲必盡；描寫
物態，彷彿如生」。〔註2〕

　　蒲松齡所以能將孫子楚與阿寶之間的愛情寫得如此動人，與他個人的實
際經歷、生活體驗不無關係。他的經歷和感受是獨特的，因此才能寫出獨特的
作品。我們知道，蒲松齡在愛情生活中有過不幸的遭遇，他與妻子陳淑卿在患
難中結合，有著深厚的感情，也有過雖然短暫卻永駐記憶的甜蜜時光。然而，
更多的是揮袂蹟跂、生離死別，雙方嘗盡了淒寂、相思之苦。更不幸的是陳淑
卿的早逝，使得蒲松齡無限傷痛，以至終生抱恨，他懷著極度的哀傷和思念，
請畫師為亡妻畫像寫真，又合著淚水寫成《陳淑卿小像題辭》。正是從這篇深

〔註2〕（明）王世貞：《曲藻》，見《中國古典戲曲論著集成》第四冊第33頁，中國
　　戲劇出版社1982年版。

情的題辭中，我們知道作家有過愛情上的挫折和傷痛。愛情生活的悲劇使作家不能相信他所處的那個現實中會有真正的自由、幸福，於是他便用他的筆，用小說藝術去謳歌美好的愛情，「用美麗的理想去代替那不足的現實」。他說：「人生大半不稱意，放言豈必皆遊戲？」〔註3〕因此，借鬼狐花妖以寄真情，用「離魂」「化鳥」以寓理想，便成為蒲松齡畢生的事業。由此，我們不難看出，正因為有真情實感，又有進步的世界觀作指導，才使蒲松齡筆下的愛情故事更深沉，更真實，更動人，更富於藝術性。這就是「誰似先生寫狀來」的底蘊。有了獨特的感受，沒有技巧，還是寫狀不來。在藝術創造中，技巧永遠是必要的。《阿寶》篇單線發展，平鋪故事，然淡而味至，異樣迷人，這是與蒲松齡高超的小說技巧分不開的。敘述描寫中，一波始平，一波驟起，跌宕起伏，多用險筆，出乎預料，又入情理，是本篇一個突出的特色。如至阿寶結縭，孫生如願，文情趨盡，作者又突出險筆，寫「生忽病消渴，卒」。使人為之一震。孫子楚死而復生，又順勢一筆，抨擊科場之弊，是為離而又連，趣外之趣。蒲松齡駕馭語言的能力是驚人的，這不僅在一篇《阿寶》，惟在《阿寶》中用筆更見奇氣，字字珠璣，美不勝收。像「遙望卻走」、「赬顏徹頸，汗珠珠下滴」、「或推之，或挽之，以歸」等語，易之不可，確不可移。孫子楚所化之鸚鵡突出一語：「誑我！」出於尋常口語，卻又叫人忍俊不禁，覺得情趣盎然。「何意百鍊鋼，化為繞指柔」。（劉琨句）用文言寫小說而不覺其文，拈來尋常熟語又不顯其俗，和諧平易，甘美醇厚。或如行雲流水，或如風雲乍起，變化操縱自如，一往百轉千回。語言這般巧妙、奇譎，訣竅何在？是否只歸結為鍊句鍊字、推敲琢磨就得詮釋？恐怕「極盡行文之樂事」，是不能脫離開文心之巧、文情之茂的，語言從來不是孤立的東西，離開故事情節和結構藝術，文字之妙便無所依附。如果我們將上面提到的那些優美的小說語言剝離開《阿寶》故事，它們所包含的美味也就不復存在了。蒲松齡在處理情與文的關係上為我們提供了很好的啟迪和借鑒。

　　蒲松齡就是這樣，在一篇兩千餘字的短篇中，使我們得到了這樣多的藝術享受！

原載《〈聊齋誌異〉鑒賞集》人民文學出版社 1983 年版

〔註 3〕（清）蒲松齡：《同畢怡庵綽然堂談狐》。

恣情縱筆任橫行——《西遊補》讀札

　　《西遊補》乃是所謂「嵌入文」,作者自言:「《西遊》之補,蓋在火焰芭蕉之後,洗心掃塔之先也。」(《西遊補答問》,以下簡稱《答問》)即是說應插入《西遊記》第六十一回與第六十二回之間,亦即三調芭蕉扇通過了火焰山之後,唐僧金光寺掃塔之前。它的規模獨立出來大致相當於我們今天的中篇小說,敘寫行者在化齋之時,為「鯖魚擾亂,迷惑心猿」,或入古人圈中,或涉未來世界;忽化美女,又作閻王,尋秦皇,卻遇項羽;勘秦檜,拜武穆;既見風流天子,又遇科考放榜。怪怪奇奇,迷迷幻幻,便是所謂「以見情魔團結,形現無端,隨其夢境迷離,一枕子幻出大千世界」(嶷如居士序)。最後得虛空尊者一番點化,行者終從夢幻中醒來,打殺鯖魚,「亂窮返本,情極見性」,回到「範圍天地而不過」的現實中來。

　　《西遊補》究竟有何寓意和寄託?已有不少的學者多方進行過探索。鈕琇認為它「鑿天驅山,出入莊老,而未來世界曆日先晦後朔尤奇」。(《觚賸續編》)奇,乃是說作者藝術構思的奇異玄妙,究竟奇的背後寄寓些什麼思想,鈕氏語焉不詳。也有人以為作品有反清排滿意識,作者「目擊世變,腥膻遍地。書中所云青青世界及殺青大將軍等,頗寓微意」。「且逆數曆日,孤臣心事,於無可奈何之日,猶冀天地之旋轉。全書以牡丹始,以桃花終,花王世界,不宜異種羼入,輕薄之桃花,雖能乘時獻媚,亦只能逐逝水之流耳。此作者立言之本旨也。」(無名氏《缺名筆記》,見孔另境編《中國小說史料》)。這種類如猜迷射字的索隱令人茫然,總覺得有些牽強,況且書刻在崇禎年間,若為董斯張所撰,就更搭不上界了。魯迅先生針對此湊索隱臆說,指出了「全書實於譏彈明季世風之意多」(《中國小說史略·明之神魔小說》),是既嚴謹又符合實際的論斷。

一部文學作品，有時相當複雜，往往具有多義性，甚至帶有些永遠說不盡的神秘性，說得太具體、太過坐實，反而會適得其反，失卻了作品的含蓄美、象徵美。其實，縱然作者胸中有一股不平之氣，有一段憤懑感慨，縱筆恣意，只是橫行，寫作時未必是很理性化的。其用意題旨，說來還是作者自己講得最清楚：「四萬八千年俱是情根團結，悟通大道，必先空破情根；空破情根，必先走入情內；走入情內，見得世界情根之虛，然後走出情外，認得道根之實。《西遊補》者，情妖也；情妖者，鯖魚精也。」（《答問》）作者調動一切藝術手段，幻出一個鯖魚世界，鯖魚世界中有古人世界、未來世界，甚至還看矇瞳世界。如此往來馳騁，入迷入幻，方能自由寫來，數盡人情世態，擄盡憤懣牢騷。談禪悟道，大凡是個外殼，反轉來卻又是個歸處。第十三回《綠竹洞相逢古老，蘆花畔細訪秦皇》結尾處，寫行者看戲時有一段偈語，值得特別加以注意：只見戲臺上扮出一個道人、五個諸仙模樣，聽他口中唱道：

> 度卻顢愚這一人，
>
> 把人情世故都談盡。
>
> 則要你世上人
>
> 夢回時，
>
> 心自忖。

這情形同《紅樓夢》中的色空意識貫穿始終相彷彿，只見它的色空而忽略了它曲折反映的那現實世界，怕是捨本求末之舉；然而那色空又的確是作者的一種明顯的意識，在《西遊補》中貫穿的正是「知情是魔，便是出頭地步」的思想，便是「大聖在鯖魚肚中，不知鯖魚；跳出鯖魚之外，而知鯖魚也。卻跳出鯖魚不知，頃刻而殺鯖魚者，仍是大聖。迷人悟人，非有兩人也。」（《答問》）第十回《萬鏡臺行者重歸，葛蕊宮悟空自救》，原回末評語說得好：「救心之心，心外心也。心外有心，正是妄心，如何救得妄心？蓋行者迷惑情魔，心已妄矣。真心卻明白，救妄心者，正是真心。」行者在鯖魚世界的「靈魂兒廝纏」，說得通俗些，就是人不思迷心自迷，及待醒時方能悟。儘管這樣，作者也不是個真正的大徹大悟者，果然徹悟了，也就沒有《西遊補》一書了。書中種種人生感歎，牢騷不平之氣，正說明作者胸中意氣之深沉和鬱勃。

因了作者上述心理上的矛盾，故爾須尋求一種特殊的寫法，外以談禪說道，內則實是人情物理，或言雙重性，或言是「複調」，總之全書在迷幻色彩的籠罩下，「人情世故，瑣屑必備，雖空中樓閣，而句句入人心脾，是真具八

萬四千廣長舌者」（無名氏《讀西遊補雜記》，以下簡稱《雜記》）。辨明此一端，庶幾可讀賞《西遊補》，作者在作品中所採取的種種藝術手段，都與此息息相關。

　　《西遊補》在藝術上有種種的獨到之處，其中最突出的乃是藝術構思上的詭譎奇異，變幻莫測。為了攄發胸臆時能靈活自由，作者設計了一個幾乎是不可思議的、無限廣闊的虛空世間，無論時間和空間都是無限的，且可以逆轉的。近乎荒誕，亦近乎科幻，甚至還有點精神分析的味道兒。不僅是冥間天上在須臾之間，便是古人和歷史事件亦可重新活躍起來，心遊萬仞任驅馳，氣吞八荒但橫行。徐文長《四聲猿》中的《狂鼓史》不過復現一段歷史故事，也只限於冥間；《西遊補》可是更奇絕了，從女媧到明人，陸離光怪，令人目不暇接。湯顯祖的《牡丹亭》「活死人，肉白骨」，由生入死，死而復生，可謂奇思妙想；《西遊補》則不僅可活古人，更能唐人審宋人，干預到未來世界去。勒薩日的《瘸腿魔鬼》，是施了法術而從天上遍窺人間隱秘，《西遊補》中卻不是從旁而觀，行者時時都在歷史和現實中，是進入到各個世界中去的角色。可以說，在中國古代小說史土，《西遊補》所創造的藝術世界是完全獨特的。徐文長的《狂鼓史》或可能對《西遊補》作者有所啟發，然《西遊補》畢竟寫得更廣闊、更奇絕、更富於創造精神。因此，它在中國小說史上應占一席特殊的地位。由於這種藝術構思上的特殊性，便決定了作品結構上的以行者行蹤為樞紐，以尋「驅山鐸」為貫穿線索的構架形式。臺灣學者曾永義在《董說的「鯖魚世界」》一文中談到《西遊補》的結構時說：「驅山鐸是悟空步步追尋的目標，也因此使他層層陷入，終於秦始皇在『蒙瞳』，而鐸亦化為烏有。所以驅山鐸其實只是個子虛，而悟空所全力以赴的，也只是個幻影。作者很巧妙的將扇之能滅火與鐸之能驅山相為映襯，作了無形的過脈，因而加強了《西遊補》與《西遊記》的關係」。〔註1〕結構是跟著總體藝術構思走的，構思富於創造精神，結構自然是精美的。這個精巧的結構即是我們前文所說的那個談禪悟道的虛空的外殼，或言框架。它美似荔枝爛紅的皮殼，而荔枝的果肉就更其鮮美了。那就是其中之世態人情，種種深沉慨歎。更多的是喜笑怒罵，皆是文章，謔筆中帶著嚴肅，冷峻中間以嘲弄，筆勢之靈透圓轉，語言之狂戚諧隱，實是令人絕倒。第二回《西方路幻出新唐，綠玉殿風華天子》中的一段文字十分精彩，已

往人們並沒有足夠重視它，其中有作者對歷史的沉思，更含總體性的興亡感慨。且看：

> 只是我想將起來，前代做天子的也多，做風流天子的也不少；到如今宮殿去了，美人去了，皇帝去了！不要論秦漢、六朝，便是我先天子，中年好尋快活，造起珠雨樓臺。那個樓臺真造得齊齊整整，上面都是白玉板格子，四邊青瑣吊窗；北邊一乍圓窗洞，望見海日出沒；下面踏腳板，還是金紫香檀。一時翠面芙蓉，粉肌梅片，蟬衫麟帶，蜀管吳絲，見者無不目豔，聞者無不心動。昨日正宮娘娘叫我往東花園掃地，我在短墻望望，只見一座珠雨樓臺，一望荒草，再望雲煙；鴛鴦瓦三千片；如今弄成千千片走龍梁、飛蟲棟，十字樣架起；更有一件好笑：日頭兒還有半天，井裏頭、松樹邊，更移出幾燈鬼火。仔細觀看，到底不見一個歌童，到底不見一個舞女，只有三兩隻杜鵑兒在那裏一聲高、一聲低，不絕的啼春雨。這等看將起來，天子庶人，同歸無有；皇妃村女，共化青塵。

這是行者來到幻境中的「大唐新天子太宗三十八代孫中興皇帝」都城宮中「綠玉殿」時，暗暗聽得一個宮人掃地時的自言自語，原文足有千餘字，酣暢淋漓，一氣呵成，乃是一段奇警的文字。從寫法上看，它採取了戲曲聲吻，雖作自話自說，卻明明是講給觀眾聽的。作者熟悉俗文學的各種形式，小說中有評話穿插（第七回項羽平話），有彈詞點綴（第十二回季女彈詞），上面一大段則又是戲曲形式的巧妙嵌入。只要看看孔尚任《桃花扇》第七齣《卻奩》一開始雜扮保兒邊涮馬桶邊說的那一段，便見分曉，二者簡直是同出一轍。持青竹帚宮人，開口時說道：「呵，呵？皇帝也眠，宰相也眠，綠玉殿如今變成『眠仙閣』哩！昨夜我家風流天子替傾國夫人暖房，擺酒在後園翡翠宮中，酣飲了一夜。」再看《桃花扇·卻奩》中雜扮保兒的一段：「（笑介）胡鬧，胡鬧！昨日香姐上頭，亂了半夜。今日早起，又要刷馬桶，倒湯壺，忙個不了。那些孤老、婊子，還不知搜到幾時哩！」一是宮中暖房，一是平康上頭（梳攏），不僅意味彷彿，且聲吻相似。目前雖沒有材料證明孔尚任讀過《西遊補》並受到啟發影響，就算是構思上的偶合，也是耐人尋味的。更值得我們注意的是，《西遊補》這段戲曲表現手法所曲折表現出的興亡意緒，與《桃花扇·餘韻》的韻致也是出奇的相似，吳梅村的《秣陵春》、《通天臺》亦屬此等。固然從宏觀上可以看成是近古感傷文學風氣所致，直到《紅樓夢》都不乏此種情調和意蘊。

然而《西遊補》寫作時間略早，說它影響了這一類情調的作品，該是不為過之
的。宮人掃地時的大段獨白足以與《桃花扇·餘韻》之〔哀江南〕套，還有吳
梅村《通天臺》第一折之獨唱獨白等相輝映。此外，作者的膽識亦令人佩服，
儘管是在小說中，又幻作了子虛烏有，然畢竟將諷刺的矛頭指向了封建時代的
最高統治者，所謂「風流天子」，「傾國夫人」云云，用意是非常明顯、非常尖
刻的。我們知道明代中後期的皇帝們荒淫奢靡是有名的，稱得上歷代之尤，自
成化至天啟一百六十多年間，其間廷訪大臣，不過弘治之末數年，餘皆所謂「簾
遠堂高，君門萬里」。

正德以後的皇帝荒淫之外還貪財好貨，很少理政事。萬曆十七年三月，神
宗免去一切升授官面謝，從此不再臨朝。大理寺評事雒于仁獻《酒·色·財·
氣》四箴，竟被神宗斥逐為民。所謂「明帝好珠尤好色」者也。武宗（朱厚照）
尤甚。正德十四年十二月，明武宗到揚州，「太監吳經矯上意刷處女、寡婦。
民間洶洶，有女者一夕皆適人」（《明通鑑》卷48）。就是這個武宗，連途遇村
婦，都「命後車載之以歸」。還賦什麼穢褻不堪的詞。（見曹春林《滇南雜志》
卷十二）《西遊補》這段寫「風流天子」的奇文不可謂無所指，亦不可謂不是
膽識過人之筆。孫遜先生曾據谷應泰《明史紀事本末》記載，指出「在位一月」
的短命天子明光宗因為「宮中巧相蠱惑，更進女尤，於是罷免常朝，軟腳致
疾」，用以說明《西遊補》第二回寓義之深。〔註2〕這個見解是很有說服力的。
至於「綠玉殿」兩壁墨蹟題詞，則又是作者順勢一筆，活畫出那些只知口稱萬
歲，不敢抬頭的朝廷昏官們的醜態。上至萬歲爺、下至文武百官，均被《西遊
補》作者罵了個痛快。

對朝廷昏官的揶揄當然集中在第九回「勘秦檜」的描寫中，閻羅殿中，高
總判的一席回稟，耐人反覆尋味：

爺，如今天下有兩樣待宰相的：一樣是吃飯穿衣、娛妻弄子的
臭人，他待宰相到身，以為華藻自身之地，以為驚耀鄉里之地，以
為奴僕詐人之地；一樣是賣國傾朝，謹談天平冠，奏申白玉璽，他
待宰相到身，以為攬政事之地，以為制天子之地，以為恣刑賞之地。
秦檜是後邊一樣。

十分顯然，兩者都是誤國誤民、令人唾棄之輩，實際上罵了首輔，是擒賊

〔註2〕見孫遜：《〈西遊補〉寓意試探》，見《明清小說論稿》第177～188頁，上海古
籍出版社1986年版。

先擒王之術，已然等於罵了百官。聯繫晚明那些位居一人之下，凌駕萬人之上的宰輔們的行徑，是不難看出作者之用心所在的。翻翻《明史》的「佞倖」和「姦臣」傳略，更是再明瞭不過了。從嚴嵩而下，周延儒、溫體仁輩，皆同《西遊補》作者所畫「二樣」毫無二致，更不消說馬士英、阮大鋮輩了。據《明史》載：「大清兵略山東還至近畿，帝憂甚，大學士吳甡方奉命辦流寇，延儒不得已自請視師。……延儒駐通州，不敢戰，惟與幕下官飲酒娛樂，而日騰奏章，帝輒賜璽書褒勵。」及待清兵去運，又謊稱敵兵敗退，還朝請功，「加太師，蔭子中書舍人，賜銀幣蟒服」（卷 308「姦臣傳」）。至於溫、馬、阮之流，劣跡更是累累不可數。對照而觀，「勘秦檜」的描寫絕非僅是滑稽諧謔而已，作者對姦佞的憤恨，扼腕切齒，故有行者叫天煞部下幽昭都尉將秦檜下進滾油海，使金爪精鬼用鋸子把秦檜解成萬片，乃至令逢頭鬼朱紅鬼縛住秦檜千刀萬剮的情節，蓋見作者對禍國殃民的官僚們的仇恨。當行者勘問秦檜如何陷害岳飛之時，「只見階下有一百個秦檜伏在地上，哀哀痛哭」。如何有一百個秦檜呢？這又是作者的妙思異想了：

> 行者便叫：「秦檜，你一個身子也夠了，宋家哪得一百個天下？」
> 秦檜道：「爺爺，別的事還好，若說岳爺一件，犯鬼這裏沒有許多皮
> 肉受刑，問來時，沒有許多言語答應；一百個身子，犯鬼還嫌少哩。」

俗話說到有口難辯之時，有一百張口也說不清楚的說法，作者由此而聯想開去，竟異想天開地使秦檜幻作一百個身子，才思之奇詭，令人驚歎。在作者看來，秦檜式的姦臣，歷代不乏，姦佞賣國，是最為可恨的。作者還假秦檜之口嚷道：「咳！爺爺，後邊做秦檜的也多，現今做秦檜的也不少，只管叫秦檜獨獨受苦怎的？」這就更耐人反覆尋味了，見得作者所感慨的，不獨一朝一時，而是帶有總體性的歷史沉思。在第九回中，作者還對封建時代官僚權臣的結黨營私作了無情的揭露和挖苦：

> 行者道：「你做奸賊，不要殺西戎，退北虜；不要立綱常，正名
> 分，有甚沒工夫呢？」秦檜道：「爺爺，我三日裏看官忙，看著心姓
> 秦的，便把銀朱紅點著名姓上，點大的大姓秦，點小的小姓秦。大
> 姓秦的，後日封官大些；小姓秦的，後日封官時節小小兒吃虧。又
> 有一種不姓秦又姓秦，不姓趙又姓趙的空著，後日竟行斥逐罷了。
> 撞著稍稍心姓趙，卻把濃墨塗圈，圈大罪大，圈小罪小，或滅滿門，
> 或罪妻孥，或夷三黨，或誅九族，憑著秦檜方寸兒。」

　　這段描寫稱得上是「結黨營私經」，活畫出任人唯親、以權謀私者的心理情態，就是在今天，仍然是發人深省的。總之，第九回令人撫玩不厭，意趣無窮，是足令人快意的一段妙文。

　　《雜記》有云：「凡人著書，無非取古人以自寓。書中之事，皆作者所歷之事；書中之理，皆作者所悟之道；書中之說，皆作者欲吐之言。不可顯著而隱約出之，不可直言而曲折見之，不可入於文集而借演義以達之。蓋顯著之路，不若隱約之微妙也；直言之淺，不若曲折之深婉也；文集之簡，不若演義之詳盡也。」對科舉制度的弊端和以時文為重的惡劣風尚，明清兩代的有識之士多有見斥，《西遊補》作者的批判稱得上一刀見血、戕伐有力。在號稱「三千大千世界」的萬鏡樓臺，行者由「天字第一號」鏡看去，竟清清楚楚地看到放榜時的行行色色人物，無論立意還是寫法，均可看作是後來蒲松齡和吳敬梓諷刺科考和八股制藝的精采描寫之嚆矢。末了一段的犀利與尖刻是令人歎為觀止的：

> 孫行者哈哈大笑道：「老孫五百年前曾在八卦爐中聽得老君對玉史仙人說著：『文章氣數，堯、舜到孔子是純天運，謂之大盛；孟子到李斯是純地運，謂之中盛；此後五百年該是水雷運，文章氣短而身長，謂之小衰；又八百年，輪到山水運上，便壞了！便壞了！』當時玉史仙人便問：『如何大壞？』老君道：『哀哉！一班無耳無目、無舌無鼻、無手無腳、無心無肺、無骨無筋、無血無氣之人，名曰秀士，百年只用一張紙，蓋棺卻無兩句書！做的文字更有蹺蹊混沌：死過幾萬年還放他不過，堯、舜安坐在黃庭內，也要牽來！呼吸是清虛之物，不去養他，卻去惹他；精神是一身之寶，不去靜他，卻要動他！你道這文章叫做什麼？原來叫做紗帽文章！會做幾句便是那人福運，便有人抬舉他，便有人奉承他，便有人恐怕他！』當時老君說罷，只見玉史含淚而去。我想將起來，那第一名的文字，正是山水運中的文字哩。」

　　這近乎於破口大罵。《聊齋誌異》中的《司文郎》、《王子安》等篇，庶幾與此相近。第十一回寫行者在節卦宮門看帳目時，又有「頭風世界分出一個小世界，叫做時文世界」的描寫，與第四回文字映帶鉤連，遙相成趣，亦見作者匠心。作者的確是一位能文者，他隨意興揮灑，涉筆成趣。你看那三名廷對秀才的姓名，第一名柳春，取其柔弱之義也；第二名烏有，謂其無有學問義也；

第三名高未明，暗寓不知所云義也。作者又善構造一種獨家語彙，意顯豁卻又很幽默，富於創造性。如第一回描寫行者寫成「送冤」文字，高聲朗誦，作者寫道：「（行者）扯了一個『秀才袖式』，搖搖擺擺，高足闊步，朗聲誦念。」何等妙絕的一個「秀才袖式」，偏又加一個「扯」字，輕輕一筆，把個猴行者拿模做樣的神態，畫得入微傳神。寫行者駕雲騰空，用「飛一個『梅花落』」；第三回寫行者變成虞美人做撒嬌樣子，用「做一個『花落空階聲』」；第七回尤其巧地把書法術語改造來描寫人物動態，更是別有情趣。第四回萬鏡樓中對著一百萬面鏡子，「行者暗暗稱奇，只用『帶草看法』一覽而盡」。而第十一回節卦宮看帳目時，又寫行者「只用一個『懷素看法』，一覽而盡了」。至於第六回中寫行者看到項羽時，在心裏說「倒是我綠珠樓上的遙丈夫」，第八回寫行者做閻羅天子時，心想：「我做人雖然直達，卻是一時性躁，多致傷人。」這些描寫，都堪稱神來之筆，令人忍俊不禁。作者的能文，使作品生色不少。魯迅先生謂作者「其造事遣辭，則豐贍多姿，恍忽善幻，音突之處，時足驚人，間以俳諧，亦常俊絕，殊非同時作者所敢望也」。（《中國小說史略》）有了好的藝術構思，並構起了好的間架，還得要在行文時有豐富的色彩。這也是《西遊補》作品所以吸引人的一個原因。

　　《西遊補》中儘管有些文字近乎直吐的快言，淋漓酣暢，芒角分明，但更多的還是採取曲折而深婉的筆法。作者在《答問》中開宗明義，指出「四萬八千年俱是情根團結」，可以說全書從說牡丹偈至五色旗亂都是在寫情。第一回劈頭便是「鯖魚擾亂，迷惑心猿，總見世界情緣，多是浮雲夢幻」！「鯖」字有個「青」字邊，他如「青青世界」、「青竹帚」、「插青天樓」，「乃至殺青大將軍」、小月王（合起來是個「情」字）等，都是以「青」、「情」聲形相近，來突出「情」字的。而「飛翠閣」、「綠玉殿」、「綠竹洞」以及「綠珠女子」、「絲絲小姐」（「絲絲」諧音「思思」）、「翠繩娘」等又是以綠色屬青來婉轉指「情」的。在十五回結尾處寫五色旗亂，青旗最終落入玄旗，「倏然不見」，意在說情緣總歸虛幻。作者雖以虛幻為結，卻處處突出情的力量，風流天子，傾國夫人，還有楚霸王、虞美人，甚至西南山上遲到的毫毛行者，無論帝王、英雄、美人，直至無名小子，都無法逸出情天恨海。「三界」、「六夢」，無非一個「情」字。「勘問宋丞相秦檜一案，斧鉞精嚴，銷數百年來青史內不平怨氣，是近『正』」（《嶷如居士序》）。這也是情之「範圍天地而不過」者。就連舉子放榜，無非功名富貴，自然也是一種「情魔」了。在作者看來這情是趕不盡、殺不絕的，

被喚作「殺青大將軍」的唐僧欲滅情，終不能脫小月王羈絆，落得個被蜜王（「蜜」亦有「情」意）斬下首級的下場。見得情之無往不在且無法消滅。從這個意義上看，說「殺青大將軍」指滿清云云，的確是太牽強了。

我們知道，宋儒們精心構築起來的理學，日趨走向僵化，從而變成了束縛人們倫理道德的枷索，至明代更是變本加厲，走向極端，故人們稱理學為宋明理學或宋明道學。明代進步思想家們往往以情作為武器，針鋒相對，去批判存理滅欲的理學。徐文長、李卓吾、湯顯祖，乃至明清之際的王夫之、顏元、戴震等，都是有代表性的人物。在他們看來，情不僅是性命之學，也是哲學的思想基礎，而且也是一種美學理想。比如湯顯祖就認為創作的靈性是發乎情的，情即是藝術作品的神情風貌，以人性為中心的美學思想，是一個以情為藝術創作的思想內容（包括故事、情節以及人物的思想感情等）的出發點。以情為藝術思維的特點，又以情為作品的文章生氣，更以情作為理想的、發乎情、歸於情的美學思想體系。便是從意、趣、神、色到夢寐以求，皆情也。他說：「天下文章所以有生氣者，全在奇士。士奇則心靈，心靈則能飛動，能飛動則上下天地，來去古今，可以屈伸長短，生滅如意，如意則可以無所不如。」（《序丘毛伯稿》，見《湯顯祖集》卷三十三）觀《西遊補》，其「自然靈氣，恍惚而來，而思而至，怪怪奇奇，莫可名狀，非物尋常得以合之」（湯顯祖《合奇序》）。《西遊補》之浪漫精神，與湯顯祖是相通的，而其由外而內、由形式到內容以情貫之的神情風格與湯顯祖也是相通的。《西遊補》作者亦是一位以情抗理的思想家和藝術家。至於《西遊補》中情緣終歸於虛幻的思想，亦不奇怪。董斯張、董說父子均好佛學，斯張功名不遂，長期貧病交加，便欲到佛境中去求得解脫，耳濡目染，曾言「自悔不早出家」，父子二人佛家思想均很濃厚。場顯祖晚年亦篤於佛，言「無情無盡卻情多，情到無多得盡麼。解到多情情盡處，月中無影樹無波」（《江中見月寄達公》）。人生無常，苦澀淒涼，湯顯祖到晚年亦覺情是幻物，這在《南柯》、《邯鄲》二記中不難看出。不過他到底不是一個徹底的佛教徒，那獨有的靈性和狂狷的個性使然。《西遊補》作者情況彷彿，故它應是作者晚年作品，說是斯張所作，若雨修訂、整理庶幾可信。自然，《西遊補》作者佛教思想濃厚一些，但畢竟不是徹頭徹尾的佛徒，作品中對人情物理的細緻描繪以及對時政的認真干預可證。《西遊補》無疑是一部個性鮮明的描寫人情世態的作品。

原載《明清小說研究》1991 年第 1 期

論清人筆記小說中的煙粉類作品

　　清人筆記小說中的煙粉故事，遠取唐人傳奇的寫法，近汲《聊齋誌異》的營養，不僅數量上頗為可觀，而且在藝術上也多有可賞讀者。魯迅先生對一系列清人筆記小說早有評介，如他在《中國小說史略》中談到《聊齋誌異》和《閱微草堂筆記》的影響之後說：「迨長洲王韜作《遁窟讕言》（同治元年成）、《淞隱漫錄》（光緒初成）、《淞濱瑣話》（光緒十三年序），長天宣鼎作《夜雨秋燈錄》十六卷（光緒二十一年序），其筆致又純為《聊齋》者流，一時傳佈頗廣遠，然所記載，則已孤鬼漸稀，而煙花之事盛矣。」魯迅先生這段話，揭示了中國古代文言小說在發展階段上的一次變革，很值得引起我們的重視。

　　煙花粉黛故事真正成為中國古代小說內容方面的蔚為大觀者，始盛於唐代。從某種意義上說，唐以前是「神妓」文化的時代，至唐代可以說「神妓文化」開始轉變為「人妓文化」。從周穆王和西王母、漢武帝與西王母、楚王夢高唐，直至曹植《洛神賦》中宓妃的「解玉佩以要之」，都可以看作是「神妓文化」的產物。這可以說正是亞里斯多德所說的原始抒情詩與史詩時代的產物，或以維柯《新科學》中的說法，是神和英雄時代的作品，距戲劇詩時代或言人的時代尚有一定距離。唐代可真是一個大轉折的時代，「小說亦如詩，至唐代而一變」。魯迅先生這話所說的不僅指寫法上，也應該包括內容上和文化層面上的轉變。唐傳奇中的《霍小玉傳》、《李娃傳》等名篇，寫的純粹是「人妓」，而《遊仙窟》、《長恨歌》等，則明顯還殘留著「神妓」的影子於虛無縹緲間。白居易《長恨歌》中的「臨邛道士鴻都客，能以精誠致魂魄」而下，陳鴻《長恨歌傳》中的「適有道士自蜀來」而下，便可見「神妓」的痕跡，這差

不多是「神妓文學」的最後殿軍。最明顯的過渡形態的作品，當屬沈既濟的《任氏傳》，儘管任氏並非明顯的妓女形象。沈氏是最早有意識地借妖狐來寫人間現實生活的作家，他劃開了傳奇文與六朝志怪小說的根本界限，他在小說史上的開拓之功是不可磨滅的。因此，魯迅先生才說：「惟大曆以至大中中，作者雲蒸，郁術文宛，沈既濟、許堯佐擢秀於前，蔣防、元稹振采於後，而李公佐、白行簡、陳鴻、沈亞之輩，則其卓異也。」（《唐宋傳奇集·序例》）又說：「既濟又有《任氏傳》（見《廣記》四百五十二）一篇，言妖狐幻化，終於守志殉人，『雖今之婦有不如也』，亦諷世之作也。」（《中國小說史略·唐宋傳奇文》）「振采於後」的蔣防，「卓異」期之白行簡，分別以《霍小玉傳》和《李娃傳》名世，這兩篇傑作，無論在當時還是後世，都產生了極為深刻的影響，成為說唱文學和戲曲文學反覆改編或再創作的基本題材。於是，士子與妓女之間的愛情糾葛漸漸成為煙粉類故事中最強有力的一翼。有人以為《霍小玉傳》是唐傳奇中寫得最好、最感動人的篇章。如明人胡應麟就說：「唐人小說紀閨閣事，綽有情致，此篇尤為唐人最精采動人的傳奇，故傳頌弗衰。」（《少室山房筆叢》）觀小玉「歘然自起」、「杯酒酬地」的大段描寫，何其淋漓酣暢，讀之令人動容。馮夢龍寫《杜十娘怒沉百寶箱》，至十娘沉江前，向孫富、李甲直瀉心聲的一段，明顯受到《霍小玉傳》的影響或啟發，對照而觀，是不難感受到這一點的。至於《李娃傳》，其筆致之精彩老到，則更為顯豁。如滎陽生在凶肆與別人賽唱輓歌，以及李娃在閣中辨聞滎陽生聲音，「連步而出」的描寫，動人心魄，使人久久不能淡忘。魯迅先生的評價是：「行簡本善文筆，李娃事又近情而聳聽，故纏綿可觀。」（《中國小說史略》）

　　唐人小說中的這一類故事所以特別感人，乃是因為它們生動而又逼真地再現了唐代社會生活的一個側面，特別是應試士子得官前後冶遊狹邪、追歡逐笑的侈靡世風。「長安大道連狹斜，青牛白馬七香車。」盧照鄰在《長安古意》詩中向我們展示了一幅唐人狹邪生活的風俗畫。一般注本將這裏的「狹斜」注為小巷，恐不確。沈德潛曰：「長安大道，豪貴驕奢，狹邪豔冶，無所不有。自嬖寵而俠客，而金吾，而權臣，皆向娼家遊宿，自謂可永保富貴矣。」（《唐詩別裁集》卷五）沈德潛目光銳利，說得也一針見血。其實狹斜指的正是平康北里，意同「狹邪」。煙粉小說又稱狹邪小說，於此正可循到注腳。稱煙粉，是從女子角度而言，稱狹邪，則以男子而言。

　　我們知道，唐代科舉進身，尤重進士，而進士大宴於曲江池，是非常熱鬧

的。李肇《國史補》云：「進士既捷，列名於慈恩寺塔，謂之『題名』，大宴於曲江亭子，謂之『曲江會』。」所謂「曲江會」，可以說就是狹邪之會。而且，這一切是「奉旨」而行的。「旨下後，人置被袋，例以圍障酒器錢帛實其中，逢花則飲，故張籍詩云：『無人不借花間宿，到處常攜酒器行。』其被袋狀元、錄事同檢點，缺一則罰令。曲江之宴行市羅列，長安住室半空。」（《唐摭言》）錄事，就是妓女，進士遊娼，一般士子亦無不聞集而湊熱鬧，妓女們更是引類呼朋，一時如趕集過節，盛狀可知。如果我們再讀讀《北里志》、《開天遺事》這類書，就更容易看清唐傳奇中煙粉類作品所由產生的政治經濟背景同環境氛圍了。《北里志序》說：「諸妓皆居平康里，舉子、新及第進士、三司幕府但未通朝籍、未直館殿者，咸可就詣。如不吝所費，則下車水陸備矣。」《開天遺事》云：「長安右平康坊，妓女所居之地，京都俠少萃集於此，兼每年新進士以紅箋名紙遊謁其中，時人謂此坊為風流藪澤。」這就是有唐一代的冶遊風氣。明乎此，再去讀盧照鄰的《長安古意》，就順暢易解了：

　　娼家日暮紫羅裙，清歌一囀口氛氳。
　　北堂夜夜人如月，南陌朝朝騎似雲。
　　南陌北堂連北里，五劇三條控三市。
　　弱柳青槐拂地垂，佳氣紅塵暗天起。

　　煙粉、或稱狹邪小說盛起於唐，其原因庶幾可明。

　　有趣的是，到了明末清初，南京作為明王朝的留都和南明王朝的京城，與唐代的長安有某些相似之處，秦淮河之於曲江池，舊院珠市之於平康北里也有些相類。六代金粉之地的舊日繁華，作為帝都的新添錦繡，遂使金陵的「佳氣紅塵」不讓於長安。而且，中國封建社會發展到後期，市民階層不斷覺醒，士子們更加關心政治，秦淮河領人文地理之得天獨厚，一時鬧熱實不亞於長安之曲江池。因此，煙粉類傳奇故事便依秦淮河而興旺起來，所不同的是，秦淮名妓們都有較高的文化修養，因時代的關係，她們又特別的關心政治，於是舊院則成了一種沙龍式的聚會場所，士子們慷慨激揚，指摘時政，杯酒茶茗，臨流歡唱，就不僅僅限於狎妓與尋花向柳了。明末清初圍繞秦淮河而產生的煙粉故事值得我們注意之處恰在這裏。一方面復社文人與秦淮名妓之間的情緣大多有著濃重的政治色彩，同時，秦淮名妓們文化修養的普遍較高，也與士子們的出沒舊院有著必然的聯繫。這是我們在讀明清之交《板橋雜記》一類的作品時所不難感受到的。

　　唐傳奇的高峰之後，文言小說沉默了許久。究其原因，固自複雜，但宋元時期應試士子的確不像唐代那樣有著那麼一個奢靡的風氣和氛圍，這卻是很明顯的。由於宋明理學，或稱道學的禁錮，一般士大夫便是冶遊狹邪，也往往遮遮掩掩、羞羞答答，如同魯迅先生說的那樣，一邊狎妓一邊又大罵女人是禍水，因而文言小說中煙粉故事並不多見。宋人傳奇多摹擬唐人，且往往寫前代故事，少數如《李師師外傳》等有可觀處，然畢竟不能形成風氣。此外，由於宋元以來俗文學的興起，文言小說相對岑寂。在後出的話本小說中，商人階層和其他市民階層中的人物逐漸成了作品的主人公，煙粉故事的題材內容擴大了，人物關係也不再局限於士子和名妓之間了。宋代的所謂「說話四家」中，於小說類首列「煙粉」，但真正的宋話本流傳下來的很少，我們很難看清楚宋話本中煙粉故事的總面貌。而且，對「煙粉」這個稱謂，後人理解上也不盡一致，胡士瑩認為煙粉就是講「煙花粉黛，人鬼幽期故事」（《話本小說概論》），他將《輾玉觀音》《燕子樓》都看作煙粉小說，未免寬泛。明初朱權的《太和正音譜》列有所謂「雜劇十二科」，其中第十一類是「煙花粉黛」。現存元明雜劇中的煙粉故事以及明人擬話本中的煙粉故事，無論就題材內容還是人物形象，都有所開拓和擴展，可以說這一時期的煙粉故事主要在俗文學中豐滿起了另一翼。如寫商人和小手工業者與妓女之間、官僚及其他各色人物與妓女之間的關係等等。情況較唐人小說複雜得多。舉例來說，在關漢卿的《救風塵》中，秀才安秀實純粹是一個過場人物，作品旨在展示妓女們的不幸遭遇以及她們之間的患難與共、互相扶持，同時歌頌了她們的勇敢機智，不向惡勢力低頭。劇中就連惡棍周舍也比安秀實的戲要多得多。戴善夫的《風光好》，則是寫官僚與妓女之間的糾葛，思想內容更其複雜，更為深刻。至於擬話本小說中的《杜十娘怒沉百寶箱》、《賣油郎獨佔花魁》等等，顯然展示了更為廣闊的社會生活畫面，其微義奧旨似亦更精深、更敏銳。

　　那麼，何以到了清代，在文言的筆記小說中煙粉故事又盛起來了呢？

　　其實，歷史是一個流動的整體，它有一個相沿變革的複雜過程，認真說來它是不宜割斷的。有時我們不得已割斷它，那也只是為了研究問題的方便。明代中葉以後，上層統治階級日益荒淫，世風不能不受到污染。當時娼妓之盛，直令人瞠目。謝肇淛說：「今時娼妓滿佈天下，其大都會之地，動以千百計，其他偏州僻邑，往往有之。終日依門賣笑，賣淫為活。生計至此，亦可憐矣！而京師教坊官收其稅錢，謂之『脂粉錢』。隸郡縣者，則為『樂戶』，聽使令而

已。唐宋皆以官妓佐酒，國初猶然。」（《五雜組》）這種狀況持續到晚明，更變本加厲。清初嚴思慎《豔囮》中說：「明萬曆之末，上倦於勤，不坐朝，不閱章奏，輦下諸公亦泄泄沓沓。然間有陶情花柳者，一時教坊婦女，竟尚容色，投時好以博貲財。」上行而下效，「輦下諸公」尚且如此，焉能不世風日下？明末清初，時局混亂，然此風並不曾稍減。南京秦淮河的笙歌旂旎，尤勝往時。直到順治二年，一片繁華，化為瓦礫，到了乾隆末年，又始復興。此「風流藪澤」、「溫柔之鄉」，乃產生煙粉故事之大溫床。

乾隆以後，各大都會都出現娼妓增盛的情況。縉紳士夫，膏粱紈綺，多耽於狹邪。於是反映這一現象的筆記小說應時而生，與日俱夥。乾隆四十九年（1784），珠泉居士仿余懷《板橋雜記》體例，作《續板橋雜記》，乾隆五十二年（1787）又作《雪鴻小記》，分別記南京和揚州妓女。嘉慶八年（1803），西溪山人作《吳門畫舫錄》，其後又有個中生作《吳門畫舫續錄》，記蘇州妓女。嘉慶二十二年（1817），捧花生作《秦淮畫舫錄》，次年又作《花舫餘談》，專記秦淮妓女之盛。道光二十一年（1841），二石生作《十洲春語》，記寧波妓女。蜀西樵作《燕臺花事錄》，記北京妓女。繆艮曾作《珠江名花小傳》，趙翼作《簷曝雜記》，記廣州妓女。咸豐十年（1860），淞北玉魷生作《海鰍冶遊錄》，其後又作《附錄》及《花國劇談》，記上海妓女。同治十一年（1872），許豫作《白門新柳記》、《衰柳記》，記南京妓女。如此等等，不勝枚舉。（可參閱陳東原《中國婦女生活史》及王書奴《中國娼妓史》有關章節）這裏列的還只是專門記載妓事的書，若再加上其他筆記小說中的有關篇目，數量則更為浩繁。如鈕琇的《觚賸》、沈起鳳的《諧鐸》、宣鼎的《夜雨秋燈錄》、王韜的《淞濱瑣話》和《淞隱漫錄》等，煙粉故事的數量都是比較多的。

總之，有清一代，筆記小說創作相當繁榮，煙粉故事作為傳統題材，始終是孳勃不衰的。惟康熙癸巳（1713）至乾隆庚子（1780）的近七十年中，卻很少出版筆記小說，差不多是一段空白，這恐怕與雍正前後的文字獄有關。如《豔囮》二則（實為三則）中的《羅小鳳》一篇，值得引起我們的特殊重視。作品寫清兵南下，兵圍揚州，燒殺搶掠，十室九空。及至揚州城破，全城受屠，「婦女老醜皆被殺，獨留少美者給有功披甲」。大規模渡江開始時，披甲們則將諸女子置於囊中，插標出售，售不出者，悉投江中。一老漢得一囊，歸家視之，方知是前揚州太守妻。如此描寫滿清軍隊，豈能不令滿清統治者大光其火！《豔囮》當作於1710年左右，它只能以抄本流傳，直到二十世紀初，即1905

年王文濡編《說庫》時，才將它收進去。這個作品的史料價值無疑是很高的，它不僅使我們大致看清筆記小說出現一大段空白的原因，也揭示了清兵南下時一些真實的歷史狀況。

清代筆記小說的煙粉故事中，不少的作品暴露了當時社會的黑暗和污濁，熱情歌頌了下層女子的反抗精神和聰明才智，思想意義是相當深刻的。如《聊齋誌異》中的《鴉頭》，寫鴇母貪圖錢財，逼女作娼。表面上是寫鴇兒的唯利是圖，視骨肉至親於不顧，實質上矛頭是指向黑暗的社會現實。鴉頭在橫暴面前，堅貞不屈，一旦選中了意中人，就不顧一切，毅然出走。當身陷幽閉之時，仍能以自己的智慧畫策運籌，終於與王生聚首團圓。這是一個既有強烈的反抗精神，又富於機敏和才智的理想化人物形象。類似的作品還有許奉恩《里乘》（亦稱《蘭苕館外史》）中的《仙露》、《袁姬》。仙露欲跳出火坑，斂財畫策，精心安排每一個行動步驟，終於如願嫁與高陽生。她有主見，又從容不迫，柔善中藏著剛毅，堅韌中含有果敢，洵為風塵中之強者。袁姬則深明用兵之欲擒故縱之法，以風塵弱質，力避以卵擊石之虞。她深謀遠慮，才智過人，巧設計妙安排，終於在滴水不漏中掙脫出樊籠。正如里乘子所讚頌的那樣：「將飛者翼伏，將奔者爪縮，守如處子，出如脫兔，袁姬有焉。」這一類人物形象，各饒個性，俱見色彩，不失為可讀之佳篇。此外，袁枚《子不語》中的《三姑娘》、《官受妓嗔》，雖然篇幅不長，卻從不同角度塑造了既有俠義精神又機智勇敢的妓女形象，同時於背景渲染和人物行動的描寫中，暴露了當時社會的種種弊端。

有些作品乍看上去彷彿只是娓娓講故事，細細體味，卻相當深刻。值得特別提到的，是宣鼎《夜雨秋燈錄》中的《狗兒》一篇。這篇小說故事婉曲，文筆細膩，且極饒皖中風情。幾個人物，俱各鮮活如在眼前。作品通篇的情調是悲悽傷感的，然作者寫來輕倩靈透，婉轉自如，不僅避卻俗套，且能物隨人化，情隨境遷，以至正文與懊儂氏評語之間頗不一致，足見形象與思想之間的矛盾，有時並非可由作者強力左右的。《狗兒》中的所有人物——柘狗兒、劉貴六、一妹、窈娘以及柘母、有娘，甚至充當「雉媒」的迊、寇二人，幾乎都是令人同情的。狗兒與貴六入霍山，本想經商致富，恣情豔想原不過是一時之閃念，結果，一入山便遇迊、寇二人，接著則與一妹，窈娘邂逅，終因耽於情歡而孤注一擲，終於雙雙埋骨深山。窈娘、一妹，「初以機心而布雉媒，旋以癡心而事駕侶，未嘗非真情種也」。而狗兒、貴六孤注一擲，至死不悔，亦非無

情。當狗兒彌留之際，一妹守護一旁，號泣不止，割臂肉以和藥。狗兒含淚將
終之時，曾問一娘：「吾必不得生，當以迓、寇告我，彼究誰何？」曰：「噫，
郎尚癡耶？彼非商，乃貌作商者，實吾輩之雉媒耳。」狗兒一笑，竟溘然逝，
而雙手猶握一妹手。狗兒臨終這一笑，無悔無恨，他彷彿寬容了迓、寇，更寬
容了一娘，當然，也寬容了自己。這「一笑」的一筆，著實寫得有力。充作商
人的「雉媒」，完全是為了一娘輩和自己的生計，他們如何能成為怨主？狗兒
娘與貴六妻懷著娘盼子妻盼夫歸來的焦急，望眼欲穿，竟相挈入山，在二子墓
前此踊彼號，放聲慟哭，讀之令人神喪。那麼這老婦少妻應該恨誰呢？作品就
是這樣，曲折地揭露和批判了當時的社會制度，自然而然，絕不矯情作勢，讀
之令人沉思不已。至於作品為我們提供的茶山風情民俗，以及「堆藍潑翠映山
紅」，歌扇酒旗、晴嵐冷翠的霍山風光等等，則落為第二意了。

傳統的煙粉故事中，有一類是寫男子負心的，唐傳奇、宋元戲曲和話本小
說都不乏這類作品。清代筆記小說中也有不少這類故事，如潘綸恩《道聽途說》
中的《唐金之》、《巴嬤嬤》，宣鼎《夜雨秋燈錄》中的《姜薄命》，都寫得相當
感人。作者們懷著深切的同情，一傾妓女們的苦水於紙墨之間。與負心薄倖相
對立的，是寫男子的篤情仗義，用情專一，以及男女之間真誠相待，始終如一
的堅貞愛情。除了《聊齋誌異》中的《細侯》、《瑞雲》之外，《夜雨秋燈錄》
中的《樊惜惜》、《淞隱漫錄》中的《胡姬嬤雲小傳》以及吳趼人的《俠妓》，
都寫得饒有特色。這類作品，主要歌頌了妓女們對自由幸福生活的熱烈嚮往，
或輕財而重人，或重情而輕容，或不屈服於重壓，甘為情死，一念所注，便終
生而不悔。

從藝術上看，清代筆記小說中的煙粉類作品，風格紛呈，情趣各異。一般
說來篇幅較長的大致沿著唐傳奇的寫法，又雜以《聊齋》筆調，往往故事情節
宛曲迭宕，環境描寫細緻真切，人物性格亦生動傳神，細節描寫多精彩獨到
處。如潘綸恩《道聽途說》中的《呂四娘娘》，寫呂氏墮入風塵的詳細過程，
層層波瀾，迴腸九轉，不乏動人心弦之筆。潘氏的《江本直》篇，寫一地方猾
棍，號為「坐地虎」，他欺壓妓女，敲詐錢財，並與官府勾結，無惡不作。後
因私隙，與官府弄成僵局，被賺入大堂受刑：「公怒呼使掌頰二十，齒血淋淋，
丹流唇吻，膠漬蝟毛。」下獄之後，獄卒請其盥洗，江曰：「官怒未息，留此
唇血可冀矜憐，若必就沐，掌頰之酷未可復免也。」這一招果然靈驗，因其垂
老，又形容可憐，加之案情又牽扯到諸官僚，十分棘手，只得好言相勸，釋其

出獄。定讞官員竟「窮於無詞」，為其納粟捐官，硬是拿他沒辦法。這就活脫脫地刻畫出一個猾棍的形象。許奉恩《里乘》中的《柯壽鞠》篇，寫妓女柯壽鞠一誤再誤，所遇非淑，先是為輕薄子所騙，後又入老謀深算者彀中。作品中寫她趁輕薄子為其母慶壽之時，突然私訪而至，在大廳廣眾之中，揭穿輕薄子所作所為，她有條不紊，一切都安排得細緻巧妙。可見她是一個有心計者。聰明機智，小心謹慎，仍不免上當，卻接二連三，這就有力地揭示了那個陷阱密布的社會之罪惡深重。這樣的例子還可以舉出不少，它是清代筆記小說中的煙粉故事藝術上的一個突出特點。

說到語言藝術，因為不少作家為學識淵博，功力深厚的學人，寫起筆記小說來又精神放鬆，舒展自如，故多有可觀者。不少的作品敘述精練，描寫傳神，有用典而不覺其澀，文言而不覺其晦的感覺。且看許奉恩《里乘‧袁姬》篇中袁姬密令舟人乘夜疾駛杭州的一段描寫：

> 一夜，月白風清，姬察袁舟人已睡熟，乃遍悄呼生，舟人起，戒勿高聲。自於裙底出匕首一柄，長尺有半，白如霜雪；又出白金二百兩，指謂眾曰：「公等若聽妾言，請以此金相酬；不則，請伏刃而死，於汝舟亦有所不利，願公等決焉。」眾相視錯愕，莫知所指，僉謂：「如能效力、敢不從命！但請指示。」姬袖刃，低聲告曰：「若然，請公納金，悄將前後纜解開，切勿驚覺鄰舟。乘今夜風利，向杭州速發，抵岸尚不吝重犒。」

此前，很少寫袁姬行動，只是鋪墊，描寫她行動乖異，待到她秘密搬完財物細軟，才果斷地採取行動，這種盤馬彎弓引不發的寫法，與精彩的語言藝術結合起來，遂寫活了人物。宣鼎的《楊柳花三嫂》，在語言藝術方面也獨具特色，潑辣中含無窮妙趣，對話也頗有個性色彩。

然而，筆記小說中有些短小的篇什，並非嚴格意義上的小說。無須諱言，有些作品的文學性並不強烈，或者說不太像小說。有些類似於軼聞逸事，或重於民俗風情，或取事件之奇異，有的還帶有濃重的紀實色彩，甚至人物、年代也不難考定。此類作品思想藝術價值更是參差不齊。好在這類作品常常潛藏著一種作者始料未及的價值，在作者或許是隨手之作，今天我們卻看到了它的特殊用途。比如潘光旦先生編譯《性心理學》，就在注釋中大量援引了清代筆記小說中的材料，煙粉故事自然成了潘先生所注目的重點。再如廣東的「疍船」，浙江的「漁戶」、「江山船」，山東古驛道之「腰站（站）女」，安徽霍山中的「採

茶女」，均可見風土民俗，這在趙翼、鄒弢以及宣鼎的作品中都能感受到，它
對於從事民俗研究的學者和研究婦女史、娼妓史的學者，無疑都是頗為珍貴的
材料。此外，在清代筆記小說的煙粉故事中，還保存了不少戲曲史和曲藝史的
一些珍貴材料，對於治戲曲曲藝史的學者是有參考價值的。其中有些故事也是
戲曲改編、創作的粉本。如近代蔡天囚據余懷《板橋雜記》有關記載所改編的
京劇《玉京道人》，朱琴心、郝壽臣據陸士雲《圓圓曲》改編演出的京劇《陳
圓圓》（秦腔亦有此劇）。還有根據鈕琇《觚賸》中的《雲娘》改編的京劇《李
雲娘》，據《河東君》改編的京劇《柳如是》等等，沈起鳳王韜的作品也有的
被改編成戲曲，更不要說《聊齋誌異》了，那就更多了（見陶君起《京劇劇目
初探》）。

　　有些作品中的入物形象，一如生活中的入物，很難對他們作出好與壞、善
與惡等等的價值判斷，作者們的筆調是純粹描述性的。從一個意義上說，這類
形象缺乏必要的概括性和理想色彩，這大約與紀實性傾向有關；但從另外一個
意義上看，作者們寫的又都是活生生的某個入，這倒有些像人物速寫或素材積
累，對於研究小說創作，不無啟發性。這種情況主要是那些短篇什的作品，如
宣鼎筆下的《楊柳花三嫂》，李斗筆下的《某公子》，吳熾昌筆下的《吳橋案》、
《某觀察》，都有這種傾向，凡此等等，可讀性固強，然以嚴格意義的小說目
之，則多有枘鑿處。

　　總之，清代筆記小說中的煙粉類作品，不僅在文學研究方面是不可忽視
的，它在其他方面的價值也是非常明顯的。作為古代文言小說最後一個環節的
一個方面，我們沒有理由輕視或冷落它。

原載《明清小說研究》1991 年第 2 期

《續英烈傳》簡論[*]

　　《續英烈傳》雖名《續英烈傳》，卻並非一承《英烈傳》而作，不過託「續」之名，以明初建文帝「削奪諸藩」、「燕王靖難」、「壬午殉難」和「建文遜國」的史實為題材，以反映明王朝統治階級內部殘酷的政治和軍事鬥爭，乃是自成完整體系的一部小說。

「奉天靖難事蹟」與小說

　　作為講史小說來講，它對史實的依賴是不可避免的，史實是講史小說創作的基本材料。有史可據，以史鋪敘，是講史小說的共同特點。諸如《三國演義》是據《三國志》等史書鋪敘的，《英烈傳》是據《元史》、《太祖實錄》等演敘的一樣，《續英烈傳》所演敘的史實，亦是根據實錄和雜史所載的內容。小說所寫內容除第二十九回「欲滅跡縱火禁宮，遵遺命祝髮遁去」以後數回，是據傳說和野史記載而附會的以外，其他的幾乎回回都依據正史實錄所載。這裏不妨對照一下《太宗實錄》中的「奉天靖難事蹟」，略舉一二，證其前二十八回的描寫與史實的依賴關係（為節省文字，小說原文茲不引）。

　　第一回　幸城南面誠皇孫　承聖諭阻止傳賢

　　「奉天靖難事蹟」（下簡稱「事蹟」）卷一：

　　上（指朱元璋）一日召侍臣密語之，曰：「太子薨，長孫弱不更事，主器必得人，朕欲建燕王為儲，貳以承天下之重，庶幾宗社有託。」翰林學士劉三吾曰：「立燕王置秦晉二王於何地？且皇孫年長可繼承矣。」太祖默然。

*　此文與袁華合作。

第八回　徐輝祖請留三子　袁忠徹密相五臣

「事蹟」卷一：

世子、二郡王高照、三郡王高燧皆在京。齊泰曰：「三人在此宜先收之。」黃子澄曰：「不可。事覺則彼先，發有名，且得為備。莫若遣歸，使坦懷無疑也。」遂遣歸。尋晦，遣人追之不及。

第十回　北平城燕王起義　奪九門守將降燕

「事蹟」卷二：

元年七月癸酉，有醉卒磨刀於市者，鄰嫗問曰：「磨刀欲何斷？」卒厲聲曰：「殺燕王府人。」嫗竊以告。

第十二回　設奇計先散士卒　逞英雄殺入懷來

「事蹟」卷二：

癸未，上（燕王）率馬雲、徐祥等馬步精銳八千，卷甲倍道而進，至懷來。先是獲敵諜者言，宋忠誑其將士云：「爾等家在北平城中，皆為燕王所殺，委屍積滿道路，宜為報仇。」將士聞之，或信或否。上聞之，乃命其家人張其舊用旗幟為前鋒。眾遙識旗幟，又識其父兄子弟無恙，相乎輒應，喜曰：「我家固安，幾為宋都督所誤。」皆倒戈來歸。

第十七回　掩敗跡齊黃征將　爭戰功南北交兵

「事蹟」卷六：

上（燕王）諭諸將曰，「李九江（即景隆）志大而無謀，喜專而違眾。郭英老邁退縮，平安愎而自用，胡觀驕縱不治，吳傑懦而無斷。數子皆匹夫，徒恃其眾耳。」

第二十四回　間計不行於父子　埋伏竟困彼將士

「事蹟」卷八：

方孝孺言於朝曰：「今河師老無功，而德州餉道又絕，事勢可憂。向以罷兵之說誘之既不能行，則當別圖一策，安可坐視？臣有一策。」……對曰：「燕世子孝謹仁厚，得國人心，燕王最愛之。而其弟高燧狡譎，素忌其寵，屢讒之於父，不信。今但用計離間其世子，彼既疑世子，則必趣歸北平。」……遂令孝孺草書貽世子，令背父歸朝，許以燕王之位。

第二十八回　燕王耀兵大江上　建文計空思出亡

「事蹟」卷九上：

上（燕王）曰：「鳳陽樓櫓監（堅）完，所守既固，非攻不下恐震驚皇陵。

淮安高城深池，積粟既富，人馬尚多，若攻之不下曠日持久，力掘威挫，援兵四集，非我不利。今乘勝鼓行趨揚州，指儀征，兩城軍弱可招下。既得征、揚、則淮安、鳳陽人心自懈，我耀兵江上聚舟渡江。」

至於小說二十九回建文帝祝髮為僧逃離京城，《實錄》則謂其投火自焚。自此後數回的內容，皆荒誕離奇，多為正史所不載。

綜上所引，小說內容與其本事的對比，可以說，小說中所鋪敘的故事皆有史實所據，只是小說中的情節更加生動些罷了。值得一提的是，小說中所描寫的人物，《實錄》中都有所載，唯獨作者大費筆墨描寫的姚廣孝，在《實錄》「奉天靖難事蹟」中卻隻字未及。《明史・姚廣孝傳》所述大致與小說相吻合。《明史》修成，在《續英烈傳》成書之後，亦可見小說對後代史書的影響。

《致身錄》等對小說的影響

前文所述，小說後五回敘述的建文遜國後，祝髮為僧率程濟、史仲彬等人逃離京城，在外飄泊數十載，歷經永樂、洪熙、宣德三朝，於正統五年返回京城的故事，多為正史所不載。這是一段「疑案」。考明代野史雜記，如姜清的《姜氏秘史》、朱睦㮮的《革除逸史》等書，僅記至正清宮火起，燕王棣登基改元為止，出亡之事均未載。唯獨屬名「東吳史仲彬」撰的《致身錄》所載與小說後半部分大致相仿。其他如程濟的《從亡錄》、許相卿的《革朝志》、錢士昇的《遜國逸史》、王泌的《東朝紀》等亦持建文出亡說。

小說第二十九回中寫道，燕王率兵攻破金川門，建文見大勢已去，手足無措，程濟於是勸建文出亡，忽老太監王鉞奏說太祖生前有大篋子為其所藏，太祖曾言倘大難臨身，方可奏知。啟篋視之，只有為僧的度牒三張，袈沙三套、僧帽三頂、僧鞋三雙，並祝髮剃刀一把。建文帝乃祝髮為僧，從鬼門關而出，至神樂觀出家，從者共二十二人，具以師弟相互稱之。《致身錄》所載亦大略如此：

大內火起，帝從鬼門遁去，從者二十二人，時六月十三日未時也。帝知金川失守，長吁東西，走欲自殺。翰林院編修程濟曰：「不如出亡」。少監跪進曰：「昔高皇昇遐時，有篋遺曰：『臨大難當發，謹收藏，奉先帝之左。』」群臣齊言：「急出之。」俄而昇一紅篋至，四圍俱固以鐵，二鎖亦灌鐵。帝見而大慟，急命舉火焚內。程濟碎篋得度牒三張：一名應文，一名應能，一名應賢。袈裟帽鞋剃刀俱備，白金十錠。朱書篋內：應文從鬼門出，余從水關御溝而行，薄

暮會於神樂觀之西房。帝曰：「數也。」程濟即為上祝髮。吳王教授楊應能亦願祝髮隨之。監察御史葉希賢毅然曰：「臣名應賢無疑。」亦祝髮。各易衣備牒。

由此觀之，小說所寫的與《致身錄》所載的完全一樣。《致》書所載止於洪熙改元後。「明年三月復來，擬往祥符渡江，彬送之江上。偶有洪熙昇遐之聞，師（建文）顧曰：『吾心放下矣！今後而可往來，想關津不若昔之有意我也。』且喜且悲，止程濟從，彬等觀渡而返。」亦與小說同。其間內容，兩書亦如出一轍，使人看來如出一人之手。

《致身錄》，相傳為建文的翰林侍書史仲彬所作，記載了他與程濟等二十二人從亡的經歷。然而對於該書是否是史氏所作？史氏是否確有其人？歷來爭執不休，信疑各半。就《致身錄》本身來說，它的發現也有一段奇妙的經過。《致》書的發現，應首先歸功於明朝大儒焦竑。焦氏曰：「往歲戊辰，予同二三友人薄遊茅山，會淫雨連旬，兀坐一室，老道以所藏雜供翻閱，竟日無可意者，最後得史翰林《致身錄》，讀而撫掌曰：『革除多疑事，讀史者深不決之悲，得此足發覆矣。』詢其得之之由，則成宏間史之裔孫嘗攜以遊，道士窺而竊之者也。袖之歸，尋亦竟失去。今閱五十餘年於敝篋中得之完好。因歎革除最饒節義，而史未有聞，讀茲錄而夷險不二，建文君卒有賴焉，不啻諸俠烈士矣！然史之子孫失之於前，予亦失之於革除之多疑義，若有闕而惜之者然。今幸聖天子已多昭雪，不諱之世可不梓之以傳？萬曆己未秋孟，焦竑書於欣賞齋。」〔註1〕

考《明史》，史仲彬無傳，然該書既屬名「東吳史仲彬」，唯查方志以求線素。光緒間《蘇州府志》卷一百四「史鑒」條下載：「曾祖彬，以高貲為稅長，有任俠名，坐累死秀水獄。或云即史仲彬，建文時為翰林侍書，記從亡事，辨見下。」其辨詞稱：

乾隆志云：《明史》建文諸臣傳後云，萬曆時江南有《致身錄》，云得之茅山道書中，建文時侍書吳江史仲彬所述，紀帝出亡後事甚具。仲彬與程濟等皆從亡之臣。一時士大夫信之。給事中歐陽調律上其書於朝，欲為請諡立祠。然考仲彬實未嘗為侍書，《錄》蓋晚出，附會不足信。董爾基《續吳江志》據《致身錄》為彬傳云，帝遜位，彬從行，既而歸家，常常至其所輒隱之，不以告人。一日，明古生，適駕至，賜名鑒。潘聖樟以吳寬所撰墓誌及鑒家狀考之，乃知

〔註 1〕（明）焦竑：《〈致身錄〉序》，學海類編本。

彬以稅長，洪熙中嘗上書闕下，蓋富好俠者，且未曾入仕，何論從亡？因力辨
《致身錄》之為偽撰，與《明史》合，故不立傳，而附考於此。

　　《致身錄》是否是史氏所作？史氏是否確有其人？這裏我們不想詳加考
證，只想探討《致身錄》與小說之關係。一般文史學家認為，《續英烈傳》成
書應該在明代晚期，它是繼嘉靖間《英烈傳》和萬曆間《于少保萃忠全傳》之
後的又一部講本朝史的小說。而《致身錄》的流傳至少也在萬曆初年，故小說
當在該書之後產生的（當然也不排除同一時期產生的可能）。在明代萬曆朝以
後的雜史中，談論革除之事的大都受《致身錄》、《從亡錄》、《遜國記》等影響。
如曹參芳的《遜國正氣紀》，《四庫提要》云：「紀明建文時事蹟，大略鈔撮《致
身錄》、《靖難記》、《遜國記》諸書而成。」崇禎間產生的《遜國逸書》等也大
都受其影響。「革除一事，其初格於文禁，記載罕傳，在當日已無根據，迨公
論大明，人人以表彰忠義為事，撰述為多。而《從亡》（即託名程濟撰的《從
亡錄》）、《致身》諸錄遂相繼而出，真偽相半，疑信互爭，遂成一聚訟之案，
糾結靡休。」〔註2〕可見《致身錄》對後世影響之大。所以說，小說後數回的
內容，明顯鋪敘了《致身錄》所載的內容。當然，亦不排除其他雜史的影響。
〔註3〕再如小說的結尾，與明代王泌寫的《東朝紀》也有相近之處：

　　建文破國時，削髮披緇騎而逸，其後在湖湘間某寺中（或曰武當山），至
正統時八十餘矣。一日，聞巡按御史行部，乃至察院，言欲入陳牒，門者不知
誰何，亦不敢阻。既入，從中道行至堂下，坐於地。御史問：「爾何人？訟何
事？」不對。命與紙筆，即書云：「告狀人姓某，太祖高皇帝長孫、懿文太子
長子。」以附左右侍上。御史謂曰「老和尚，事真偽不可知。即真也，爾老如
此，復出欲何為？」曰：「吾老無能為矣！所以出者，吾此一把骨當付之何地
耶？不過欲歸體父母側耳。幸為達之。」御史許諾，命有司守護，飛章以聞。
上令送京師，至遣內監往視，咸不識。和尚曰：「固也。此曹安得及享，我為
問吳誠在否？」眾以白上，上命誠往。誠見和尚亦遲疑。和尚曰：「不相見殆
四十年，亦應難辨矣！吾語若一事，昔某年某月日，吾御某殿，汝侍膳。吾以
箸挾一臠肉賜汝。汝兩手皆有執持，不可接。吾擲地，汝伏地以口嚙取食之。
汝寧忘之耶？誠聞大慟，返命言信也。上命迎入大內某佛堂中養之，久而殂。」

〔註2〕《四庫總目提要・革除逸史》。
〔註3〕這裏所指的其他雜史，包括《從亡錄》、《遜國記》等。因這些書不如《致身錄》
　　　　典型，故不贅言。

　　以上所引《致身錄》和《東朝紀》記載，雖不能肯定這些內容確屬史實，但有一點卻很明確，即小說後數回所鋪敘的內容，並不是作者自己憑空臆說，而是根據雜史傳說附會的〔註4〕。小說仍然是沿襲傳統講史小說的創作老路：有史可據，以史鋪敘，在選材上並沒有多大的創新之意，只能是正史和野史雜記的增潤而已，這也是歷代講史小說創作的局限所在。

藝術技巧日趨完善

　　明代後期，通俗小說總的創作水平處於上昇階段，人物形象的塑造，情節和懸念的安排、構置，文字的通俗化等，都在不斷的發展，並日臻完善。《續英烈傳》是在整個通俗小說創作水平上升過程中產生出來的一部講本朝史的小說，它在各方面都受到同時期或前人創作好的一面的影響。在明代諸多講本朝史的小說中，它具備了藝術小說的創作特點，即小說創作的個性較強，慕擬前人的痕跡不甚明顯（如《英烈傳》就是亦步亦趨地模仿《三國演義》的）。在傳統通俗小說中，人物的塑造和情節的展開是兩大主要支柱，且決定了小說藝術水平的高低。與本朝人寫本朝史事的開山立作《英烈傳》相較，它在人物形象的塑造上，摒棄了人物描寫的空泛和缺乏鮮明性格之處，比較生動地塑造了燕王朱棣、建文帝允炆、姚廣孝、方孝孺、景清、鐵鉉等一大批有血有肉的人物形象，精彩之筆也屢屢可見。

　　燕王棣和建文帝允炆是這部小說中敵對雙方的代表人物。作者通過描寫叔侄倆為了爭奪皇位這個萬鈞之座的險惡鬥爭，把這兩個人物性格刻畫的淋漓盡致。在作者筆下，燕王是一位精通權術，深懂機謀的雄傑，而建文帝則是一位具有文人氣質、柔弱溫厚的賢主。書中第一回，作者用對比映襯的手法，描寫了兩人截然不同的性格。太祖為了測試皇太孫（建文帝）的學問，出了「風吹馬尾千條線」的上聯，建文以「雨灑羊毛一片氈」以對，而燕王則以「日照龍鱗萬點金」相對。通過簡單的屬對描寫，人們不難察覺到建文帝的柔弱和燕王的博大。再如第六回，太祖駕崩第二年，燕王單騎入京師借弔喪之名，窺探建文帝的虛實。燕王深知建文帝的稟性，竟視朝中文武如偶人，故「進入朝門，徑馳丹陛，步步龍行虎躍，走將上去。到了殿前又不山呼萬歲，不行君臣之禮，竟自當殿而立，候旨宣詔。」當有御史彈劾他時，連忙跪奏假辨說：「臣棣既已來朝，焉敢不拜？但於路傷足，不能成禮，故鵠立候旨。」而建文則說：「皇

〔註4〕田藻：《〈續英烈傳〉校點說明》第1～7頁，寶文堂書店，1986年版。

叔至親，可勿問說了。」及待又有人參劾燕王無禮時，建文再次委屈求全。侍郎卓敬向建文帝「曉明大義」後，建文聽了默然良久，說道：「卿且退，容朕細思。」而燕王在宮中朝見後即匆忙回北平去了。這裏，作者採用強烈對比的手法，把燕王睥睨不可一世的性格和建文帝柔弱寡斷的性格描寫得判然有別，相映成趣。小說描寫燕王和建文帝正面衝突的文字僅此兩處，雖落筆不多，人物的個性且生動鮮明，可捫可觸。

小說還通過燕王假裝瘋癲逃避朝廷削藩的詔書，以及在「靖難」過程中足智多謀、詭詐多變，身先士卒，衝鋒陷陣，以及得意後屠殺建文帝舊臣等場面的描寫，深刻地揭示出這個在政治上明爭暗鬥，軍事上火並鯨吞，集機謀和膽氣於一身的雄傑形象。相比之下，建文則處處被描寫成一個懦弱柔順，當斷不斷，最後落得個祝髮逃亡結局的哀君形象。

姚廣孝，是作者在小說中著墨較多的一個人物。書中從第三回到五回用較大篇幅敘述了他的身世和發跡史。對於姚廣孝的塑造，作者是基於「大凡天生一英武之君以取世，必生一異能之臣以輔佐之」這一思想來寫的，故作者把他塑造成有點類似《三國演義》中的諸葛亮和《英烈傳》中的劉基，處處可見到他的才智。但有趣的是作者對姚廣孝的結局處理。「姚廣孝等，既遭富貴，又各衣錦還鄉，報答有恩，以酬其塵埃拔識之力。後來姚廣孝終不蓄髮娶妻。一日奉命賑濟蘇湖，往見其姊。姊拒之曰：『貴人何用至貧家為？』不肯接納。廣孝乃易僧服往，姊堅不出，家人勸之，不得已出立中堂，廣孝即連下拜，姊曰：『我安用你許多拜？曾見做和尚不了，底是個好人？』，遂還戶內，不復見。」（《明史》亦有此言）姚廣孝回京後不久便去世了，可見作者對姚廣孝這個人物形象塑造是前後矛盾的，它反映了當時市民階層的一般心理，即人民需要安定局面，不需要戰爭，而姚廣孝在這場明王朝統治階級內部鬥爭中起著舉足輕重的作用。人們不敢罵皇帝，所以只好拿他當替罪羊，落得個連親姊都不認的結局，得出了「曾見做和尚不了，底是個好人？」的結論。

人物描寫的最精彩之處是燕王得意之後戮殺建文舊臣時的場面。這些描寫是相當壯烈而感人肺腑的。兵部尚書鐵鉉，被俘後燕王問他：「為君自有天命，天命在朕，人豈能違？當日濟南鐵閘，不過成汝今日之死，於朕何傷？」鐵鉉回答說：「人誰不死？死於忠，快心事也，勝於篡逆而生多矣！」且昂然反背立於庭中。燕王命其轉面反顧，他大聲說：「無面目對篡逆也！」燕王大

怒，令人去其耳鼻，鐵鉉還是不顧。燕王再命人碎分他的軀體，他至死罵不絕口。至此，一個懷忠不悔、寧死不屈的義士形象兀然站立在讀者面前。再如，當永樂帝要方孝孺草擬即位詔書時，「孝孺大慟，舉筆投於地下道：『天命可以強行，武功可以虛耀，只怕名教中一個篡字，殿下雖千載之下，也逃不去！我方孝孺，讀聖賢書，探春秋筆，死即死耳，詔不可草！』永樂大怒道：『殺汝一身何足惜，獨不顧九族乎？』孝孺道：『義之所在，莫說九族，便十族何妨！』哭罵竟不絕口。」難怪後世戲曲多取了這個場面加以敷演，其壯烈慷慨，令人動容。其他如景清被剝皮實草繫在城樓之上，當燕王路過此地時，景清之皮突然墜落在這位新君之前，並向前走了三步作犯駕之狀；侍郎王觀聞知燕王登基之後，正朝服向東跪拜後投江而死等。這一系列人物形象的塑造，雖然作者本意是出自於傳統史觀來歌頌他們的忠孝節義的，但在小說的藝術性上也具有相當高的水準。他們的死壯烈使人感動，而他們的語言慷慨激昂，猶如玉磬金鐘般擲地有聲，遺音不絕。這一方面表現了鐵鉉、方孝孺、景清等人的忠烈，另一方面也揭露了燕王的兇殘和暴虐。可以說第三十回「即君位殺戮朝臣」是整部小說的高潮，也是作者塑造人物形象最為成功的一回。

其他的如徐輝祖、湘王柏、卓敬、張玉等人物，雖落筆不多，但也較成功地刻畫了他們各自不同的性格特徵。

《續英烈傳》的情節設置，一掃《英烈傳》模仿前人（主要是《三國演義》）的弊端，在矛盾衝突處理上頗具匠心。無論是寫建文帝的「削奪諸藩」，還是寫「燕王靖難」、「建文逃亡」等，均詳略有致，跌宕多姿。由於此書是以明王朝爭奪最高統治權鬥爭為題材的，或者說作者創作此書的本意另有寄託，但讀者可以從小說情節的發展和矛盾衝突的激化中，充分領悟到這場鬥爭的殘酷性。《續英烈傳》在構織情節的扣子上也較《英烈傳》巧妙得多，回回都有扣子，再層層解開來，以引起讀者興趣。這也反映了當時小說創作對於技巧的有意而為。小說後五回引入諸多雜史和傳說內容，在某種程度上給作品帶來了幾分浪漫情調，使得這部講史小說實虛結合，增強了作品的可讀性。從總體上看，小說的藝術水準並不算很高，許多重大的事件和矛盾衝突沒有得到充分的展開，有些人物形象的刻畫亦嫌粗略，一些頗具戲劇性的場面沒有得到充分的發揮，但在同類小說中，雖不及《檮杌閒評》，但較之《英烈傳》、《警世陰陽夢》、《剿闖通俗小說》等，卻明顯是略勝一籌的。

思想傾向及影響

由於《續英烈傳》是一部本朝人寫本朝史事的講史小說，且反映的內容是統治階級內部燭影斧聲的權力之爭，這給小說的創作帶來了一定的難度。歷史是複雜的、多元的，若用現代人的思想觀點作為古人審時度勢的標準，當然是行不通的。常言說，「當局者迷，旁觀者清」。後人評前人的功過得失好評，自己評自己的就不那麼容易了。《三國演義》等作品的思想和藝術成就所以很高，那是因為元明間人評判三國時人，而《續英烈傳》的情況就不同了。

《續英烈傳》作者的創作思想是要受時代局限的。在描寫這場明王朝內部鬥爭的殘酷性時，他既不能明確地、也無能為力地評論誰是誰非，誰應該得到天下，誰又應該成為階下囚，只有沿用封建正統的唯心史觀來評介史實，褒貶人物，解釋結局的成敗和人物的命運。因此，諸如「天意有定，人心難逆」、「天命如此」、「上合天心」等天命論觀點比比皆是。由此，書中的人事都是上蒼旨意早已安排好的「定數」。建文帝的遜國是天意，燕王的靖難謀權也是天意。作者在書中既歌頌了建文帝的仁孝敦厚，也歌頌了燕王的果決智勇。燕王棣誅戮建文舊臣這種帶血的殘暴，在作者筆下是英雄所為；建文舊臣的死難、愚忠又被描寫成謹守君臣大義的英烈行為。這也是一是非，那也是一是非，毫無是非可言。連「審理亂之大趨，道政治之得失」這點起碼的要求也未達到。這就必然導致小說「採擷史實，堆砌材料」，走到傳統講史小說的老路上去了。貌似公允，實則是推卸自己判明是非的責任。所以說，封建正統思想和「天命觀」，是這部小說成就不高的最根本原因。小說的作者雖然用封建正統的唯心史觀來講這部「靖難」史的，貌似公正，不偏不依，但實際上還是有傾向性的。我們只要在小說的字裏行間細細推敲，就不難發現作者對於建文帝是持同情態度的。首先，作者把建文帝描繪成仁孝溫厚之君，具有文人之風，比較柔弱，當諸臣勸其誅滅燕王時，怕落個「弒叔」之罪名，而對燕王一而再，再而三地姑息讓步。對他在政治上和軍事上的失誤，作者都歸罪那些諸如齊泰、黃子澄、李景隆等庸臣劣將，以彌補他的寡斷，竭力將他寫成一個「賢主」形象。「強者愈強，弱者愈弱」，是作者從另外一角度塑造這個形象的根據。因而可憐他，同情他。在小說結尾又依據雜史傳說，加上了一段建文祝髮逃亡，流離顛沛四十載又返回京城，被正統皇帝封為「天下大師」的故事，勉強湊成了一個帶有悲劇性的大團圓的結局。

再如，前文所述的燕王得意之後戮殺建文舊臣的場面，也是作者思想傾向

性表現的又一方面。作者通過描繪建文舊臣鐵鉉、方孝孺、景清等人之死，揭露了燕王的兇殘和暴虐，使人一看便知朱棣是一位「暴君」，表現了作者對朱棣的不滿。這種思想上的傾斜，一方面美化了明王朝統治者的形象，樹立了作者心目中的「賢君」形象。另一方面也迎合了市民階層「扶弱抑強」的審美心態。因為在中國人的心目中，那些忠孝節義的「英烈」是值得歌頌和維護的，而厭惡那些恃強凌弱的「梟雄」。再者，明王朝後期的統治階級日趨腐敗，帝王昏庸，大臣多貪婪殘暴。小說這樣寫建文和燕王，似亦有婉諷的意味。

但從小說總的藝術特色和思想水平來看，《續英烈傳》在諸多的明清講史小說中，充其量屬於二流作品，在文學史上很少為人們所重視。然而，它在講史小說發展環節中畢竟佔有一席特殊的位置。首先在為數不多的本朝人寫本朝史的小說中，它反映了明王朝初期內部權力鬥爭的重大史實，這在同類型小說中不多見。《英烈傳》是敘述一部明王朝的開國史，《于少保萃忠全傳》是一部融國家命運和個人遭際於一爐的紀傳體講史，《警世陰陽夢》則是演敘了明末權宦魏忠賢作惡多端的故事。作為本朝人講本朝史的力作《檮杌閒評》，也是演敘卑劣小人發跡乃至失敗的紀傳體小說。而真正將小說的觸角深入到統治階級內部爾虞我詐的鬥爭中去的，僅《續英烈傳》而已。這在講史小說創作的題材上無疑是一個突破。再者小說後五回所附會建文出逃的傳說，也是明王朝統治階級所禁忌的話題，它的引入，也是作者有膽識之舉，它給喜歡獵奇的讀者帶來了一些可談之資。因此，小說還是具有一些獨特性的。

和《英烈傳》等書相較，《續英烈傳》的影響不甚大。由於受時代的局限和小說本身題材的局限，小說在民間流傳還不甚廣泛。但它反映了明王朝封建統治者內部的權力之爭，仍為戲曲家們所注目。京劇、川劇中都有不少取材於此的劇目，如《千忠戮》、《碧血十族恨》、《無瑕璧》等，足見它在小說史上的特殊地位，是不容忽視的。

原載《明清小說研究》1992 年第 1 期

宋元平話的文化意義

　　宋元平話在中國古代長篇小說發展史上佔有特殊地位，但一向未曾引起人們的足夠重視。這是因為：一、現存宋元平話作品數量不多，且很難確認其原貌，經後人篡改、刪潤的可能亦無法排除；二、宋元平話既是說話人演講時所用底本，其粗略、膚淺和不嚴謹處自不待言，人們無從窺到其在演說時的本來面目；三、有了成熟的講史小說，如《三國志通俗演義》等，研究者的注意力遂在此而不在彼。事實上，宋元平話是中國古代長篇講史小說的先聲，沒有這些說話藝人的開拓和創造，就沒有施耐庵和羅貫中；或者反過來說，《三國志通俗演義》、《水滸傳》以及一大批好的和比較好的演義體長篇小說，正是在宋元平話的基礎上，幾經遞嬗，加之天才創造而產生出來的。那些不知姓名的宋元平話的作者們，是一群拓荒者，他們在中國長篇小說發展史上功不可沒，應佔有突出重要的地位。

　　說話藝術的興起，小說和講史話本的出現，首先是一種文化現象，它們的興盛和發展必然依賴於一種文化氛圍。我們知道，南宋王朝在政治和外交上是軟弱和屈辱的，同時世風也是頹廢和淫逸的。而在中華民族的文明史上，這時期卻又是引人注目的。文學藝術的各個門類，幾乎都在這一時期有著長足的進步。研究者們普遍注意到：宋元時期無論在文學史上還是在整個藝術史上，都無疑是一個大轉折的時期。戲曲小說等俗文學的勃興，由院畫向風俗畫的蛻變，以及文人畫崛起，都昭示了這個重要轉捩。何以宋元時期會出現這種局面？這是一個十分複雜的問題，其中既有深刻的社會原因，亦有文學藝術自身發展的原因。然而，有一點很清楚，即宋元時期國力的衰微和社會的動盪，並未阻礙文學藝術的發展，這種不平衡的現象值得深入探究。

　　雖然，兩宋都市的畸形繁榮，是促進古老的說話藝術發展不可忽視的因素，但傳統文化的嬗變和當時社會各階層文化心理結構的特殊性，也是不容忽視的。南宋王朝偏安於東南形勝之地，上層統治者縱情聲色，享樂有加；同時，南方較少受到戰爭創傷，農業生產發展平穩，商業繁榮，這就使得傳統的文學藝術能得以繼承和發展。此外，南宋的幾個皇帝文學藝術修養都很高，影響所及，整個社會的文化氛圍相當濃厚。因此，各門類藝術的發展，在如此溫潤的氣候和肥沃的土壤中，自然會孳勃、茁壯起來。到了元代，文人們的心態就更加特殊，他們在功名路斷之後，將自己的才情一寓乎文學藝術，且由於「沉抑下僚」、「志不得伸」，他們不得不放下架子。一方面，不與元蒙統治階級合作，不少人成了「不召之臣」；另一方面，他們或因生計、或因排遣胸中鬱悶，遂與民間藝人相結合，組成「書會」，從事戲曲小說的創作。知識分子成為「書會才人」，這在整個中國封建社會中可以說是破天荒的。從一層人的困頓、顛躓的角度視之，可能是壞事；若從文學藝術發展角度來看，卻未始不是大好事。勾欄瓦舍作為一時期的民俗文化現象，「書會才人」們染指於俗文學，作為特殊歷史環境中出現的一種反傳統之舉，使得中國文學藝術傳統獲得了大規模的拓寬。於是，文學藝術創作從文人士大夫壟斷的圈子中走向了市井，藝術創作由抒情詩式的主觀抒情向客觀描寫外在世界的方面轉化，這時，內在詩情的直接宣洩與外部世界的真實描繪，才有可能互相結合，水乳交融。《清明上河圖》（張擇端）和《春社醉歸圖》（朱銳）、《漁村聚樂圖》（蘇漢臣）等風俗畫的出現，小說戲曲的蓬勃興起，正是這種新的審美意識的產物。至於元代文人畫，則又是一事物之兩端，所謂「逸筆草草」，「聊以自娛」云云，情形如同散曲之於劇曲，散曲偏於「自娛」，劇曲則重在「娛人」，繪畫之寫「胸中逸氣」，表面上看是內在主觀抒情意識的回歸，從本質上看卻又是外在的客觀描寫的。因為，我們在其中窺到了元代社會，至少是窺到了元代知識分子的牢騷憤懣。

　　審美活動既是形式的，也是內容的。按照英國人類文化學學者馬林諾夫斯基的說法，成年人遊戲主要功能是娛樂的，當娛樂活動不再是原始娛樂，而成為一種社會文化活動之後，它必然反映出一個時期人們的審美意識和社會文化心態。他說：「個人所仿製的傳統作品，總在傳統之上加了一些新東西進去，而且，還多少使傳統有些改變。個人的貢獻化成和凝結在漸漸生長的傳統中去，經調解後而變成某時期藝術設備的一部。但重要之點是：個人的成績不僅

為他的人格、靈感，及創造力所決定，也為藝術的周圍的各種關聯所左右。」
〔註1〕所謂「藝術的周圍的各種關聯」，包孕相當廣泛，其中最主要的是人們
的文化心理結構以及風俗、習尚，還有由此而產生的觀念價值。宋元說話藝人
們在傳統說話藝術中所表現出來的創造性，最突出的是對市井間世俗人情的
關注和對歷史與現實之間某些聯繫的思索。這正是小說和講史取得了壓倒優
勢的深刻原因。今傳宋元平話完全是說話人的創造，還是經過了「書會才人」
的加工潤色，我們還說不很清楚，但它們不是一個人獨立完成的這一點卻十分
明確。因為它們是在講說基礎上經過精練和濃縮後才付諸文字的，故可斷定即
使「書會才人」們不曾插手，顯然也要受到其他姊妹藝術——如戲曲、說唱等
技藝的影響。趙景深先生曾將元人雜劇中的五代故事劇與《殘唐五代史演傳》
作了對比，發現至少有十種雜劇與小說中的情節有關，趙先生遂懷疑雜劇是受
了小說的影響，因此推測《殘唐五代史演傳》可能是元人的作品。〔註2〕究竟
是小說在先還是雜劇在先，恐怕難以遽斷。疑心《殘唐五代史演傳》為元人作
品，亦乏有力的證據。如將《殘唐五代史演傳》與《五代史平話》對照而觀，
很可能是前者出於後者，我們的這個論斷與趙景深先生的推測恰恰相反。理由
是：前者與後者相較，文字上雖質猶文，人物形象也生動、豐滿得多，可見出
明顯的進步。說前者是在後者的基礎上增潤而成，不至大錯。況且前者有題羅
貫中編輯整理的，若果然如此，它應該是明初的作品；或認為是偽託，那就可
能更晚些，差不多是明中葉的作品了。事實上戲曲與說話藝術之間的影響滲透
是相互的，以情節相同與不同斷定孰早孰晚，難免捉襟見肘之窘。觀《五代史
平話》，語言簡樸淺近，敘述粗略而乏色彩，偶有精彩之筆，亦一閃即過。足
見其對象是一般的市民階層，其他平話作品情況彷彿。此外，大量民間傳說的
雜於其間，也說明平話作品從本質上看是集體的創造。所有這些，都使我們能
透過作品，看到宋元之際人們普遍的文化心理素質以及他們的所好所尚。

　　三國和五代作品為什麼那樣引起人們的廣泛興趣，令人百聽不倦，百讀
不厭？這是個很有趣的問題。胡適曾在《三國志演義序》中說，中國歷史上
有七個分裂的時代：（1）春秋到戰國。（2）楚漢之爭。（3）三國。（4）南北

〔註1〕（英）馬林諾夫斯基：《文化論》第83頁、89頁，費孝通譯本，中國民間文
　　　藝出版社1987年版。
〔註2〕趙景深：《殘唐五代史演傳》，見《中國小說叢考》第122頁，齊魯書社1980
　　　年版。

朝。（5）隋唐之際。（6）五代十國。（7）宋金分立時期。這些時期，往往是演義小說的好題目。因為「分立的時期，人才容易見長，勇將與軍師更容易見長，可以不用添枝添葉，而自然有熱鬧的故事」。〔註3〕只著眼「熱鬧的故事」，似嫌太表面化。一種文化現象的產生，原因是錯綜複雜的。宋金元時期，社會動盪不安，人們渴望安定，自然要對混亂的時局和歷史上曾發生混亂的時期進行思考。三國故事乃是承唐人之舊，五代故事則是就近世取材，都可以用來表達現實社會人們的好惡向背和願望冀求。《五代史平話》中的《周史平話》卷下有一首詩：

　　　　五代都來十二君，世宗英特更仁明。

　　　　出師命將誰能敵？立法均田非徇名。

　　　　木刻農夫崇本業，銅銷佛像便蒼生。

　　　　皇天倘假數年壽，坐使中原見太平。

　　太平理想可以說是《五代史平話》的一層既平凡又深刻的意蘊。對周世宗的推崇、讚揚，反映了宋元時期人們要求國家統一、恢復漢民族一統江山的願望。我們知道，周世宗柴榮是五代時期較有作為的政治家，後周的初步統一，是歷史發展的必然趨勢。柴榮順應了這個大趨勢，因而他受到了廣泛的擁戴。南宋的葉適就說柴榮「能以其身為天下之勢，則天下之勢亦環向而從已」〔註4〕。這話是頗見灼識的。北宋王朝的統一，正是在後周初步統一的基礎上才得以實現的。因此，宋金元時代的人們以柴榮為亂世英豪，並希望有柴榮那樣的人出來，收拾殘局，是很自然的一種心理傾向。與此相關聯的問題是，宋元平話一般都不反對皇帝，相反，卻崇尚好的皇帝，仁義的明君。而對荒淫無道的暴君，則主張以有德者取而代之。程毅中在《宋元話本》中說：「在封建社會裏，人民不能設想沒有皇帝，他們理想中的領袖，就是有仁有義的明君。」〔註5〕《宣和遺事》的開篇，就鮮明地將批判的鋒芒指向了暴君和昏主，在歷數了夏桀、商紂王、周幽王、楚靈王、陳後主、隋煬帝等的荒淫之失之後，便拉出了宋徽宗，說他「也是一個無道的君主，信用小人，荒淫無度，把那祖宗混沌的世界壞了」。這裏的「混沌世界」，乃是指北宋時大一統的江山。說話人還採用對比的手法，標舉唐堯、虞舜的賢明，說

〔註3〕《胡適古典文字研究論集》第735頁，上海古籍出版社1988年版。

〔註4〕（宋）葉適：《水心集》卷四《治勢篇》。

〔註5〕程毅中：《宋元話本》第51頁，中華書局1980年版。

「唐堯、虞舜是劈初頭第一個好皇帝。」作品對宋徽宗、宋高宗的譴責，可以說是不遺餘力；同時，對蔡京、童貫、楊戩等「六賊」也痛加責罵。然而，對方臘起義和宋江等三十六人聚義梁山泊，卻持同情和贊許的態度。講史家在作品中流露出愛憎分明的民族氣節和強烈的山河之感、黍離之悲，說它出自宋亡後遺民之手，庶幾可信。《宣和遺事》還無情地揭露了汪伯彥、黃潛善輩的偷安誤國，熱情讚頌了忠義鯁直的豐稷、陳師錫，伏闕上書的陳東，請絕和議的胡寅，力圖恢復的宗澤，將譴責暴君佞臣和讚揚忠義之士兩相對照，其苦心孤詣是有跡可求的。

《武王伐紂平話》，別題《呂望興周》。孫楷第先生謂「此書為明之《封神演義》祖本，在小說之源流上，最為重要」〔註6〕。此作反暴君、舉賢明的思想傾向極為鮮明。紂王荒淫殘暴，令人髮指，他的十條罪狀，從實質看，乃是歷代暴君罪行的集中概括。作品肯定了武王伐紂的正義性，認為君無道，臣可以弒君，甚至父無道，子亦可殺父。上卷述太子殷交（郊）投向正義之師，歸於武王，幫助周伐商，並大義滅親，親手殺死自己的父親紂王。以正統思想視之，這無疑是大逆不道之舉。平話作者對殷交所做所為竟流露出肯定和贊許，膽識不可謂不高。後來據此平話改編的《封神演義》就沒有如此膽識了。明代的文人較元代的平話作者拘謹得多。兩相較讀，《封神演義》比《武王伐紂平話》的正統思想也濃厚得多。平話中的伯夷、叔齊，反對武王伐紂，作者斥之為「不知天命」的匹夫，認為他們餓死首陽山，不過是自討苦吃，對這兩個不識時勢的可憐蟲作了尖銳的諷刺，這與歷代統治者和封建士大夫粉飾、吹捧伯夷、叔齊，形成了強烈反差。

一方面是不一般地反對皇帝（擁護好皇帝），一方面又揭露和譴責暴君，這是宋元平話一個十分突出的思想傾向。的確，在封建社會，尤其是動亂之秋，人們的觀念中，皇帝就是國家的象徵，也是秩序的象徵。人們希望平靜和安居樂業。恩格斯曾說：「在這種普遍的混亂狀態中，王權是進步的因素，這一點是十分清楚的。王權在混亂中代表著秩序，代表著正在形成的民族〔Nation〕而與分裂成叛亂的各附庸國的狀態的對抗。」〔註7〕唐人傳奇中有一篇《虯髯客傳》，就曲折表達了隋末人們對好皇帝的企盼。陳汝衡先生說它一定是民間

〔註6〕孫楷第：《日本東京所見小說書目》「宋元部」第2頁，人民文學出版社1958年版。
〔註7〕（德）恩格斯：《論封建制度的瓦解和民族國家的產生》（1884年底），見《馬克思恩格斯全集》第453頁，人民出版社1972年版。

的傳說，經杜光庭渲染而成。(《說書小史》)還以《武王伐紂平話》為例，謂民間對湯武受命伐紂，一向是持肯定態度的。而歷代知識分子對這個問題卻是吞吞吐吐，諱莫如深，甚至是持否定態度的。漢初黃老和儒家之間曾就這個問題發生過激烈爭論。以轅固生為一方的儒家認為：「夫桀紂虐亂，天下之心皆歸湯武，湯武與天下之心而誅桀紂。」〔註8〕是說湯武受命於民，故對湯武伐紂持肯定態度。這實際上是從孟子「聞誅一夫，未聞弒君」的理論衍化而來的。而以黃生（又稱黃子）為另一方的黃老學派則認為：「湯武非受命，乃弒也」。其理論根據是絕對化了的尊卑秩序和名分、名教。他們爭論到漢景帝那裏去，景帝是偏袒黃生的，但又不明說，便含混其辭曰：「學者毋言湯武受命不為愚。」從此以後，儒生們再也不敢去碰這個問題了。儒家的民本思想，在古代是有著廣泛的社會基礎的。說話藝人從樸素的民本思想出發，熱情讚頌了湯武受命伐紂，這是正統的儒生們避之猶恐不及的。因此，這屬於內容方面的審美選擇，只能來源於民間。《武王伐紂平話》中所表現出來的樸素的民本思想，對後世講史小說影響很大。這樣的思想蘊含，我們在《三國志平話》中同樣感受得到：說話人對漢室的滅亡，並不同情，相反對諸方英雄割據，以及他們的文才武略，卻津津樂道，讚譽不休。無論如何，這種芒角四射的思想意識，都是與封建統治階級及其附庸所不相容的。

　　宋元平話既是市民文化的果實，它必然是會集中地表達市民階層的愛憎、好惡，崇尚和歌頌「義氣」，幾乎貫穿於所有的作品中。無論是君主卿相還是英雄豪傑，他只要是不仁不義，無道無信，都是平話作者所譴責的對象。在《樂毅圖齊七國春秋後集》中，作者將燕王噲、燕王子之（本為噲之丞相，後受燕王噲禪位為王）亂國與燕昭王（噲之子，名平）興國作了對比，又將燕昭王與齊湣王之盛衰作了對比以說明有道則興、無道必亡的道理，強調了勝利必屬正義之師。卷上「燕國立昭王」一節云：「昭王即位於國破之後，內施其仁，外布其德；君不矜尊，臣不施名；養老尊賢；教其術，畜其能；弔死問孤，濟寒賑貧；與百姓同甘共苦，輕繇薄賦；慎獄訟，實府庫，勸農桑；民富國強，眾安如堵。」而在「鄒堅立齊湣王」一節中，卻借蘇代之諫說齊湣王是「內疏骨肉，外失幫國，荒淫無度，事變禍成」，並勸其「改過從正，反（返）道去惑」。又借孫子之諫，說明古之暴君昏主無道，勸湣王「改邪歸正，就有道而去無道」。宋元平話對漢高祖劉邦的態度似乎是矛盾的，一方面在《秦並六國

〔註8〕（漢）司馬遷：《史記·儒林傳》第3767頁，中華書局2014年版。

平話》中讚揚他推翻暴秦的歷史功績，一方面又在《前漢書平話續集》（別題《呂后斬韓信》）中，毫不留情地揭露了他殺害功臣、營構家天下的種種罪惡。特別是在《三國志平話》中，巧妙地以「入話」的形式，插入了一段司馬仲相陰司斷獄的故事，說劉邦坐定江山之後，用陰謀詭計把韓信、彭越、英布等功臣殺了，他們的冤魂不散，告狀到陰司。司馬仲相因譭謗天公，天公命他為陰君，坐衙陰間「報冤之殿」。仲相按玉帝敕命，斷韓信、彭越、英布三分漢朝天下。韓信轉世為曹操分得中原，彭越則為劉備而得蜀川，英布分江東長沙吳王為孫權。又令漢高祖轉生許昌為獻帝，呂后為伏皇后。這個荒誕的輪迴報應故事，顯然是說話人深諳民眾心理，借講史書以渲泄不平之氣；抑或這故事就是從民間傳說移植而來。它曲折表達的正是當時民眾的一種良好的願望，一種正義戰勝邪惡的理想。這個故事想來頗能娛悅觀聽者，因此流傳甚廣。《五代史平話》中亦曾提到過它，小說家又從講史家那裏取了來，改寫成短篇小說，即是後世《古今小說》中的《鬧陰司司馬貌斷獄》。不消說它是擬話本小說中當然的「宋元舊篇」了，此外，後世戲曲作品中也有敷演此故事者，如清人徐石麒的雜劇《大轉輪》，嵇永仁《續離騷》雜劇的第四折《憤司馬夢裏罵閻羅》等。民間至今還流傳著所謂「半日閻羅」故事。由於當時的人們特別喜愛這個故事，講史家與平話作者便無論如何也不肯割愛。這樣一種心理有如元人觀聽公案劇，現實生活中那麼多的冤屈和不平，人們只有借助舞臺上的伸張正義、平冤昭雪，以慰胸中的憤懣和不平，處於亂世的人們也只有借講史家的故事，發攄他們對正義和「有道」的嚮往，以幻想的形式對正義和邪惡作出他們認為公平的裁決。據此，我們依稀可聞當時人們的心音，亦可揣摩到宋元市民階層的審美心態。若說到那故事的荒誕不經，插入之不合結構，以至說到因果報應、迷信色彩等等，則是對古人有苛求之嫌了。

說到「義」，毫無疑問，它屬於市民意識的範疇，也顯而易見有它的局限性。應該說，它影響所及，貫穿於整個講史小說史。它最初並不是什麼壞東西。市民階層，特別是小生產者階層之間的互相扶持，濟危救困，甚至是古代的一種美德。歷史上的農民起義往往是從「結義」起步，「起義」二字的字面已然透露出一些消息。至於後來「義」字被歷代統治階級所利用，逐漸改變了「義」的初衷，則是一個很複雜的過程。《三國志平話》中的「桃園結義」，《宣和遺事》中的宋江等 36 人聚義，都是將「義」作為一面旗幟樹立起來的。講史小說若抽掉了這個「義」字，幾不能成篇。同要求帝王「有道」一樣，人們要求

英雄豪傑必有義，這本身就是一種文化意義上的選擇，市民階層在當時的歷史條件下只能也必然是這樣一種選擇。《前漢書平話續集》稱讚項羽有「八德」，並指出「司馬遷論項王失人甚也，不審項王為人」。平話作者大膽指斥太史公，以為史筆也未必公道，這是值得注意的。項羽的「八德」，總起來看，除了驍勇之外，不過「仁」、「義」二字。《秦並六國平話》中的田光、荊軻，《三國志平話》中的劉、關、張以及在曹操面前請死的陳宮，都篤於一個「義」字。當曹操破了下邳，擒得呂布與陳宮之後，欲免陳宮一死，陳宮卻說：「不可。先投公孫瓚，又歸呂布，再投丞相，後人觀我無義，自願受死。」陳宮與呂佈在生死面前的態度判然有別，在強烈的對比與反村中，陳宮之義顯得更為突出。

宋元平話就是這樣，既不能完全擺脫傳統思想的羈絆，又時有離經叛道的激進思想鋒芒射出；對農民起義總體上看是同情和支持的，然有時又斥之為賊寇。這恰恰反映了歷史傳統的墮性與強烈要求改變現實社會之間的矛盾。儘管如此，這時期的市民文化畢竟與封建士大夫文化分道揚鑣，走上了自己的軌道，從思維方式到價值觀念，以至好惡尚取、審美趣味都表現出明顯的差異。

就現存八種宋元平話來看，它們在藝術上也不平衡。好的作品，相當出色。如《武王伐紂平話》《前漢書平話續集》，就寫得較為精彩。而《秦並六國平話》則一味摘抄史書，不大象小說，讀起來令人興味索然。《宣和遺事》情況亦相彷彿，給人以信手抄錄、雜湊而成的感覺。唯其中宋江等 36 人聚義梁山泊故事較為可觀，且對後世《水滸傳》的成書頗有影響。《五代史平話》是寫得比較好的，它大抵依據正史，有所發揮，間或亦雜採民間傳說，有較強的可讀性。在敷演史事中嵌入民間傳說，使作品饒具民間文學色彩，乃是宋元平話首先應該引為注意的藝術特色。除了《三國志平話》中的司馬仲相斷獄故事之外，《梁史平話》中的黃巢下第後與朱溫兄弟舉事故事，也為小說史研究者所反覆提及。現在我們來看《漢史平話》中劉知遠入贅李大戶家的一段描寫：

> 一日，只見群馬嘶鳴，李長者手攜藤杖，縱步到馬房看覷。但見知遠在地上睡臥，有一條黃蛇，從知遠鼻孔內自出自入；旁有一人身著紫袍，撐著一柄黃涼傘，將知遠蓋卻。李長者歸向他的渾家道：「劉知遠在馬房地上打睡，有這般物事在邊，委是差異！況昨來所夢的事，似與這事符合。向後這廝必有大大發跡分也！」他渾家道：「既有此等異事，休教他去養馬，怎不將女孩兒三娘子招他做女

婿，向後改換我家門風，也是一場好事。」次日，喚他家老院子王
大去與知遠說媒。知遠向王大道：「你休來弄我！我一窮到骨，甫能
討得個吃飯處，你說這般話，莫帶累咱著了飯碗。」王大曰：「咱是
得個太君的言語，怎生是來耍您？您若信從，便教你享用快活；若
還不肯，您可將身出去。」知遠心中大喜。李長者擇取良辰吉日，
召知遠登門。做個入贅女婿。

　　這段李敬儒招贅劉知遠故事，純係民間傳說。黃蛇從知遠鼻孔自出自入之
事雖屬荒誕不稽，卻很有趣。在這裏，歷史真實服從了民間傳說的趣味性。這
類傳說往往安在帝王頭上，未必就是宣揚天命和異兆的，有時它只是一個有趣
的格套。在《晉史平話》中，石敬塘初在婁忔沒家做小廝時，婁的渾家看到石
敬塘與阿速魯比試武藝，「但見那小廝頭上有一片紫雲蓋著，馬上有一條黑龍
露出，爪角皆做金色，光明炫耀」。《唐史平話》寫李克用降生時，其父赤心夢
見一座宮殿，殿上有人道出四句歌訣：「龍豬戰罷丑口破，十四年間金殿坐。
十兄用武不負君，四個郎君三姓麼」。夢醒，其妻坐蓐，生下克用，四句歌訣
也正應克用一生造化。凡屬此類描寫，皆不見於經傳，顯然是說話人採自民間
傳說並加以捏合的。它們曲折反映的正是人們企盼英主出世，扭轉乾坤，以及
渴望平亂治安的願望。

　　《五代史平話》寫帝王，往往要強調他們的出身貧寒，所謂將相本無種，
天子出庶人。如劉知遠、柴榮、郭威等，莫不如此。細加品味，宋元平話中此
類描寫與話本小說中寫發跡變態的心理依據是如出一轍的。這是為市民階層
樸素而朦朧的民主思想所使然的。同時又意在說明皇帝並非什麼超人和神異
之輩，今天的平民，風雲際會之時，也有可能坐臨天下。有些平話中甚至還詳
細描寫那些皇帝們微時的許多無賴行徑，揭去他們那神秘的、至高無上的外
衣，還了封建帝王以真實的面目。寫漢高祖劉邦（《前漢書平話續集》）、寫石
敬塘（《晉史平話》）、寫朱溫（《梁史平話》）、郭威（《周史平話》）等等，都有
這樣的情況（元曲家睢景臣的《高祖還鄉》套曲，或亦受到平話作品的影響）。
這是民間傳說滲透進講史平話的極好例證。至於《漢史平話》中劉知遠與李三
娘的悲歡離合故事，就更具民間傳說的色彩了，它後來成為元末明初四大傳奇
之一《白兔記》的本事，影響既廣泛又深遠。

　　宋元平話中塑造了一系列較為鮮明生動的人物形象，雖說線條粗略，卻有
速寫畫一般的簡捷之美，虛構與誇張手法的運用，白描技法有意無意的點綴，

都對後世長篇小說創作產生過影響。《周史平話》寫郭威出身以及幼時看曬穀場、以彈弓打鳥誤傷人命的一段，頗見人物個性，很有神韻。後郭威被庭杖刺頰，做個粗漢。「年至十五六歲，勇力過人。吃酒時，吃得數斗不醉，吃肉時，吃得數斤不飽」。郭威買劍一段，更見巧思：

> 那漢將這寶劍出賣，郭威便問那漢道：「劍要賣多少錢？」那漢索要賣五百貫錢。郭威道：「好！只值得五百錢。咱討五百錢還你，問你買得。」那漢道：「俗語云：『酒逢知己飲，詩向會人吟。』我這劍要賣與烈士，大則安邦定國，小則禦侮捍身，您孩兒每識個甚麼？您也不是一個買劍人，咱這劍也不賣與您。」郭威道：「卻不叵耐這廝欺負咱每！」走去他手中奪將劍來，白乾地將那廝殺了，將身逃往邢州路去。

這段描寫會使我們聯想起《水滸傳》中「楊志賣刀」及「林沖買劍」的情節，甚至想到《隋唐演義》中秦瓊當鐧賣馬的故事。雖人物身份不盡一致，性格也各不相同，卻依稀可見說話藝術的繼承和創造性。程毅中先生曾以《梁史平話》中朱溫派霍存到齊州打探一段為例，說明這一類「細節描寫雖然還比較簡單，然而已經為後來的話本奠定了基礎。像《水滸傳》就是在這樣的基礎上發展起來的」〔註9〕。霍存齊州打探一段之後，還有一段劉文政買刀殺人的故事，似更能說明問題：

> 忽見一少年，將一口刀要賣。劉文政要買，問多少價。少年道：「要價錢三百貫。」文政道：「恰有三百錢，問你買了。」少年人怒道：「您三百錢只買得胭脂膩粉，咱每這刀，要賣與烈士。」文政道：「你怎知我不是殺人烈士？」遂奪少年刀，殺了少年人。被地分捉了劉文政，解赴齊州。

此與前文所引《周史平話》中郭威買刀殺人的描寫大同小異，只不過一是成人殺少年，一是少年殺成人。想來這賣刀故事在講史家那裏是個成套路的段子，猶如院本段子「雙鬥醫」之類可插入雜劇創作中，賣刀段子也是能楔入講史平話的。有意味的是，平話中均為買刀者殺人，而到了《水滸傳》中的「楊志賣刀」，則變作賣刀者殺人了。完全可以想像，平話中類似這樣買刀殺人的段子，在說話人講演時，一定是細膩而生動的。至於後文朱溫等人劫齊州法場，則與《水滸傳》中之劫江州法場酷似，承襲之跡甚明。

〔註 9〕程毅中：《宋元話本》第 56 頁，中華書局 1980 年版。

在《武王伐紂平話》中，有一段黃飛虎妻耿氏大罵紂王的描寫，十分精彩：

> 天昏日晚，紅輪西墜，玉兔東生，紂王卻歸後宮去。到長壽殿，
> 天子迎著一個美麗佳人，紂王大喜。那佳人生得形端表正，體態妖
> 嬈，十分容貌。那佳人見天子便躲，躲不及，便山呼萬歲。王問曰：
> 「卿是何人也？」佳人奏曰：「臣是我王臣之妻。」紂王曰：「何人
> 妻也？」「臣是黃飛虎之妻耿氏。」紂王問曰：「卿肯與朕作樂，教
> 卿為后，更教你夫為三公也。卿意如何？」耿氏曰：「大王雖貴，臣
> 妾雖賤，臣無戀貴之心，妾有抱貞之意。南山有鳥，北山張羅，百
> 鳥高飛，羅網奈何？」紂王無一語對之。耿氏又言曰：「狐狸不樂龍
> 王，魚鱉不樂鳳皇。妾是庶人，豈樂大王乎？若行無道禮，豈為帝
> 王乎？」紂王笑而放之，耿氏遂罵紂王：「無道不仁之君，故發此言。
> 我夫若知，必無輕放爾！君不識我夫南燕王？」

耿氏機智果敢，凜然不可冒犯。她的潑辣與堅貞，直如民間女子。細細品
味，她與漢樂府民歌《陌上桑》中的羅敷非常相似，或亦有《西京雜記》中秋
胡妻的影子。這分明是按照人民群眾的意願塑造出來的一個令人敬畏的古代
婦女形象！後來紂王到底還是殺了她，將她屍體做成肉醬給黃飛虎，逼得南燕
王造了反。這樣寫，極富感召力。如此一個美麗忠貞的女子，無辜地慘遭殺害，
怎能不激起人們的強烈義憤！官逼民反的消息就這樣曲折地透露出來。從語
言上看，這段文字也很有特色，「南山有鳥」而下，純是民歌謠諺風味，誇夫
與罵王的潑辣氣韻，亦可見受《陌上桑》影響的痕跡。它有較為濃厚的口語意
味，卻不純是白話；淺近的文言，卻又相當通俗順暢。後世講史小說的語言，
正是在這種語言的基礎上向前發展的。

講史話本和平話小說雖取材於書史文傳，但它畢竟不是歷史教科書，更不
是歷史科學，而是小說。便是對於史實，講史家和平話作者有時也有自己的理
解，這種理解與封建士大夫的理解判然有別。取了歷史題材來作小說，又寄寓
一段憤懣牢騷，要表達的仍然是對現實社會的看法，或從某種意義上講，正是
時代精神的曲折反映。南宋王朝柔弱、屈辱，講史家就搬出北宋名將狄青以振
奮民族精神，或就近搬出韓世忠、岳飛以鼓舞鬥志。《醉翁談錄·小說開闢》
中提到了「收西夏狄青大略」，金院本中也有《說狄青》的名目，可惜均未留
傳下來，我們只能在晚出的《五虎平西》《五虎平南》以及《萬花樓》等演義
小說中看到一些消息。所謂「新話說張、韓、劉、岳」，指的就是這一類。講

史家不會放過《史記》、《漢書》中的題材」〔註10〕，想來也一定要大說特說飛將軍李廣了。還有王六大夫「於咸淳間敷衍《復華篇》及《中興名將傳》」，就更是直接歌頌抗金名將，號召奮起禦侮了。這正是在一定的特殊環境中，人們自覺或不自覺的觀念和價值的作用。

平話小說既然從講史而來，就必然對史實有一定的依賴性。問題是在多大的程度上依賴歷史。完全依賴史書，則乏趣味，不能打動聽觀者；完全出於虛構，便不是講史，而混同於小說了。與講史家一樣，平話作者面臨著兩難的處境。因此灌園耐得翁才說講史家「最畏小說人，蓋小說家能以一朝一代故事頃刻間提破」〔註11〕。《醉翁談錄·小說引子》結尾處有這樣一段話：

> 所業歷歷可書，其事斑斑可紀，乃見典墳道蘊，經籍旨深。試
> 將便眼之流傳，略為從頭而敷演，得其興廢，謹按史書；誇此功名，
> 總依故事。

原文在「總依故事」之下，有一行小字：「如有小說者，便隨意演說云云。」在小標題「小說引子」下面，也有一行小字：「演史講經並可通用。」可知這一條主要是針對講史和說經伎藝的。那麼講史從一開始就是以「謹按史書」為原則的。演史和講經合在一起，並可通用，是因為他們皆須有依傍，不能隨意演說。可以設想，早期講史大約是較為拘謹的，甚或只是將書史文字翻作白話，全靠了口才臨場發揮來吸引聽眾。在與小說家爭奪觀眾的過程中，講史家才吸取了對方的一些長處，不斷改進和完善自己的。但是，講史家與平話作者始終未曾擺脫兩難的困惑，他們在對史實的依賴與發揮才情進行藝術創造之間苦心經營。重要的有時並不在經史的局限創作，而在於驅使經史，奪他酒杯，澆我壘塊。故對平話小說的一般意義上的思想藝術成就的研究意義不大，說來這些作品的成就並不高，但它們的文化意義大於一般意義上文學成就，它們使我們可以援此而摸索到一個時期的文化層面，同時順勢循到古代講史小說的根。美國文化人類學家菲利普·巴格比說：「一個研究藝術的人首先開始於一種感覺，他感到一個藝術家和一群藝術家的作品中有著一種共同的品性。然後，他繼續分析那些給予他感覺的東西，那些可察的特性：線條的特色；色彩；結構和組合；所描述的客體類型；所使用的技法；空間組織等等。再後，他才試圖

〔註10〕（宋）洪邁：《夷堅支志》丁集卷三《班固入夢》條有「今晚講說漢書」的話。
〔註11〕（宋）灌園耐得翁：《都城紀勝·瓦舍眾伎》，見《叢書集成續編》第288頁，
上海書店1994年版。

描述這些可察特性所『表達』的觀念和價值，也就是藝術家對經驗世界的潛在態度」。〔註12〕研究一個時期藝術家對經驗世界的潛在態度，不僅要研究他們的作品，也要研究他們所置身的環境，甚至要研究觀賞他們作品的讀者和觀眾。總之，宋元平話傳下來的作品不多，每一種都彌足珍貴，這是我國古代古典藝術向近世藝術過渡時期最有代表性的藝術形式之一。

原載《南京師範大學學報》社會科學版 1992 年第 2 期
後收入《王季思先生從教七十週年紀念文集》，中山大學出版社 1994 年版

〔註12〕（美）菲利普·巴格比：《文化：歷史的投影》第 130 頁，上海人民出版社 1987年版。

《癡婆子傳》發覆

　　對於《癡婆子傳》一書，明清兩代的論者，大凡著眼於其穢褻描寫，多交口貶毀，或謂其「濫觴啟竇，只導人恬淫」（五湖老人《忠義水滸全傳序》），或斥其「流毒無盡」，於是一禁再禁。唯明代的楊爾曾，似看出了書中的一點別樣消息，謂「⋯⋯非若《水滸傳》指責朝綱，《金瓶梅》之借事含瘋（諷），《癡婆子》之癡裏撒奸」。（《東西晉演義序》）所謂「癡裏撒奸者」，蓋借「癡」以施「狡獪」，別有追求寄慨也。當然，這敘述之中，仍含有序作者的頗深的貶抑。近世，人們的思想觀念有所改變，也只謂其「託一老嫗自述夙昔蕩佚情事，文頗流利，雖刻露少蘊籍，而狀物繪聲，亦北里之雄」。〔註1〕至近年來，雖多有論者在審視此書時，目光較為通達，卻大率缺乏對此書作深入的研究；有些評論雖非常精彩，很富於啟發性，限於書的體例，又不能全面展開論述評價；而另一些研究，著眼點不在文學價值的判斷，注重的是文化意義和性心理方面的問題，已將其納入了心理科學實證和臨床的領域。其實在大量的明清豔情小說中，《癡婆子傳》是一部頗為獨特的作品，其視角切入、敘述方式、人物描寫以及嘻笑怒罵背後所隱含的冷峻和嚴肅，都很值得我們認真研究。臺灣學者魏子雲先生曾與筆者談及此書，嘖嘖稱賞之餘，翹之以拇指；蕭相愷先生亦多次與筆者交流，以為此書是皮裏陽秋，荒誕之中大有弦外之音，稱「它大約是孫楷第先生《中國通俗小說書目》著錄的『猥褻書』中寫得最好的一部了」（《稗海訪書錄‧奇文欣賞錄中的三種小說》）。

　　那麼，究竟如何評價《癡婆子傳》的文學藝術性？它在小說史上的地位又

〔註1〕孫楷第：《日本東京所見小說書目》卷六第165頁，上雜出版社1953年版。

是如何呢？

一

據書中的內證及一般研究者的意見，《癡婆子傳》是明後期的一部小說。晚明時代，當宋明理學被推向極端，將人們壓抑得難以喘息的時候，一種與之針鋒相對的「異端」思想，便應時應運蓬勃興起，漸趨形成一股影響廣泛的潮流，社會的文化心態，人們的行為規範以及價值取向、倫理道德觀念等都發生了深刻的變化，儘管終明一代，這種新的社會思潮還僅僅是作為整個傳統思想的一個異端而存在，並沒有從本質上徹底突破和超越它所產生的那個時代的質的規定性，也沒有形成足以摧毀整個禮教精神內核的完整的新思想體系，然而，它畢竟是又一次深刻、廣泛的人性的覺醒，用有生命的人性以矯枉死而不僵的禮教教條，是這股潮流的一個重要方面。如果說產生於正德、嘉靖時期的王陽明心學為明清之際啟蒙思想家們提供了一定的理論借鑒和思想上的啟發，其唯心主義哲學思想中某些積極的因素為後來進步的思想家們所接受，特別是王學左派的「掀翻天地」，加之李贄、徐渭以及湯顯祖、袁宏道等人的此呼彼應，從而形成了一股蓬勃恣肆的人道主義文藝思潮，那麼，在創作領域大批戲曲小說浪濤般地對理學磐石的不斷衝擊，從某種意義上說便是更具實際力量的狂濤巨瀾。判斷一個時代的精神，不能僅僅根據其思想理論的概念，而不去考察其藝術，特別是面向廣大人民群眾的戲曲與小說藝術。湯顯祖「似蟲兒般蠢動把風情搧」的感歎，抵多少兜著圈子的純理性文字！是的，人不能失去理性，然而理性說到底還應該是人性的。當一種理性開始扼殺人性的時候，這種理性就不僅變得毫無意義，而且是有害的和令人憎惡的。這是一大批以情對理、企圖以情慾火焰去焚毀理學牢籠的戲曲小說作品價值一個極重要方面，也是我們把握評價《癡婆子傳》的一把鑰匙。

湯顯祖在《牡丹亭》中寫了「閨塾」一齣，為後來的《驚夢》做了自然而然、水到渠成的鋪墊。《癡婆子傳》中也有類似的描寫，不過敘述描寫都非常簡潔罷了。阿娜「素習周詩，父母廢淫風，不使誦，予乃竊熟讀而默誦之，頗與男女相悅之事疑焉。始而疑，既而悟，曰：『若父母耳。彼私而此公，但不知所悅者作何狀。』」這時的阿娜不過十二、三歲。這是女孩子十分敏感的年齡，這個時期心理上的躁動本是正常現象。但森嚴的禮教卻是不見容這種敏感和躁動的。一方面是禁絕性教育，採取隔絕視聽、嚴密封鎖，把正常的生理現

象當作洪水猛獸而避之遠之的態度；另一方面是人為地調動起羞恥心和恐懼感，將性視為醜惡和罪過，從而扭曲和異化了人性。由於性被置於充分神秘化之中，禁錮與防範則勢必走向其反面，阿娜的父親上官贄在庭院賞梅，命女兒阿娜、嫻娟各口占一聯以詠梅花，阿娜對曰：「不從雪後爭嬌態，還向月中含麗情。」不料竟惹得上官贄「艴然」而有怒色，心裏說：「他日必為不端婦。」何以兩句詩竟令他如此不安以至憂心忡忡呢！無非是阿娜詩中含有一個「情」字，在他看來簡直就是大逆不道的同義語！這個上官贄差不多是杜寶加上陳最良的總和了。他雖未曾延師課女，卻兼西席與嚴父於一身，既不許讀「風詩」，又對「情」字近乎忌根。《癡婆子傳》中雖無類似《驚夢》中「遊園」那樣的描繪，卻也寫到了阿娜的顧影自憐：「髮不復剪，稍稍束而加雲翹，予每攬鏡，徘徊顧影，自憐咄咄曰：『何福憨奴，受此香脆？人壽幾何，河清難俟！』」這與《驚夢》中的〔步步嬌〕曲用意彷彿：「沒揣菱花，偷人半面，迤逗的彩雲偏，步香閨怎便把全身現」。湯顯祖不過寫得更含蓄，而《癡婆子傳》的作者卻相對寫得刻露一些。如果說湯顯祖是將人的自然情慾詩意化了，那麼《癡婆子傳》的作者則是將人的自然情慾世裕化了。小說與詩不同，與作為詩劇的戲曲也有別。《驚夢》之後湯顯祖更強化了浪漫主義的描寫，而《癡婆子傳》從一開始注重的就是自然寫實的手法，同中有異，旨趣不同。《癡婆子傳》中更多的是暴露與諷刺，在冷竣中雜以灰色的幽默，說它與《金瓶梅》一樣，是一派「地獄文字」，未為不可。特別是在戳穿偽道學和對一個墮落家族的解剖時，筆調凌厲潑辣，毫不留情。倘若我們將「人生幾何，河清難俟」與「錦屏人忒看的這韶光濺」對讀，亦見用意同歸而筆調大異，這是很耐人尋味的。

　　北鄰少婦說風情一節，寫得恣肆汪洋，奔放不羈，尤值得注意。作者將人慾視為一種自然而然之情，隨著人類的進步，情慾逐漸失去、至少是淡化了種族繁衍的意義，而成為男女雙方相互娛悅的樂事。如同臺絲蒙德·莫里斯所說：「我們的性生活大多與繁殖後代無關，而只是為通過滿足雙方的性慾來達到鞏固對偶關係的目的。」因而：「配偶間日復一日地宣情泄欲，並不是現代文明腐化墮落的結果，而是一種深深植於生物本能，從進化角度看也十分健全的傾向」（《裸猿》）。應該說，少婦說風情一節文字相當大膽，且不能簡單視為穢褻文字。宋明以前，這樣的理解和認識並不是什麼見不得人的，也無須瞞和藏。荷蘭研究中國古代文化的學者高羅佩說：「虛情矯飾在唐代（六一八～九○七

年）和唐以前實際上並不存在，虛情矯飾可朔源於宋時期（九六〇～一二七九年），當時，在古老儒家經典的再檢驗下，男女有別之古義，被頭腦狹隘的學者們所誤解，這種固執的態度在元朝（一二八〇～一三六六年）期間有所鬆弛。……明朝帶來了民族文化的復興，其中包括它的許多性與有關的禁忌的和習俗的復興。」〔註2〕這裏所說的復興，主要指宋儒們（即所謂「頭腦狹隘的學者們」）的思想成為官學，其實就是指程朱理學的復興。元代由於少數民族入主中原，曾一度「綱常鬆弛」，「風俗大壞」，雖說朱學成為官學肇端於元代，但真正的禁忌與鉗制，採取極端的專制主義思想壓迫，實無過於明代。且看北鄰少婦的陳辭：「當上古鴻濛之世，雖男女兩分而並生，營窟巢穴之間。裸體往來，恬無愧怍，見此凹彼凸，宛然異形，而男之凸者從陽氣，轉旋時當不覺血足神旺，而凸者剛勁，或婦以其凹者過其前，相值而凸投以凹，彼實訝此之獨無凸。而不知此一役也，實開萬古生生不息之門，無邊造化，情慾之根，恩愛之萌也。……」以下則以「大樂」與「相悅」說明男女之別的古義，無異於白行簡一篇《大樂賦》。看似淺顯，甚至今天會被當作不雅，但那正是作者用心處。有如強調「百姓日用」即為大道至理的命題一樣，強調了人慾本初意義上的合理性，以與「事上磨煉」、「天理人慾」的極端之說相抗衡，以「下愚」而對「上智」，恰是一種樸素的矯枉。少婦之所言與莫里斯的觀點不是有著某種相通之處嗎！理學異化了人性，竟要從本初意義上再去找回人性，用意不在復古，也不是倒退，而是追求蛻變與超越，雖然這種追求幾經反覆，理學在清代又變本加厲大行其道，晚明的人道主義思潮芒角四射，掩抑不住，卻是活生生的歷史事實。李贄曾說過「穿衣吃飯即人倫物理，除卻穿衣吃飯，無倫物矣」（《答鄧石陽》）。這與少婦陳辭是在一個層面上的問題，也是異端們的宣言和旗幟。李氏《焚書》中有一篇《兵食論》，不僅是思想方法與北鄰少婦之辭相一致，連行文也同出一轍：「民之初生，若禽獸焉：穴居而野處，拾草木之實以為食。且又無爪牙以供搏噬，無羽毛以資翰蔽，其不為禽獸啖者鮮矣。夫天之生人，以其貴於物也，而反遺之食，則不如勿生，則其勢則不得不假物以為用，而弓矢戈矛甲冑劍楯之設備矣。蓋有此生，則必有以養此生者，食也。……」兩相較讀，迨可見其思路之相通。這可以看作是晚明的「異端」們企圖「掀翻天地」的此呼彼應，孤立去看，往往看不清楚，放在整個人道主義的潮流中去

〔註2〕（荷）高羅佩：《秘戲圖考·英文自序》第3～4頁，楊權譯本，廣東人民出版社1992年版。

看，其昭彰之勢揭然。

說到阿娜在聽了少婦一番話後，為好奇心驅使，與其表弟慧敏（有的本子作慧哥）懵懵懂懂撞破了「潼關」，作者描寫得相當細緻，似亦不可簡單看作穢褻。其意義在於向人們說明越是禁錮、壓抑、鉗制，反作用力就越是無法按捺。竊讀「風詩」，私詢少婦，偷試慧敏，再私僕俊，構成了阿娜跌進情慾漩渦的鏈環式過程，連鎖反應。作者想說的是：阿娜作為十三歲的女孩子，她自己應負的責任是極有限的，責任在封建家長，在那個將所謂「性命義理」極端化了的荒唐社會。性教育的問題當落入第二義了，或以為作者這樣的描寫其主觀意圖並不十分明確，事實上這或許正是作者的狡獪之處。與慧敏偷試，再私僕俊，都是阿娜性格與社會相衝突中可能的事：道貌岸然的父親可以有外寵，小小的阿娜為什麼要對自己負有本當是家庭與社會負有的責任呢？這分明是咎責於封建家庭以及理教殺人的社會，是一種冷嘲和反諷。阿娜寫給慧敏的幾句話雖近於模糊，兜了個彎子，隱幽之意還是可循的：「角枕燦兮，錦衾爛兮，予美亡此，誰與獨且。」細味之，它與湯顯祖《驚夢》中的〔皂羅袍〕曲有著某種暗合之處。姹紫嫣紅與斷井頹垣之極不協調，對良辰美景、賞心樂事的嚮往追求，是一種詩意化了象徵；枕衾燦爛，精室美舍，也不過是一種虛設，人而不偶，孤獨自守，歲月蹉跎，韶華易逝，則是面對現實的一種深沉浩歎！

退一步說，假饒作者真的是意圖不明確，但小說藝術不是作者的概念闡釋，不明確中其實就是一種傾向。倘若阿娜在聽了少婦陳辭之後，直到出嫁都沒有可能與任何一個男子接觸，那將是另外的結果：她或如杜麗娘一樣到夢中去尋覓，抑鬱而死；或在婦容婦德拘束下心靈扭曲，她最終成為一個沒有靈魂的標準賢婦。二者必居其一。但作者選擇的是另一種可能，這正是他的膽識過人之處。他從一個特殊的角度揭露了禮教社會的虛偽和猙獰。無疑，這個角度是真實的，也是嚴酷的，阿娜是一個與杜麗娘不同的女性形象，她們都在做痛苦的掙扎，只是因了性格的不同，掙扎的方式不同，其命運也就各異了。

二

十七、八歲的阿娜出嫁之後，落入了一個更加虛偽、齷齪的家庭。「詩禮簪纓」舊族又加上商人利慾薰心，欒家可以說是一個墮落與罪惡的淵藪，直可視為晚明社會的一個縮影。阿娜在如此險惡的環境中，被迫成了一個被侮辱被損害的玩偶，她的人格幾乎被徹底物化了。

　　欒家的主翁欒饒，號稱「晉大夫後」，稱得上是名門望族。饒有三子，長子克奢是監生；次子克庸業儒，在家鄉設帳教私塾，即阿娜的丈夫；三子名克饕，是武庠。欒氏三子的名字很有一點意思，都是克制貪欲之意，然一個個卻貪得無厭，欲壑難填。就連欒翁自己的名字饒，也暗合了企求更富以至追逐利欲之意，這是種頗為微妙的揶揄。由於阿娜的丈夫常外出「遊學」，「間出間歸，歸不勝出」。用家翁欒饒的話說，他也是個「浪蕩子」，偽道學。阿娜深閨寂寞，差不多是懷著報復的心理，與克奢的奴僕盈郎私通。應該說阿娜對盈郎，確實還是有一定感情的。阿娜說：「予身固為盈郎有，盈郎亦將為予死矣。」不料盈郎年紀輕輕竟在欒家腐敗墮落的大染缸中浸染得出奇的壞，他與另一奴僕大徒沆瀣一氣，淫縱有加，一同對阿娜「肆其誅鋤」，發洩獸欲。足見這個名門望族從上到下，已墮落到了不可救藥的程度。作者的解剖刀鋒銳刃利，他切開腐肉給我們看，雖說有些不寒而慄，卻看得甚是清楚。寫得最為深刻的是大伯克奢對弟媳阿娜的摧殘踐踏。他軟硬兼施，毫無人性。作者嘻笑怒罵，刻薄之至；骨子裏卻是冷峻與嚴肅。克奢先是以阿娜私奴僕為把柄相要挾，擺出一副禽獸面孔：「爾其惠我，如不我私，吾將以言與弟。」阿娜寸步不讓，正色對道：「伯言於我夫，我將言於姆。」克奢競恬不知恥地問阿娜：「言我何為？」阿娜說：「言爾欲私我。」克奢這時徹底扯下了遮羞布，露出一臉勢在必得的猙獰：「尚未到手，如到手，任汝言之。」遂強暴了阿娜，阿娜只有冷笑。這裏的笑大有文章，「予笑，伯笑」當是有區別的。「予笑」是冷笑和蔑視，是無可奈何的苦笑；「伯笑」則是無恥與下流，是充滿淫邪的笑。不作如是觀，就不符合阿娜始不從、終而屈的邏輯了。尤為令人不齒的是克奢在二奴僕對阿娜用強後再姦弟媳，急忙間竟以阿娜裩衣揩手以除大徒餘污，當阿娜喊「勿污我衣」時，克奢反出言污辱弟媳：「爾身且被污，何惜一裩也！」阿娜又羞愧又憤怒，迸出一句倔強的心底話：「既私之，又復諷之，何不仁之甚也！」並憤然將克奢推倒在地。此語一出，一剮一道血痕，將假道學的虛弱與腐朽一語道破。

　　後文克奢將阿娜裩帶執在手中相挾的描寫，也是一段深有用心之文。一句「有此作證，我必揚之」，說者無賴，聽者無奈，阿娜實在是不得已才屈服的。這也為下卷開始阿娜之言所證實：「予自為大徒所劫，復為克奢所挾，迄今恨之。」阿娜何不言為盈郎「所劫」或「所挾」？那是因為她屬意於盈郎，而對於大徒與克奢，她只有仇恨。蕭相愷先生談到這段描寫時說：「作者筆觸的鋒

芒，正是刺向這個腐朽的家族中喪盡人倫的衣冠禽獸的。」是不是可以進一步說，家族的腐朽又是整個統治階級上層荒淫無恥生活的縮影，故亦可看作是對當時禮教宗法社會所謂倫常綱紀總體上的揭露和批判。如我們前文曾提到的那樣，封建倫理道德的天理人慾一套，雖已腐朽透頂，百孔千瘡，但其窒息人的精神內核猶在，它還有足以吞噬阿娜這樣弱女子的力量。一句「我必揚之」所以能令阿娜屈從，深層原因在此。果然，到了小說結尾，一句「不端」使受害的弱女子擔起了所有罪責，而偽道學的一幫禽獸照樣道貌岸然，彷彿什麼事也沒有似的。有如封建朝廷在危機四伏，家國不保時，以「女人禍水」嫁禍於無辜女子的道理一樣，「祖宗不幸，家有不端之婦」也是封建家長掩蓋自己罪行的殺手鐧。被及無辜以維護自己的假道學是他們的拿手戲。因此，從這樣的意義上看，我們說《癡婆子傳》的作者開掘得很深，暴露得也很徹底。古代中國的倫常宗法社會，家國是互意的，而且是聯繫在一起的。阿娜的悲劇命運深層原因在於她被假道學們當作了替罪羔羊。用強施暴者是以倫理道德為口實進行性榨取，而被侮辱被損害者竟眼看著他們踐踏倫理道德；性榨取者又正是滿口仁義道德實際上亂倫敗德的罪魁。這種諷刺真是太尖酸刻薄了。

　　欒饒作為封建家長，同時也是這個魔窟中的罪魁，他先姦克奢妻沙氏，又姦阿娜，長期對兩個兒媳進行令人髮指的性榨取。使欒家真成了《紅樓夢》中焦大所唾罵的那樣，「扒灰的扒灰，養小叔子的養小叔子」，骯髒透頂，墮落到了極至。作者這一段文字與克奢強暴於阿娜那一段相呼應，豈止是「地獄文字」，簡直是惡魔與鬼怪相混合的極冷酷陰森的魑魅魍魎文字！沙氏與阿娜形成映襯，以強化作品的旨意。因克奢經常代翁外出經商，沙氏「每從花晨月夕，必浩歎愁怨，減食忘眠」。這其實是人之常情。誰想欒饒這個老色魔競打起自己兒媳的主意，他百般挑戲，直至用強，且看其醜態：

> 翁有力，挽沙上床，沙力爭不捨，而時忽湊一女無側，惶急又
> 曰：「翁何為作此？」沙方言，而翁跪曰：「救命！」又以手探其陰。
> 沙曰：「我白姑。」翁曰：「自我娶之，自我淫之阿白之有？」捉沙
> 足至腰肋間，而翁之鬐已偎沙之頤頰矣，久之，沙不能言，翁遂幸
> 之。

　　這老畜性分明將兒媳當作了家什對象，壓根兒就沒有把她們當成人看待。「自我娶之，自我淫之」，彷彿天經地義，令人毛骨聳然。這一筆著實屬害，道貌岸然的紳士富家翁，又沾染了商人惡習，無論金錢還是美色，更不論其他

財產，在他眼裏都是一樣的對象，唯佔有是圖。正如孿翁又欲對阿娜用強時，阿娜所說：「翁污我，姆陷我，皆非人類所為！」其實，雙重異化了的孿饒，自己也不清楚自己為何物了，扭曲了的理學和極端了的商人化合起來造就了這個特殊的惡魔形象。西門慶的佔有欲不謂不強，然《金瓶梅》卻沒有寫到亂倫。王三官母親林太太與西門慶並無血緣族親關係，認王三官作義子，也不過為通林太太的方便，張竹坡看得清楚：「西門通林氏，使不先壓倒王三官，則必不能再調，且必不能林氏請過去，西門請過來。」至於西門慶通僕婦，當是所謂「不主」，與綱常不符，卻也未曾像孿饒那樣，完全而又徹底地喪失了人性。

　　魯迅先生曾說過：「私有制度的社會，本來把女人也當做私產，當做商品。」〔註3〕孿饒不是稱自己的妻子為「垂死之姑」嗎，在她眼裏，老而又病的妻子是廢棄之物，他的所謂「二美皆我妻也」，不過是將兩個兒媳又當作了新鮮之物。還說什麼倫常秩序，他的亂倫惡行，從本質上看，是整個人格的失落和人性的異化。

　　沙氏形象可看作阿娜形象的映襯和補充，不可當作簡單的淫婦來看。實際上她從某種意義上看更加可憐。或曰：她的幫助孿饒陷阿娜於不義，豈不是奴性十足、助紂為虐嗎？然而，受害者保護自己的方法竟是拖同類下水，以達到「滅口」的目的，就不止是可憐，更是可悲和可歎了。仔細想來，既然克奢荒淫無狀，沙氏之舉也可以看作是一種潛意識中的消極報復，她犧牲了自己的操守，為罪惡家族的面子上又塗了一層污濁與肮髒。這裏同樣有一個筆調問題，在深層開掘和暴露禮教虛偽的同時，作者楔入了一種插科打諢式的冷嘲，或稱之為冷酷的幽默，儘管這種幽默都與性有關，卻可透視到嚴肅中的恣縱，冷峻中的奔放。孿饒施暴於兒媳沙氏，喊「救命」卻是孿自己而不是沙氏，可發人鄙夷一笑。又借沙氏之口說與阿娜：「翁是至親，今以身奉之，不失為孝。」這是一種語境上的故意錯置，是一種弄險，也是藝高膽大的表現。「孝」字在這裏被褻瀆了，是有意的褻瀆。「孝」既虛偽，其他倫理之虛偽，或竟成為罪惡行徑的庇護，便是不言而喻的了。說是小說汲取了戲曲的營養，巧妙運用科諢，亦不為牽強。同前文克奢用強於阿娜時的兩個「笑」字一樣，這裏用了四個「笑」字。阿娜偶然撞破翁姦沙氏，用一句「急笑欲走」，接著又有「予掩

〔註3〕魯迅：《南腔北調集·關於女人》，見《魯迅全集》第四冊第516頁，人民文學出版社1982年版。

面而笑」、「予笑」兩處。在巒翁,當聽到兒媳問倘若懷孕「子乎、孫乎」時,有「翁笑曰」。這差不多是作者和「敘述人」在笑。不必說,前三個「笑」字自然是冷笑和嘲笑,在巒翁則是淫邪與貪欲之笑。作者在「笑」字前不加任何修飾語,給人留下聯想與思考,收到筆簡意多之效。高羅佩在談到明清這類作品時說:「古代中國社會和封建結構這個事實,意味著在妻妾奴婢之上的家庭主子的絕對權力;賦於他在性越軌中縱慾的充分機會。」(《秘戲圖考·英文自序》)小說中巒饒的越軌縱慾也是變形的惡性膨脹。「中國數千年來之一夫多妻制度究不過在原則上如此,而在實際上一夫多妻制僅變其形態,仍與之並存焉」。〔註4〕作為男子一夫一妻制之補充的,有妾、奴婢,還有妓女,更有巒饒輩的畸形越軌縱慾,因而我們不妨將巒饒看作是對西門慶形象的一個補充,他所說的「二美皆我妻也,何論垂死之姑及浪蕩子乎」,使我們想起《金瓶梅》中西門慶霸佔僕婦如意兒時,令如意兒說自己「原是熊旺的老婆,今日屬了我親達達了」。強烈的佔有欲使巒饒連子妻也不放過,他較西門慶更加瘋狂。巒饒的小兒子克饕與乃父也是一路貨色,他以蒸嫂逞淫為樂,日後必較其父有過之而無不及。有趣的是其挾迫阿娜的辦法竟也與其長兄毫無二致,聲言揚其父扒灰之事,真不知欲毀家聲父名還是想毀阿娜名節,不僅可鄙可笑,且為其家族罪惡之上又增醜陋。此不過順勢之筆,表現的是巒家的上行下效,舉家如蠅逐血般的淫風邪氣。

那麼,該如何看待阿娜的私於妹夫費生,又通於優伶香蟾呢?毋須諱言,阿娜有耽於情慾的一面,甚至有時近乎過於沉緬,這正是阿娜形象複雜,真實的一面。但阿娜卻不是一般意義上的淫婦形象,人性與攻擊性在她身上都體現得很充分,儘管在她並不曾理智地想到要與禮教挑戰,但她的褻玩禮教,大不以封建綱常為神聖,本身就是一種破壞力量。費生既是妹夫,又是丈夫業儒時的「莫逆」,阿娜挑費生,則是將業儒者們所宣稱的朋友意義上的倫常玩於股掌之中,還了它一個醜惡而又滑稽的真相,從而也可以看作是一報復性行動,在「丈夫擁有情婦,而妻子則給丈夫戴綠帽子作為報復」〔註5〕的意義上,阿娜的行動既有挑戰性又有攻擊性。只是阿娜的心裏趨向並非是很明確的,甚至是流連於肉慾的和感觀刺激的,小說的具體描寫也有自然主義的傾向,但從總

〔註4〕陳顧遠:《中國婚姻史》第35頁,嶽麓書社1998年版。
〔註5〕(德)恩格斯:《詩歌和散文中的德國社會主義》1846－1847年,見《馬克思與恩格斯全集》第4卷273頁,人民出版社1958年版。

體上看，其中躍動著矛盾和衝突，即被物化了的女性在被男子反覆性榨取之後本能意義上的反抗與掙扎。

最具有諷刺意味的是阿娜萌發了真正的愛情之後，整個封建家族，或者說那個禮教社會就露出了猙獰面目，必欲將她置於死地。即是說阿娜悲慘命運的結局恰恰是與她的決心重新做人的行動結伴而來的，阿娜兒子的塾師谷德音的出現，燃起了阿娜心中真正愛情的火焰，她「謝絕他人，予而專萃」，一心一意與谷相廝守。谷家貧寒，阿娜多方接濟，以至拿出自己的首飾，她憐恤他，同時也敬重他，先是盈郎、大徒輩忌恨，竭力抵毀阿娜，繼而所有假道學聯成一氣，形成了一股圍剿阿娜的合力：

> 予既耽谷，遂不復顧盈郎，盈郎怒，與大徒謀曰：「必敗彼事。」因遙署谷，故使聞之。欒翁問來，予詞色亦不婉，強而相接，予意殊不在此，翁疑而恨予；克饗近雖與私，予漸與疏，時來狎予，而予意在於谷，亦免為了事耳，贇亦不快；奢來，予亦不歡，及知予與谷私，亦恨予。里巷譁然，歌曰：「上官阿娜，從彼朝歌，污名宣著，沙石難磨。……

所有曾對阿娜進行過性榨取者，都咬牙切齒登場了，就連慧敏也銜恨加入了邪惡勢力的陣營，終以慧敏讒告克庸，而使阿娜不僅成為眾矢之的，而且被冠以「不端敗家婦」的罪名，做了代罪羔羊。欒家人從家主到僕從都各笞谷數十杖，打得「血肉決裂」，阿娜也被其夫殘酷拷打。這一大段收煞文字，須觀之以巨眼，它既是全書的高潮所在：又是各色人的充分暴露的著意之處，欒翁栽贓兒媳，煞有介事：「仲子妻不端，遣之歸可矣「內心陰暗與外表偽善被活脫脫刻畫出來，克庸氣急敗壞，蠢人蠢語：「以婦之不端、里巷歌之，友人知之，舉家竊相笑，而我獨不知，我其蠢然者耶。」此等自我剝露之語無異於在其塗了白粉的鼻樑上又加一束強烈的追光。他若詳知就裏，舉家男人皆淫阿娜，真不知更做何感！在欒家，所有的男人（除卻阿娜幼子繩武）都希望阿娜淫蕩放縱而不願她與什麼人有真正的情感。一旦他動了真情且專一於某人，邪惡勢力便集合起來陷其於滅頂之災。書末所說的上官氏歷十二夫而終因谷德音敗事，蓋以情有獨鍾，故遭眾忌。這是一個意味深長的「歐亨利式」的結尾。一個逆轉，作品中潛伏的底蘊一下子奔迸出來。如同歐亨利的《警察與讚美詩》中所描寫的那樣，蘇貝挑釁性的一次次故意犯罪，法律和道德都對他的行徑熟視無睹，一旦他在經過教堂時聽到讚美詩的音樂悠悠傳來，決心改邪歸正，重

新做人之際，警察卻莫名其妙地將其投進監獄。蘇貝「突然憎惡他所墜入的深淵。墮落的生活、卑劣的欲望、破滅的希望、損害了的才智和支持他生存的低微動機」，恰恰是這個想法在蘇貝心中升起之時，等待著他的卻是鐐銬和鐵窗。阿娜也一樣，她掙扎出泥潭卻又跌進萬丈深淵。蕭相愷先生在分析這個結局時說：「如果說，遇塾師谷德音之前，上官氏除受污辱、被損害的一面外，還有淫蕩的一面，而對谷，卻只留下了愛，只是一片鍾情。無論從哪方面說，這都應當看作是一種改邪歸正的舉動，至少是一種由邪向正的轉機。有極強諷刺意味的是，正是這樣的『舉動』、這樣的『轉機』不見容於世人，不見容於道德，世界不希望她歸正，不容她有真正的愛。眾人希望她邪，以遂自己的淫慾。」〔註6〕這個看法，是很精闢的。儘管阿娜想拔出泥淖，擺脫那已經控制了她的罪惡之想法，在我們今天看來近乎於幼稚，很難實現，但畢竟是她生命中閃爍著人性光彩的一舉，眾人瘋狂抵毀她，除了心存發洩和滿足自己的淫慾之外，恐怕還有一種惶恐和悲哀，即虛偽的教禮大廈將傾時驚慌失措和氣急敗壞。阿娜對谷的真摯情愛和與罪惡告別，表現為她三十九歲離開欒家的皈依佛門，此後「苦持三十年」，心死勝身死，無疑是對虛偽的禮教社會的反抗與控訴。故與一般以皈依和徹悟作為結局的格套是有區別的。當然作者有時也不能免俗，如末寫阿娜之悔，所謂「不姊、不主、不婦、不嫂、不姨、不尊等等，所謂一夫之外，所私者十有二人」，「夫不以我為室，子不以我為母」云云，倒真的是一種依格套而行，文過而飾非的障眼之法，包括那篇乾隆甲申序在內，無非是賣關子、弄玄虛，以喚起人們對隱秘之事的好奇心罷了，而作品芒角四射、批判社會的光澤是掩抑不住的，更不論「正閨闈，嚴防閒」之類的套語了。

三

有一個無法避開的問題，即《癡婆子傳》中與其他許多明清豔情小說一樣，充斥著大量的穢筆，這不僅涉及到對阿娜形象的把握問題，也關係到作品的總體評價問題。這是一個比較複雜的問題，既要冷靜分析，又需區別對待。首先，《癡婆子傳》的敘述方式與眾不同，是很有創造性的，這在我國古典小說中是罕見的。這個敘述方式與小說中的穢褻描寫息息相關。

作者先寫一個好事的燕築笻，相當於一個採訪者。他去訪問「髮白齒落，

〔註6〕蕭相愷：《珍本禁燬小說大觀・稗海訪書錄》第 114 頁，中州古籍出版社 1992 年版。

奇居隘巷」的上官阿娜，於是上官氏娓娓道來，講述了她的「一生佳事」。全書採取第一人稱自述的形式，分為上下兩卷。上卷結尾處，上官阿娜說：「今已日暮，未得罄予所言，明日當再過予以告。」笘客唯唯而別。下卷則由上官氏接著講述：「昨與子言，未竟其說，今為子陳之。」於是一直說完她的一生結局。這又有些類似《十日談》的敘述模式。有人認為「由於開頭點綴了一二句新聞採訪式的問答，也使小說增加了真實感」（《中國禁書大觀》，黃霖《癡婆子傳》）。其實，增強真實感只是個表層問題，深層問題則是關係到敘述美學的問題。如在《癡婆子傳》中，「敘述人」究竟是誰？是笘客還是上官氏？這是個複雜的問題，敘述人不等於作者，這是敘述美學的常識，更不等於第一人稱的「我」。這些我們且不去管它。要之，《癡婆子傳》敘述方式的創造性最重要的有兩點：一是使作品的思想傾向委曲深藏，得含蓄蘊藉之美；二是體驗中心的逆轉，以別開生面見長。

同樣一個故事，有各種各樣的敘述方式和切入角度，由於敘述方式和切入角度的不同，作品的思想傾向負載和藝術力量的強度也就呈現出差異。法國的茨維坦托多羅夫在其《詩學》第二章《文學作品分析》中說：「對故事每一部分的描寫都可以包含一種道德上的估價，沒有判斷本身也是一種含義。這種傳遞給我們的判斷並不需要明白地表現出來，依靠文中『自然』提供的心理反應和心理原則密碼，我們可以猜出對他的評價。就像讀者並非必然是外部視角，他完全可以不接受書中視角所具有的倫理和美學判斷而演繹一種完全不同的『內在』視角。文學史上有許多例子，由於故事已距離我們很遠，因此其價值觀念被顛倒了，於是我們欣賞『壞人』和蔑視『好人』。」〔註7〕托多羅夫指出了敘述方式的選擇對於展示作品思想力量的重要性。我們總是習慣於從明處看思想，殊不知作品的思想有時恰在暗處，傾向越是隱蔽的作品，其藝術魅力越強，思想往往也越深刻。《癡婆子傳》中有許多看不出明確判斷和傾向的「自然」的敘述和描寫，事實上它本身就是一種傾向和判斷。如寫阿娜的情竇初開，偷試慧敏以及她沉溺於情慾的文字，就幾乎無法刪卻，因為她不是禮教風範所虛構的有貞有烈的完美概念性形象，而是在有生命的人性和無生命的禮教之間掙扎的血肉之軀！不必說作者是否可能意識到所謂「外部視角」和「內部視角」，他只是按照她的本來面目和她的性格發展邏輯去寫，我們讀者可以從「內

〔註7〕（法）茨維坦托多羅夫：《文學作品分析》，見《敘事美學》第33頁，王泰來譯本，重慶出版社1987年版。

部」到「外部」甚至站在內外部中間去觀察思考。亦不必如米蘭・昆德拉所說的那樣，以為寫作過程中作者「聽從的是另一種聲音，而不是一己的道德信條」，那種聲音是「超個人的智慧」，或叫「小說的智慧」，「上帝的微笑」〔註8〕。說到底，仍是一個真實性與深刻性的問題。我們讀《癡婆子傳》，只是覺得阿娜沒有被拔高，甚至她的起點很低很低，她是封建時代普通而又普通的女子。她既不是「好人」，也不是「壞人」，但她是一個真實的、有個性特點的女人。她掙扎，她追求，她沉淪，她警醒，透過她的人格，我們看清了她所處的那個社會的氛圍，最終我們把握了她的性格發展歷程和全書的要旨。這樣思考，再去看書中的穢褻描寫，庶幾可不因時代的阻隔而去曲解和指責它。須注意，我們的這個認識與「當時風氣如此」之類的認識是不同層面的。塵封顛倒了價值觀念，就必須設法揩去塵封。《金瓶梅》不也是慢慢才被人們所承認其價值的嗎！小說家任情任筆，看上去沒有判斷的筆墨，從根本上說有時正是技巧高明的地方，而這樣的寫法與敘述方式無法分開。普魯斯特一旦尋找到了一種適當的敘述方式，《追憶似水年華》的氣象就大不一樣了。

在《癡婆子傳》中，所謂「外部」視角是什麼呢？無非是阿娜之「悔」，以及「不使用情之偏，則心正不流於癡矣」之類的說教與垂誡，還有阿娜的沉緬情慾和近乎淫蕩的細微描寫。而所謂「內部」視角則是透過精巧的敘述方式和真實的細微描寫（其中包括那些穢筆），直取其所展現的切切實實的社會生活環境與活生生的人物，即在靈與肉的衝突中看清一些本質性的東西。採取這樣的視角視之，所有的穢褻描寫，除掉即空寺如海師徒誘逼阿娜一段之外，幾乎都是有意義的。不錯，克奢與欒翁姦阿娜的文字不僅穢褻，簡直是近於噁心，但卻是全書中最重要的，幾乎一字也刪不得。

與敘述方式相聯繫的是感受與體驗者的轉移與變幻的問題。我們知道，大量明清小說幾乎無一例外地在性描寫中以男性作為感受與體驗中心，這在男尊女卑的封建宗法社會中成了常然，加之小說家也幾乎全是男性，遂成了常然中的必然。而《癡婆子傳》的體驗和感受主體卻是女主人公阿娜，這是一個或然和偶然，也是對媚俗與積習的一個反撥。其意義在於：更加徹底地戳穿了虛偽的禮教社會的罪惡——從受害者的角度去透視，其感染力大大增強了。通過女性在性壓迫中的下意識反抗，以及面對男子中心主義的性榨取、性脅迫，女

〔註8〕（法）米蘭・昆德拉：《小說的藝術》第159頁，唐曉渡譯本，作家出版社1993年版。

性心理上的種種傷害和創痕的描寫，從而凸現出禮教社會人性與非人性的對立與衝突。感受者總是在男子方面，未免是片面的，帶有局限性的。只要將《癡婆子傳》與《繡榻野史》、《浪史》和《肉蒲團》等比較一下，即可看出其中的差異來。從弗羅依德到馬爾庫塞，都強調在人性與攻擊性之間，必須以壓抑情慾來平衡，即是說文明的建立，從一個特定意義上講，是以犧性自由充分的本能為代價的，馬爾庫塞認為：「人類的文明史，也就是人類的愛欲被壓抑的歷史，也就是說，愛欲之被壓抑有其生物學上的必然性：它本身就具有反社會的性質。因此不是壓抑愛欲，便是毀滅文明，非壓抑性的文明是不可能建立的。」〔註9〕與弗羅依德將一切歸結為性一樣，馬爾庫塞也有些絕對化，他所使用的「多形態性慾」的概念較弗羅依德走得更遠。儘管我們不能完全同意他的觀點，但他對愛欲、壓抑、文明之間的一般關係的分析，還是有一定啟發性的。任何一個文明社會，都必須一定程度地壓抑自然情慾，這是很顯然的。問題是壓抑的程度和壓抑的方式。如果壓抑大大超越了人們的心理承受能力，勢必走向其反面。理學成為官學又被加以極端強調之後，就是如此。阿娜的正當的「生命活力」或者說「愛欲衝動」之所以被扭曲，根子就是禁錮和封閉的社會生活環境，她的步步走向深淵起初是最終還是禮教的罪惡。那些衣冠禽獸們又何嘗不是為理學虛偽的一面所卵翼的呢。越軌縱慾與殘酷禁慾本質上實為一事物的兩個極端形式，到頭來仍歸結為一端。阿娜既飽嘗了這兩種極端形式的戕害，更以她切身的體認看清了那些變形扭曲的男人們的醜惡靈魂。本是下意識地反抗壓抑，結果卻被逼入了非壓抑性的野蠻，過頭了的壓抑走向了其反面——放縱。這正是作品的深刻之處，它對社會的批判角度是獨特的，同時又是強有力的。「為大徒所劫，復為克奢所挾」，使阿娜看透了她周圍的男子。及待又為欒翁所強，被寺僧所迫，她對禮教的倫常已視為敝屣。此後她通於費生、通於優伶香蟾，都是阿娜主動的。與其將她與「二三舊好，相接如轆轤」視為破罐破摔，倒不如看作是有意無意在現禮教虛偽的眼！費生、香蟾則有些不同，那是她有所追求終至找到谷德音的彷徨與徘徊所致。因而可以說，《癡婆子傳》的穢褻描寫中，依稀跳躍著一種異乎尋常的憤慨及以火焚薪的氣息。說它用意是「在文」而不「在事」，是沒有什麼問題的。金聖歎在批《西廂記》「酬簡」折時界定文字是否「鄙穢」的這個標準，還是有啟發性的。他說：「今

〔註9〕（美）赫伯特・馬爾庫塞：《愛欲與文明》第6頁，黃勇、薛民譯本，上海譯文出版社1987年版。

自〔元和令〕起，直至〔青歌兒〕盡，乃用如是若干言語，吾是以絕歎其真不是鄙穢也。……意在於文，意不在於事也。意不在事，故不避鄙穢；意在於文，故吾真曾不見其鄙穢。而彼三家村中冬烘先生猶呶呶不休，詈之曰鄙穢，此豈非先生不惟不解其文，又獨甚解其事故耶？然則天下之鄙穢殆莫過於先生，而又何敢呶呶為？」「在文」、「在事」顯然不僅是作者的事，在讀者也是一樣。道學家能從《紅樓夢》中讀出淫來，以淫去讀書，無處不淫，無書不淫。西門慶看女人總是透過衣服去看，貞德聖女也逃脫不了。故在讀者，是你以什麼態度去看的問題，今天的讀者自不是冬烘的道學先生，也不願去作西門慶。當然，《癡婆子傳》對於青少年以及對古代小說史不瞭解的一般讀者，仍是不適宜的讀物，這是另外一個問題，不在本文論述範圍之內。

赫塞曾說過：「被有教養的高尚人士認為太單純低俗的文學，也有的到了後來才開始被發現其真正的價值。」(《紐倫堡紀行》)《癡婆子傳》是當之無愧的這樣的作品。除了我們上面所論及的幾個方面之外，它在藝術上還有許多方面值得深入研究，如它以簡潔凝煉的淺近文言塑造人物，文頗流利亦極潑辣，富於表現力。這種語言既擺脫了文言的許多束縛，亦為白話小說語言的發展提供了必要的營養。全書篇幅也恰到好處，收到事繁文簡、精粹集中之功。法國畫家德拉克羅瓦力主文字簡練，他甚至認為《聖經》若能再錘鍊得簡潔些就更好了。他說：「不管什麼書，只要文字冗贅，那就是大毛病。」又說：「伏爾泰在《審美觀念的廟堂》這部書的序文中說：『對我來講，一切書都嫌太囉嗦了。』」〔註10〕這無疑是一個強調和矯枉的說法，實際上長短問題要具體分析，就《癡婆子傳》來說，我們只想說它篇幅恰到好處，語言簡練富於表現力，在技巧上是一種不動聲色的高明，毫無疑問，它應在中國古代小說史上佔有一席獨特的地位，對於它的思想和藝術價值，還有待於我們進一步的深入開掘。

原載《明清小說研究》1995 年第 1 期

〔註10〕 (法)德拉克羅瓦：《德拉克羅瓦日記》，1857 年 1 月 10 日，第 532 頁，李嘉熙譯本，人民美術出版社 1981 年版。

唐傳奇三札

李娃傳

《李娃傳》是唐人小說中的名篇，也是後世戲曲作家據以進行再創作所特別加以青睞的作品。元入石君寶的《李亞仙花酒曲江池》雜劇，明人薛近兗（一說徐霖）的（繡橘記）傳奇，皆本於此。此外，《李娃傳》中的人物形象也為畫家們所喜愛，明人唐伯虎就曾在桃花塢畫過一幅生動傳神的鄭元和像。清乾嘉時期的著名詩人吳錫麒曾據之寫過一首《滿江紅》詞，題為《題唐六如畫鄭元和像》，這首題畫詞頗有些名氣。足見《李娃傳》影響之大，流佈之廣。之所以如此，主要是由於小說思想藝術上所取得的突出成就。它的情節曲折生動，扣人心弦，使人既開卷非一氣讀完不可，特別是作者對李娃形象的成功塑造，豐富了我國古代小說戲曲中婦女形象的人物畫廊；可以說，李娃形象是完全獨特的，她閃爍著異樣的光彩。

作者白行簡，是大詩人白居易的弟弟。據元稹《元氏長慶集》卷十《酬翰林白學士代書一百韻》詩中的「翰墨題名盡，光陰聽話移」兩句，我們知道，行簡寫《李娃傳》，是在說話藝人所演故事基礎上加以改編、創作的。因為元稹在酬韻詩中自注有云「樂天每與予遊從，無不書名屋壁，又嘗於新昌宅說一枝花話，自寅至巳，猶未畢詞也。」所謂「一枝花話」，就是李娃故事。十分耐人尋味的是，李娃形象的起點並不是很高的。她出身娼門，有冰清玉潔的一面，也未免為污濁所染。她不是完人，卻是有血有肉之軀。她對滎陽公子一往情深，卻又是設局擺脫掉金銀用盡的滎陽公子的同謀：「解鈴還須繫鈴人，也是她在滎陽公子走投無路、瀕臨絕境之時，以一顆火焰般赤誠的心溫暖了他，

不僅是解人於倒懸，且全身心地奉獻於自己所愛的人。所有這一切，似乎有悖於通常邏輯，然而又正是所謂「出於尋常意想之外，卻在人情物理之中」，這正是作者的高明之處。這是因為，生活本身是極其複雜的，作為一種社會關係中的人，就更其複雜。社會生活的錯綜複雜，決定了文學作品情節的曲折轉復。白行簡在構織情節時的確高人一籌，他將生李愛情寫得非常逼真，直待懸崖盡處方勒馬，置之死地而後生。其曲盡人情，抉微探幽之筆觸令人為之絕倒。寫一個一好百好的人似並不難，要寫出一個善良的人因了社會生活的複雜而變得複雜起來的細微心態確是不易的。只要去翻翻《北里志》、《長安圖志》，我們就會對白行簡的真實描繪倍加服膺。《北里志》上就載有妓女「以敏妙誘引賓客」圖利，以及妓家暗算嫖客，後又舉家搬遷得無影無蹤的事。因此，後世戲曲作品將李亞仙（即唐傳奇中之李娃）寫得始終對鄭元和（即小說中的滎陽公子）情深意篤，而且設圈套擺脫掉滎陽生與亞仙全無干係，這反而不如白行簡原作那樣真實感人。在《李娃傳》中，控制住全部情節進行和發展的，正是李娃看似乖異而實際上完全合乎人情事態的心理活動。最初生與李娃偶然相遇，生因李之「妖姿要妙，絕代未有」而「徘徊不能去」又「詐墜鞭於地」，以圖多看對方幾眼，這一舉動給李娃留下了深刻印象，以至連連「回眸凝睇」。後來生登門造訪，娃便「大悅」。及至兩情歡洽，相攜相得之時，在生無非擲金追歡，在李也不過是賣笑覓錢，感情基礎並不牢固。後生連功名都不去進取了，訪友也作罷了，不顧一切地鍾情於李時，李對生的感情才深入一步，故在生囊空如洗，賣了馬和家童時，作者用八個字判然有別地寫出了鴇母和李娃的心理情態：「姥意漸怠，娃情彌篤。」這八個字乃是後文伏脈，切不可輕易放過。作者善於巧布疑障，偶出鶻突，節奏也掌握得恰到好處。明明是鴇母設計，卻以娃出面，使讀者不能不疑竇叢生。李娃在甩掉生的陰謀詭計中到底扮演了什麼角色？為什麼她如此的無情無義？後來她贖身相救生又是出於何種動機？如此等等，迷霧重重，它使你非看下去不可。魯迅先生說：「行簡本善文筆，李娃事又近情而聳聽，故纏綿可觀。」〔註1〕「善文筆」，不僅指文字技巧，當含對構織情節的慘淡經營；「近情而聳聽」，說得十分恰切。團團迷霧說來俱各合乎情理，李娃形象的獨特性，正是在撥霧驅迷中一層層展示出來的。

　　細心的讀者不難發現：白行簡並不是故弄玄虛，他不時給讀者以預示，

〔註1〕魯迅：《中國小說史略》第 77 頁，人民文學出版社 2007 年版。

或暗或明，目的都是在寫李娃心理上的矛盾。在商量同謁祠宇時，作者明點一筆：「生不知其計。」在娃之姨宅，生問這問那，娃則是「笑而不答，以他語對」，這分明是「背面敷粉」之法。娃之參與定計和實施，自不待言，問題是她內心深處怎樣想。鴇兒的壓力，不言自明。對於生，娃亦可作這樣的判斷：煙花妓女豈敢奢想，而一個膏粱子弟，相處又不深，以身相託，後果難料。像霍小玉那樣的命運在當時恐怕不是罕見的；何況，騙了生，生不過一時落魄，他一朝回家，仍是粱肉驕奢。應該說，李娃萬萬想不到常州刺史滎陽公那樣殘忍，將親子打死又棄之荒郊。作者這一筆相當有力，凶肆中人和下賤的妓女都是有情有義的，不若地位顯赫的滎陽公那般義斷恩絕。這在李娃救了滎陽生又收留了他時與鴇兒的一番話中說得再明確不過了，即「娃斂容卻睇曰」一段，這是閱讀和欣賞這篇小說時要特別加以注意之處。讀了李娃這番慷慨陳詞，一個個謎團庶幾可解。首先是她對捨逐滎陽公子的愧悔：「當昔驅高車，持金裝，至某之室，不踰期而蕩盡。且互設詭計，捨而逐之，殆非人。」與姥同謀棄滎陽公子時的李娃，原未料到公子下場竟是瀕臨絕境，甚或隱隱約約存心使公子經歷痛苦磨練以加固他們之間的愛情。滎陽公的絕情棄子，無論如何是她始料未及的。其次是李娃對滎陽公子的憐憫與同情：「父子之道，天性也。使其情絕，殺而棄之，又困躓若此」。她的一顆深切的同情之心，真淳、善良，且純潔、透明。其是非愛憎，完全符合下層市民心理。作者有意將下層市民與滎陽公的態度作了鮮明對照，是意味深長的一筆。再次，是李娃揣摸到了鴇兒的心理，以生親戚滿朝，恐招來禍患為由，逼鴇兒就範，以達到收留滎陽公子的目的。最後她亮出底牌：「願計二十年衣食之用以贖身，當與此子別卜所詣。」李娃前後矛盾而又複雜的行動及其心理依據於此揭示得十分清楚。

當然，故事框架是說話藝術原來就有的，白行簡的不可磨滅之功在於情節構織和人物塑造。他在巧妙的情節發展中一層層剝開了主人公的性格，真實地再現了封建時代一個下層女子的美麗靈魂和善良心地，並且深刻而細緻地寫出了人的複雜和微妙，以及人的心理情態變化的軌跡，具有明晰的層次感和深邃的穿透力。這在中國古代小說史上是有開創性的一種寫法，值得深人研究和探討。從某種意義上看，在小說中情節比故事更重要。按照福斯特的說法，小說中的故事和情節是完全不同的兩個概念。他說：「如果我們再問：以後呢？便是故事，要是問：什麼原因？則是情節。這就是小說中故事與情節的基本區

別。」，〔註2〕他還解釋說，這是不同的兩個層次，故事只能喚起好奇心，是一種官能作用：「如要掌握情節的話，那就非加上智慧和記憶不可」（同上）。對情節的欣賞，便是探求奧妙，不止是閱讀，還必須思考。《李娃傳》初讀懸疑不斷，它強迫你去思考，它的藝術力量恰恰在此。作品情節的大起大落，跌岩起伏，並非刻意編造，而是深深扎根於當時人的社會關係和環境、背景之中，因而顯得非常深刻，也正是在這種深刻之中，人物形象活生生地樹立起來了。這便是這篇小說的最大的成功之處。

以上我們著重就作品巧妙的情節構織對作品進行了粗略分析，事實上，這篇小說的成功還在於其他方面技巧的精彩。如細節描繪，筆簡意多，十分傳神。寫榮陽生被棄絕之後，有云：「被布裘，裘有百結，襤褸如懸鶉。」這是攝魂攝魄之筆！又如李娃在閣中聽到生乞討時的淒哀叫聲，說：「此必生也，我辨其音矣。」此處寥寥數字，便寫出了李娃的隱隱心曲，亦是一以當十之筆。至於寫生落難於凶肆間唱輓歌的一段，更是令人不忍卒讀，為之酸鼻。

如何評價小說中的「護讀」一節，一向人們持有不同的看法。贊之過甚或一筆抹煞都失之偏頗，我們必須將這樣的描寫置之於唐代特定的社會背景中去考察。李娃是帶著一種愧悔乃至贖罪的心理去全心全意幫助生的。讀書、應試、做官，是封建時代士子們發達的必由之路，這在生、李娃看來是必然的，別無選擇的。我們無須苛求於古人。相反，唯因如此，方顯得真實可信，同時也更具認識價值。關於結局寫榮陽公承認了李娃這個兒媳，娃亦「婦道甚修，治家嚴整」，被封為汧國夫人等。過去人們或認為李娃鬥爭鋒芒銳減，成了「門閥制度的俘虜」，甚至是「俯首貼耳的奴才典型」；或認為這「反映了被壓迫的庶民對高門大族的血統的攻擊和對門閥制度的嘲笑」，「具有強烈的反對門閥制度的意義」。凡此等等，都帶有一定的片面性和刻意性。其實結局恰恰反映了作者的思想局限，也不符合榮陽公、李娃的性格發展邏輯。說來它又不過是傳奇為了增強真實感而貼上去的習慣性套子，有人以為是「狗尾續貂」，不無道理。至於說鄭姓為五大姓之一，結尾意在譏刺，如同《白猿傳》之嘲弄歐陽詢是猴子一樣，《李娃傳》的作者用意是在嘲罵時宰為娼婦之子，即意在誣鄭亞、鄭畋。此說實為猜測之辭，不足憑信。關於這點，戴望舒在其《讀〈李娃傳〉》（見〈小說戲曲論集〉）中有詳細考證，可參讀。

〔註2〕（英）愛・摩・福斯特：《小說面面觀》第76頁，蘇炳文譯本，花城出版社，1984年版。

　　附帶說到作者對長安坊曲的描寫，十分真實，處處可以稽考。這不僅增強了作品的真實感，同時在今天看來更具備史料價值。唯清人俞正燮、近人汪辟疆據《長安圖志》及〈北里志〉質疑說鄭生滯留娃之姨宅小曲，距娃之住所鳴珂曲原本很近，而生卻「計程不能達」，「這分明是作者信筆漫書之，非實情也」（俞正燮《癸巳存稿》卷十四「李娃傳」條）。汪辟疆先生稱：「小說家言，雖不無依託，然亦足以資考證矣」（《唐人小說》）。態度在將信將疑間。事實上，此處並非白氏漫書，唐代有「宵禁」制度，日暮之時生若往娃之宅鳴珂曲，就要「犯禁」。小說中鴇兒曾在催促滎陽生離開時，說過「勿犯禁」的話。如此看來作品中的細微處也描寫得非常真實，這說明白行簡對長安坊曲及「北里」是相當熟悉的，作品中的地理位置描寫也是信而有徵的。

崑崙奴

　　《崑崙奴》故事不僅是明清戲曲作家所喜愛的題材，也是小說戲曲作品中常用的典故，「磨勒之謀」「紅綃之計」，成了俠義之士成人之美和有情女子奔歸其屬意者的代喻之語，足見這篇小說流佈之廣泛，影響之深遠。

　　初讀《崑崙奴》，印象最深刻的是磨勒的古道熱腸和身懷絕技。工夫高超者未必有助人為樂之心地，而真淳善良之輩則未必有超人的本領，兼之者乃為真俠。故磨勒、古押衙以及紅綃女等，是唐人小說中所塑造出來的理想化的俠義形象，與其認為磨勒是一個義僕形象，倒不如說他是扶弱懲暴、富於同情心的一位豪俠。他幫助崔生，總是在問明原委之後。一品非一般地方豪強，而是所謂「蓋代之勳臣」，一向有研究者認為這個形象是暗指郭子儀。磨勒與一品作對，實質上是從一個側面反映了下層人民與統治者之間的尖銳對立，因而對磨勒不畏強暴，智勇過人的描寫隱約寄託了下層人民的理想和意願。古代泛指現在中印半島、南洋諸島及其居民為崑崙。《舊唐書·林邑國傳》有云：「自林邑以南，皆捲髮黑身，通號為崑崙。」加之我國古代一向稱黑皮膚的人為崑崙，因而有理由認為小說中的磨勒是黑人奴隸。在唐人小說中此類形象還有袁郊《甘澤謠·陶峴》中的摩訶以及（太平廣記）卷三百三十九《閻敬立》中的皂衫客等。唐代豪門貴族多以南海國人為奴，通稱為崑崙奴。小說中對崑崙奴磨勒的描寫雖然近於神奇，竭盡誇張，但這個奴隸的形象明顯有著現實依據，並非杳昧難憑，子虛烏有。你看作者用筆，層層細剝，一絲不亂。磨勒能取得勝利，全在他對一品其人以及深宅大院的瞭如指掌。磨勒不是魯莽之輩，這從他

分析紅綃女的啞語可以看得很清楚。崔生讀了一肚子書，臨事之際卻不如磨勒聰慧。你看磨勒深入一品潭潭深府的過程，有條不紊，一絲不亂：他先隻身「攜鏈椎而往」，乾淨利素地殺死惡犬；事前又叫崔生準備好夜行用的青絹，進入第三院之後，俟生進入紅綃繡戶，磨勒則在外警視，及待確知無事，才從召入內室。他還往返三次搬運紅綃妝奩，天亮以前，竟背負崔生和紅綃安然「飛出峻垣十餘重」，而「一品家之守禦，無有警者」。磨勒細心周密的安排，全在於事前的深入偵察。作者層層鋪墊，從容寫來，讀者卻不能不始終懸著心。神奇莫測嗎？不，仔細尋繹，乃是磨勒有勇有謀，成竹在胸。作者就是這樣，在娓娓而談中突出了磨勒的智慧和勇敢，把人物寫得活生生的。至於一品命五十甲胄去圍擒磨勒，磨勒卻臨危不懼，從從容容，頃刻脫險。事實上磨勒早已有準備，他太瞭解一品了，聰明的磨勒不會不做萬一的準備。這段描寫，儘管誇飾有加，卻令人信服，磨勒畢竟武功超群，絕技在身。他沒有一絲慌亂和懼怕，相反，倒使「一品悔懼」，連崔家也是「大驚諤」。作者順勢一筆，以強烈的對比，反襯出富貴者的窘態，底層人之聰慧，愛憎十分明顯。

以上是從行動上來分析磨勒形象，那麼，他的內心呢？他何以會竭盡全力去幫助崔生和紅綃呢？關於這方面的描寫，作者寫得很簡約，但卻相當有力度。須加以注意玩味的是，磨勒與崔生和紅綃的對話。先是聽了崔生具道所以之後，磨勒曾言「此小事耳」；後紅綃傾吐鬱結，求脫苦海，且態度堅貞不屈時，磨勒又說：「娘子既堅確如是，此亦小事耳。」重複出現「小事耳」、「亦小事耳」，非常耐人尋味。在前，磨勒出於一種對青年男女的同情，更出於對一品者流的憤恨，「小事耳」遂脫口而出。果真是小事嗎？細心讀下去才知道深入一品府宅十分艱難危險：十重院牆：猛犬守門，更有防禦甲士，一般竊賊得入亦非易事，何況冒死去成全一對有情人呢，這裏的「小事耳」，揭示了磨勒急人之難，不顧個人安危的高尚情操。再後，紅綃哀而動人的身世經歷和冀求掙脫牢籠的決心感動了磨勒，解人於倒懸的俠肝義膽，舍生救弱者於危難之心以及熱切之情，使磨勒不顧一切地又隨口而出「此亦小事耳」。這裏明顯此舉非小事，磨勒所擔風險更有甚於安排兩人幽會。搬妝奩和負二人離去且不說，紅綃離去，一品豈能善罷干休？故爾兩次「小事耳」的重複，自有若多的潛臺詞，當觀之以巨眼，深味細究。作者總是這樣於細微處以富於包孕的筆觸，深入到人物的內心世界中去，揭示出人物的細微心態和極饒個性化的性格特徵。這不僅僅在於對磨勒形象的描繪，寫紅綃也是一樣。紅綃在送崔生時，兩

相顧盼，小說中有這樣的描寫：「妓立三指，又反三掌者，然後指胸前小鏡子，記取。余更無言。」這段描寫，人物形象栩栩如生，如在目前，使人印象特別深，筆致是極細膩的，文字卻是凝煉、精粹的。特別是它的包孕性，非常豐富，紅綃之聰明伶俐、有膽有識被活脫脫描畫出來，寫的是人物外部神情，卻能洞見其內心活動。這是抓住了最能表現人物心態和內在性格特徵的以少總多、勾魂勒魄之筆，也就是張竹坡在批評《金瓶梅》時所說的將人物「性情形影魂魄一齊描出」（第二回總評）的「追魂取影」之筆，亦即所謂「白描入骨」、「白描入化」之境地。到了崔生將這番動作告訴磨勒時，磨勒對隱語一一解釋：「有何難會！立三指者，一品宅中有十院歌姬，此乃第三院耳。返掌三者數十五指，以應十五日之數。胸前小鏡子，十五夜月圓如鏡，令郎來耶。」一面文字，作多面用場，既見紅綃聰穎，亦見磨勒有識，更見崔生迂酸不悟。此外，這個細節又是全篇開合關竅，後面許多文字皆從此生發而出。其妙至此，頗耐再三玩味。

紅綃雖是富家妓女，卻不甘沉淪，她將雲屏綺羅和繡被珠翠視若糞土，不企粱肉驕奢，不羨榮華富貴，把一品家看作是「桎梏」和「狴牢」，一心追求自主婚姻和愛情幸福。她的大膽和執著，使磨勒十分感動，願冒死以成全她與崔生。這些描寫都是生動感人的。紅綃顯然是作者熱情讚揚的人物形象，其在作品中的地位，差不多與磨勒同等重要。至於崔生，與磨勒、紅綃相較則顯得有些佝僂渺小。對隱語的百思不解，便見這書呆子的無用，儘管他「容貌如玉」、「發言清雅」，看來不過徒有其表。在紅綃居處，紅綃一吐心曲，要與之私奔，這書呆子竟無言以對，更束手無策，到底還是磨勒毅然為二人拿了主意。更有甚者，一品得知紅綃蹤跡，詰問崔生，這書呆子竟嚇破了膽：「懼而不敢隱，遂細言端由。」磨勒舍生忘死，盡力相助；紅綃一片深情，以身相託，他卻在一品淫威之下，和盤托出經過，以保自身，這不能不令人憤然。後一品派甲士欲置磨勒於死地，磨勒奮力衝出重圍，崔家竟舉家大愕，更是令人慨然。作者有意這樣寫，或原來傳說中就是這樣，已很難考索，小說中類似的是非愛憎反映了中下層市民意識卻是很明顯的。大概這故事早在民間流傳，裴鉶有意無意地保留其中民間文學的一些色彩吧。

虯髯客傳

晚唐時期，藩鎮割據，戰亂頻仍，李唐王朝的統治已是日薄崦嵫。反映到

傳奇創作上，以豪俠故事為題材的作品遂成一支勁旅，它為豐富多彩的唐傳奇又添異樣色彩。在這一類的傳奇作品中，《虯髯客傳》流傳極為廣泛，影響亦頗為深遠。明人張鳳翼據此寫成《紅拂記》傳奇，凌初成又撰為《虹髯翁》雜劇。此外，它也是畫家們喜愛的題材，任伯年、徐悲鴻都畫過神采飛動的「太原三俠」圖。後世藝術家所以特別喜歡這個題材，除了作品人物形象塑造得鮮明生動之外，恐怕與作品曲折反映的思想內涵也無法分開。

《虯髯客傳》的故事情節並不複雜，涉及到的人物也不多，其中貫穿始終的人物是李靖，他是李唐王朝的開國功臣，曾屢建功，幫助唐高祖奪取了政權，封衛國公。作品大體是採取串珠似的結鉤形式，一個人物引出另一個人物。楊素驕橫跋扈，踞床而見賓客，於是引出李靖的布衣上謁，以獻奇策，並對楊之踞見賓客進行批評與勸諫：「天下方亂，英雄競起，公為帝室重臣，須以收羅豪傑為心，不宜踞見賓客。」一番慷慨議論，擲地有聲。由是引出紅拂妓張氏，她一直站在一旁，目不轉睛地看著李靖，用心聽著他的陳詞。接著紅拂妓夜抵李靖旅邸，直言傾吐相屬之意，所謂「絲蘿非獨生，願托喬木，故來奔耳」。之後，二人同往太原，又於靈石旅舍之中，巧遇虯髯客。原來這位兩腮鬍鬚如虯龍的不俗之客也是一位有志圖王者。作品中人物，算上楊素、虯髯客之道兄，連同劉文靜、李世民不過七人，其中楊素、道兄及劉文靜，又明顯是陪襯性人物。主要人物則是所謂「風塵三俠」（李靖、紅拂妓、虯髯客），若再加上李世民，亦不過四人。

對於這個作品的思想傾向，過去一向有著不同的看法，或以為它「充滿了封建宿命論觀點，大力宣揚了李唐王朝的不可觸犯」；或以為它「維護封建皇權統治，反對農民起義」。事實上，這個作品相當複雜，未可簡單論定，須作深入細緻的具體分析。乍看上去，作品似乎較為消極，道教甚至迷信色彩的東西幾乎掩蓋了它的思想傾向。說來這也難怪，唐傳奇脫胎於六朝志怪，當時道教思想從上層統治階級到民間都相當盛行，作者杜光庭又曾學道於天台山，故爾作品中籠罩了一層道教色彩是並不奇怪的。問題是作品最後的議論，說什麼「人臣之謬思亂者，乃螳臂之拒走輪耳，我皇家垂福萬葉，豈虛然哉」。究竟如何看待這番類似說教的議論？它到底是不是敗筆？僅僅用《雲麓漫抄》中所說的傳奇文要看「史才、詩筆、議論」，遂認為「這種敗筆，是時代風氣造成的」，恐怕是不夠的。唐傳奇中的議論多不可取，這是事實，然而一概論之，怕也未必就是良策。作者的本意似乎並不在宣揚真人貴相、皇帝是天人；至於

其中穿插的惝恍迷離的「望氣」之類描寫，也是傳奇文藝術上的需要。我們知道，「安史之亂」直至唐末，國家和人民久經動亂，人們企盼太平安定，反對分裂和內戰。一句話，人心思治。封建社會的黎民百姓往往將國家、民族和皇權看成是一回事，忠君與愛國往往也是無法分割的，人們將厭亂思治的希望寄託於皇室和皇帝本人，或於戰亂之中留戀開國盛世，都是可以理解的。恩格斯曾經指出：「王權在混亂中代表著秩序，代表著正在形成的民族（Nation）而與分裂成叛亂的各附庸國的狀態的對抗。」〔註3〕作者處在動亂之秋，飽經戰亂之苦，因而十分懷念初盛唐時期的安定局面，他在作品中流露出維護皇權和皇帝本人的思想傾向自然是順理成章的事。不消說，在軍閥紛爭之中，希望有象李世民那樣的明君出現，以收拾殘局，這也是中下層人民的希望，這個作品恰恰表達了這種希望。從這個意義上看，作品的思想傾向還是有一定的積極意義的。此外，我們研究古典文學作品中的歷史人物形象，不能僅僅依據其階級出身和階級身份，從而抹煞掉同一階級與集團中的個人差別。皇帝有無好壞之分？有人會說其本質上都一樣的。然而個人歷史作用及其品質優劣有時的確可以影響歷史。唐末動亂之時，人們留戀初盛唐時的繁榮昌盛，國泰民安，因而認為唐太宗是個好皇帝。這樣的願望反映到文學作品中，便產生了像《虬髯客傳》這樣的作品。實際上人們的皇權思想、忠君意識，並不一定單純是對皇帝本人的崇拜，而往往體現了一個特定時期人們對民族和國家的某種希望和要求，皇帝本人不過是一個模糊的象徵對象罷了。明確了這一點，再去認識和分析《虬髯客傳》這篇小說，就容易理解了。

小說所取得的成就更在於藝術上的精到和別致，通篇有奇氣，滿紙見迷離，作者的手段簡直無法控揣，特別是人物形象的生動傳神，給人留下極為深刻的印象，這大概便是畫家們愛此題材的原因吧。且看：「執紅拂，立於前，獨目公。」寥寥數字，活畫出紅拂女的形象。紅拂注意李靖，正當李靖「騁辯」之時，「騁辯」者，慷慨激昂之時雄辯也，外形勾勒，乃在其次，紅拂形象所以明晰可見，更在其品質。她的夜奔李靖有一個棄死灰、投新壤，把個人愛情、命運與國家前途安危聯繫在一起的動機。她對「尸居餘氣」的楊素感到厭惡，渴望新的生活，因此才「願托喬木，故來奔耳」。李靖布衣，懸然如磬，她卻覺得「天下無如公者」，足見此女子慧眼獨具，有膽有識。作者這樣把愛情（當

〔註3〕（德）恩格斯：《論封建制度的瓦解和民族國家的產生》，見《馬克思恩格斯全集》第二十一卷第453頁，人民出版社1972年版。

然全篇主要不是寫愛情）置於重大歷史變革中去寫，開了後世《桃花扇》一類
作品的先河，這是值得重視的。靈石旅社遇虬髯客，那「赤髯如虬，乘蹇驢而
來」的怪客很是無狀。對此，李靖的表現是「甚怒」；紅拂妓的表現則完全相
反，她「一手握髮，一手映身（於身後暗暗示意）搖示公，令勿怒。」接著她
便與虬髯客攀談起來，頃刻間竟結成了兄妹。這是她又一次慧眼識英雄。後來
讀者才知道，這「赤髯如虬」者的確非凡夫俗子。如此寫來，紅拂妓形象便活
生生站立在我們面前了。作者不放棄那些描魂繪魄的細節，雕鏤極細。如寫紅
拂妓奔李靖後，用「窺戶者無停履」之側筆，寫出了紅拂妓之美。來偷看的人
絡繹不絕，其姿容之美不難想見，這與正面描寫花容月貌的寫法自是不可同日
而語的。寫紅拂妓姿容之美，正在於映出其品格之高，虬髯客後來所說的「非
一妹不難識李郎，非李郎不難榮一妹」，道出了二人性格之互補。李靖是矜持
的，這從紅拂女五更來奔時不難看出，先是「公驚答拜」，一個「驚」字，便
見李靖持重。不意之間有美女來奔，李靖「愈喜愈懼，瞬息萬慮不安」。這是
對李靖個性的著意之筆，聯繫歷史上的衛國公其人，這樣的描寫還是有根據
的。靈石旅舍對虬髯客這個陌生人，李靖的態度是怒中謹防，時有戒心的，在
紅拂一再斡旋下，他才與虬髯客以禮相見。可見「非一妹不難識李郎，非李郎
不難榮一妹」的話，與英雄美人模式無涉，作者分明是在性格對比之中以精雕
細鏤去突出人物的個性特徵的。至於細處寫紅佛「髮長委地，立於床前」，造
型也很美，富於雕塑感，類似描寫，匠心獨運，堪稱奇筆。

　　再看寫虬髯客的筆墨。其一出場，作者就抓住了最突出的特徵：「赤髯如
虬，乘蹇驢而來。」他竟敢不顧李靖在屋外刷馬，進屋取枕躺在那裏，呆呆地
看著紅拂女梳頭，真是怪得叫人不可思議。接著他又大呼小叫要吃的，吃肉時
以匕首來切，連同胡餅一起大嚼，剩下的全喂了他的蹇驢，彷彿在自己家中，
既不道謝，也不拘謹。他還從革囊中取出仇人的人頭和心肝，以匕首切了佐酒
吃。末了又說自己會「望氣」。言太原有奇氣。作者從容寫來，將這怪客寫得
活靈活現。同時，作者又惜墨如金，著意於人物的動作，絕無閒筆。至於寫李
世民，稱得上是簡捷洗煉，純是白描法。虬髯客一見李世民，作者只寫了「不
衫不履，裼裘而來。神氣揚揚，貌與常異」幾句，並以虬髯客「見之心死」以
作映襯，使李世民形象初步凸現。及至虬髯客同了道兄二見李世民時，寫李世
民的文字就更絕妙了：「俄爾文皇到來，精彩驚人，長揖而坐。神氣清朗，滿
座風生，顧盼煒如也。」用筆疏朗，線條簡捷，與寫李靖、紅拂妓又是別一法

門。這是因為，作者重在寫「風塵三俠」，不以文皇而奪三俠也。當然，二見文皇又復以道士慘然浩歎以映襯，有「筆不到而意到」之功效，其妙處不言而喻。如果將小說中的虬髯客與李世民的出場和性格刻畫加以對比，不難發現作者是採取了截然不同的手法，這很有趣，既新穎奇特，也符合人物身份特點。虬髯客來得突兀，去得匆匆，飄忽迷茫，潛蹤匿影；而那位文皇帝，則千呼萬喚，層層鋪墊，正面出場之前，作者精心作了側面描寫：一是借李靖之口說：「愚謂之真人也。」二是通過虬髯客的「望氣」，說「望氣者言太原有奇氣」。正面寫文皇時，文字十分簡約，突出的是一個「奇」字，收到以少總多的效果。總之，人物寫活了，小說通篇俱活。紅佛女的機智有識，李靖的深藏謹厚，還有虬髯客的豪爽卓異，文皇的神采飄逸，均給讀者留下了極為深刻的印象。

這篇小說初見於唐末杜光庭的《神仙感遇傳》卷四，收在（道藏）恭八中，然文采稍遜，敘述亦簡略質樸，後經人潤飾，收入宋初《太平廣記》之中，這便是今傳本的《虬髯客傳》。據汪辟疆先生的考據和校記，本文愈到後來，正統思想與天命觀越濃厚，看來作者的初衷後來受到了歪曲。作者在四分五裂的唐末，把重整河山的希望寄託在李世民、李靖等人物身上，顯然不是為了維護正在走向沒落的唐王朝的統治，而是希望有代替這箇舊王朝的人物起來。摸索到作者的這個用意，將有助於我們加深對品的理解。

原載《歷代文言小說鑒賞辭典》江蘇文藝出版社 1991 年版

筆記小說零札

魏伯陽 〔晉〕葛洪

　　這則筆記小說出自晉・葛洪的《神仙傳》，說的是早期道教著名丹術家魏伯陽煉丹故事。魏伯陽為東漢人，他繼承了前代陰陽五行家和神仙家的方術，借《周易》爻象論述煉丹修仙的方法，撰成了著名的《參同契》，被後世道教徒奉為「丹經王」。《參同契》是我國第一部系統論述丹法的專門著作，在道教史上影響極大。

　　我們知道，道教神仙說給予中國古代文學藝術以相當深遠的影響，聞一多先生甚至認為：「中國文藝出於道家。」收入《道藏》的許多神仙傳記，用自由活潑的文字記敘優美的神仙故事傳說，是具有獨特風格和特殊價值的文學作品，值得我們加以特別的重視。《神仙傳》在這類文獻中是很突出的一種。葛洪作為學問淵博的道教學者，無論在自然科學技術方面的探求觀察，還是在文學藝術方面的創造發揮，都是獨標卓異的。

　　這則故事描寫魏伯陽率徒入山煉丹，「丹成，知弟子心懷未盡」，便與弟子們言宜先以犬試之。那狗吃了神丹，立即死了。伯陽又向弟子們說，狗吃了丹而死，「恐是未合神明之意」，若人再服丹，怕也是像狗一樣，必死無疑。這時弟子們均未置可否。伯陽又說，我已是「背違世路」，捨棄了一切入山煉丹，如不能得道，無顏還家。於是服丹，「入口即死」。事至於此，有兩個弟子開始動搖，以為「作丹以求長生，服之即死，當奈此何」？只有一個虞姓弟子態度堅決，言其師伯陽「非常人也」，願跟隨伯陽，遂取丹服之，亦即刻倒地而死。待不服丹的那兩個弟子離去後，「伯陽即起」，又將丹「內死弟子及白犬口中，

皆起」。後師徒二人及白犬「皆仙去」。故事中逆轉回覆皆由一句話而起，這便是「知弟子心懷未盡」。所謂「心懷未盡」，顯然是指伯陽尚不完全相信他的弟子們，覺得他們的心還不誠，仍有雜念，故欲試之。果然有兩個弟子功垂成而卻步，成為「行百里而半九十」者。故事最後交待了離山而去的那二弟子「乃始懊恨」，然悔之晚矣，他們兩人知師父與虞姓弟子飛昇仙去，只能痛悔自己的心不誠、意不堅。作者彷彿意在說明煉丹須有誠心，又要逐除雜念。虞姓弟子臨危而不稍改信念追求，雖死而不反顧，因而他成功了，得道成仙，與師父一道羽化而去。道家的丹術，原有二義：一是外丹，主要是採用金石藥劑又輔以草木藥材合劑，經過爐火燒煉，產生化學反應，製成丹丸。其中方術紛紜，首推金丹為仙道之大要。金丹就是丹砂，「丹砂燒之成水銀，積變又成丹砂」（《抱朴子・金丹篇》）。又有所謂「鉛白」，「鉛性白也，而赤之以為丹；丹性赤也，而白之以為鉛」（《抱朴子・黃白篇》）。因此，煉丹又稱為「黃白之術」。二是內丹，即通過服氣、行氣、導引、胎息以及房中術等煉養步驟，使精、氣、神在人體內凝成「類如雞子」形的丹，這是將人體當作爐鼎的一種煉丹法，故稱內丹。內丹家十分重視降情攝念、高深靜定的內心修養，要在意守丹田，祛除雜念，顯然是要求很高的。魏伯陽入山煉的是外丹，但從他對弟子們的要求來看，這位早期丹術家也十分重視內在修養工夫，於此可見內外丹實是一種互補之術。在道教史上，我們不難尋到其淵源流變。儘管內丹家晚出，至金元以後才成為道教徒修煉的核心，然早期外丹家已經開始重視內功，在燒煉外丹過程中又特別重視精神修養，這則故事便揭示了這一點，這是研究道教史有價值的材料。

從小說史角度來看，這則故事就不僅僅是神仙傳記的零星記載了。它寫人物，寥寥數筆，活脫欲出，下筆如神，又惜墨如金。魏伯陽的從容深算，智籌過人；兩弟子的寡斷優柔，務業不誠；虞姓弟子的矢志不渝，心誠志堅，盡皆被刻畫得生動傳神。然字字循去，細味深品，卻又似無跡無法，開物成形，實難覓尋。四五百字，竟寫活了一組人物，連那白犬，也給人很深的印象。你看他寫死的迅疾，姿態各異，絕不重複。寫狗是「犬即死」，寫伯陽是「入口即死」，寫虞姓弟子是兩個字：「亦死。」再看他寫人的心理活動，疏而不漏，簡潔入微。伯陽「知弟子心懷未盡」，一句中有多少潛臺詞，因「不盡」，才「試之」，因「試之」，才有故事跌宕起伏。寫二弟子於犬死師亡之後的神態心理更妙：「弟子顧視相謂曰：『作丹以求長生，服之即死，當奈此何？』」虞姓弟子

死了之後，「余二弟子相謂曰：『所以得丹者，欲求長生耳。今服之即死，焉用此為？不服此藥，自可更得數十歲在世間也。』」有此充足理由，遂有「乃共出山」之舉，人物行動的心理依據出來了，其神態自出。

我們也可以將它看作是寓言小說，講的是務成必專和「行百里考半九十」的道理，足見神仙文化（或言道教文化）的多義性，難怪它與文學藝術結下了不解之緣。當然視其為寓言小說，可能是作者始料所未及的。至於道教的神仙傳說和成仙方術之杳昧難憑，那是顯然的，然而道教的樂生、重生和貴術中積極因素也是顯然的，「我命在我，不屬天地」（《西升經》）的思想，含有向自然作鬥爭的大無畏精神。丹術對古代化學和醫藥學的貢獻也是不可抹煞的，這問題討論起來相當複雜，且逸出本文遠甚，這裏只是附帶一提罷了。

無足婦人 〔宋〕洪邁

容齋此篇，頗為奇特。它與一般志怪小說寫花妖狐魅、鬼怪靈異旨趣不同，寫的是器物成精。折足鐺鼎之屬，也能魅人作祟，化而為「半截美人」，文思之奇巧，出人意表。

我們知道，洪邁的《夷堅志》，為宋代部頭最大的私家小說，卷帙既多，勢必龐雜，加之成書草率，不少篇目未曾很好潤飾，故歷來人們對它不無微詞。如陳振孫《直齋書錄解題》譏洪氏「謬用其心」，以為「多至於不勝載，則不得為異矣」。陳櫟勤《有堂隨錄》則謂洪氏「欲修國史，藉此練習其筆」。而周密的說法就更不客氣了：「貪多務得，不免妄誕。」（《癸辛雜識・序》）類似說法，還有不少，各人執見，雖有一定道理，卻未免失之偏頗。以這篇《無足婦人》而論，除卻構思奇異之外，它的故事也曲折有致，描寫細膩生動，不失為一篇可讀性強而又頗有意味的小說。

一個「容貌絕冶」的女子，卻「衣敝體垢」，而且兩足殘缺。小說一開始的這一描寫，頗耐人尋味。及待讀罷全篇，讀者才恍然悟到：原來那半截美婦是一尊折足鼎彝的精靈。容貌絕冶，彷彿是說那鼎造型美觀，工藝精湛；「衣敝體垢」則彷彿又說那鼎是出土古器物，陳舊樸拙，蒙上了一層歲月的塵埃；至於說到「無兩足」，乃是說那尊器物折損了兩條腿。朝士既出場，不能不為美婦之容顏所吸引。「悅之」、「駐馬」，究竟這位朝士是出於同情，還是見色起意？至此，我們還不得而知。或許都有一點吧，反正朝士是將無足婦人領回自己家裏去了。問題出在「士亦稍與之昵」。「稍」者，少許也，間或之也。看來

朝士還不是那種昧卻良心、一味淫亂之輩，或許「憐愛」意味著既憐憫又昵愛之意吧，這個界限實在很難劃得清楚。相國寺道士的冒將出來，真有些煞風景，幾無異於法海和尚橫在許仙和白娘子之間，不能說面目可憎，卻也老大沒趣。後來道人化為偉丈夫，乘黑馬，劍擊無足婦人，終於救拔了朝士。文末又偶出鶻突，道士不是別個，竟是朝士自己的本命神。因為朝士平生虔心奉敬本命神，故在其遭祟時前來救拔。「本命年」、「本命星」的說法，人們似乎都熟悉，「本命神」一說倒鮮為人知。究竟本命神何為之有，又主何運何機，作者也未曾講清楚，一切都留待讀者去思考。於是，通篇讀罷，仍使人覺得迷離恍惚，一定要揣摩出作者的主旨，或言他究竟要表達出一種什麼思想，怕還是不甚了了。

或許可以這樣理解：一個人頭腦裏冒出了邪惡淫穢的念頭，他的「心上的良知」也會從心底裏升起。良知與邪念在自己頭腦裏打架，就構成了自我內心的矛盾鬥爭。朝士最終自己戰勝了自己，那本命神就是良知和正氣，而那無足婦人，則是心有邪念所致。亦或許，可以如此去歸納：一個人做了好事，又遂生一念之差，致使功德不能圓滿。悲天憫人，對殘疾丐婦寄以同情——朝士出發點原本是善意的；只因其後來又從中漁色，便心虛氣弱，以致遭遇到一場驚嚇。從心理學上來分析，這分明是一種人格矛盾，是行為動機與認知能力、道德修養之間相摩擦甚至背悖的一種情緒反應。諸如此類的「或許」還可以列舉出一些，好的和比較好的作品常常具有其內涵的多意性，而不是一望而知、一覽無餘的。

洪邁的小說觀很是矛盾，一方面，他囿於傳統小說觀念，一味獵異涉怪，甚至漫不經心，失之於草率，不少作品離真正的小說相去甚遠；另一方面，他又頗有眼光，盛讚唐傳奇「小小情事，淒惋欲絕」，「與詩律可稱一代之奇」（《唐人說薈》例言引）。——這番話在古代小說批評史上意義重大，對宋以後人們小說觀的轉變影響深遠。觀此篇《無足婦人》，故事完整而敘述婉曲，人物形象生動鮮明，有些地方寫得頗有神韻，如朝士遇相國寺道士的一番對話，依稀可見唐人傳奇筆調。因此，它在容齋全部志怪小說中，乃是值得注意的一篇。

小孤廟 〔宋〕洪邁

歌德有一句格言：「人的錯誤正是使他顯得真正可愛的東西。」（《歌德的

格言與感想集》）這顯然是從某種意義上說的。如一個人為性情所注，一念所
繫，耽於某種事，近乎癡，結果他犯了錯誤，同時他的那股子執著與專注，也
就顯得格外可愛。或者，心存一分童稚，以真性情去行事，有時也會犯錯誤，
然其人格之可愛正自錯誤中透露出來。這不等於說可以原諒人的錯誤，而只是
從錯誤有時可窺見一個人的性情這個意義上而言的。

　　這篇逸事中的呂願中，大約是個古董迷，或許還是一位文物古玩的鑒賞
家。一個酷嗜古玩器的人，倘碰到精品，其流連忘返、愛不釋手，是可以想像
得到的。他摩挲再三，辨款識，認質地，考朝代，其形其影，姿容可掬，聲情
並茂。而所有這一切，作者只用了兩個字：「愛之。」至簡至潔，一以用百。
這位古董迷和鑒賞家既貪婪又天真，竟念念有詞，主動與神靈對話，無非講自
己多麼喜愛這件器物，願以隨身所帶物品交換，心固誠，態度也很謙恭。這一
系列動作和心理活動，作者只用了三個字：「白於神。」凝之煉之，「白以計黑」。
有如中國畫中的大片布白，聯想空間好不廣闊。

　　以物易物，既非盜竊，亦非拐騙，這位有古董癖的官員心安理得，揚帆上
路了。後來，載輜重的船沉覆，撈取諸物，只缺銅洗，其他卻一件不少。不久，
又有人看見，古銅洗神奇地回到廟中案上。作者好像是在說，非己之物，莫要
貪取，神明有知，報應不爽。呂願中雖曾易之以銅盆，但做事唐突孟浪，一廂
情願，甚至有些專橫，逕自取走銅洗，故有沉船之虞。如此看來，這則小故事
主要題旨是勸懲了，正像《四庫提要》卷一百四十二提要《夷堅支志》時所說
的：「遺文瑣事，亦多足為勸誡，非盡無益於人心者。」儘管如此，我們還是
要注意到這則故事寫法上的獨到之處，它構思的奇巧，語言的精潔，還有那種
引而不發，淡淡寫來，不動聲色，文末才解開扣子的技巧，都是可資借鑒之處。
洪邁的才能畢竟是第一流的。此則若剝開勸懲戒警之外殼，正自有可觀處，短
則短矣，其精巧和凝練亦很顯然。

景德鎮鬼鬥　〔宋〕洪邁

　　此篇在《夷堅》諸志中乃屬上乘之作，文奇，筆調亦美。

　　在醫療衛生條件不夠發達的古代，瘟疫的流行，無疑是可怕的災難。人們
一方面對災疫懷著恐懼的心理，一方面又尋求與災疫進行鬥爭的方法與途徑。
上古時代，先民們將災疫視為厲鬼作祟，以各種儀式求助於神明，冀求驅逐鬼
疫，如臘月間的驅儺活動，傳說始於黃帝。南朝梁宗懍《荊楚歲時記》：「驅儺

之事雖始於黃帝，而大抵係周之舊制。周官歲命方相氏率百隸，索室驅疫以逐之，則驅儺之始也。」古時以臘歲前一日擊鼓舞蹈，有扮厲鬼者，人們相率追逐之，故又謂之「逐除」。這種民俗活動歷代相沿，其舞蹈部分本源於原始巫舞，後世又逐漸與逐災邪、驅疫癘的宗旨游離，成為一種娛樂活動，稱「儺舞」，個別地區還有「儺戲」。而江西，正是儺戲比較發達的地區之一。這則「鬼鬥」故事，極有可能是受了大儺儀及儺戲的啟發而寫成的。宋代，瘟疫活動還時有發生，特別是在南方，水災之後接踵而來的往往是災上加災的疫情。因此，在民間，這類故事便很自然地產生了。人們口口相傳，說得有鼻子有眼，久而久之，真假遂難以辨別。我們有理由認為這則故事來源於民間，它的生動有趣和淳樸的理想化寄寓，都是文人們坐在書房中所無法編造的。

讀到最後，我們才知道，水上鬼鬥中的東朋，即戰勝一方，乃是東村的里社之神；而負敗的西朋，則是瘟鬼。那麼，綠袍青巾的指揮者是誰呢？分明是他將百餘輩偉丈夫分成東西兩朋，互相鬥擊的嘛！說來他就是儺戲中的引戲色、戲頭，所謂「率百隸」，為驅儺儀式中的主持者。有趣的是，漁人是親眼看到鬼鬥場面的，時在初夏，而非臘歲，即是說，一切都是現實中發生的，而不是儀式或表演。說來這正是故事的妙處。是漁人的幻覺也好，還是口口相傳的杜撰也罷，都無礙於這故事表達人們擺脫瘟疫之苦的理想和願望。我們從中既看到了民俗民情，亦彷彿看到了當時人們的疾苦，那美好的願望也令我們感到十分有趣——無論如何，他與迷信活動是扯不到一塊兒去的。若說東村里社之神也有點「地方保護主義」，竟將瘟鬼推向縣鎮以西就撒手不管了，不是太本位主義了嗎？可那是在宗法社會根深蒂固的古代，且里社之神也不能法力無邊、包打包攬呵。現實中一個地區發生疫情，相隔不遠則平安無事的現象也是有的。編故事嘛，總不能太離譜，孫猴子本事再大，一個筋斗也不過十萬八千里。為此，這一點似亦無可非議。

若著眼於此篇的筆調和文字，其篇幅雖短，精彩處卻不少。你看作者寫那鬼鬥的指揮者，形影如繪，生動鮮明；再看描寫鬥擊的場面，語簡意多，聲容並茂；尤其精彩的是描寫西朋敗退時「悉化為牛，浮鼻渡水」一句，把牛涉水時仰頸舉首時的神態，通過寥寥逸筆，略施點染，就活脫脫地畫將出來，何其傳神，又多麼美妙！作者處處以兩朋對比、映襯的手法，也收到了極為強烈的效果。如寫東隊獲勝之時，「鼓譟追擊，振搖太空」八字，彷彿信手拈來，掉臂即得，實則如九轉金丹，錘鍊再三。這與作者深厚的文字修養，多方面的閱

歷是分不開的。洪邁畢竟是文章裏手，斫輪老匠。不能說《夷堅志》中所有的
篇目都是如此，但這一篇的確是不同凡響。

王朝議 〔宋〕洪邁

　　這篇宋人傳奇寫的是一個怵目精心的設局詐騙故事，無論其敘事的曲折
委婉，場面描寫的逼真精妙，還是人物刻畫的生動入化，語言運用方面的凝練
傳神，都應該引起我們的足夠重視。它不僅繼承了史傳文學以及唐人傳奇的風
氣，同時又明顯地受到了通俗文學的影響，這種雙重影響決定了宋人傳奇在
中國小說史上的特殊地位。從這個意義上看，洪邁是有著獨特貢獻的一位小
說家。

　　小說寫的雖是一個大騙局的始末，筆調卻很是特別，彷彿什麼事都沒有
發生，娓娓道來，自如輕鬆，及至結尾處，才像是不經意般地解開扣子，令人
不禁一陣殼悚，餘悸在心。會說笑話的人自己是不笑的，善講驚心動魄故事
的人也往往是從容不迫的，這便是藝術辯證法。吳中沈生應授將仕郎，赴京
聽調，攜千萬之資，恣意尋歡覓樂。閒且有錢的人難免無聊，於是引出鄭、李
二生。這是兩個幫閒無賴，有些像元雜劇中的柳隆卿與胡子傳。如蠅逐臭，
二生與沈生因為是近鄰，便將沈死死盯住。鄭、李二子又非一般騙子，簡直
可以說是機關算盡的陰謀家，而且這是一個詐騙團夥，彼此間配合默契，滴
水不漏。他們看準沈生這個目標之後，布置好羅網和陷阱，投其所好，一步
步將沈生誘入殼中。

　　設局詐的一幫人要做一椿大營生，自是不急。先是使鄭、李與沈周旋半年，
耐著性子，待沈對歌場酒樓感到意興闌珊之時，鄭、李遂邀沈去郊外遊玩，乘
機說有王朝議者，如何好客，如何「老而抱疾」，及至說到王朝議好客且有美
婢豔姬之時，沈生自然而然地就上鉤了。

　　在王宅客廳裏，王朝議與客人談不多時，忽然又咳又喘，聲稱稍事休息，
吃了藥之後再出來與客飲酒閒聊，並請鄭生代為東道主陪客。當沈生閒步院內
時，忽聞有女子歡笑聲，夾雜著擲骰子聲，既好色又好賭的沈生不禁循聲偷看。
只見燈火通明，美人環立，且玩耍且笑鬧，如此場面，頓時使沈生「神志搖盪」，
他頓足讚歎：「真神仙境界也！何由使我預此勝會乎？」經鄭生引見，沈生終
於也夾在美人之間聚博，領略那所謂神仙境界了。有趣的是：他「心不在賄」，
並不想贏，但一上場卻「志得意逞，每採必勝，須臾得千緡，諸姬釵環首飾為

之一空」。最後一少艾美姬作「孤注一擲」，眨眼間將沈生錢財，包括茶券盡皆掠去。沈生輸光了且未覺受騙，王朝議還打發人告訴他數日後再來府上飲酒。直到鄭、李不見蹤影，再訪王宅，空無一人之時，沈生才有所悟。

市井間的這種局詐，又叫「仙人跳」，通俗小說以至《聊齋誌異）中都不乏這類故事。洪邁此作，筆調特別，迤邐寫來，全不費躊躇，老辣從容處，正自可觀。你看他寫郊遊乃至造訪王宅，妙在先寫馬夫刷馬，一則可見局中人安排上的嚴密無間，再則也使文勢婉蜒迴旋。文心錦繡，綿密針線，於此端可見一二。博戲之時，一姬告訴小丫頭仔細聽著，一俟朝議醒來，立即來報，假戲幾演成真情。這可以消除沈生顧慮：朝議剛歇，如何竟明燭高張，亦笑亦鬧？如此細屑處，讀時亦須特別在意。再看他寫場面，寥寥數字，氛圍全出。寫王宅外觀是「轉兩坊曲，得車門，門內宅宇華邃」，寫秉燭聚博，是「明燭高張，中置巨案，美女七八人，環立聚博」。小說更為成功的、也是更值得我們注意的是人物描寫的獨到之處。沈生的財大氣壯、恣情縱意；鄭、李二子的工於狡詐、機關算盡，假王朝議的老謀深算、明倦暗警等等，都刻畫得相當鮮明，神情畢肖。就連眾姬中之一、二人，雖略加點染，亦呼之欲出。一老成，一少艾，相映成趣。蓋寫得一、二，便收概見眾姬之效。寫假朝議著墨不多，卻筆若有神。「翁出，容止固如士大夫，而衰態堪掬」。寫他又咳又喘，是「喉間痰聲如曳鋸，不可枝梧（吱唔）」。容止若不似士大夫，沈生大約就會看出破綻，說不定這位扮朝議者是一位潦倒窮愁的士大夫，同局詐中人沆瀣一氣，那就更是可怕了。至於衰態之可以捧在掌心，痰聲如同拉鋸樣的誇飾，更是妙得令人絕倒。凌濛初據此寫成話本小說（見《二刻拍案驚奇》卷八《沈將仕三千買笑錢　王朝議一夜迷魂陣》），這些細節描寫均被承襲下來。說到這篇小說的語言，大約可用文而不深、俗而不淺來概括。人物對話聲吻酷肖，雖亦文言，直似口語。如：「眾女曰：『李秀才，汝又來廝攪！』」「眾女咄曰：『何處兒郎，突然到此？』」由於小說語言精潔傳神，故能於千餘字篇幅內包孕豐富，極盡騰挪，含蘊無限。戲曲作家也看到了這個作品中的戲劇性因素，明人傅一臣（字青眉，號無技）曾據此寫成雜劇《買笑局金》，足見其對後世的影響是多方面的。

應該附帶一提的是，小說在場面描寫等方面似受到唐人張鷟《遊仙窟》傳奇的某種啟發。《遊仙窟》中所描寫的場面曾一時成為文人士大夫可望而不可及的一種企羨，於是妓家投其所好，在郊野擺裝成《遊仙窟》中描寫的樣子，以開財路，同時也滿足了文人士大夫的特殊獵豔心理。風氣所及，隨著《遊仙

窟》流傳日本，也為日本士大夫所稱許。有人認為《遊仙窟》中所描寫的一夜
豔遇，是唐代科舉出身的青年士大夫冶遊生活的一個側影，是當時中上層人物
婚外戀風習的寫照。張鷟是表現這類題材的第一人，對於後來大量描寫婚外戀
的傳奇乃至宋以後同類題材小說，《遊仙窟》是開先河的作品（參閱何滿子：
《中國古代小說發軔的代表作家——張鷟》，見《文學遺傳》1988 年第 3 期）。

沈鳥兒 〔明〕郎瑛

　　此篇在郎瑛原書中列入「事物類」，它基本上未脫筆記小說搜奇獵怪之窠
臼。郎瑛的《七修類稿》，極為王士禎所詆斥，王氏無非是指責郎氏所記，杳
昧難憑，不足憑證。《四庫全書總目提要》也指出郎著「踳謬者不一而足」。這
倒給了我們一個啟示，即郎瑛的創作意識增強了，或言小說觀不同了。從這個
意義上看，《七修類稿》值得我們重視。至於書中所記的一些真人真事的歧誤
和舛錯，當另作別論。書中有一部分明顯虛構的作品，反而應引起我們的注意。
如這篇《沈鳥兒》，其真實性就頗可懷疑，倘若將其當作小說來看，它不啻為
一部公案劇的絕好題材。惟其敘述簡約，僅具備一個故事梗概，缺乏必要的細
節描繪和生動入微的人物性格刻畫，否則將是一篇相當動人的冤獄小說。

　　這則筆記小說通篇只有三百餘字，儘管篇幅不大，其情節卻變幻莫測，委
曲再三，黏住讀者的好奇心，使人非竟篇終讀不可。它在藝術上最突出的特點
是構思精巧，設伏自然，能於偶然事件中舒展自如地展開故事情節，猶如投石
入水，漣漪不斷，漸漸地又復歸平靜，而情趣和意味恰恰就在漣漪擴展中顯現
出來。至於官衙的只知用刑，斷案被動，案情的水落石出全在偶然碰巧之中，
又正是對現實黑暗，官場腐敗的有力抨擊。

　　畫眉鳥是整個案情的契機和樞紐，故開始便言其貴重，說這鳥「善叫能
鬥」，煞是可愛。接著又從側面補了一筆：「徽客許以十金購之，不與。」足見
沈某對鳥的珍視，且這在遠近是盡人皆知的。這一層相當重要，旨在為下文案
發張本。下文沈某於某天早晨攜鳥至西湖，直至鳥失人亡，來得極其突然。沈
某猛然腹痛，又碰巧有相識的箍桶匠路過，不免請桶匠速去通知自己家裏的
人，結果家人來到湖邊，沈某已被人殺害，連頭也找不到。因視死者屍體可辨
乃為箍桶刀所殺，桶匠遂成了最大的嫌疑犯。經過嚴刑拷問，桶匠被屈打成招。
至此，不免使人疑竇叢生：若桶匠果是兇手，他如何又去報告死者家屬呢？桶
匠離開現場時，沈某不是還活著麼？這裏作者巧伏一筆：桶匠是在重刑之下不

得已才招供的。所以「得鳥貨人，割頭棄之湖也」亦是不實之供詞，因為遍尋於湖而不得死者之首。疑點頗多，頭緒紛呈，混沌茫然之中，案子如何得以了結？以上兩層，敘述緊湊，節奏迅疾，作者只作預示，終不露底。好奇心畢竟是一種美味和刺激，作者巧妙利用了它，在平樸的敘述中能通過幾個場景扣住讀者的心弦。

及至有漁人兄弟來揭招受賞，人頭「水腐莫辨」，官府草草結案終在秋天裏將桶匠處決了。接著是一漣將平復，一漣又繼起。數年之後，有人竟於蘇州看到了沈某的畫眉籠，並向主人問明是從誰人手中買來，主人具告之。這裏又出現了兩個人物，遂將已結之案再度提起。讀至此，起先疑團似有頭緒，桶匠顯然是冤死了。然而，兇手到底是誰？仍不能確知。杭人某者既將畫眉賣給蘇州某人，那必是嫌疑，至少是個知情者。杭州某者以為事過多年，量不會生變，態度十分強硬，拒不認帳，官府照例用嚴刑，杭州某終究「刑至就招」。案情方大白。以上兩層絲絲入扣，環環相連，故事至此似可告終，撲朔迷離的案情到底透亮了。然仍有一事未明，即漁人兄弟請賞之頭從何而來？作者來了個「臨去秋波那一轉」，又作頓挫，仍以控揣讀者的好奇心布文。官府捕來漁人兄弟，又是一番「加刑」，終使兄弟二人講出真情原委，原來他們竟以已死老父之頭冒充領賞。五條人命，其責何在？這是發人深省的。故作者末了發問，感歎唏噓，這一筆很有力度。可惜的是將禍根歸於畫眉，不能不說是作者的局限。其實相繼五人喪命分明是人禍。文中三次寫到用刑，一次是對桶匠，所謂「不能受刑」即是不堪忍受重刑；第二次是對杭州某，「刑至就招」，那就是最大限度地用刑了；第三次是對漁人兄弟，「捕之加刑」。只知用刑，不做深入勘察，豈能不造成冤獄！這一點此篇是與公案戲曲小說不同的，正是值得玩味之處。或許作者有意讓讀者去體味出其用意之深吧！

劉東山 〔明〕宋懋澄

小說至明，尤重「喻世」、「醒世」，即在傳奇故事中寄寓教訓意義。所謂「勸善懲惡，動存鑒戒，不可謂無補於世」（明凌雲翰《剪燈新話序》）。因而在題材上，勸善者則多寫忠臣孝子、貞女節婦；懲惡者則多敘奸宄佞臣、姦夫淫婦，選材漸成套路。或者說因果、談報應滿紙可厭的道德說教。明宋懋澄《九籥別集》中的《劉東山》一篇，雖也意存教訓，但在選材立意、敘事方法以及人物刻畫上，都生面別開，頗有新意。

　　《劉東山》寫了一個很有喜劇色彩的故事。自恃武藝高強的捕盜人劉東山無意中說了幾句大話，引出了一少年俠客的有意捉弄。一少年以更高一籌的武藝威懾劉東山，劫其銀兩，使劉東山「撫膺惆悵」，終身「手絕弓矢」，謹言慎行。小說通過劉東山大言招禍的經歷，勸誡人們在生活中勿吹噓，勿自誇，須知人外有人，天外有天。作者不以奇幻不測的情節吸引人，不以死生榮辱悲歡離合的情事打動人，也無福善禍淫、輾轉果報的說教，只是通過一件看似偶然的事件，陳述這一與人不無裨益的樸素道理。

　　《劉東山》敘事極為出色，其最大特點在於擅長平地波瀾的突轉，一波三折，姿態橫生。正如孔尚任在《桃花扇凡例》提出的著名見解：「排場有起伏轉折，俱獨闢境界；突如而來，倏然而去，令觀者不能預擬其局面。凡局面可擬者，即厭套也。」劉東山敘事的絕妙之處，也正在於令讀者「不能預擬其局面」，在讀者毫無思想準備的情況下實現情節突轉，讓讀者從中領略奇趣。

　　小說以欲抑先揚的手法，先寫劉東山的武藝高強。他身為捉盜人擅長使弓，「發矢未嘗空落」，自號「連珠箭」，張弓追討二十年，未遇對手。正是這種特殊的經歷，嫻熟的弓箭武藝，養成了他目中無人的自負性格。因此當友人詫異地問他路經群盜出沒之地，因何攜重資獨來獨往時，「東山鬚眉開動，唇齒奮揚，舉右手拇指笑曰：『二十年張弓追討，今番收拾，定不辱寞』」。這是一段神情畢現的文字，寫得劉東山眉飛色舞、躍躍欲試。這不是劉東山的故意賣弄，倒確是他二十年張弓追討，未遇敵手而形成的自負自信。

　　小說敘事至此，故意留下了一段空白，藏起了一些筆墨。即在劉東山吹噓之時，並未刻畫周圍的環境，在其吹噓之後也並未直接點明旁聽者的不平與策劃，而接寫劉東山上路。款款敘來，令人不覺其異。這與常見的故作閃爍之辭，故布「草蛇灰線」的所謂伏筆不同，它以不設懸念的方式給下文敘事平添了幾分動盪與波折，使讀者在「不能預擬其局面」的情況下，愈讀愈奇，領略其行文突轉之妙。同時這種藝術空白式的處理也給下文回應留下了更大的餘地。這實在是頗耐人尋味的小說技巧。

　　劉東山「明日束金腰間，騎健騾，肩上掛弓，繫力衣外，於跗注藏矢二十簇」。說了大話的劉東山並不敢掉以輕心，而是小心戒備，全副武裝以應付路上可能出現的群盜。但敘事至此，筆鋒一轉，出乎劉東山意外，也出乎讀者意外，良鄉道上並未出現群盜，卻出現了一個二十左右的翩翩少年。這一少年的驀然出場，寫得十分精彩：「未至良鄉，有一騎奔馳南下，遇東山而按轡，乃

二十左右顧影少年也。黃衫氈笠、長弓短刀，箭房中新矢數十餘。白馬輕蹄，恨人緊彎，噴嘶不已。」寫法上由遠及近，既有氣勢又有層次，少年之面目精神躍然紙上。其衣裝打扮利落瀟灑，白馬的奔馳、噴嘶，濃重地渲染了氣氛，映襯了主人的英武。從東山眼中重點突出其長弓短刀、箭袋新矢的武裝，既寫出白馬少年之英風俠氣，又間接地刻畫出東山疑懼參半的心理，充滿戒備心的劉東山不禁對其「轉盼」打量。此段文字突如而來，文勢動盪之至。

接下來寫少年吐屬文雅，語動溫謹，使東山疑慮頓消，心情放鬆，因而目空一切、傲慢自負的故態復萌。就在劉東山的又一番吹噓後，小說順勢轉入了少年顯示武功，震懾東山的描寫。少年「笑語良久，因借弓把持，張弓如引帶」，顯示武功似在有意無意間，從容含蓄不動聲色。寫法上紆徐中見馳驟，平緩中顯突兀。白馬少年小試技藝已使東山「驚愕」、「駭異」、「歎吒至再」，令東山威風掃地，由吹噓轉為惶懼。這是小說敘事的又一番頓挫跌宕，起伏轉折。

初次教訓東山後，作者又故縱筆墨，讓少年「忽策騎前驅不見」，令劉東山於驚魂甫定之際暫時品味一下惶懼心情。接著波瀾陡起。此次少年「正弓挾矢」，面對東山，發箭威脅，欲借其「騍馬錢」（讀至後文，方悟此「借」字味長）。已經見識過少年武藝的劉東山連還手一搏的想法也沒有，只能「膝行馬前，獻金乞命」，並眼看少年轉馬面北，揚塵而去。從少年出場至此的一大段文字，是小說最為精彩的敘事段落，它時緩時驟，時放時收，縱橫捭闔，曲折盤旋。經數番跌宕、幾經突轉之後，人物方始顯露真相。這段變幻敘事，可謂人奇、事奇、敘事章法亦奇。突如而來，倏然而去，變幻莫測。

故事至此，自成段落，未嘗不可以權作收煞。經歷這次劫難的劉東山已經領略到人外有人、天外有天的教訓。這樣一次極為慘痛的教訓，竟使它手絕弓矢，終身不敢言武，甚至亦不敢外出行賈，夫妻依村肆賣酒為生。但僅僅到這裏，則劉東山不明白事情何所起，讀者亦看不出所以然，整個事件只不過是一次路劫。少年真成強盜，人物受到損害，主題曖昧不明，對劉東山就構不成意味深長的一課了。因此，三年後，少年再次出面。三年後的情節還不僅僅是說明原委，回應上文，構成一封閉性的結構。而更為奇譎的是作者又借機引出了一個帶有神奇色彩的人物——十八兄，形成了這篇小說特有的人物形象系列。劉東山武藝不弱，在當眾誇技自詡後，受到一場善意的捉弄懲治，這是作者要揶揄諷刺的形象。而白馬少年，英姿勃發，小試武功已使劉東山瞠目，且為人又極為謙恭，正與劉東山形成鮮明的對比與映襯，這是作者極力贊許的形象。

在此基礎上，作者又塑造了群雄之首的十八兄形象，包括武功卓絕的白馬少年在內的眾客，都對他拱之如月、唯命是從；他自己則獨來獨往，不苟言笑，帶有真人不露相的神秘意味。這個人物與劉東山、白馬少年相比，自是另具一番風采。三個人物一個比一個高出一籌，一個比一個深奧難測，互為烘托映襯，意在展示一個人外有人、天外有天的生活境界。這種特有的人物形象系列，正是為表現主題而刻意創造的。

三年後情節的展現與十八兄形象的塑造，也使這篇小說的結尾在奇突變幻中顯得餘味悠長。它的意味極饒哲理色彩，又飽含生活情趣，但又不直接點明，只是約略寫其風神，令人彷彿如燈鏡傳影，了然目中，卻又捉摸不得。真可謂煙波渺漫，姿態橫逸，攬之不得，挹之不盡。這是一個別有天地、不同凡響的結尾。

以《九籥集》中的《劉東山》與凌濛初《初刻拍案驚奇》中的《劉東山誇技順城門，十八兄蹤奇村酒肆》一文相比，可以看出，凌之白話改編本除了羅列幾個小故事作為入話，以點明主題，增加教訓意味外，正文部分幾乎全依文言《劉東山》加以敷演，無多增飾，更談不上有什麼再創造，這與從《負情儂傳》到《杜十娘怒沉百寶箱》的再創造情形大不相同。附帶提到，清代著名的戲曲小說作家、曲論家李漁曾據《劉東山》寫成小說《秦淮健兒傳》，與凌濛初相較，李笠翁倒真的領略到了原作的精神，文字也乾淨利落得多，亦可一併參讀。

〔附錄〕此則故事顯然受到唐・康駢《劇談錄・張季弘》的影響，而段成式《酉陽雜俎》前集卷九「韋行規」條更類本篇。

《初刻拍案驚奇》卷三《劉東山誇技順城門　十八兄蹤奇村酒肆》即據本文敷衍成篇。此文對後來小說有一定影響。如李漁的《秦淮健兒傳》、《聊齋誌異》卷三《老饕》、卷五《武技》、《子不語》卷十四《賣蒜叟》、《小豆棚・鐵腿韓昌》、《客窗閒話》卷二《某駕長》、卷三《金鏢客》、卷四《難女》等，均與之類似。

宋存標《情種》卷六收有此文，並有總評云：「居士曰：『博浪一椎，十日大索不得，不知椎者何人也。荊卿之刺秦王也，曰：「待我客與俱。」不知客者何人也。今十人共飲酒肆中，過宿流連，竟不知十八兄者何人也。故知大英雄出沒，特遊戲人間，不欲以名傳也。使其以名傳，則吾特宇宙中之一人，即其事甚奇，其行甚異，

其味亦易盡也。鄙哉東山,幾以自矜得禍。彼少年者,爾時寧不能
殺之耶?殺之無名,故以千金橐之。彼千金報母者,抑何重視此千
金也。』」

珠衫 〔明〕宋懋澄

　　《珠衫》以記實的筆調敘述了一個商人家庭的變故。故事的全部新意就在
於這位商人對於妻子失節的態度及其對妻子的諒解與寬宥上。

　　我國傳統禮教特別重視婦女的貞節,女子偷情,罪不容誅,列為「七出」
之條,毫無寬容餘地。宋明以來,理學盛行,連寡婦再醮都頗受非議,對「失
節敗行」之女子更談不上有任何寬容了。但《珠衫》一篇,對楚賈妻失身,則
做出了逸出傳統倫理的敘述,賦予人物一個喜劇性的結局。

　　小說中的楚賈,與妻感情甚篤,儘管文中交代不多,但從他得知妻子姦情
後採取的一系列很有個性的行動中,不難窺見他樸厚的性格與誠篤的情意。他
對妻子不責罵、無笞撻,而是悄悄地用一封休書打髮妻子回家,而且不對岳家
說明緣由,甚或岳父前來質問,他只是講出:「第還珠衫,則復相見。」讓妻
子知道原委,其岳家則仍然「不詳其事」。這種顧全妻子顏面的做法自然使其
妻「內慚欲死」,這樣「夫不負婦,而婦負夫,故婦雖出不怨」(《情史類略》
評語),為下文妻脫夫罪留下迴旋餘地,同時也透露這位楚賈顧戀舊情的樸厚
性格。當得知妻子再嫁時,楚賈「檢婦人房中大小十六廂(箱),皆金帛珠寶,
封畀妻去」。這種令人驚詫的舉動,正反映了他內心深處對妻子那種割捨不斷
的舊情,表露出拘於道德不得不休妻的深切隱痛,其間也或多或少有幾分「商
人重利輕別離」的自責。這一情節,把他的誠篤性格刻畫得極為成功。當妻子
涕泣求情,哀請後夫脫其重罪後,夫妻相見,楚賈尚未知道真情,就已「男女
合抱,痛哭逾情」了。此時,兩人久久鬱積於心的夫妻之情借機宣洩,「痛哭
逾情」中湧流著不盡的懷念、內疚、自責、求得諒解等複雜的情感與願望。這
時任何過失都會得到寬宥,倫理的嚴責不得不讓位於不可遏止、難以割捨的夫
妻感情。到此,「還婦」的結局便已水到渠成了。

　　宋懋澄對這一事件的敘述筆調是頗耐人玩味的。他平實的敘事,在倫理與
感情之間謹慎地把握著分寸,小心翼翼地避開了對這一事件中所有人物的主
觀評價。對楚賈妻的失身,作者沒有直斥,沒有使用「姦情」、「淫亂」等字樣,
而是較為細緻地敘述她中了賣珠媼與新安生圈套的過程,似乎有意為她開脫

許多責任。後來,她移情於新安商,二人「恩逾夫婦」,新安商臨別,她開箱檢出珍珠衫,自提領袖,為其服之,寫出了這一女子對情人的鍾情與體貼。這也是避開倫理嚴責的細膩而富有人性的描寫,現代讀者絲毫不會懷疑它的真實性。相反,如果宋懋澄採用露骨的譴責文字,我們倒會覺得淺薄而有悖真實了。

在這一家庭事件中,導致楚賈妻失節的直接原因在於「嫗之狡,商之淫」。賣珠老嫗的狡詐是作者突出揭露的對象,對此,作者在平實的敘述中寄寓了較多批判、譴責,以及深惡痛絕的感情色彩,顯然意在把這類醜惡人物視為破壞別人家庭生活的罪惡因素。但對新安商的寫法卻略有不同。新安商見色起意,重賄賣珠嫗,不擇手段地謀人妻子,這是極不道德的卑鄙之舉,本屬狗彘不如,但作者寫來仍不露直斥之辭,甚至寫出新安商帶有幾分真性至情。當他離開楚賈妻時,流涕乞求信物,分別後「於路視衣,輒生涕泗,雖秋毫不勝,未嘗離去左右」,顯得這一漁色之徒也不甚輕薄。作者這種客觀平實的敘述,或許有「皮裏陽秋」的筆法,當賞識於牝牡驪黃之外,但更多地應當是刻畫人性,強調情感,遵循生活真實的需要,故而在敘事筆調上對這件有悖倫理的事件保持了寬容。

不管作者的主觀認識如何,《珠衫》一文的敘事,客觀上寫出了真摯情感對狹隘貞操觀念的勝利。楚賈對妻子的原諒,在於忘不了夫妻舊情,磨滅不掉對妻子的愛。作者承認人性,刻畫人性,使這篇小說典型地體現了商人的思想意識,突破了封建倫理道德的藩籬,使讀者從中依稀看到時代的折光。因此,這一作品別具價值,不僅僅是「足以誡世」(《情史類略》評語)。

應該指出,作者對這一事件的意義還缺乏透徹清晰的認識。他的感受是與眾不同的,又是很朦朧的。故爾,他採取了謹慎而矜持的筆墨。由於缺乏深刻的思想燭照,這篇小說便產生了顯而易見的缺陷。作者過分著力於賣珠嫗狡詐圈套的描述,仍不脫傳奇筆調,甚或帶有津津樂道的庸俗趣味;相形之下,這篇小說對楚賈夫妻感情的刻畫顯得比較薄弱,未能作為藝術構思的重點。結尾處,突出妻子哀請脫夫,以此作為重結伉儷的轉折點,也在一定程度上沖淡了夫妻感情突破貞操觀念的主題意識。如果同根據《珠衫》改編的擬話本《蔣興哥重會珍珠衫》相比,則可以看得格外清楚。擬話本的作者識見要高出宋懋澄,他不惜以大量篇幅渲染蔣興哥的夫妻恩愛,結婚後「男歡女愛,比別個夫妻更勝十分」、「真個行坐不離,夢魂作伴」。而且蔣興哥戀著妻子,不忍分離,幾

次推遲外出經商，甚至在休了妻子後，「心中好生痛切」等。這種感情強調得越充分，以後夫妻重合的情節就愈加自然，夫妻之情戰勝狹隘貞操觀念的主題意識也就愈加顯豁，這一故事體現的時代折光也就愈加鮮明。另外，《珠衫》敘事少文采，乏姿致。而擬話本前伏後應，曲折有致，細節刻畫亦豐富生動，人物形象面目活脫脫躍然紙上。從《珠衫》不難看出，宋懋澄尚缺乏小說意識，所以他在藝術上前不及唐傳奇，後不及《聊齋誌異》。

寧波吳生 〔清〕紀昀

　　紀昀此則，言色相空幻，進而揭示出人生亦轉瞬成空，並無多麼高明的卓見。然有一點值得注意，那就是吳生堂堂鬚眉，耽溺色窟，竟為一狐女說服。狐女振振有詞，論辯有力，終使吳生幡然悔悟，絕於冶遊。故仍不失為寫得有趣之篇什。

　　顯然，此則的主人公乃是狐女。吳生與狐女相較之下，不僅見識不高，甚至人格亦有些猥瑣。狐女既與吳生相戀，便用情專注；而吳生一邊與狐女「時相幽會」，一邊還照例出沒於花街柳巷，其貪欲沉溺，近乎無可救藥。真個是吃著碗裏更復看著鍋中的角色。狐女之幻化，無非想拴住吳生的心猿意馬，可吳生仍感到「終隔一膜」，不能「實愜人心」。猶如《金瓶梅》中的西門慶一樣，吳生簡直成了個「性佔有狂」。至此，才引出了狐女一大段理由不可謂不充足的議論來。魯迅先生曾在《中國小說史略》中客觀地談到《閱微草堂筆記》的長處，說它「敘述復雍容淡雅，天趣盎然」，又言其時有「雋思妙語，實足解頤」。觀此，確如同魯迅先生所言。所謂的狐女，實際上也是一個妓女，而且作者將她描寫成一個頗有識見的妓女。然而，她關於「聲色之娛，本電光石火」，「白楊綠草，黃土青山，何一非古來歌舞之場」，還有「懸崖撒手，轉瞬成空」，「朱顏不駐，白髮已侵」等闊論高談，不是有點過於文縐縐、咬文嚼字了嗎？一個紅粉妓女，出語如此文雅，議論這等精警，端的是風塵中的佼佼者了。但如果問一句，這個形象的可信程度如何呢？恐怕就很難回答了。實質上，與其看作是狐女在說服吳生，倒不如看作是作者借狐女之口在發議論。這就有了問題，即深入探究，不難發現《閱微草堂筆記》的議論和說教太多，而人物形象則相對較模糊。

　　應該附帶提到的是，紀昀作為臺閣重臣和乾嘉時期統治者在文化方面的頭面人物，其思想上初步的、甚至是模糊的民主意識，無疑是可貴的，且不論

他對「宋儒之苛察，特有違言」（魯迅語），只看他對妓女的態度，即可見一斑。這篇小說中的狐女識見不讓鬚眉，一旦吳生悔悟，她亦悄然離去。作者完全是將其作為正面形象來塑造的，儘管寫得還不夠充分，卻如驚鴻一瞥，其明理知情的俠義之舉，給人留下深刻印象。在《閱微草堂筆記》卷十一《槐西雜志》（一）中，有一則某孝廉落第後得妓女椒樹幫助，終得遂功名事。孝廉後為縣令，欲圖報答，椒樹則避不相見。中年之後的椒樹，門前車馬日稀，卻未嘗一至孝廉衙署。作者贊其為奇女子，嗟歎不已。紀昀寫妓女的豪俠，還不止這兩篇，卷十八《姑妄聽之》（四）中妓者「玉面狐」事，亦屬此等，並可參讀。

天津某孝廉 〔清〕紀昀

這是一則極饒諷刺意味的怪異故事。它近乎寓言。這裏寫了丈夫可以納妾嫖娼，為所欲為，而女子卻要受到婦德閨訓的嚴酷禁錮。士大夫一面狎妓，一面又道貌岸然，大罵女人為禍水；而婦女則無論如何掙不脫「貞潔」兩字，掙不脫「三從四德」、「從一而終」等等戒律。不消說，這是何等的不平等！紀昀身在高位，名震朝野，能以此等故事揶揄男子的「尊嚴」，可謂難能可貴。

倘若那騎驢少婦果然不是某孝廉之妻，亦未嘗幻化作其妻之形容，可以想見，他可能較先追及的兩三人還要嬉褻嫚語，嘴臉可能更可惡。具有諷刺意味的是，待到孝廉追了上去，帶著淫邪的目光，定睛看去，不好了，騎驢少婦正是自己的妻子。初時他尚疑惑：自己的妻子不會騎牲口，況且，她跑到郊外來也無緣無故。至此，作者故作頓宕，著意去寫孝廉的一腦門子狐疑。我們幾乎可以想見他眨著眼睛、仔細端詳的神態，他怕在狐朋狗友面前丟了面子，更怕自己的妻子「雞鳴狗盜」，真的給他戴上一頂翠色冠冕。總之，他急了。「近前呵之」、「憤氣潮湧」，妙！活脫脫地描摹出孝廉惱羞成怒、暴跳如雷的神情。紀昀筆下的可觀之處，正復如此。這裏須特別注意的是孝廉外部動作與心理情態的層次，筆調潔淨，再三錘鍊，繪形摹影，傳神攝魄。待到孝廉憤極，「奮掌欲摑」其妻時，妻子卻飛身驢背，別換一形，接著劈頭蓋臉，一陣數落，陣陣搶白，令孝廉「色如死灰，僵立道左」，失魂落魄，不復有言。那忽而變作其妻、忽又換形的少婦，雖未知何精何魅，她總算是為婦女出了一場惡氣，揭露與嘲諷，使靈魂污濁的孝廉等輩無地自容。

恩格斯曾經指出，片面的貞潔乃是奴隸制的遺跡，「一夫一妻制從一開始就具有了它的特殊的性質，使它成了只是對婦女而不是對男子的一夫一妻制，

這種性質它到現在還保存著」;「一夫一妻制的產生是由於,大量財富集中於一人之手,並且是男子之手,而且這種財富必須傳給這一男子的子女,而不是傳給其他任何人的子女。為此,就需要妻子方面的一夫一妻制,而不是丈夫方面的一夫一妻制,所以這種妻子方面的一夫一妻制根本沒有妨礙丈夫的公開的或秘密的多偶制」《《家庭、私有制和國家的起源》)。孝廉等輕薄少年,納妾、嫖妓之外,還要調戲良家婦女,真是欲壑難填。宗法社會中男子的種種特權,使得這幫惡少肆無忌憚。文中提到「換形」,其實,孝廉輩亦換形,即滿口仁義道德與寡廉鮮恥之間不斷地換形。從這樣的意義上去看這則異事,方可見出其深層的義蘊。路逢良家女子就露了餡,骯髒靈魂頓時暴露無遺,那麼,這樣一幫子假仁假義的好色之徒,背地裏該是怎樣的淫縱、放蕩就可想而知了。

也許,紀昀根本沒想這麼多,他只是講述一個「竟不知何魅」捉弄一夥輕薄少年的怪異故事。但這毫不妨礙我們對故事作深入的探究,通過它,我們庶幾可以看清那社會的一個斷面。或言,這則故事有點因果報應的意味,這也無礙,有時我們視之為所謂報應的東西,恰恰是心理學上所說的由於心理上失去平衡而產生的幻覺或錯覺。古代戲曲小說中「淫人妻妾,妻妾為人所淫」一類故事,看來,不無其意義,至少我們透過現象可以直追民俗、人情,認識這一時期的世風和當時人們的好惡取捨及價值觀念。

押秦檜魂 〔清〕景星杓

浙江特多流佈勘秦檜、剮秦檜一類傳說,尤其是杭城附近,更是如此。這是因為,杭城乃南宋京都,南宋滅亡後,人們對禍國姦佞更加懷著切齒之恨,這類傳說,不脛而走,充分表達了人們懷念故國,痛恨國賊的複雜心情。戲曲小說中以此為題材的也屢見不鮮。如元雜劇中孔文卿的《東窗事犯》,寫地藏王令秦檜鬼魂披枷帶鎖,終將其打入地獄。明清兩代類似的戲曲就更多了。小說創作則以董說《西遊補》第九回中的勘秦檜為最精彩,孫行者做半日閻羅,把秦檜「一片一片剮來」,真可謂寫得暢快淋漓。景星杓此則異事,也說「檜賊擅主和議,屠戮忠良,天曹判決磔刑三十六,斬刑三十二」,從宋朝至清代,「正未已也」。足見出民眾對秦檜之恨,銘心刻骨,未有已時。景星杓是仁和縣人,明清兩代仁和與錢塘並為杭州府治。可知這傳說亦出自杭城附近。

景星杓一生主要在康熙時期,他青少年時代任俠好義,曾傾家財以解友難。清初時,南方漢族知識分子中的有氣節者,民族情緒是很濃厚的,景氏隱

居杭城之東,折節讀書,精心種菊,自號「菊公」,他仰慕陶潛的人格和俠情,在一卷書、三莖菊的生活中追求著自身人格的完善。他在《山齋客譚自序》中說:「余僻居東城蕭齋,客至揮塵之際,時聆非有,偶說其新異,輒復志之,當盛夏苦炎,竹壚茗熟,試於松陰石床,展卷一覽,能令黑甜魔退避三舍。涼風吹衣,不知頭上有紅輪也。」這一番表白,似乎是說他與世事隔絕,只求詩酒自娛,有志老死林泉了。其實不然,從這則《押秦檜魂》中,我們依稀窺到了他的內心騷動以及強烈的愛憎,也可以觸摸到他的河山之感,故國之思。見微知著,我們如此說,不是沒有根據的。吳江沈懋德在《山齋客譚跋》中有云:「據桑氏所稱,先生折節讀書,葺屋杭城之東,獨居三十年,不問晴雨,恣遊湖上諸山,詩成自歌,震盪林木。」這裏提到的桑氏,乃指桑調元,錢塘人,字伊佐,號甫,雍正進士,官至工部主事,後引疾歸,以課徒講學和主持書院度過餘生。他與景星杓是好友,康熙末年景將自己詩文手稿交付桑氏而卒。桑之所謂「引疾」歸,似亦是一種託詞,景、桑二人同調,此中幽微,不難揣測。因此,說這則《押秦檜魂》取諸民間傳說,同時又寄寓作者一段心曲,不為穿鑿,亦非無據。

文中提到的嚴灝亭先生,實有其人,即嚴沆。沆為餘杭人,字子餐,號灝亭,順治進士,官至戶部侍郎,能詩善畫,頗有聲名。嚴沆生性謙和,遠近目為德人,有《古秋堂集》行世。筆記小說常在開首和末尾提及某人,或是故事的傳播者,或是聽故事的見證人,如此以加強奇文異事的真實感和可信性。

秦景明 〔清〕許仲元

本篇寫的是名醫秦景明的故事。本篇所寫故事真實程度如何,我們可以不論,作為小說來看,本篇寫得很有情趣,人物形象也十分生動、鮮明,當作逸聞軼事來讀,亦足令人解頤,故不必一一執於醫事,猶同讀《三國演義》不必考究華佗為關羽刮骨療毒在醫學上有無根據一樣,我們重視的是作品的情致以及其藝術上的獨到處。

描寫名醫秦景明醫術的高明,似乎並不是作者的主要目的,文中集中所寫的兩件醫事,與其說是為了突出秦醫的醫療手段神奇,倒不如說是意在凸現人物的個性化特徵。我們先來看第一樁醫案的奇處。秦景明精於治痘疹,神奇到不用把脈、問詢甚至驗視,遠遠觀之,即能得知某人出未出疹,伏毒在於何處,真可謂雖神仙莫能了。他清晨泊舟郭外,看到一個女孩子正在橋下織布,竟突

然叫過僮子，令其去抱住那女孩子的腰以調戲之。讀至此，令人頓生疑竇：這位醫生為什麼要這樣做？如此惡作劇只有里巷無賴才幹得出，緣何一位名醫竟唆使自己的僮子做此下流勾當？這當是文人狡獪處，或故置懸念的伎倆吧？僮子似亦不解，戰戰兢兢地說：「有父兄在，必飽老拳。」當秦醫說有我在，你不必怕時，僮子才「如其言」去做。結果是「女大駭」，「村人畢集，將執童」。是時，秦醫才從容走出，稱「吾所使也」。原來那女孩子將出疹痘，毒卻深伏於腎，並無良藥可醫，如此一番驚嚇，毒即可由腎「提於肝」，再佐以藥，其病即可治癒。村人們聽了秦醫這番話，才放下心來，並請求秦醫為女孩調藥。那麼，不採取由僮子「潛往女後力斛之」的特殊方法，驚出其一身冷汗，有無別策以治女孩之病呢？在秦醫看來是「見點復隱，則不可藥」，即是說無藥可醫。不得已而為之，「吾故驚之」，可見這方法是不能濫用的。驚嚇之後，毒已提於肝，一般醫生即可診治了。

　　第二個醫案是南翔一富家子出痘，其族「弟兄均卒」，姒娌共守一獨苗，不消說是一個寶貝疙瘩、「金豆子」了。其母遣僕人火速舟行去請秦醫，不料秦醫有好賭博的毛病，僕人見到秦醫時，秦適入牌局，且這位名醫「一入局戲，則天子呼來不上船也」。秦賭性正濃。遂以「潮逆」為由，耽擱了些時間。及至趕到南翔富家，那孩子已無可救藥了。看看無法，秦醫欲回。那孩子的母親聽說名醫也不能醫治其子之病，十分憤怒，持刀逼秦，言救不活其子，自己也不活了，並數落秦醫來遲，不顧人命關天，竟說得秦醫無言以對，既慚愧又窘迫。於是秦醫只得鋌而走險，又使出絕招來。這次治病的方法更是特別：掘一坑，置孩子於其中，無異於將孩子活埋，只留頭部在外，又不時往坑中灑煎過的湯藥。孩子母親與秦醫守在一旁，直至夜半，「忽聞奇臭不可耐」，秦醫才跳起來說：孩子有救了。於是從坑中掘出孩子，但見「痘已復顯，但皮敗肉腐，悉成通漿矣」。這裏除了寫秦醫，還塑造了一個愛子心切、有膽有識的母親形象。當聽說兒子無救時，這位母親竟於盛怒之下一手握刀，一手提起秦醫的鬍子，她慷慨激昂，怒不可遏，說得秦醫更無一詞。她不僅有膽量，而且有智慧，深知請將不如激將，針對醫生重名望、尚醫德的品質，攻其心靈要衝：「若有仙名，而不能療一兒。半生名譽，皆盜竊耳！」果然秦醫內心深處震動極大，「秦俯仰間曰：『有一策，姑試之。』」看來秦醫並無把握，也只是「姑試之」而已，死人當了活人醫，差不多是孤注一擲了。後竟奏效，秦醫亦是捏一把汗的，故作者以一語「躍然喜曰」以狀他的興奮不已。「躍然喜曰」，妙極；他只

說兩個字：「生矣！」亦妙極。寥寥數字，便寫出人物神韻。孩子的母親更富遠見，她以重金懇求秦醫在南翔停留半個月，一則可使兒子徹底痊癒，同時也可使醫生為鄉人治病。她異常聰明，深知千金難留秦醫，便驅鄉人與秦醫博戲，投其所好，以至使「秦亦樂而忘歸」。作者似在不經意中竟將一富家婦女寫活了，讀罷全篇，她給人印象之深刻似不亞於主人公秦醫。

　　作者寫人，手段絕妙，正是所謂「時時借助他山」。從我國傳統的史傳文學、志人志怪、傳奇話本等等多方面汲取營養。前面兩醫案似斷又連，只輕巧地以「秦技絕人」一句，便渾然一體。更妙在二醫事皆以特異手段治之，見得尋常疾病，則更不在話下了。如此精心剪裁，可收以少總多之效。作者寫人尤其高明，秦醫並非完人，好賭自不必說，橋市驚女總有點惡作劇意味。如若只是為了使女孩驚駭，似亦不必採取此法。他使僮子潛往時，我們彷彿看到了他撚鬚靜觀，甚至在微微笑著，看著那少男如何去「偷襲」少女。格調不高嗎？不。醫生畢竟是醫生，他有自己的思維方法，或許只有這種特定的驚嚇方式才能治那特殊的病症也未可知。這樣寫人情味更濃厚。他也有束手無策的時候，看見富家兒的病情竟然要「拂衣而去」；他不是神仙，故聞坑中兒奇臭也會躍然而喜。他的可愛和親切，或許正在此類描寫處。所謂「真正美人方有一陋處」（《紅樓夢》第二十回脂批），這種「缺陷美」恰恰能揭示出人物的特殊風韻和實在的生命感、親切感。此中三昧，正可反覆玩味。從某種意義上說，人物的泥化、木化，大約正是缺乏「缺陷美」，反之，人物的傳神畢肖，也在於「陋處」點染。至於秦醫以富家婦所贈金造了一座痘神院，又有仙人拂秦醫之鬚等描寫，實乃虛筆，以傳說作增飾也。前面兩醫事之描寫乃文章之主體。後面的傳說杳昧難憑，卻也平添了一些迷離色彩。贅在最後面的作者同里沈君烈的《痘神院脊募疏》，純為遊戲文字，與全篇無涉，自可不論。

　　〔附錄〕《三異筆談》，四卷。該書多錄軼聞奇事，以清代居多，從中可窺知清代社會習俗風貌之一斑。作者駕御語言的能力較強，多能娓娓道來，毫不著力，是清代較有價值的一部筆記小說。

　　　　　　　　　　　原載江蘇古籍出版社《歷代文言小說鑒賞辭典》
　　　　　　　　　　　及上海辭書出版社《古代志怪小說鑒賞辭典》

「大輅為椎輪之始」*
——《負情儂傳》在小說史上的意義

　　宋懋澄《九籥集》在湮沒了數百年後被發現,人們從中發現了為馮夢龍《情史》所轉引、為王漁洋所盛稱的《負情儂傳》的原文,它是後世盛傳的明擬話本名作《杜十娘怒沉百寶箱》的藍本。它不僅為擬話本提供了首尾完整的故事情節和血肉豐滿的人物形象,而且還提供了用白話加以敷衍,進行再創造的具體細節場景。其實,《負情儂傳》的價值,不僅是擬話本的藍本,它本身在簡約的文言敘事中實在具有迥異於白話作品的獨特風貌,有為後者不可替代的藝術特色。教坊女郎杜十娘,「姿態為平康絕代,兼以管絃歌舞,妙出一時」,「為一時風流領袖」,這是輕淡悠然的序曲。小說接著寫杜十娘與「某藩臬子」李生情好最殷,儘管來往經年,李生行囊罄盡,又屢受鴇母的白眼,然兩情不渝,情交益歡。這一段描述,寫出了兩人的衷情。在李生或許有溺於美色、沉湎狹邪的成分,但在杜十娘卻是貧賤不能移的一往情深的癡情了。因此,當她不堪於鴇母「聲色競嚴」的約束時,便毅然宣布了自己的抉擇——「誓以身歸李生」。在這段簡練的敘事中,潛藏著作者未曾點破,而且在杜十娘也是深藏於心而尚未明言的獨特心理。杜十娘作為一個煙花女子,是深諳以色事人的悲哀的,也是深知一旦色衰,「門前冷落車馬稀,老大嫁作商人婦」是她的必然結局。因此,早擇良人,跳出火坑是她唯一的出路和心願。所以「誓以身歸李生」並非激於一時的感情衝動,而是飽諳世事的理性選擇。她在往來經年,情交益歡的過程中,選擇了李生,是這個自強自救的平康女子性格發展的起點。

＊此文與張宇聲合作完成。

當鴇母在戟掌詬罵中提出:「汝能聳郎君措三百金畀老身,東西南北,惟汝所之」時,杜十娘不失時機地慨然應允,並機警地激鴇母和她「相與要言而散」,使鴇母將來不得反悔。這是故事發展、也是杜十娘性格展現的第一個段落。此時杜十娘已經感到在她面前展現出一條不甚易得的生路,她要抓住時機,勇敢地、同時也充滿信心地來拯救自己。

接下來,傳文敘事進入了第二個層次。在杜十娘處心積慮安排的自救計劃中,最令她不放心的是李生的是否可靠,是否是能夠託付終身的至誠人,他對自己的落籍是否有發自內心的贊同和與之相應的行動。因此,「女至夜半,悲啼謂李生曰」的一段話,是杜十娘有意安排的對李生的考驗。儘管憑她多年的積蓄,措置區區三百金實屬易事,但她卻深隱不露,有意讓李生去艱難地四處乞求籌劃。這是這位煙花女子用心良苦的一步。她知道,她要寄託自己未來命運的男子是多麼重要,不得不如此用盡心機。這一情節,突出刻畫了這位被嚴酷環境磨練的女子是多麼機警、老練。當李生受到親知冷遇,因循經月空手來見時,杜十娘不禁中夜歎息,其中或有為炎涼世情而歎唶,或有為李生庸碌無能而慨然,流露出這位平康女子的深切隱憂。但她畢竟體諒了他「多方乞貸」的勞頓,為鼓起李生的勇氣,拿出預先放在褥中的一百五十兩碎金付於李生,並繼續以「外此非妾所辦」激勵李生。當李生終於自親知中斂得百兩銀子時,杜十娘感到莫大的欣慰,面對李生而「雀躍」。這「雀躍」中,我們看到了杜十娘如釋重負的輕快心理,看到她對李生由疑慮轉為信任。接下來傳文寫她湊足贖金,果決、機警地擊敗鴇母的反悔,並熟諳鴇母故伎,預先安排了院中姊妹贈以妝奩寶箱,作別姊妹,走上程途,實現了她籌謀已久的自強自救心願。至此,杜十娘聰穎、老練,機警、堅韌的性格已相當豐滿。

傳文的第三段「沉寶、投江」是全文情節的高潮,也是最後完成杜十娘這個悲劇形象的驚心動魄的一筆。在逃出火坑,稍經困頓後,作者安排了一段光風霽月、清歌微吟的曼妙文字,由杜的宛轉微吟,引出了青樓中推為「輕薄祭酒」的新安少年。他一語挑開了籠罩李生頭上的巨大陰影,迫使李生出賣杜十娘,直接導致了悲劇結局。當杜十娘知道了她寄予希望、賴以託身的李生負情時,陷入極度失望與悲憤的她,表現了令人驚異的巨大沉靜、剛強與果決。她面對泣涕如流的李生卻無一滴眼淚,一則是冰冷的反語譏諷,一則是毅然地早起豔妝(這令我們想起著名的《孔雀東南飛》中的「新婦起嚴妝」的一段)。她當眾打開百寶箱,以「翠羽明璫,玉簫金管」的光澤映照負情郎的污濁靈魂,

也反襯出自己超越黃金的高貴人格。她的沉箱與投江，是維護自己純潔的舉動，是在一個對她來講屬於暗無天日、毫無出路的世界中，她能自強自救的唯一出路。這是屬於她的勝利的出路，就像涅槃中的鳳凰在烈火中獲得再生，悲劇人物在生命的毀滅時也得到了昇華，杜十娘的形象因之獲得了永恆的藝術魅力。投江的結局無疑激起了讀者對這位奇女子的深切同情。

杜十娘與文學史上其他煙花女子的形象如霍小玉、李娃等大相徑庭的性格特點，在於這是一個竭力想依靠自己的力量擺脫不幸處境而最終失敗的悲劇人物。自強自救是她經過深謀遠慮後貫串始終的行動，她的聰明、堅強、果決等都體現於這一不屈不撓的行動中，激發人們尊崇的正是這一合理行動本身，震撼人心的也正是這一合理行動的失敗。

造成杜十娘悲劇的根源絕不僅僅在李生與新安生二者。新安生僅是一個聞聲慕色的輕薄人物，作者對他無意過多譴責（宋存標《情種》卷四亦收《負情儂傳》，其中竟有一段荒謬的迴護與讚揚新安生的評語）。對於李生，作者至多痛斥其性格孱弱，「眶中無瞳」，對其明珠在前而不識其光潔而深表憾恨。作者在傳中似乎已朦朧意識到造成悲劇的根源在一開頭所交代的那「藩臬」家庭。文中幾次渲染李生背後這種巨大的壓力。李生沉湎狹邪時，「李生之父，怒生飄零，作書絕其歸路」。一見新安生，李生即「慘然告以難歸之意」，新安生也正是利用李生這種心理負擔，以「父與色孰親，歡與害孰切」來擊倒尚處於掙扎中的李生。正是這種來自封建家庭的巨大壓力，摧垮了李生，斷送了杜十娘，這是一個巨大的社會悲劇，而這也是兩千多年的封建專制社會中不斷重複著的歷史性悲劇。

我們無意對宋懋澄的敘事水平作過多讚揚。看看《九籥集》稗編中其他的一些篇章，覺其「殊不及唐人之生動」（孫楷第《日本東京所見中國小說書目》卷六《文苑楂橘》提要），無唐傳奇之「宛轉有思致，藻繪可觀」，也不像後來《聊齋誌異》那樣「細微曲折，摹繪如生」。許多篇章敘述枯淡，缺乏文采與意蘊。但對《負情儂傳》一文，我們卻不能不大加讚譽。首先，傳文的結構很令人稱道。《負情儂傳》的結構，有兩個顯而易見的特點。一是前隱後顯，讀過後文方能領悟前篇。前段杜十娘啼泣激李生乞貸，於李生計窮之際出示一百五十金，後又向姊妹斂資，至送別時姊妹贈以妝奩、寶箱，娓娓敘來，令讀者不覺其異。但到杜十娘在絕望與悲憤時，抽出寶箱出示珠玉黃金時，讀者才恍然於前文所寫皆出於杜十娘的精心安排，令人愈加歎服這位風塵女子之深謀

遠慮，用心良苦，愈加痛惜李生「眶中無瞳」。這種寫法，正如毛宗崗評《三國志演義》所云：「不但使前事無遺漏，又能使後事增渲染。」作者針線密縫，於意脈流貫中，又奇峰駭目，驚雷震耳，令人歎賞其用筆有莫測之妙。結構第二特點是善於調整行文節奏，緩急相間，張弛有致。前敘兩情歡諧，接敘鴇母梗阻；十娘與鴇母要約，開出一線生路；但李生乞貸無望，又令人覺得好事多磨。人事幾經挫折，文勢數番跌宕。至杜十娘與李生雙雙踏上程途後，作者有意安排了一段抒情文字：「於時自秋涉冬，嗤來鴻之寡儔，詘遊魚之乏比，誓白頭則皎露為霜，指赤心則丹楓交炙，喜可知也。」使讀者覺人間幸福無過於此。接下來一段「瓜洲清歌」、「璧月盈江」、「練飛鏡寫」的澄澈境界與「倩女清歌」、「宛轉微吟」的美妙歌聲相融合，寫得曼妙而迷人，使文勢亦大為舒緩。不料樂極生悲，風雲突變，新安生的出現導致了李生負情、十娘沉寶投江，悲劇達到高潮，文勢陡然振起，如一段舒緩悠揚的樂曲之後，突然為「變徵之聲」。這種緩緩敘來，幾經蓄勢而急轉直下，使高潮驟起的結構方式，無疑加強了悲劇震撼人心的力量。

《負情儂傳》的敘事語言簡奧古雅，一定程度上影響了小說的可讀性，但文中也有十分生動的描述。如寫杜十娘答允鴇母贖身要求之「慨然」，夜半「悲啼」以激勵李生，李生乞貸無獲後之「女中夜歎」，知李斂金百兩時，女「雀躍」等語，不但使人物情態生動如見，而且辭約意豐，能使人領略出人物潛在之心思意緒。至於寫李生寓居旅舍，覺「四壁蕭然，生但兩目瞪視几案而已」，更覺寫照傳神，李生之情態性格一語托出。幾段人物對話，讀來覺如其人，口吻宛然，神完氣足。如鴇母「戟掌詬女曰」與「女即慨然曰」二段，新安生居心叵測勸說李生一段，特別是杜十娘知李生負心後的幾段冷語嘲諷，寓無比悲憤於平靜語氣中，說得寒心，讀來令人酸鼻。杜十娘「啐詈新安人」的大段言辭雖多用四字對句與古奧典故，卻能真切地傳達出十娘怨憤的語氣，並不影響其對讀者的感染力。總之，《負情儂傳》的語言，簡奧雅潔中不乏流暢生動，敘事明白中能以情動人，還是比較出色的。

沒有《負情儂傳》就沒有後來的傑作《杜十娘怒沉百寶箱》，「大輅為椎輪之始」，然我們又決非僅在這個意義上去肯定它，欣賞它，此正可與知者道耳。

原載《歷代文言小說鑒賞辭典》江蘇古籍出版社 1991 年版

編外輯

從「直諫」到「中隱」
——白居易複雜而矛盾的一生

　　人真是複雜，而有作為的文學藝術家，就更其複雜。在我國古典作家中，白居易的人生態度和創作思想可以說是相當複雜的，因而他的作品也就呈現出駁雜並存、參差不齊的情況來，使得後世的詩論家對他的詩歌創作和文學主張毀譽各異，褒貶不一。然而，如果我們不是苛求生活在一千多年前的古人，就會發現，在白居易身上比較集中地體現了中國古代傳統文化的影響，很難以好與壞、是與非冒然斷定。對於白居易後期的思想和創作，一味以消極視之，似亦不符合實際情況，應當作具體的考察分析。

一

　　白居易，字樂天，號香山居士，晚年又自號醉吟先生。他的先世是太原人，後遷居下邽（今陝西渭南縣），而白居易本人卻是生在新鄭（今河南新鄭縣）的東郭宅。他生於唐代宗大曆七年（772），卒於武宗會昌六年（846），一生主要經歷了德宗、順宗、憲宗、穆宗、敬宗、文宗六個皇朝，這正是李唐王朝逐漸衰落的時代。自「安史之亂」以後，統一而強盛的唐帝國就失了元氣，外有潘鎮割據，內有宦官弄權，統治階級上層過著荒淫無度的生活，同時加緊對人民進行殘酷的剝削和壓榨，土地高度集中在大地主手中，農民不堪其苦，生產力遭到了極大破壞。統治階級內部矛盾日趨激化，階級矛盾也更加尖銳。這個時期雖有個別的皇帝也企圖「中興」，但整個唐王朝是大勢已去，無可挽救了。白居易正生活在這樣的時期，他的一生都是在激奮、苦悶和重重矛盾中

度過的。

　　白居易的童年時代，河南發生戰亂，他是在逃難的顛沛流離中長大的，這段生活對他後來的詩歌創作有著明顯的影響。十五六歲時，他曾到長安應試，據說曾「袖詩謁顧況」，並得到了賞識，那詩便是著名的《賦得古原草送別》。貞元十五年（799），二十八歲的白居易由叔父和大哥介紹，拜見了宣歙觀察使崔衍，且得到了崔的賞識和誇獎，被選拔為應貢進士。次年，白居易考取了第四名進士，一直到宣宗元和元年（806），他才被任命為盩厔縣尉。這時白居易已經三十五歲了。縣尉是封建王朝統治機構中品級最小的官，既忙碌又無權柄，還得要趨承逢迎，是個令人生厭的苦差事。不過，一年多的縣尉任內，使他親眼看到了當時官僚政治的腐敗，親身體察到下層勞動人民生活的苦難，這對他的詩歌創作至關重要。對現實社會感性的認識過程，燃起了他的創作熱情，《觀刈麥》正是這一時期有代表性的作品。作於同一年的《再因公事到駱口驛》中有句：「兩度見山心有愧，皆因王事到山中。」一方面寫出了奔波勞祿忙於「公事」的情況，另一方面也寫出了詩人心中之「愧」意，即體察民情而生憂的情愫。著名的《長恨歌》也寫於這一年。以時序而論，《長恨歌》對統治階級上層的驕奢淫逸不無指責，只是唐人常常「以太真遺事為一通常練習詩文之題目」（陳寅恪《元白詩箋證稿》），作者又是在「遊仙遊寺，話及此事」的情況下一時感而為歌，故而顯得十分複雜。從某種意義上看，《長恨歌》中倒是透露出白居易人生態度、創作思想的複雜和矛盾。

　　元和二年（807）秋，白居易由盩厔尉調充進士考官，補集賢院校理。十一月由集賢院召試，授翰林學士，從此，他在京城長安，奏響了人生樂章中最激昂的旋律。

二

　　元和三年（808）四月，三十七歲的白居易先為制策考官，緊接著除為左拾遺，依前充翰林學士。所謂左拾遺，就是皇帝身邊的諫官。作為一個封建官僚的白居易，雖然從根本上說是維護封建統治階級利益的，但他畢竟接觸過下層人民，並且富於同情心，因而往往敢於為民請命。他忠實於職守，剛正骨鯁，常常是情懇意切，直諫不諱，這確實是了不起的。這一年，朝廷策試「賢良方正能言直諫科」，也就是選拔敢於直言諫事的高級官員，牛僧孺、皇甫湜、李宗閔等考中。由於他們對策切直，直接觸犯了當時的宰相李吉甫，李哭泣著向

憲宗辨解，結果三人「均出為幕職」，即到關外去做地方官，連策試考官也都被牽連進去，遭到貶抑。白居易憤而上《論制科人狀》，諫言不當貶黜，為真正的人才不能得到朝廷的信用而鳴不平。一般認為，後來李吉甫兒子李德裕與牛僧孺、李宗閔等「黨爭」數十年，其根子即在於此，白居易屢遭李黨排擠，也與此事有關。甚至有人認為後來白居易「中隱」亦與此事大有關係。

白居易為左拾遺期間，屢陳時政，遭斥不悔。先是奏免賦稅，以救災民；後又請放宮人，以減費用；繼而勸絕進奉，以堵賄賂；還曾諫宦臣不當把持軍權等等。這些指陳和措施，多被採納，唯請罷宦官吐突承璀「招討使」（制軍統領）一事，觸怒憲宗，幾乎遭到處分。後來，白居易的好朋友元稹因不畏權勢，惹惱權貴，被貶江陵。吐突承璀征討王承宗，擾攘黎民。白居易上疏論元稹不當免，並請罷用兵，皆不為所納。嚴酷的現實使白居易憂心忡忡，他開始懷疑諫官對朝廷所起的制約作用究竟有多大。元和五年（810）他在寫給張籍的《調張太祝晚秋臥病見寄》中，流露出此時彷徨苦悶的心境：「高才淹禮寺，短羽翔禁林，西街居處遠，北闕宮曹深。……上歡言笑阻，下嗟時歲侵。容衰曉窗鏡，思苦秋弦琴。……」

元和六年（811），因母卒女夭，白居易心情更加抑鬱，他借遷葬祖父和父親的機會，回到下邽老家住了兩年多。

官場上的惡濁腐敗，抱負的不得施展，使白居易轉而將憤懣和牢騷寄之於詩歌創作，遂有《新樂府》五十首和《秦中吟》十首為代表的「諷諭詩」問世，所謂「不能放聲哭，轉作樂府詩」（《寄唐生》）、「但傷民病痛，不識時忌諱」（《傷唐衢》），正反映出這種情況。可見白居易寫《新樂府》、《秦中吟》實質上是一種變相的諫諍，稱其為「詩諫」未為不可，他在著名的《與元九書》中說：「啟奏之外，有可以救濟人病，裨補時闕，而難於指言者，輒詠歌之。」這真是說得再清楚不過了。他還明確宣布作「諷諭詩」就是為了「惟歌生民病，願得天子知」（《寄唐生》）。這類作品芒角四射，諷刺矛頭直指黑暗的社會現實和腐朽的官僚統治，結果招來了權貴勢要的「扼腕」、「切齒」，一些身居要津的權柄者竟至尋隙中傷、羅織罪名，排擠和打擊白居易。

元和十年（815），白居易為太子左贊善大夫。六月，宰相武元衡和御史中丞裴度遭到暗殺，白居易以為這是朝廷的奇恥大辱，首上疏請急捕兇手。宰相張弘靖、韋貫之卻怪白居易既罷諫官而充宮官，不該先諫。權貴們還誣言白居易在其母看花墜井死後，卻作《賞花》、《新井》詩，有傷名教，遂將他貶為刺

史。中書舍人王涯緊接著又奏稱白「所犯狀跡，不宜治郡」，於是又追詔改授為江州司馬（刺史的輔佐，實為閒職）。這次打擊對白居易來說是相當沉重的，它成為白居易前後期人生態度轉變的關捩。此後，他「避禍遠嫌，不復諤諤直言」。十二月間，白居易在江州寫了一封長信給元稹，暢談詩歌創作，這就是《與元九書》。作為一個憂國憂民的封建官僚，他把詩歌創作看作是「稽政之輔」，提出了「文章合為時而著，詩歌合為事而作」的主張，反映了白居易繼承古代詩歌傳統、奉行儒家積極用世思想的傾向，有一定的積極作用。在這封長信中，白居易也流露出種種苦悶，他說自己「始得名於文章，終得罪於文章」，似大有悔意。他還引《孟子·盡心》中「窮則獨善其身，達則兼濟天下」的話以自況。其實這正是他在極端的痛苦和矛盾中難以解脫時的一種聊以自慰。

貶江州之後，白居易變得與前期幾乎判若兩人。那種敢於「批逆鱗，刺權倖，塞左道，履平坦」的拾遺風采蕩然無存了，而且以「救濟人病，裨補時闕」為指歸的「諷諭詩」也不再從筆端流出了。《江州赴忠州至江陵已來舟中示舍弟五十韻》對他後期的人生態度頗有概括性：「但在前非誤，期無後患嬰。多知非景福，少語是元亨。……鳥以能言廆，龜緣入夢烹。知之一何晚，猶如保餘生。」以後幾十年中，或為刺史，或留分司，雖也為官清正，為人民做過一些好事，有時也燃起濟世救民的熱情，但總的傾向卻是向惡勢力妥協了。所謂「險路應須避，迷途莫共爭」。他混跡官場，明哲保身，官是越做越大，氣魄卻越來越小了。實質上他奉行的是「功遂身退」的道家思想。他的《中隱》詩說得十分明白：「大隱在朝市，小隱在丘樊，不如作中隱，隱在留司間。」留司，就是品位很高的閒職官，因其在洛陽，又叫分司東都。大和三年（829）春，白居易稱病免歸，罷刑部侍郎，以太子賓客分司東都，時五十八歲，自此不復出。

白居易貶江州的第二年，寫成著名的《琵琶行》，流露出無限傷感和不盡苦悶，陳寅恪先生認為乃是「為長安故倡女感今傷昔而作，又連綰己身遷謫失路之懷」（《元白詩箋證稿》）。這是很有卓識的評論，「感今傷昔」、「遷謫失路」，道出了白居易這個時候的心境。

作為一個封建士子和官僚，白居易曾昂奮過，呼嘯過，爭鬥過；但他禁不住保守勢力的圍攻和壓制，為了保全自己，為了生活下去，他終於痛苦地走上了隨波逐流、任憑宦海沉浮的道路。到了晚年，他更將禪道詩酒作為一種排遣和寄託，陷入所謂「先宜知止足，次要悟浮休；覺路隨方樂，迷途到老愁」的

以麻醉為快樂境地之中。後來終因多病體弱，病逝於洛陽，卒年七十五歲。

三

貶江州固然是白居易前後期兩種不同人生態度的轉折點，但又絕不是涇渭分明的分水嶺，他的消極退隱思想產生有著深刻的社會背景和濃厚的文化根源。

唐王朝的頹勢使白居易感到回天無力，無可奈何；現實社會的腐朽不堪使他苦苦覓不到一劑良藥；直諫遭斥，使他轉而向古之「詩道」求助，以求諷誡匡復，重振國勢。然而，在嚴峻無情的現實面前他幾無立錐之地。這不能不使他感到困惑和迷惘。「兼濟」之路不通，不得已才走上「獨善」，到晚年他真的心如死灰了。清人趙翼在《甌北詩話》中有一段議論頗有見地：「《舊唐書》謂白居易流落江湖四五年，幾淪蠻瘴，自是宦情衰落，無意於出處，則元和十年謫江州也。今以其詩考之，則退休之志不惟不始於太（大）和，並不始於元和十年，而元和之初，已早有此志。……」即是說，白居易在「兼濟」最有力之時，早已留「獨善」之後路。甌北甚至列舉了元、白二人在近禁時，「早有林下樂志之想」，並有「身退之契約」。可見白易居非是因貶謫之後才痛下決心的。反之，白居易後期也不是完全放棄了「兼濟」之宿志。如元和初年寫的《新制布裘》和大和五、六年間寫的《新制綾襖成感而有詠》，思想感情是相通的。前者說：「丈夫貴兼濟，豈獨善一身？安得萬里裘，蓋裹周四垠；穩暖皆如我，天下無寒人！」後者說：「百姓多寒無可救，一身獨暖亦何情！心中為念農桑苦，耳裏如聞饑凍聲。爭得大裘長萬丈，與君都蓋洛陽城！」這種「歎息腸內熱」的情感與杜甫「大庇天下寒士盡歡顏」的情愫是一致的。白居易表面上「樂天知命」，「達哉達哉」，內心深處卻是非常矛盾、十分痛苦的。寫於元和七年冬天的《歲暮》，也很值得注意：「洛城士與庶，比屋多饑貧；何處爐有火？誰家甑無塵！」這時他官太子賓客分司東都，已入「中隱」，卻常常念及百姓的苦難，心裏很不平靜。更有會昌四年（844）寫的《開龍門八節石灘詩》（二首），七十三歲的白居易還以深沉的感情，想到那些「推挽束縛，大寒之月，裸跣水中，饑凍有聲，聞於中夜」的楫師舟人。他覺得為人民做了點好事「適願快心」，並不計較「功德福報」。他滿腔熱情地寫道：「我身雖歿心長在，暗施慈悲與後人。」是不是可以這樣理解，「中隱」之後，他覺得從某種意義說自己已「身歿」了，所謂「死生無可無不可，達哉達哉白樂天」，曠達之中，

透出了一絲悲涼。

說到白居易的崇道篤佛，無非是一種對現實的逃避，或言苦悶中尋求某種慰藉。在白居易的一生中，「兼濟」和「獨善」構成了深不可解的矛盾，然從總的傾向來看，「兼濟」思想還是占上風的。否則只是「獨善」，也就沒有痛苦了。白居易的許多美好願望，在當時的歷史條件下實際上是無法實現的，我們不能無視歷史，苛求於古人。何況，這不是白居易的過錯，詩人作為一個封建士子和官僚，不能脫離開他所生活的社會環境。

我們知道，中國傳統文化奉行的是「天人合一」的觀念，根據這一觀念，世界的統一性表現為一種遍布宇宙人生的理（禮），這個統一性在人世間的現實體現，便是綱常名教，其核心是皇權思想。君主既是調節人與自然的中樞，又體現著自然與社會的必然性，而且皇權是人間至高無上的統治力量，是認識的最高裁決者。總之，它被蒙上了一層超現實的神聖色彩。如此，我們才能明確為什麼在封建社會「忠君報國」是聯繫在一起、很難分開的。儒家「修齊治平」的理想與皇權思想也是無法分開的。士子們通過科舉成為孝忠於皇朝的臣僕，這不但是實現他們「兼濟」天下理想的必由之路，而且也是他們自身情性的獨立存在，是個體的本質力量被封建社會承認和確證的必然過程。一句話，士子們科舉仕途的成敗與否，是他們人生價值實現與否的唯一標誌。因此，認為白居易迷醉仕途，孜孜於官位的見解，實際上是沒有道理的。儒家思想中不乏仁人愛民的主張，但從本質上看這只是手段，而不是目的。很顯然，最終的目的只能是君主和王朝。白居易未能超越現實，也不可能超越現實。「兼濟」和「獨善」原本就是相矛盾的，唯其矛盾，才能互補。儒道互補在許多封建文人身上體現著。蘇軾正是從這樣的意義上才特別推崇白居易的。也正是從這個意義上，唐宣宗才以詩弔白居易：「綴玉聯珠六十年，誰教冥路作詩仙？浮雲不係名居易，造化無為字樂天。童子解吟《長恨曲》，胡兒能唱《琵琶篇》。文章已滿行人耳，一度思卿一愴然。」（《唐摭言》）宣宗對白居易的讚揚，未必是自覺意識，但他卻依稀感到白居易是忠實於廟堂的。

對於白居易晚年之篤於佛學，已往人們的看法也不一致。清人陳繼輅認為：「香山文行，都無可議，白璧微瑕，正在『外裘儒衣，內宗梵行』二語。樂天知命之學，當於《論語》、《孟子》中求，何必乞靈外道？」（《合肥學舍札記》）這看法有些表面化。事實上白居易是體現我國古代傳統文化的典型，另一個典型是蘇軾，即儒道互補。於佛學，不過是晚年孤寂生活的一種寄託，或

如陳寅恪先生所說，「不過裝飾門面」，「夫知足不辱，明哲保身，皆老氏之意旨，亦即樂天所奉為秘要，而決其出處進退者也」（《元白詩箋證稿》）。綜觀白居易一生，儒道兩家思想交互在起作用。大致前期儒家思想起主導作用，而後期則是道家思想抬頭。宋晁迴曰：「白公名居易，蓋取《禮記·中庸》篇云：『君子居易以俟命。』字樂天，又取《周易·繫辭》云：『樂天知命故不憂。』予觀公之事蹟，可謂名行相輔矣。」（《法藏碎金錄》）這話是有根據、有道理的。

　　白居易就是這樣矛盾，這樣複雜。欲知人論事，不可執於一端，於詩於人，都要作具體分析，只有這樣，才能恰當評價古代作家及其作品。

原載江蘇古籍出版社《古典文學知識》1988 年第 3 期（總第 18 期）；
後收入《唐宋詩詞論文集》，江蘇文藝出版社 1991 年版

開山祖師數宛陵
——梅堯臣在宋代詩歌史上的貢獻*

　　宋初半個多世紀，詩歌創作仍然沿襲晚唐五代詩風，萎靡曼衍而乏生氣，無論是王禹偁的「白體」，九僧的「晚唐體」，還是「楊劉風采，聳動天下」的西崑詩派，風格不一，但都未達到「變化於唐，而出其所得，皮毛落盡，精神獨存」(吳之振《宋詩鈔序》)的境地。換言之，都未脫出唐詩藩籬，開出宋詩新面目的新葩。直到宋仁宗朝，一批新進詩人嶄露頭角，適逢文運新變，與唐詩有別的宋詩面目才開始呈露出來。這批新進詩人中，就有被劉克莊稱為宋詩「開山祖師」的宛陵先生梅堯臣。

一

　　梅堯臣，字聖俞，安徽宣城人。宣城古稱宛陵，故人稱宛陵先生。梅堯臣生於宋真宗咸平五年(1002)四月十七日。父親梅讓，躬耕鄉間，無意仕進，但他對梅堯臣的影響不很明顯。給予堯臣以直接影響的倒是他的叔父梅詢。詢於太宗端拱二年(989)進士及第，歷官至翰林侍讀學士，遷給事中知審官院，出赴許州。梅詢在真宗朝數言兵事，「卞急好進」，在文壇有一定名氣。梅堯臣自12歲跟隨叔父讀書，直到26歲與謝氏結婚，接著又由於叔父的門蔭，補太廟齋郎，出任桐城縣主簿，才與叔父分手，開始了一生偃蹇坎坷、久沉下僚的仕宦生涯。

　　堯臣自幼即有詩才，「憶為童子日，早誦錦繡妍」(《回陳郎中詩集》)。但

＊此文與張宇聲合作完成。

現存的《宛陵先生詩集》是從天聖九年（1031）堯臣 30 歲時開始編年的，以前的作品都刊落無存了，這既是「悔其少作」，也表明這一年是梅堯臣詩歌創作的真正開端。其實這一年也應是宋詩創作的真正開端。本年梅堯臣任河陽縣主簿，時常往來於河陽、洛陽之間。而洛陽正適逢其會地聚集著一批生氣勃勃的新人和一位耆宿。這位耆宿即是西崑詩人錢惟演，當時的西京留守、洛陽的最高行政長官。而一批新進中，應首推當時的西京推官，堯臣的妻兄謝絳，另有堯臣的終生摯友歐陽修，時常往來的還有尹源、尹洙兄弟，楊子聰、王復、富弼、范仲淹等，這些人官位不等，但能傾心相交，公務之暇，以切磋詩藝為樂。堯臣後來回憶這時的文人盛聚時說：「謝公唱西都，爭預歐尹觀。乃復元和盛，一變將為難」（《依韻和王平甫見寄》），「酒能銷憂忘富貴，詩欲主盟張鼓旗」。當時的人才濟濟，詩酒文會，娓娓興致與勃勃雄心，千載之下，令人思慕不已。歐陽修、梅堯臣正是在此時此地顯示其才華，登上文壇的。

《宋史·梅堯臣傳》云：梅堯臣詩「初未為人所知……錢惟演留守西京，特嗟賞之，為忘年交，引與酬唱，一府盡傾。歐陽修與為詩友，自以為不及。堯臣益刻厲，精思苦學，由是，知名於時。」

歐陽修、梅堯臣都可以說是在西崑詩人錢惟演的提攜、培養下一舉成名的。錢惟演「出於勳貴，文辭清麗，名與楊億、劉筠相上下」（《宋史》本傳），是聳動天下的西崑詩人，無論就其出身、仕歷還是詩名，都是當時的人望。此時在洛陽與謝絳、歐、梅等一批晚輩文人及幕府下僚，相與酬唱，培養了他們的詩藝，揄揚了他們的詩名。梅堯臣的詩集中留下了許多與錢惟演交往的詩篇，如《緱子山晉祠》、《陪太尉錢相公遊嵩山七章》、《留守相公新創雙桂樓》、《和永叔柘枝歌》等。錢對梅獎掖備至，梅對錢感激銘心。直到明道二年（1033）九月，錢惟演受範諷彈劾詔赴隨州，堯臣含淚賦詩送別，次年錢病逝隨州，梅又寫了輓歌三首，痛心於「從此埋英骨，空令淚滿襟」。梅堯臣對這位前輩知己，始終懷著敬仰與銘感。

當時洛陽可以說是詩文革新運動的發源地，宋詩的新風格在這裏含孕萌生。但耐人尋味的是，作為詩文革新運動領袖和主將的歐、梅卻都是在西崑詩人錢惟演的薰染中成長起來的，謝絳也是受西崑元老楊億贊許的詩人，這批新詩人與西崑老詩人有著良好的關係。這就無怪乎宋代的詩文革新並不像唐代陳子昂反齊梁詩風，元、白等人倡導新樂府，韓柳古文運動那樣頭角崢嶸，旗幟鮮明地提出自己的主張，儘管他們已在開創與西崑不同的詩歌創作

方向，已在掙脫西崑詩人的懷抱放腳走自己的路，但他們始終沒有主張反西崑的旗鼓，歐陽修後來甚至還表示：「楊劉風采，聳動天下，至今使人傾想」（《答蔡君謨》）。因此宋代的所謂詩文革新運動，也許不足以稱得上為一場「運動」，而是時運交移、質文代變。或者說，是由於現實政治生活的感召和文學趣味的變化，而引起的一種文學精神的深刻嬗變，處於嬗變之中的詩人甚至並非十分自覺。

綜觀梅堯臣往來洛陽三年的詩歌創作，大量的是相與酬唱，聯句和韻之作，留在他記憶中的主要是優游愜意，浪漫豪快的生活情調。他日後回憶說：「醉憶囊同吾永叔，倒冠落佩來西都。是時豪快不顧俗，留守贈榼少尹俱。高吟持去擁鼻學，雅閣付唱纖腰姝。山東腐儒漫側目，洛下才子爭歸趨。」堯臣此時的詩作內容不免單薄狹窄，尚未擺脫文人圈子而注目於現實生活，也未出現深沉厚實的力作，但他也較少沾染西崑詩人雕飾精麗、浮豔撏扯的習氣。詩格於樸實中時寓清麗，渾樸中偶出苕秀，令熟知西崑的宋初人頓感耳目一新。歐陽修作於明道元年的《書梅聖俞稿後》一文，讚譽其洛陽一段時期的詩歌為：「其體長於本人情，狀風物，英華雅正，變態百出」，讀之令人「陶暢酣適」，儘管褒揚有加，但這種詩畢竟要膚淺一些，梅堯臣詩歌的真正成熟，更有待於走出洛陽，開闊視野，還有待於其「窮者而後工。」

二

隨著明道二年（1033）謝絳的調任，錢惟演受彈劾詔赴隨州，維持了三年之久的洛陽文人雅集也就風消雲散了。不久梅堯臣赴汴京應試，結果名落孫山，飽嘗落第的失意，他既安慰同屬下第的外兄施伯侃等人，又寫詩送及第舉子如鄭戩等人的得志赴任，相形之下，真令他百感交集。堯臣的性情本來為歐陽修等人所稱道的是「仁厚樂易，未嘗忤於物」的，但這時的詩作裏開始出現了不平之鳴，流露出不得志於時的怨懟情緒。如《聚蚊》一詩寫了飛蚊的橫行：「聚空雷殷殷，舞庭煙幂幂」，「利吻競相侵，飲血自求益」，這顯然是乘時自肥的得勢小人們的寫照。詩的末尾作者對飛蚊的喧囂提出了正告：「薨薨勿久恃，會有東方白」。作於同時的《夜聞祆鳥鳴效韓昌黎體》也同樣以潑辣的筆觸寫了祆鳥夜鳴，家家惝恐的情形，「小兒藏頭婦滅火，閉門雞犬不爾留」，詩人對妖物猖獗感到憤怒，表示「上帝因風如可達，願令驅逐出九州」。這些詩，都一反梅詩樸實沉著的風格，寫得詼詭變幻，顯示了詩人

焦躁、憤懣的心境。

景祐元年（1034），應舉下第的梅堯臣被任命為建德縣令，此後他歷任襄城縣令、監湖州鹽稅、許昌簽書判官、陳州鎮安軍節度判官等職，直到皇祐元年（1049）因為父守孝離任，他沉滯下僚 15 年。這是梅堯臣詩歌創作完全成熟的 15 年。由於長期任下層官吏，他對社會、對民生有了許多深切的瞭解，見解敏銳而深刻、感情深厚而篤實，詩歌創作開始出現了新的面目。

首先，他以詩為武器，直接介入了當時的政治鬥爭。宋仁宗一朝，朋黨之爭甚烈，言官動輒彈章交上，互相攻訐，現在看來，有些矛盾鬥爭並非關於國計民生，甚或屬於相互拆臺之舉，實屬宋朝政治一大弊端。但就具體爭鬥而言，也確有是非曲直存乎其間。梅堯臣身為地方小官，遠離朝廷，本可置身事外，但他以文人的正直良心，在詩歌創作中或直接或間接地反映了一些政治鬥爭，表白了自己的鮮明態度。景祐元年圍繞宋仁宗廢郭后一事，宰相呂夷簡與右司諫范仲淹等人當朝辯論，結果是反對廢后的范仲淹等人貶官外任。同年十月，范又以天章閣待制入汴，旋即權知開封府，呂、范在京中儼然形成了兩派勢力。景祐三年，范對呂夷簡發起攻擊，當著仁宗皇帝的面指責夷簡用人不當，黜陟唯私，被夷簡以「越職言事，薦引朋黨，離間君臣」的罪名貶官饒州。接著余靖、尹洙上疏救護，又相繼遭貶，又有歐陽修痛斥高若訥，貶為夷陵縣令。十幾天中，幾位大臣紛紛落職，遠竄南方。對這場軒然大波，梅堯臣旁觀者清，政治上理解、支持范仲淹，他的《彼鴷吟》一詩把范仲淹比作啄木鳥，想啄去老樹的蠹蟲，但不幸的是遭到「主人赫然怒」，被「彈射出窮山」，這首詩中他還隱約的指出：啄木鳥被逐以後，樹木難逃瀕死的噩運，反映了他對宋王朝政局的冷峻認識。在贈給貶官的范仲淹、歐陽修、尹洙的幾首詩中，他直陳所懷，歌頌了他們的氣節。

> 山水番君國，文章漢侍臣。古來中酒地，今見獨醒人。
>
> 坐嘯安浮侶，談詩接上賓。何由趨盛府，徒爾望清塵。
>
> ——《寄饒州范待制》

他稱讚范仲淹是獨清獨醒者，表達了對范的傾心，這種感情比在洛陽交遊時又深入了一步，是對范的政治氣節的仰慕。他也稱讚尹洙為「寧作沉泥玉，無為媚渚蘭」，從中隱隱透露著堯臣毫不媚世的傲骨。此時創作的《古意》一詩云：「月缺不改光，劍折不改剛，月缺魄易滿，劍折鑄復良。勢利壓山嶽，難屈志士腸，男兒自有守，可殺不可苟。」直陳了堯臣的節概。這種內心傾向

自然使他不能脫離當時的政治鬥爭。此後如慶曆四年（1044）蘇舜欽的進奏院案，慶曆八年（1048）文彥博鎮壓王則兵變，皇祐三年（1051）唐介彈劾文彥博等都在梅詩中有及時、鮮明和強烈的反映。特別值得一提的是梅堯臣對西夏戰事的關注。景祐五年西夏趙元昊稱帝，騷擾宋朝西境，宋主不斷派遣大臣經營西部邊疆，堯臣的好友范仲淹、富弼等均被派往前線統兵鎮守，堯臣也時刻關注著對西夏戰事的發展，甚至表示願意效命疆場。在《寄永興招討夏太尉》一詩中，他向夏竦說：「吾願助畫跡且遠，側身西望空淒涼，庶幾一言可裨益，臨風欲寄鳥翼翔。」他提出了自己的戰術思想，主張固守備邊，反對輕敵冒進，以致喪師，「所宜畜銳保城壁，轉餽先在通行商，守而勿追彼自困，境上未免小奪攘。」《故原戰》一詩，他從敗仗中吸取教訓：「邀勳輕赴敵，轉戰背長河，大將中流矢，殘兵空負戈。」這類詩作，極像杜甫在安史之亂時的《悲青阪》、《悲陳陶》等作。在西夏戰事的陰影中，堯臣曾注過《孫子兵法》，希望「將為文者備，豈必握式賁」。但有心殺敵，無路請纓，他沒有投筆從戎的機會，只能「側身西望空淒涼」，只能悲慨於「談兵究弊又何益，萬口不謂儒者知」。總之堯臣身為地方小官，沒有置身於政治鬥爭的中心，也沒有能效命疆場的機會，但他的詩卻始終未曾脫離現實政治，這是梅詩的長處，這也是他學習杜詩並開創宋詩風格的地方。

三

景祐元年以後，堯臣的詩歌中開始較多地反映人民疾苦。洛陽三年中，堯臣雖寫過如《傷桑》、《觀理稼》幾個詩題，但寫得浮泛，缺乏對農家生活的真實體驗，缺乏對民生疾苦的入骨同情，甚或還帶著炫弄詞采的意味。景祐元年以後，隨著個人不得志情緒的積累，再加上任建德、襄城等偏僻小縣的縣令，有更多接觸生活實際的機會，使他的風流文士氣蛻變了不少，變得老成持重，感慨深沉了。他開始寫出了一些同情民瘼的詩篇。首先出現在詩集中的是景祐三年創作的二首小詩：

南山嘗種豆，碎莢落風雨。空收一束萁，無物充煎釜。
——《田家》

陶盡門前土，屋上無片瓦，十指不沾泥，鱗鱗居大廈。
——《陶者》

《田家》寫農家勞作的艱辛，風雨壞稼的不幸。《陶者》以尖銳的對比指

責社會的不公正。兩詩思想深刻，感情鮮明，再加文辭之簡潔，章法之精練，在堯臣詩中都意味著一種新題材的開拓，一種新風格的形成。此後堯臣詩中這類「惟歌生民病」的題材多起來，與唐人杜甫、白居易的現實主義創作不期而遇了。寶元二年做的《襄城對雪》一詩，面對浩浩密雪，他已不再是早年「極目千山碧，馳心一鳥飛」的心境了，而是滿目苦寒：「凍禽立枯枝，饑獸齧陳根。念彼無衣褐，愧此貂裘溫。」與唐人「邑有流亡愧俸錢」的詩句可謂是同聲相應。寫於康定元年的《田家語》,《汝墳貧女》是梅堯臣這類詩的巔峰之作，深刻的現實內容和強烈的思想傾向結合在一起，在題材、手法乃至風格上神似杜詩。《田家語》寫天災人禍交相逼迫下的田家痛苦：「盛夏流潦多，白水高於屋，水既害我菽，蝗又食我粟。」水，蝗之災下，又「庚辰詔書，凡民三丁籍一」，結果在官吏的層層催逼下，「互搜民口，雖老幼不得免」，「搜索稚與艾，唯存跛無目」，「盲跛不能耕，死亡在遲速」。在目睹了這種上下愁怨，民不聊生的苦難之後，作者寫出了一種深深的自責：「我聞誠所慚，徒爾叨君祿，卻詠歸去來，刈薪向深谷。」在深感無力回天之際，只有不違良心的逃避了。不願做壓迫人民的昏官，能正視人民的苦難，這實屬難能可貴。《汝墳貧女》寫得更集中更典型，簡練的描寫與對話的手法，完全出自杜甫的《三別》：

> 汝墳貧家女，行哭音悽愴。自言有老父，孤獨無丁壯。郡吏來何暴，縣官不敢抗。督遣務稽留，龍鍾去攜杖。勤勤囑四鄰，幸願相依傍。適聞閭里歸，問訊猶疑彊。果然寒雨中，僵死壤河上。弱質無以托，橫屍無以葬。生女不如男，雖存何所當。拊膺呼蒼天，生死將奈向。

這類詩的寫作是唐人現實主義詩歌傳統的繼續。在整個宋詩中，像這樣的力作還是為數不多的，所謂的詩文革新，所謂的力矯崑體浮靡之習，應首先在這裏體現著實績。這應是梅堯臣在宋初詩壇上的價值所在。但也應指出，梅堯臣在慶曆年間之後，這類詩愈來愈少，詩歌創作回歸到了表現個人情感，嗟卑歎老，哀窮傷逝的路子，這一則因為他沒有遭逢杜甫那種萬方多難的時代，不具備杜甫那種寬廣博大的仁者胸懷，二則他始終缺乏白居易那種「惟歌生民病，願得天子知」的現實主義詩論的清晰理念，因而現實主義創作精神在他的詩歌創作中是貫徹得不徹底的。其實，這也正是同情民瘼的現實主義精神在整個宋詩中的命運。

梅堯臣在慶曆四年經受了個人生活中最慘痛的打擊，他困頓生活中相濡

以沫共同生活了 17 年的妻子謝氏病逝，他在幾年間寫了幾十首悼亡詩，留下了一連串情真意摯，血淚交迸的動人詩篇，是其詩集中的精品。《悼亡》三首寫於妻死之際，其一曰：「結髮為夫婦，於今十七年，相看猶不足，何況是長捐。我鬢已多白，此身寧久全。終當與同穴，未死淚漣漣。」長歌當哭，發於胸臆，最為沉痛。清人陳衍曾把這三首詩與潘岳悼亡詩三首相比較，認為潘詩「無沉痛語，蓋薰心富貴，朝命刻不去懷，人品不可與都官（堯臣）同日語也」（《宋詩精華錄》）。中年喪偶的悲哀始終籠罩著他，對妻子銘心刻骨的懷想須臾不離心頭，有時形諸夢寐，有時睹物觸懷，流貫在詩中的是縷縷動人的情思。其《悲書》云：「悲愁快於刀，內割肝腸痛，有在皆舊物，唯爾與此共。」其《梨花憶》云：「欲問梨花發，江南信始通。開因寒食雨，落盡故園風。白玉佳人死，青銅寶鏡臺，今朝兩眼淚，怨苦屬衰公。」直到兩年後續娶刁氏，其《新婚》一詩仍追懷亡妻：「慣呼猶口誤，似往頗心積。」《戊子正月二十六日夜夢》詩云：「自我再婚來，二年不入夢。昨宵見顏色，中夕生悲痛。暗燈露微明，寂寂照梁棟。無端打窗雪，更被狂風送。」這些詩句發於真性至情，以鮮明的詩句傳達出來，頗有打動人心的魅力，味之再三，令人感慨唏噓不已。這些詩的寫法往往直抒胸臆，質直樸素，以真切的情感取勝，無暇顧及奇巧與雕飾，可謂「至哀無文」，「大文彌樸」，這正是梅詩最富代表性的風格。竊以為，梅堯臣這幾十首悼亡詩（包括他悼亡子阿十和殤女稱稱的幾首）是宋詩中極為難得的言情之作，足以引起注意。因為這是觀察梅堯臣的人品性情，研究他的詩歌藝術的一個非常獨到的視點。

梅堯臣中期的詩作仍然有大量唱酬奉和之詩，他寄友贈友的詩特多，不免有俗濫之感。中期的這類詩作，明顯地注入了他的「窮愁感憤之鬱積」，往往吐露其不得志的情懷。《回自青龍呈謝師直》一詩寫他的困頓情形：「嗟餘老大無所用，白髮冉冉將侵顛。文章自是與時背，妻餓兒啼無一錢。」《裴如晦胥平叔來訪》一詩：「燈前相對語，怪我面骨生。為言憔悴志，因意多不平。」堯臣對這種坎壈困頓的仕宦生活頗感厭倦，有時嚮往著陶潛那樣歸去來兮，「功名富貴無能取，亂石清泉自憶歸。」（《寄汝上》）「談兵與論文，曾不涉陳跡，畢竟無所施，醉去思泉石」（《合流值雨》）。但梅堯臣始終沒有走上歸隱之路，依然在仕途上苦苦掙扎著，他很有「君子固窮」的修養，同時也一直抱著希望，憧憬著「物莫厭僻遠，會遇良可頌」（《謹和相公屋上菊叢》）。這是封建時代一個「仁厚樂易」的知識分子令人可歎可憫的追求。

　　總之，景祐元年以後，梅堯臣擺脫了文人小圈子，注目於時代生活，題材較為多樣，詩境日漸開拓，雖詩藝不及後期老成精熟，但內容之豐富，感情之深刻，都是其前後期所不及的。

原載《古典文學知識》1993 年第 3 期

古代詠雪詩平議

古人詠雪，歷代不乏佳作。「雪詩」，成為詠物詩中的一大門類。元人方回所輯評的《瀛奎律髓》卷二十一，就是「雪類」詠物詩，共選唐宋人五、七言詩 87 首。《四庫全書》中的《御定佩文齋詠物詩選》卷十四亦為「雪類」，選歷代古、近體詩逾百首。類似詠物詩選中的「雪類」詩，一般只輯集篇幅較短的作品，又因著眼點不同，取捨也就各異。況且，歷代詠雪詩數量很大，各種選輯實難反映出此類詩的全貌。明人李東陽在《麓堂詩話》中說：「天文惟雪詩最多，花木惟梅詩最多。雪詩自唐人佳者已傳不可僂數，梅詩尤多於雪詩。」實際上雪詩與梅詩有時是很難加以區別的，如元稹的《賦得春雪映早梅》詩，方回將其歸入「梅花類」，倘若將這首「今朝兩成詠」的詩歸為「雪類」，亦未嘗不可。因而，探討古代詠雪詩的發生與發展過程，研究其審美趨勢的遞嬗與流變情況，並揭示出詠物詩中這一大宗的思想和藝術價值，無疑是很有意義的。

一

早期的詠雪詩，可以從《詩經》中窺見其端倪，如《采薇》末章的名句等。嚴格說來，《采薇》篇並非通篇詠雪之作，而是寫「戍役歸也」，但它的確對後世雪詩產生了極為深刻的影響。宋郭茂倩《樂府詩集》第二十四卷「橫吹曲辭」四《雨雪》題下有云：「《采薇》詩曰：『昔我往矣，楊柳依依。今我來思，雨雪霏霏。』……《雨雪曲》蓋取諸此。」《詩經》中寫到雪的篇什還不止《采薇》，他如《邶風‧北風》中的「北風其涼，雨雪其雱」，「北風其喈，雨雪其霏」；《小雅‧信南山》中的「上天同雲，雨雪雰雰」；《小雅‧角弓》中的「雨

雪瀌瀌，見晛曰消」、「雨雪浮浮，見晛曰流」；還有《小雅・頍弁》中的「如
彼雨雪，先集維霰」等。儘管這些篇章幾乎都不是著意寫雪，雪在其中或比或
興，或僅止是瞬間感受，然「雨雪」二字成為後來樂府詩題，卻是沒有問題的。
郭茂倩又言《穆天子傳》中天子哀賦「我徂黃竹」也與《雨雪曲》有關，這就
不僅僅是就題面而言，也涉及到了內容。觀後世雪詩，頗多憫蒼生、哀黎庶之
辭，亦足見郭說之不謬。至於《采薇》詩寫戍役往歸之情狀，「絕世文情，千
古常新」（清方玉潤《詩經原始》），其對後世雪詩，無論內容上還是形式上，
都有著明顯而又深遠的影響。

　　明清詩論家談及雪詩，往往要歷數古代詠雪名篇。陶淵明的一首《癸卯歲
十二月中作與從弟敬遠》，其中有數句寫雪，有的詩論家遂將其徑直目為詠雪
詩。清人方東樹就說：「此詠雪詩，而平生本末俱備，無一毫因易代抗節意，
而解者多妄說。」（《昭昧詹言》卷四）其實淵明是詩，不過言固窮自守，略述
其隱居田園之志。雪在其中，無非渲染飢寒困苦之狀，顯然不是專題詠雪之作。
不過，「淒淒歲暮風，翳翳經日雪，傾耳無希聲，在目皓已潔」四句，正面寫
雪，的確突出雪之神韻。尤其是善用虛字和疊字的寫法，可視為《采薇》詩之
流風餘韻。王士禎說：「『楊柳依依，雨雪霏霏』。此用疊字之始，後人千古受
用不盡。」（《帶經堂詩話》卷三）至於「勁氣侵襟袖，簞瓢謝屢設，蕭索空宇
中，了無一可悅」四句，則是因雪引起的議論之辭。故稱此首陶詩為詠雪詩，
只能是就泛指而言。在淵明眼中，陰鬱的天空中，一無可悅之物，當然也包括
雪。這與後世以欣賞和讚歎的筆調寫雪的作品，是判然有別的。魏晉雪詩，甚
至漢樂府中的雪詩也包括在內，大率如此。「感於哀樂，緣事而發」（《漢書・
藝文志》）的漢樂府詩，流動著一股悲憫、哀傷的氣息，雪詩尤多其味。這恐
怕與漢代知識分子憂生死、感遷逝的人生思索有關。東漢以降，這種氣息似更
為強烈。從無名氏的《古詩一首》來看，風雪在詩中只是助愁之物，亦是「了
無一可悅」的：

　　　　步出城東門，遙望江南路。
　　　　前日風雪中，故人從此去。
　　　　我欲渡河水，河水深無梁。
　　　　願為雙黃鵠，高飛還故鄉。

　　此詩以懷人思歸為旨意，情調悲淒而蒼涼。自然，將其目為雪詩，也是取
泛意而已。

張衡的《四愁詩》也寫到了雪，其「四思」云：

> 我所思兮在雁門，欲往從之雪雰雰，
> 側身北望淚沾巾。美人贈我錦繡段，
> 何以報之青玉案。路遠莫致倚增歎，
> 何為懷憂心煩惋。

此詩後人偽託的序中說：「時天下漸弊，鬱鬱不得志。為《四愁詩》，效屈原以美人為君子，以珍寶為仁義，以水深雪雰為小人，施以道術為報，貽於時君。」所言恐非無憑或附會。果若如其所言，雪在詩中的意義竟成了小人機詐之同義語。

總之，承《詩經》一路如《古詩十九首》等東漢文人詩，與承《楚辭》一路的東漢文人詩，似尚無嚴格意義的專題詠雪詩作，雪在詩中被賦予的意義也與後世有很大的不同。直至東晉以還，迨以謝靈運為代表的描寫自然山水的詩歌大量湧現，詠物詩遂亦繼起而漸為大觀。劉勰云：「宋初文詠，體有因革。……情必極貌以寫物。」（《文心雕龍·明詩》）鍾嶸更提出「滋味說」，以「指事造形，窮情寫物」（《詩品序》）為詩之至境，主張賦、比、興並重，力求「言近旨遠」，形象鮮明，有風力，富藻采，如此，雪詩始有可能獨秀一枝，展示出特異的風姿。

二

古樂府中除了入「橫吹曲辭」的《雨雪曲》之外，還有入「清商曲辭」的《子夜四時歌》。其中的《冬歌》，有些是徑可視為詠雪詩的。漢魏時的《雨雪曲》今已不可見。我們只能從南朝甚至更後些時的作品中，約略窺見其風貌。如謝燮的「朔邊昔別離，寒風復淒切。峨峨六尺冰，飄飄千里雪」。所詠無非邊塞戍役，離別思歸之辭，且多有用疊字處，演進變化之跡依稀可辨。《子夜四時歌》則可得見晉宋時代的作品。逯欽立輯校《先秦漢魏晉南北朝詩》，於「晉詩」卷十九輯得《冬歌》十七首，注明為：「晉、宋、齊辭」。第六首云：

> 昔別春草綠，今還墀雪盈。
> 誰知相思老，玄鬢白髮生。

寫的是離別相思之苦，昔今之歎，意甚似《采薇》末章。第七首通篇描寫雪天景物，又以比法喻雪，已透出細緻描摹雪景之消息：

　　　　寒天浮雲凝，積雪冰川波。

　　　　連山結玉岩，修庭振瓊柯。

　　以「玉」、「瓊」喻敷雪之山巒和披雪之樹木，已開後世雪詩中大量用比之漸，同時流露出對雪景持欣賞態度的意味。

　　說到比喻之與雪詩，我們不能不注意到東晉女詩人謝道韞，她在詠雪詩形成發展的過程中，甚至在整個古代詩歌史上都是特別引人注目的人物。因了一句「未若柳絮因風起」，她成了巧比妙喻以詠雪的才人，被稱之為「柳絮才」、「謝女」等等，千載傳為佳話。因口占一句詩而盛名百代的情況，幾乎可以說是絕無而僅有的吧。何以衝口一句聯句詩，竟引起偌大的反響？個中消息，是頗耐人尋味的。將雪比作柳絮，不僅意境極美，「擬容切象」，而且將雪作為直接和主要吟詠對象。謝朗「撒鹽空中」之喻，人工的也，無生命之物也，明顯不如「柳絮因風」有生命氣息，生意浮動，鮮活生新。我們回過頭去看《詩經》和古樂府中寫雪的詩句，往往以賦法為主，雖說詩有「六義」，「比」在其中，但道韞之前的寫雪詩句，的確未曾有意識地去大量運用比法。這也許正是女詩人能一鳴驚人的底蘊。漢人「前日風雪中」自不必說，便是曹植的「今我旋止，素雪雲飛」（《朔風詩》）；乃至後於道韞的謝靈運的「明月照積雪，朔風勁且哀」（《歲暮》）。也只是賦法，顯然在追求一種真情實感的自然流露，其動人之處在於天真直率，不事工巧。

　　沈德潛《說詩晬語》有云：「古人詠雪，多偶然及之。漢人『前日風雪中，故人從此去』，謝康樂『明月照積雪』，王龍標『空山多雨雪，獨立君始悟』，何天真絕俗也。」所謂「天真絕俗」，即是不使巧，得意而忘機。這無疑是一種美，書法史上的摩崖書、漢簡，包括敦煌卷子寫本，都具有此等韻味。然而，藝術作品是要在變化中向前發展的。謝道韞的意義在於：她分明是在清醒而明確地運用技巧。這與沈德潛所說的「偶然及之」是有很大不同的。所謂「偶然及之」，既有天真自然之意，也有非著意詠雪之指。細味道韞句，既有「小時不識月，呼作白玉盤」（李白《古朗月行》）般的率意，此正所謂明喻之佳境；又因其是脫口而出，故不失於雕鏤。其為後世稱賞，絕非偶然。道韞一語之出，並非孤立的文學現象，所激起的審美趨勢之變化，稱得上是既不失古詩天真意趣而又講求技巧方法的一變。

　　我們知道，漢以來，鋪張揚厲的大賦受到了特殊的重視。一直到南朝的齊，大賦的地位都是極高的。「言不苟華，必經典要」的《三都賦》「競相傳寫，洛

陽為之紙貴」(《晉書‧左思傳》)的情形，不正掩蓋著比興被摒棄、含蓄精警被束置的根芽嗎？陸機在《文賦》中大倡「意巧辭妍」，力主新變，提出了「雖離方而遁圓，期窮形以盡相」之說，正是在呼喚比興精神，倡導含蓄蘊藉。「離方遁圓」，就是運用比喻的委婉說法。劉勰的呼喚更為顯豁，所謂「詩人比興，擬容取心」；「物雖胡越，合則肝膽」(《文心雕龍‧比興》)，都是將比興提高到形象創造的意義上來加以強調的。

果然，到了南朝時，著意詠雪的作品多了起來，比興寄託亦漸趨豐富多彩，影響所及，不僅詩歌創作，也浸淫於賦。謝惠連之《雪賦》即為明例：

> 庭列瑤階，林挺瓊樹，皓鶴奪鮮，白鷳失素。……

將其與漢賦相比，意味正自不同。在詩歌創作中，較為突出的新穎奇特之喻，當數得上樑代裴子野的「拂草如連蝶，落樹似飛花」(《詠雪詩》)。將飛雪比作翩翩舞於草尖之上的蝴蝶和紛紛飄謝的春花，意境美而感受獨特。差不多同時的何遜與范雲的《聯句詩》，也有「昔去雪如花，今來花似雪」句。構思類於《采薇》，取法卻在比興。當然，南朝詩人在認識到了文學作品的獨立地位時，講求色彩，「擯古競今」，力求新變，原是無可厚非的，但到了蕭梁時代，又走上了華靡奢豔之極端，便是極而反之了。裴子野的雪詩善用比興，可視為是對失去古法與「六義」精神的綺豔時尚之反撥，他的那篇有名的《雕蟲論》，主張法古，不尚華靡，雖主要是針對文、賦而言，卻也能說明他在詩中用比，意在與當時競逐華辭者流分庭抗禮，顯示出其不同的追求。

南朝詩人中，也有的詩人寫雪仍以賦法為主，甚至有通篇不用比者，幾乎純以白描手法出之，充其量間以誇飾。如鮑照的《發長松遇雪詩》即如此：「振風搖地局，封雪滿空枝。江渠合為陸，天野浩無涯。」其樸茂俊逸之氣，與浩茫無際之慨，渾為一體，自是獨為一格。而入北朝之庾信，詩風蛻變，氣象蕭森。他的「寒關日欲暮，披雪渡河梁」(《郊行值雪詩》)，既饒古風古韻，又多邊塞蒼涼蕭疏情調，可視為當時詠雪詩中又一勁旅。總之這一時期詠雪詩的審美追求與風格特色來看，已呈多元化的趨勢。即使是同一位詩人，筆調也不斷變換，追求亦不盡相同。如鮑照也寫過多用比法的雪詩。如他的《詠白雪詩》：

> 白珪誠自白，不如雪光妍。
>
> 工隨物動氣，能逐勢方圓。
>
> 無妨玉顏媚，不奪素繒鮮。
>
> 投心障古節，隱跡避榮年。

蘭焚石既斷，何用持芳堅。

不僅喻語反說，且賦予雪以人格意義，在南北朝時期的詠雪詩中，是值得特別加以注意的作品。它標誌著作為詠物詩之一類的雪詩，日趨於精緻與獨立。

三

詠雪詩的細膩與精緻，無疑是一種進步。這除卻社會經濟的進步發展和政治體制的變革的原因之外，還有風土、地域等多方面原因的綜合作用。其中，我們不能不注意到文學藝術自身（包括形式技巧在內的）進步和發展。如永明詩人們在詩歌藝術發展史上的獨特貢獻，就有著不可忽視的作用與意義。沈約的一首《詠雪應令》詩，幾乎將一切修辭手法都用上了，追求的是一種清幽寒峭的意境和流轉圓美的韻味，聲韻和諧之美與巧思奇構相結合，稱得上是自覺追求意境美與韻律美的精緻之作。「嬋娟入綺戶，徘徊鶩情極」二句，既狀雪光月光交相輝映，又撲捉到了雪花紛飛的動感；而「弱桂不勝枝，輕飛屢低垂」二句，則生動細微地描摹出雪後玉樹瓊林景致。類似的例子還有永明詩人們的《阻雪連句遙贈和》，其中謝朓句為：「積雪皓陰池，北風鳴細枝。九逵密如繡，何異遠別離。」不僅精微傳神，且能以短章抒情，「以少總多」（也是永明詩人的貢獻之一）。連同何遜、范雲的詠雪聯句詩也算在內，都明顯透出精細清麗、幅短情深的特點，這直接影響了唐人的詠雪詩創作。

唐人雪詩，不僅數量可觀，且佳作甚多。翻開有集流傳的詩人們之作品集，絕少有人未曾詠雪。作為詩歌史上黃金時代的作品，唐人雪詩有如碩果累累，疊采紛呈，可視為是雪詩真正獨立與成熟的時期。

盧照鄰的《雨雪曲》以樂府舊題寫邊塞雪景，全詩湧動著一股奇氣：「雪似胡沙暗，冰如漢月明。高闕銀為闕，長城玉作城。」氣象恢宏豪健，「胡沙」、「漢月」之比，想像奇崛，辭句警拔。結二句言誓志報國，微露婉諷，意味深長：「節旄零落盡，天子不知名。」說此詩擴大了詠雪詩的審美範圍，開了盛唐邊塞詩之漸，未為過詞。盧照鄰繼往開來，於樂府舊題中溶入了時代精神與個性色彩，有如他的《長安古意》之於梁陳宮體劃開了界限，其《雨雪曲》亦於古樸渾厚中透出清新與剛健。若將岑參的《白雪歌送武判官歸京》與盧詩對讀，是不難發現它們在精神上的相通之處的。岑詩的「奇才奇氣，奇情逸發」（方東樹《昭昧詹言》評《白雪歌》語），亦通篇奇氣。「瀚海闌干百丈冰，愁

雲慘淡萬里凝」，以及作者另一首《天山雪歌送蕭治還京》中的「能兼漢月照銀山，復逐胡風過鐵關」二句，都與盧詩的意象有相近之處。

唐人詠雪，寄託不同，姿態各異。孟浩然的一首《赴京途中遇雪》，古風猶存，不乏天趣渾成之美。其中「窮陰連晦朔，積雪滿山川」二句，純是漢晉人「偶然及之」，不期然而驀見之得。後四句先是目及於饑鳥落雁，又折回而自顧，空愁獨立，極盡低回悵惘之歎。人生失意，仕途多舛之意也就盡含其中了。方回評曰：「規模好。」（《瀛奎律髓》卷二十一）紀昀則又解釋說：「此所謂唐人矩度。古格存焉，不可廢也。」（《瀛奎律髓匯評》）即是說，孟詩之佳處，在於古樸自然，其醇厚韻味，幾不讓於漢人。此正須從逐流溯源中探求，在對讀比較中尋味。

杜甫雪詩，乃又是一格。或感時而傷懷，先以其天下之憂而憂；或赤心熱腸，忠厚而持重。以其作於永泰元年（765）冬之《又雪》為例，可概見其風致：

> 南雪不到地，青崖霑未消。
>
> 微微向日薄，脈脈去人遙。
>
> 冬熱鴛鴦病，峽深豺狼驕。
>
> 愁邊有江水，焉得北之朝。

時「安史之亂」始平未久，杜甫羈於蜀中雲安（今四川雲陽）。他思歸長安，故欲挽江水北流。前四句寫春雪將溶未盡，仇兆鰲以為與陶淵明《詠雪》（即《癸卯歲十二月中作與從弟敬遠》）「彷彿似之，皆狀物佳句」（《杜詩詳注》卷十四）。此詩寄寓深厚，情感沉重，不僅擴大了雪詩的表現範圍，狀物抒情也極有個性。方回評杜甫另一首《對雪》云：「他人對雪必豪飲低唱，極其樂。唯老杜不然，每極天下之憂。」（《瀛奎律髓》卷十四）此評頗能概括杜甫雪詩特點。

王維的一首《冬晚對雪憶胡居士家》，向為人們所稱賞。如清人張謙宜《繭齋詩談》卷五評「隔牖風驚竹，開門雪滿山」二句，謂其「得驀見之神，卻又不費造作」。而王漁洋則激賞其中的「灑空深巷靜，積素廣庭閒」二句，稱其為雪詩中的最佳之句。王維此詩很能體現其淡雅秀潤詩風，它以畫境擅長，雖出於尋常雪景，卻得「詞秀調雅，意新理愜」（《全唐詩話》引殷璠評王維詩語）之美，確為超凡拔俗之作。與杜甫雪詩相較，不啻旨趣大異，「心境」亦全然不同。有如雷納·韋勒克所說：「假如藝術品之外還存在任何更為籠統的東西，

那只能是藝術家的『心境』，它產生出作品的『風格』。」〔註1〕明清詩論家談論古人雪詩者，以楊慎與王士禎為最多。楊慎的《升菴詩話》多次論述唐人雪詩，如卷三列舉了戎昱《霽雪詩》：「風捲殘雲暮雪晴，江煙洗盡柳條青。簷前數片無人掃，又得書窗一夜明。」楊氏稱此言「暗用孫康事，妙」。而卷七的「洛陽花雪」條，則對李商隱雪詩中的用事頗著微詞，認為李詩反覆在《送王校書分司》等詩中用何遜、范雲《詠雪聯句》中「花雪」之事，「若不知其原，不知為何說也」。看來楊慎對雪詩之用事是傾向於明白曉暢一路的。在卷十四的「豔雪」條中，楊慎又大加讚賞韋應物的「清詩舞豔雪，孤抱瑩玄冰」（《答徐秀才》）句。並激賞此二句「極其工致，而『豔雪』二字尤新」。以為《洛神賦》中的「流風回雪」喻美人之飄搖，乃是「豔雪」二字所本，從而將韋詩中雪之豔，與李白詩中柳花之香，杜甫詩中竹之清芬相提並論。楊慎論詩，主「緣情綺靡」說，推重漢魏六朝之詩，又贊同鍾嶸「骨氣奇高，詞采華茂」的審美境界，故其對唐人雪詩的好尚取捨，傾向於推崇古樸自然且又不乏藻采一路。

王士禎論古人雪詩之語，似更多於楊慎。《漁洋詩話》卷上有云：

> 餘論古今雪詩，惟羊孚一贊及陶淵明「傾耳無希聲，在目皓已潔」，及祖詠「終南陰嶺秀」一篇，右丞「灑空深巷靜，積素廣庭閒」，韋左司「門對寒流雪滿山」句最佳。若柳子厚「千山鳥飛絕」已不免俗。降而鄭谷之「亂飄僧舍」、「密灑歌樓」益俗下欲嘔。韓退之「銀盃、縞帶」亦成笑柄。世人怵於盛名，不敢議耳。

類似議論又見於《居易錄》（《帶經堂詩話》「賦物類」引）。「羊孚一贊」，指晉泰山人羊孚（字子道）所作《雪贊賦》，全文只四句：「清資以化，乘氣以霏，遇象能鮮，即潔成暉。」《世說新語·文學》、《藝文類聚》二及《太平御覽》五百八十八等均引述。此作實為賦，而非詩，茲可不論。王士禎所言，頗有膽識。至少他敢於痛快地道出一己的看法。當然，我們未必完全同意他的一番議論，特別是其中對柳宗元《江雪》詩的指斥，尚須進一步討論。說來對柳詩持類似看法的不唯王士禎，明人胡應麟也曾說過：「『千山鳥飛絕』二十字，骨力豪上，句格天成，然律以輞川諸作，便覺太鬧。」（《詩藪》內篇卷六）所不同的是，胡氏先褒而後微抑，而且是將柳詩與王維作品相比較而言。無論如何，「太鬧」總然是微詞。以我們今天的眼光來看，柳詩自有其獨到之處，否

〔註1〕（美）韋勒克：《近代文學批評史》第三卷 269 頁，楊自伍譯本，上海譯文出版社 1991 年版。

則就不會為歷代人們所交口稱贊。王維是一種「心境」，柳宗元則另是一種情緒。細繹柳詩，與其說是在寫雪景，不如說是在攄憤懣。詩中的自然環境，分明隱喻了社會人生的某種處境。詩人所要表達的是一種深層意義上的人格追求，甚至，詩作背後還潛藏著不確定意義（或者說是多意性）的象徵。它與王維雪詩正可並行不悖，各逞其美。宋人蔡正孫《詩林廣記》卷五引《洪駒父詩話》的說法，相對說來是較為通達的：「子厚此詩，信有格也哉。殆天所賦，不可及也。」「天所賦」云云，若理解成子厚坎坷的人生遭際，因而使其具有某種心境和意緒，是符合實際情況的；倘理解成天賜神助，憑空而來，則落入鑿空亂道。至於鄭谷之「亂飄僧舍」，東坡斥之「特村學中語」（《詩林廣記》引），後眾口一詞謂其格卑，幾無持異議者。其雕鏤扭捏之態可見，與柳之《江雪》不可同日而語。

王漁洋對韓愈《詠雪贈張籍》之責難，不能說是全然無的放矢。此詩確非韓詩之佳構，其弊在淡泊而乏生氣，無論「隨車翻縞帶，逐馬散銀盃」，還是「坳中初蓋底，凸處已成堆」，均不見佳勝。韓愈雪詩尚多，如其《春雪》小詩云：「新年都未有芳華，二月初驚見草芽。白雪卻嫌春色晚，故穿庭樹作飛花。」平易之中見出奇崛，不失為雪詩佳篇。又宋吳幵《優古堂詩話》謂：「韓退之《喜雪獻裴尚書》詩云：『喜深將策試，驚密仰簷窺。』又云：『氣嚴當酒暖，灑密聽窗知。』荊公全用以一聯云：『借問火城將策試，如何雪屋聽窗知。』」王安石激賞韓詩之奇，足以說明韓愈雪詩不止「銀盃」、「縞帶」之類而已。

唐人雪詩可議者，還有劉叉之《冰柱》、《雪車》二首。歷來人們對此二詩持不同看法。如宋人葛立方《韻語陽秋》卷三說：「《冰柱》、《雪車》二詩，雖作語奇怪，然議論皆出於正也。《冰柱》詩云：『不為四時語，徒為道路成泥阻。不為九江浪，徒為汩沒滅之涯。』《雪車》詩謂『官家不知民餒寒，盡驅牛車盈道載碎玉。載載欲何之？秘藏深宮，以御炎酷。』如此等句，亦有補於時，與玉川《月蝕》詩稍相類。」葛氏意在說明二詩佳，恰在諷諭。盧仝《月蝕》詩，或以為諷元和黨爭，其旨亦在諷諭。清人余成教《石園詩話》卷二評劉叉二詩，與葛立方完全不同：「劉叉《冰柱》、《雪車》詩，人謂其出盧（仝）、孟（郊）右，才氣甚健。然徑行直遂，毫無含蓄，非溫柔敦厚之旨，少諷諭比興之情。其《自問》詩云：『酒腸寬似海，詩膽大如天。』信乎詩膽之大也。」余氏只承認劉叉膽大，卻不言其藝高。平心而論，劉叉二詩的確少含蓄蘊藉，然其命意在諷諭，近於白居易諷諭類作品之韻致，這對於擴大詠雪詩的表現範

圍，還是較有創造性的。

　　總之，雪詩至唐人，體式盡備，精微至極，這就不可避免地隱含著一種推敲太過，傷於雕鏤的傾向。有些作品確如明清詩論家所指出的那樣，失卻了「天真絕俗」之美。這情形有些像唐代楷書之於魏晉法書，高度精緻未始不是一種進步，但其負面效應也是明顯的——天趣與神韻相對說來薄弱了。對於這一點，明清人看得很清楚，感受也極敏銳。王夫之寫雪詩就不取法唐人，而仰慕漢魏。他在《古詩評選》卷一評劉琨《扶風歌》時說：「六代之於兩漢，唐人之於六代，分量固然。而過寵唐人者，乃躋禰於祖上，吾未見新鬼之大也！」當然這是在某種意義上來討論問題的，並非在倡導越古越好的文學退化論，即是說，不能將這個說法推向極端。事實上，宋人就已經開始苦苦尋找自己的途徑，雪詩之寫法亦相應大異唐人。宋元以後詠雪詩的遞嬗流變情況，當容另文探討。

原載《中國典籍與文化》1996 年第 1 期

一曲相思未了情
——讀盧照鄰《懷仙引》

　　若有人兮山之曲,駕青虯兮乘白鹿,往從之遊願心足。披潤戶,訪岩軒。石瀨潺湲橫石徑,松蘿羃羃掩松門。下空濛而無鳥,上巉岩而有猿。懷飛閣,度飛梁。休余馬於幽谷,掛余冠於夕陽。曲復曲兮煙莊遝,行復行兮天路長。修途杳其未半,飛雨忽以茫茫。山塊軋,磴連蹇。攀舊壁而無據,沂洄泥溪而不前。向無情之白日,竊有恨於皇天。回行遵故道,通川遍流潦。回首望群峰,白雲正溶溶。珠為闕兮玉為樓,青雲蓋兮紫霜裘。天長地久時相憶,千齡萬代一來遊。

　　這首古體詩,名為「懷仙」,實是「懷人」,乃是一支深情款款的古代戀歌。

　　在那深山幽曲之處,有美一人,她如同仙女一般風姿綽約。詩中抒情主人公彷彿乘駕著青龍所御的寶車,又彷彿騎著雪白的神鹿,懷著激動而急切的心情,趕著去與自己心愛的人相會。這是怎樣一種浪漫得令人心醉的情調呵!有此幸會,一生心願足矣。作者先以遊仙遇美、近乎於夢幻的意境,揭開了回憶的帷幕。想來這位多情的男子與他的戀人曾經有過一段兩情相諧、甜蜜歡樂的時光,這在他的記憶中是那祥清晰,那樣美好,那樣彌足珍惜:山泉匆匆在岩石間穿行,碧綠的青松和藤蘿遮蓋著門楣、屋舍;居高臨谷,空山奇險得連鳥兒都駭得不見蹤跡,而仰望更高處,但見猿猱嬉戲;飛簷畫棟,亭閣樓臺,一切的一切,都令人無限眷戀。這是因為,在那山深林密之處,有自己戀人的居所。「懷」與「度」,都是指在心頭縈繞之意。是說每每念及所愛的人,必然會

聯想起她居所周圍的一草一木，令人心馳神往，血湧心跳。這一段描寫，以「披」、「訪」二字領起，可以看作是作者想像中的「往從之遊」。

我們知道，唐高宗總章二年（669），作者曾被任命為新都尉，從長安赴蜀。在蜀兩年多時間，後因病辭官，先居長安，後隱居於洛陽附近的東龍門山中。作者客居蜀地時，曾與蜀中郭氏相戀，雙雙濃情蜜意，不勝繾綣。照鄰離蜀時，與郭氏盟過誓，相約重逢。誰知一別兩年，山高水長，音訊阻隔。郭氏一往情深，時刻思念著照鄰；同樣，照鄰也苦苦眷念著郭氏。適逢另一位大詩人駱賓王也在成都，郭氏遂請駱代作詩寄盧，以傾吐心中的無限思念。這首詩見於《駱臨海集》卷四，題作《豔情代郭氏答盧照鄰》。詩中說：「離前吉夢成蘭兆，別後啼痕上竹生。別日分明相約束，已取宜家成誡勗。」又云：「也知京洛多佳麗，也知山岫遙虧蔽；無那短封即疏索，不在長情守期契。傳聞織女對牽牛，相對銀河隔淺流。誰分迢迢隔兩歲，誰能脈脈待三秋？」看來郭氏誤解了盧照鄰，將他當成了薄倖子。從這首《懷仙引》來看，盧照鄰從未或忘郭氏，只是礙於病體難支，又兼蜀道之難，一對有情人終不能重逢款敘。照鄰在離蜀十年之後，說自己一直是「羸臥不起，行已十年。」（《釋疾文序》）

說來也難怪郭氏誤解，兩年之間，杳無音訊，況封建時代的文人士子，能冰清玉潔，恪守前盟、篤情守約者能有幾人？這如何不使郭氏於焦灼顒望中產生誤解呢？聞一多先生曾談到過這樁逸事，他說：「盧照鄰也不像是個安分的分子，駱賓王在《豔情代郭氏答盧照鄰》裏，便控告過他的薄倖。然而按駱賓王自己的口供，『但使封侯龍額貴，詎隨中婦鳳樓寒』。他原也是在英雄氣概的煙幕下實行薄倖而已。看《憶蜀地佳人》一類詩，他並沒有少給自己製造薄倖的機會。在這類事上，盧駱恐怕還是一丘之貉。」（《唐詩雜論·四傑》）駱賓王我們不去說他，盧照鄰的薄倖確乎事出有因。他在蜀中得了「風疾」後，一直病魔纏身，後不堪其苦痛，自投潁水而死。戀愛是需要熱情的，很難想像一個久病不愈的人能喚起情愛的火焰來。觀此《懷仙引》，知照鄰對郭氏之思念不僅未曾泯滅，且有增無減。或許他不願以病體拖累郭氏；或許山遙水闊，郵路難達；或許照鄰還有其他的苦衷。總之，照鄰背上薄倖之名，實是冤屈。聞一多先生實在也是行文之活潑與諧謔，先生曾冷峻而客觀地評價盧照鄰和駱賓王：「然而，我們不要忘記了盧駱曾用以毒攻毒的手段，憑他們那新式的宮體詩，一舉摧毀了舊式的『江左餘風』的宮體詩，因而給歌行芟除了蕪穢，開出一條坦途來。」（同上）如果我們不以今人之觀念去苛求千餘年前的初唐詩

人，能歷史的看照鄰在《長安古意》中所描繪的一時期的社會風氣，對盧駱的開拓之功有一個恰切的評價，那麼，我們就不能不注意到這首《懷仙引》在遊仙詩發展史上的特殊貢獻——以幻域折射人世間，對人生意義和人間感情的執著追尋、認真探求。

此詩中間一段寫得迷離倘恍，虛實廝纏，韻味殊異。「休余馬於幽谷，掛余冠於夕陽」二句，彷彿照鄰與郭氏一度歡情生活的寫照，非常含蓄，將人的自然情慾詩化了。又彷彿是想像中往蜀中踐約，一路上日夜兼程，風塵仆仆。由於這種尋訪過於艱難，千折百轉，路斷峰回，有情人聚首終不可期，故有「曲復曲兮煙莊邃，行復行兮天路長」之歎。以下又有飛雨襲來，泥流滯人等描繪，都是在反覆詠歎情切意癡，求而不得的遺恨，遂引出「向無情之白日，竊有恨於皇天」之浩歎。情天恨海未有盡，一曲相思未了情。愈是千重阻，萬重隔，「修途杳其未半」，這失落感和遺恨感就愈是強烈。「攀石壁而無據，泝泥流而不前」當別有所指，文面寫蜀道難逾，就裏寄寓良多，總然是難與人說之不盡心曲和隱隱苦衷吧。不得已，詩人幾於絕望中才「回行遵故道」，他一步一回首，向蜀中悵望，但見白雲溶溶，青天渺渺，他發暫，對意中人長相憶，永相望，往從之願不實現，決不罷休！結二句恰恰表達了照鄰對郭氏的愛情不僅未曾稍減，而是隨著歲月的流逝，變得更加深篤。即是所謂「一朝別離，愛人的魅力更加強了。」從詩中的景物描寫及山勢險阻的渲染來看，彷彿李太白之《蜀道難》。或言李太白之《蜀道難》似受了照鄰詩的啟迪、影響，這更從側面證實了此《懷仙引》只能是作者懷念郭氏之作，未知郭氏當年曾見此詩否？倘若見了，誤解和怨尤大約就可以解除了。

我國古典詩詞中的遊仙詩詞，是獨標異格的，它源於道家「遊乎塵垢之外」（《莊子‧齊物論》）和「上與造物者遊」（《莊子‧天下篇》）的清虛出世思想，或言神仙思想，它想像瑰奇，詭譎幻異，向人們展示了氣象萬千的神仙世界。在運用想像構成幻域，或時空瞬移、色彩繽紛而至的意象突變方面，其他題材的詩歌是無法與之同日而語的。從藝術技巧的外化形式方面，遊仙詩廣泛汲取了漢魏以來詠物詩、山水詩以及玄言詩等的營養，描寫更為細膩真切，結構亦更加嚴整縝密。六朝以降，遊仙詩日臻成熟，漸為越來越多的詩人所喜愛。此後，遊仙詩自成一格，在浩翰的詩歌海洋中，雖屢經浪淘風化，它的個性和特點卻一直未曾泯滅。

遊仙詩到了初唐時代，氣象上大不同了。這不僅表現為題材上的拓寬，以

遊仙形式曲折反映豐富多彩的現實生活，更表現為寫法上的恣肆奔放，自我作古，無礙無滯，「以適意為宗」（盧照鄰《附馬都尉喬君集序》）。照鄰寫詩，崇尚「發揮新題，孤飛百代之前；開鑿古人，獨步九流之上」（《樂府雜詩序》）。就這首《懷仙引》而論，回憶與現實，幻域與實境，連成一片，難分難解，全詩一氣呵成，毫不躊躇，一任感情之瀑流瀉。激情之飽滿，詩思之湧奔，活力之充沛，都是漢魏以來遊仙詩中所罕見的，它與作者的《長安古意》一樣，以發揮新意為宗，消極儘管是明顯的，但消極中自有積極的因素在，說是「孤飛百代之前」、「獨步九流之上」，未為過之。照鄰泝傳統之流而上，卻又是一個反傳統的詩人。或用聞一多的話說，是「以毒攻毒」，反正他是勝利者。因此，說盧照鄰拓寬了遊仙詩的題材範圍，開闢了以遊仙詩形式描寫人間愛情的新路，該不是過譽之詞罷。至於聞一多先生所說照鄰與郭氏離別之後，在三川又有一個新人，置郭氏與孩子於不顧，這正是當時士大夫階層的劣處，然照鄰之隱曲苦衷尚待考索，《懷仙引》詩亦見其真情所繫。這哀豔的傳奇故事，千載以下或許有人將它敷衍得可歌可泣，讀者諸君只能拭目以待之了。

原載《古典文學知識》1994 年第 4 期

歐、蘇「禁體物語」及近古詠雪詩

一

　　古代詠雪詩，作為詠物詩的一個門類，其源頭可追溯到《詩經》中《采薇》末章。宋人郭茂倩《樂府詩集》卷二四云：「『昔我往矣，楊柳依依。今我來思，雨雪霏霏。』《穆天子傳》曰：『天子游於黃室之曲，筮獵蘋澤，天子乃休。日中大寒，北風雨雪，有凍人，天子作詩三章以哀之，曰「我徂黃竹」是也。』《雨雪曲》蓋取諸此。」樂府詩中入「橫吹曲辭」之《雨雪曲》，包括入「清商曲辭」的《子夜四時歌》中之《冬歌》，顯然只能看作是後世專題詠雪一類詩的早期形態。詠雪詩真正獨秀一枝，且精微細緻，諸體皆備，乃是在詩歌史上的黃金時代——唐代蔚為大觀的。王維、孟浩然、祖詠、柳宗元等詩人，均有名世的詠雪佳篇。如果說漢魏古詩詠雪題材的作品是偶然及之，如漢無名氏「前日風雪中，故人從此去」那樣，並非完全以雪作為題詠對象的話，那麼，唐人詠雪詩則往往有意為之，特別是盛唐雪詩，較漢魏之「偶得驚見」，以及六朝以來的「窮形盡相」，已不可同日而語，其技術上之精進，審美範圍之擴大，可以說是發生了質的變化。

二

　　宋人於唐人之後為詩，有幸不幸，不得不致力於求變。在題材內容上，宋人有所拓寬，世間諸事物，幾無不可入詩。如在詩中敘述議論，在唐詩中乃是別調，杜甫、韓愈等間或用之，一般說來，俱不失意趣韻致，即是把握了一個適宜的「度」。宋人則不然，一首詩大半敘述議論者有之，甚至通體議論者亦

有之。從技巧方法上看，宋人近乎於刻意追求，絕不迴避人為地利用一切技法。如同繆鉞先生在《論宋詩》中所說的那樣：「唐詩技術，已甚精美，宋人則欲百尺竿頭，更進一步。蓋唐人尚天人相半，在有意無意之間，宋人則純於有意，欲以人巧奪天工矣。」〔註1〕在詠雪詩，這種情況就看得更清楚。

　　宋人詠雪詩中有一樁「公案」，不能不提及，這就是歐陽修首倡、蘇軾繼武的所謂「禁體物語詩」。它大約稱得上是有意逞人巧的典型作品。歐陽修有感於詠雪詩中用比陳陳相因，日漸失去巧思與生氣，於知潁州時曾作《雪中會客詩》，其序中云：「玉、月、梨、梅、練、絮、白、舞、鵝、鶴、銀等事，皆請勿用。」便是倡作「禁體物語」詩。宋人葉夢得《石林詩話》卷下云：「詩禁體物語，此學詩者類能言之也。歐陽文忠公守汝陰，嘗與客賦雪於聚星堂，舉此令，往往皆閣筆不能下，然此亦定法，若能者，則出入縱橫，何可拘礙？」體物，即狀物，「禁體物語」，是避於習慣上的比喻格套，規定出一些具體禁用的詞語。它的意義在於脫俗出新，不消說，其初衷是積極求變的，與文字遊戲毫無干涉，歐陽修的這首示範之作，洋洋灑灑，共二十八句，它鋪排任我，一氣呵成，通篇氣象開闊，筆力矯健，時出新意，身手的確不同流俗。後來蘇軾謂其「於艱難中特出奇麗」，絕非溢美之詞。時隔四十年，蘇軾亦知潁州，在歐陽修曾作「禁體」詩的聚星堂，繼續為之，寫下了有名的《聚星堂雪》，主張所謂「白戰不准持寸鐵」的寫法，將「禁體」比作徒手肉搏。歐、蘇的做法，顯然有矯枉時弊之意，而非一時任情由性之嬉戲。沈德潛《說詩晬語》中在力詆鄭谷和韓愈雪詩之後，又說：「張承吉之『戰退玉龍三百萬，敗鱗殘甲滿天內』，是成底語？」對唐宋雪詩中濫用比喻而乏創造性的現象提出了尖銳的批評。張承吉為宋初詩人，名元，以詩風怪譎著稱，曾欲進謁韓（琦）、范（仲淹），又自恥之。他傳世詩作僅一首《雪》詩。詩以五丁開路，山崩嶺摧事起興，將雪比作「玉龍」、「敗鱗」，似有刻意於險怪的傾向，然亦有其新奇之處，未可一言罵倒。問題在於宋人為詩之「艱難中特出奇麗」，張承吉過猶不及，險怪有餘，而自然巧妙不足。從這個意義上看，沈德潛的批評不無道理。後人沈德潛能看到的問題，歐、蘇豈能不注意到呢？「白戰不許持寸鐵」的矯枉，其意在蕩滌用比之濫，用心之良苦，不言而喻。可以說，其用意並不在當年謝道韞之倡用比法寫詩之下。此一時彼一時，倡與不倡，俱各帶有示範意義。然而，不能將歐、蘇的做法推向極端，一味矯枉，流於絕對化，勢必又會跌進形

〔註1〕繆鉞：《詩詞散論》第38頁，上海古籍出版社1982年版。

式主義的淵藪。

　　清人賀裳《載酒園詩話》卷一有「歐公、蘇東坡在潁州為雪詩」條，言當時聚會，「客詩不傳，兩公之什俱在，殊不足觀。固知鈎奇立異，設苛法以困人，究亦自困耳」。賀裳將歐、蘇之倡「禁體」，說成是困人自困。又說歐、蘇之「禁體」詩「殊不足觀」，全面否定了歐、蘇意在矯枉意義上的用心和實踐，話說得太絕對，也過於尖刻。不過，也不是毫無道理。矯枉過正，顯然也有個限度，偶一為之，原無可非議。不料歐、蘇再再為之，東坡一效再效所謂「歐陽體」，寫了不少雪詩。其實，歐陽修倡「禁體」實非首創。《載酒園詩話》卷一還有一條「詩魔」，說的也是倡「禁體」詩事：

　　　　歐陽公《詩話》云：「國朝浮圖以詩名於世者九人，號『九僧詩』。
　　時有進士許洞，會諸僧分題，出一紙，約不得犯此一字。其字乃山、
　　水、風、雲、竹、石、花、草、雪、霜、星、月、禽、鳥之類，於是
　　諸僧閣筆。」餘意除卻十四字，縱復成詩，亦不能佳，猶庖人去五
　　味，樂人去絲竹也。直用此策困之耳，狙獪伎倆，何關風雅。

　　查歐陽修《六一詩話》知許洞為宋初人，宋真宗咸平三年（1000）進士。歐陽修之倡「禁體」，或受了許氏之啟示影響。惟許氏泛泛禁之，幾無法寫詩，諸僧豈能不擱筆？難怪賀裳接著說：「按九僧皆宗派賈島、姚合，賈詩非借景不妍，要不特賈，即謝朓、王維，不免受困。」歐陽修僅就雪詩作「禁體」，其用意正自不同。有趣的是，對「禁體」也有持不同見地者。如元人劉壎的看法就較為變通：「有律詩而後有絕句，絕句至宋而後尚禁體，其法以不露題字為工，以能融題意為妙，蓋舉子業之餘習也。」〔註2〕他甚至用此法課子，說「禁體」詩「搜幽抉秘，窮極鍛鍊，其天巧所到，精工敏妙，有令人賞好不倦者，真文人樂事也歟」。〔註3〕其說頗為獨到。

　　要之，賀裳等詩論家對歐、蘇「禁體」詩的批評，只見其困人之弊，未見其用心良苦。宋人生唐人後，欲「於艱難中特出奇麗」，必須掙扎求索，所有的探尋與摸索，無論失敗與成功，都在詩歌史上留下了深刻的印痕。至於探索性作品的優劣成敗，因了審美情趣的不同。各說各話，也是毫不奇怪的。沈德潛《說詩晬語》針對蘇軾《雪後書北臺壁》二首說：「東坡尖叉詩韻，偶然遊戲，學之恐入於魔。」所謂「尖叉詩韻」，指蘇軾《雪後書北臺壁》二首之末

　　〔註2〕劉壎：《水雲村稿·近體絕句序》。
　　〔註3〕劉壎：《水雲村稿·近體絕句序》。

句，有「尖」字和「叉」字。第一首尾句為「空吟《冰柱》憶劉叉」；第二首尾句為「未隨埋沒有雙尖」。然而，宋人就不這麼看。如前引葉夢得《石林詩話》卷下談到「詩禁物語」時，就較為變通。他認為有「能者」和「不能者」，「能者」可「出入縱橫，何可拘礙」。同是品味蘇軾《雪後書北臺壁》二首，葉氏與沈德潛的看法完全不同：「蘇子瞻『凍合玉樓寒起粟，光搖銀海眩生花』，超然飛動，何害其言玉樓銀海？」可見，詩之好壞，不在是否「禁語」，而在於意象與氣韻。宋人與清人孰是孰非，很難一言遽斷。時代不同，審美意識與情趣自然不同，目光亦必然有異甚至相左。方回《瀛奎律髓》「雪類」前有引語，謂「雪於諸物色中最難賦。」其所選「雖不專用『禁體』，然用事淺近者皆不取」。紀昀評方回語曰：「『禁體』亦一時之律令，未可概以繩古今。此論最平允。」正可細細玩味。

<h2 style="text-align:center">三</h2>

　　從漢人的「偶然及之」，渾然天成，到謝道韞的「未若柳絮因風起」，於古樸自然中有意取比，再到唐人的「天人相半」，精於技巧，終至宋人的逞才使技，直欲以人巧而奪天工，詠雪詩也發展到了它的極至。歐、蘇倡「禁體」，恰恰是一種求變的掙扎。詠雪詩至宋代，詩人們企圖挽住漢唐以來的繁榮已是相當困難。南宋諸家如陸游等人都寫了不少雪詩，其中亦不乏好的作品，但從大趨勢上看，亟須返璞歸真，重新展開一個從天趣到人巧的漸進的輝煌。

　　明清詩論家甚至包括元人，所讚賞的詠雪詩，正是古樸率真、近乎「偶然及之」的作品，他們對宋人的作品所取標準亦復如此。清人張謙宜所說的那種「得驟見之神，卻又不費造作」〔註4〕的審美趨向，很有代表性。元人謝疊山激賞陳師道的一首《雪後黃樓寄負山居士》，特別是對詩中的「雲日明松雪，溪山進晚風」二句，讚歎再三：「余嘗獨步山巔水涯，積雪初霽，雲斂日明。遙望松林，徘徊溪橋，踏月而歸，始知此兩句如善畫。作詩之妙，至此神矣。」〔註5〕謝氏雅愛後山雪詩之體察幽微，情真味厚，目光之敏銳及感受之幽微，自不待言。

　　元明以來，人們對同時代人的雪詩，賞取的尺度幾乎也無不如此，甚至不論詩作者是否名家或大作手。張謙宜在他的《細齋詩談》卷七，列舉了宜興籍

〔註4〕張謙宜《峴齋詩談》卷五評王維雪詩語。
〔註5〕蔡正孫《詩林廣記》後集卷六引謝枋得評語。

詩人謝皆人（名連芳，康熙時人）的七首雪詩，確如張氏所言，謝詩如「淡墨暈花，有形無跡」，且看其第六首《雪意》：「村閒農事罷，野色晦柴扉。雪意驚寒鳥，爭銜楝子飛。」張謙宜評曰：「雪下艱於尋食，故銜楝子，借靈性襯出『雪意』來。」再看第七首《村雪》：「人家疏竹外，老樹空潭曲。寒鳥下荒畦，園蔬雪中綠。」張評：「『荒畦』點出『村』字，『蔬綠』映出『雪』字。」雪是江南之雪，又是江南荒村之雪。作者寫來全不費躊躇，有如畫家觀景而會心，濃淡相宜，神行紙上，豁然而出之。王士鎮《帶經堂詩話》中也提及謝氏，稱其為「應雲」（或謝氏之字），謂其與弟以雪詩倡和，崇尚古人雪詩云云。張謙宜一贊王維，再贊謝皆人，足見他對謝氏雪詩的推重。

宋元後詩人為雪詩從不避前人用過的比喻，如頗得後人讚賞的黃庚的詠雪名句「江山不夜月千里，天地無私玉萬家」。又是「月」，又是「玉」，正是歐、蘇力禁之字。然而，它毫不妨礙人們對黃庚這首有名的《雪》詩之喜愛。清葉矯然《龍性堂詩話初集》還提到元人郭正平的《詠雪》詩，稱郭詩中「灞橋柳絮人千里，楚澤蘆花水半扉」，「身臥不知雲子白，氣酣聊作木奴酸」，「皆楚楚有致」。「灞橋柳絮」，已是爛熟於人口之喻了，郭氏將其與「楚澤蘆花」對舉，意境就非同一般了。王夫之也不取法唐宋人，而崇尚古風。他在《雪》詩中寫道：「何苦尖叉尋惡韻，且隨鹽絮作陳言。閒中詩草如春筍，夢裏梅花滿故園。」王夫之意似在說：刻意也是一種造作。所謂「禁體」，力避某些字，儘管慘淡經營，難免不成「惡韻」。何等有趣，轉了一個大圈子，王夫之又推崇起「撒鹽郎」與「柳絮才」了。個中消息，頗耐人思索再三。難道說歐、蘇倡「禁體」，矯時弊，開了「惡韻」之例，犯了導向上的錯誤？顯然不能這麼看。歐、蘇勉力矯枉，偶然為之中有必然趨勢，旨在對只知蹈襲、人云亦云者猛擊一掌。王夫之的主張可視為對矯枉之後出現的極端之再矯枉，或言回歸。詩歌史上的這種現象並不限於雪詩，他如擬古與反擬古，一個流派宗旨的因與革，以及本色與文采等諸多問題，差不多都有相類似的情況。

四

古代的詠雪詩，是豐富多彩的一個藝術領域，從詠雪詩的角度來透視中國古代詩歌發展史，可以幫助我們把握不同時代審美趨向的變異及其特點，依稀循到古代審美意識中一些規律性的東西，儘管審美心態是極為複雜的現象，尚好往往又是因人而異的。胡仔《苕溪漁隱叢話》後集卷二十三曾引貢

甫《詩話》云：

> 永叔云：「知聖俞詩者莫如修，嘗問聖俞平生所得最好句，聖俞
> 所自負者，皆修所不好，聖俞所卑下者，皆修所稱賞。」蓋知賞音
> 之難如是，其評古人詩，得無似此乎？

　　歐陽修與梅堯臣這樣的詩友同好，尚且如此，豈論他人賞評？然而，問題還有另一面，即同時代人之間有時看得並不清楚，拉開時間距離，以後人看前人，反而明晰。若以我們今天的眼光去看古人，是不是可以通過反覆不斷的認識和再認識，從而在大趨勢上逐漸明晰起來呢？這正是筆者所期望和企盼的。

原載《南京師範大學學報》社會科學版 1996 年第 3 期

「誠齋體」與「活法」詩論

一、「活法」──從理論到實踐

　　「活法」詩論的倡導者是在兩宋之交的詩風演變過程中起過重要作用的呂本中。說到呂氏，人們首先想到的就是「活法」詩論。這一深受佛法啟迪的詩論主張，對後世的影響深刻而又久遠。呂本中的「活法」論詩，始於北宋大觀、政和年間。他曾於大觀三年（1109）作《外弟趙才仲數以書來論詩因作此詩答之》，其中有云：「胸中塵埃去，漸喜詩語活。」又云：「初如彈丸轉，忽若秋兔脫。」政和四年（1114）他又作《別後寄舍弟三十韻》，中有句云：「筆頭傳活法，胸次即圓成。」關於什麼是「活法」，呂本中是這樣解釋的：

> 　學詩當識活法。所謂活法者，規矩備具，而能出於規矩之外；
> 變化不測，而亦不背於規矩者。是道也，蓋有定法而無定法，無定
> 法而有定法。知是者，則可以與語活法矣。謝元暉有言：「好詩流轉
> 圓美如彈丸。」比真活法也。〔註1〕

　　呂本中所說的「活法」，強調的是迅疾機敏，便是所謂「流轉圓美如彈丸」。這與黃庭堅的「點鐵成金」或陳師道的「閉門覓句」，顯然大不相同。若從語言風格來看，所謂「活法」又有層次上銜接自然，語義過渡流暢的意思，而與黃庭堅、陳師道那種語義跳躍過大的「硬語」也大相徑庭。陳師道在《後山詩話》中，對語言有「四寧四毋」的要求，即所謂「寧拙毋巧，寧樸毋華，寧粗

〔註1〕（宋）呂本中：《夏均父集序》，見《後村先生大全集》卷九十五「江西詩派」引，四部叢刊初編本；又見於劉克莊《江西詩派小序》引，丁福保輯《歷代詩話續編》上冊第485頁，中華書局1983年版。

毋弱，寧僻毋俗，詩文皆然」〔註2〕由於一味強調樸拙與避俗，一旦走向極端，那些被有意切斷語義聯繫的詞語便令後學者望而生畏，從而無法真正理解詩句的奧妙。

楊萬里可以說是將「活法」詩論實踐得最恰當、最充分的詩人。周必大曾在《次韻楊廷秀待制寄題朱氏澳然書院》詩中云：「誠齋萬事悟活法，誨人有功如利涉。」（《周益國文忠公集‧平園續稿》卷一）張鎡更以形象的語言來評價誠齋的「活法」作詩：

> 造化精神無盡期，跳騰踔屬即時追。目前言句知多少，罕有先生活法詩。

《南湖集》卷七《攜楊秘監詩一編登舟因成二絕》其二

楊萬里的「活法」作詩重視機智的語言選擇，在句法結構上也不拘一格，變化萬端；同時，又特別強調到大自然中去獲取靈感天機，強調胸襟的透脫無礙和思維的活潑自在。在楊萬里的詩中，「活」是一種精神品質，這種精神品質不只是體現在觀物見性、構思表達以及擇字鍊句等層面，而且貫徹於心靈體驗、思維方式和捕捉瞬間感受的全過程。楊萬里特別傾心於體悟大自然中生生不息的運動精神，活潑潑的生命形態。自然界的勃勃生機於是轉化為「誠齋體」詩中跳脫靈動的審美意象。如捉柳花、追黃蝶的兒童，插秧與荷鋤的農夫，空庭喧鬧的寒雀以及雲的變幻、風的聲威等等。即使是寧靜的景物，倘若被楊萬里捕捉入詩，也會活動起來，充滿孳勃的生命活力。例如他寫靜靜肅立的秋山：「路入宣城山便奇，蒼虯活走綠鸞飛。詩人眼毒已先見，卻入襄雲作翠帷。」（《曉過花橋入宣州界》其一）又如他寫夕陽西下景象：「寸寸低來忽全沒，分明入水只無痕（《湖天暮景》）再如他寫暮春的海棠與桃花：「海棠開盡卻成白，桃花欲落翻深紅。」（《過秀溪長句》）

錢鍾書先生對楊萬里作詩的「活法」分析得非常透徹，這是在將楊誠齋與陸放翁的比較中凸顯出來的：

> 以入畫之景作畫、宜詩之事賦詩，如鋪錦增華，事半而功則倍。雖然，非拓境宇、啟山林手也。誠齋、放翁，正當以此軒輊之。人所曾言，我善言之：放翁之與古為新也；人所未言，我能言之：誠齋之化生為熟也。放翁善寫景，而誠齋善寫生；放翁如畫圖之工筆，誠齋則如攝影之快鏡；兔起鶻落，鳶飛魚躍，稍縱即逝而及其

〔註2〕（清）何文煥：《歷代詩話》第311頁，中華書局1982年版。

未逝，轉瞬即改而當其未改；眼明手捷，蹤矢躡風：此誠齋之所獨
也。〔註3〕

這番概括，是很精到的。雖未言及「活法」，卻足以為「活法」說詞並為
之張目。我們知道，呂本中的「活法」詩論，產生於特定的歷史背景下。江西
詩派詩人皆師法黃庭堅，在理論上，他們深知黃庭堅「作詩自立意，不可蹈襲
前人」的創作原則；然而，有些詩人一到實際創作中，由於學力、學養等諸方
面原因，他們有時無法真正理解甚至很難接受黃庭堅不避艱難而獨創生新的
為詩之道，更談不上在黃庭堅詩論的指引下自成獨立風格了。這就使得江西詩
派的創作逐步走向了一種凝定的範式。詩派中人對黃庭堅和陳師道詩歌的簡
單模擬，導致了「詩體拘狹，少變化」（劉克莊《後村先生大全集》卷九十五）
的結果。呂本中清醒地看到了這種只偏重規矩與法則，卻不知進得去出得來的
狀況。他曾在《與曾吉甫論詩第二帖》中說：

近世江西之學者，雖左規右矩，不遺餘力，而往往不知出此，
故百尺竿頭，不能更進一步，亦失山谷之旨也。

為此，他力圖打破詩壇的凝固與僵化，以恢復詩歌創作的生機，事實上，
「活法」詩論是以求變、創新為指歸的，其根本目的在於反僵化，反凝定模式，
矯正一時盛行的模擬風氣。顯然，這一有針對性的理論的提出，在當時具有重
要而深刻的意義，它預示並指引著宋詩發展的新方向。

楊萬里的「誠齋體」詩，其實質同樣是反僵化，矯正江西詩派末流的作詩
弊端。「誠齋體」活潑靈動之特性，是在完全擺脫了江西詩派束縛以後，作者
不斷求變求新的結果。說來楊萬里初非有意識地去實踐呂本中的「活法」詩論，
大約只是一種感悟，一種嘗試。文學藝術的傳統不同於一般意義上的傳統，前
者所指恰恰是標新立異的創造性意識，也可以認為是一種反傳統。正是在這樣
的意義上，E‧希爾斯才說：「許多小說家和詩人遭到傳統觀念的否定，這是不
足為奇的。對那些志在立異和獨創的人來說，似乎沒有什麼事情比參照古今前
人作品的型範來進行創作更窩囊的了：這種文學創作的反傳統意向因為與天
才傳統相結合而愈演愈烈。」〔註4〕如果說對於楊萬里而言，江西詩派的詩論
主張是一種傳統的話，他無疑是一位反傳統的詩人。從宋詩發展的全過程來
看，楊萬里與呂本中都是積極而順應發展變化趨勢的詩人，同時也都是清醒的

〔註3〕錢鍾書：《談藝錄》第118頁，中華書局1984年版。
〔註4〕（美）E‧希爾斯：《論傳統》第201頁，上海人民出版社1992年版。

有強烈創新意識的詩人。那麼，為什麼呂本中提出了「活法」詩論，卻沒能寫出具有真正意義的「活法」詩；而楊萬里雖未明確提出「活法」主張，創作實踐上卻呈現出典型的「活法」面目？

呂本中以其敏銳和清醒，有預見性地提出了自己的理論主張，並在有意無意間指明了宋詩發展的新方向。然而，個人詩歌風格的形成既需要一定的時間過程，更需要時代提供機遇。呂本中之所以沒能將「活法」理論成功地運用到詩歌創作的實踐中去，從而形成鮮明而獨特的個人風格，主要是因為他的時代尚無法為其提供新的文化土壤和新的創作機緣，即缺乏新因素為其「活法」理論注入無限生機。固然，其中也少不了資質、才能等個人稟賦方面的原因。

楊萬里則不同。他處在一個新的歷史時期——南宋王朝剛剛建立起來，國家經濟一時繁榮富裕，政治、軍事相對穩定，文化亦日漸發達。一方面這種穩定、繁榮的社會狀況給予詩人一種自信、一種樂觀、一種氣魄；另一方面，政治上的偏安局面又激發起詩人收復河山、建功立業的雄心壯志。與此同時，詩人更對這個相對有生機的政權滿懷憧憬與希望。總之，詩人振奮而富於激情。這便是「誠齋體」產生的基本背景。下面的一首《夏夜玩月》就頗能說明問題：

> 仰頭月在天，照我影在地。我行影亦行，我止影亦止。不知我與影，為一定為二？月能寫我影，自寫卻何似？偶然步溪旁，月卻在溪裏！上下兩輪月，若個是真底？為復水是天？為復天是水？

這首詩與江西派影響下的宋詩風格迥異。詩中感情豐富細膩，境界開闊，思緒飛動，筆法靈活，有韻外之致，彷彿流溢出縷縷唐詩風味，卻又完全是獨出機杼。這便是時代賦予詩人的精神與氣質。同時期的陸（游）、范（成大）等詩人的作品中亦表現出相類似的格調來。自然，「誠齋體」的「活法」亦根源於楊萬里個人的情感豐盈和思想通透以及精神上的樂觀豁朗。周汝昌先生評《夏夜玩月》詩云：

> 看他橫說豎說，反說正說，所向皆如人意，又無不出乎人意，一筆一轉，一轉一境，如重巒迭起，如紋浪環生。〔註5〕

周先生以為此詩筆致活潑有趣，是誠齋「活法」詩的典型。

從文學發展的角度來看，呂本中提出「活法」詩論之後，師從呂本中學習詩法句律的曾幾，曾在創作實踐中盡心盡力揣摸、領悟「活法」之奧要，有意識地發揚流轉圓美詩風。楊萬里則能在前輩詩人的成果中多方汲取營養，並逐

〔註5〕周汝昌：《楊萬里選集・引言》第7頁，上海古籍出版社1979年版。

漸礪煉出個人風格。他在《題徐衡仲西窗詩編》中說：「居仁衣鉢新分似，吉甫波瀾並取將。」表達了對呂本中和曾幾趨於新變詩作的重視。

應該說呂本中的大部分詩歌表現出江西詩派的風致與特點，然而也有少部分詩作，善於以自然流轉的輕快語言，描寫平常的風景，表現平凡的小事，抒發日常生活中的細微感受。如他的《春日即事》詩中有句：「亂蝶狂蜂俱有意，兔葵燕麥自無知。池邊垂柳腰肢活，折盡長條為寄誰？」充滿清新活潑的情趣，「誠齋體」中有些作品與此情調頗為相近。

曾幾對楊萬里有更加直接的影響。曾幾詩的主要內容是對山林泉石的描繪乃至內心切實感受到的情趣意味的抒發，表現了詩人由書齋走向自然的明確傾向。詩人在自然中感受萬物的生機，傳達自然的靈動活潑。且看他的《三衢道中》：

梅子黃時日日晴，小溪泛盡卻山行。綠陰不減來時路，添得黃鸝四五聲。

再看楊萬里的一首《午憩》：

嫩綠桐陰夾道遮，爛紅野果壓枝斜。日烘細草香無價，況有三枝兩朵花。

兩首詩雖一寫春一寫夏，卻同樣自然明快，同樣清新活潑，同樣情味雋永。由此可見，呂本中在詩歌創作中偏重「活法」的追求，著意於語言的流轉圓美；曾幾則偏重於「活法」的情致神韻，注重輕快流動的意緒和對自然物象的深入細微感發。而楊萬里正是在兩者結合基礎上繼續開拓，本著活潑潑的詩心和極敏銳的感受，在實踐中闖出了自己的路，創造了以「活法」為基本特性的「誠齋體」。

二、楊萬里的「悟」

楊萬里有一首詩，是談「悟」的，題作《讀唐人及半山詩》：

不分唐人與半山，無端橫欲割詩壇。半山便遣能參透，猶有唐人是一關。

「唐人」這關一過，楊萬里便進入了渙然自得、七橫八縱的「欣如」狀態。楊萬里自言：這是「悟」。所謂「參時且柏樹，悟後豈桃花」（《答李天麟二首》其二），大有詩禪一貫之義。

我們知道，楊萬里的悟詩過程經由江西詩派、後山五字律、半山及晚唐絕

句，最終進入信手拈來、出處自如的境界。這個過程，實質上是進得去出得來，慢慢排除干擾，逐漸擺脫種種束縛的過程。在入手學黃庭堅詩法時，楊萬里便把握到了想要創格的最大秘訣：換一種思維方式，尋找個性化的獨特的觀察角度，一句話，絕不能亦步亦趨。如此，他便排除了僵化的思想方法和固定的思維模式。選擇師法陳師道，主要是楊萬里看到了陳師道為擺脫江西繩墨所付出的艱辛努力。在這段時間的學習中，楊萬里消除了對詩歌形式方面的一系列顧慮。他發現，曾經被黃庭堅那麼重視的詩歌語言表現形態，在陳師道那裏並未被奉為圭臬。在陳詩中，平白而生動、樸實而流暢的表達方式成了其詩歌語言的主流。換言之，在陳後山看來，詩歌的語言應當全力為詩人所要傳達的情感服務。在這一點上，應該說楊萬里比陳師道悟得更透。排除以上這些顧慮和干擾之後，楊萬里所面臨的一個重要問題就是：詩歌之所以成為詩歌的精髓或本質是什麼？

逐一體味了江西諸君子詩、王半山詩、賈島詩以及白居易、劉禹錫等人的詩之後，楊萬里的「悟」更深入一層。他在《頤庵詩稿序》中說：

> 夫詩何為者也？尚其詞而已矣。曰：善詩者去詞，然則尚其意而已矣，曰：善詩者去意。然則詩果焉在？曰：嘗食夫飴與荼乎？人孰不飴之嗜也，初而甘，卒而酸，至於荼也，人病其苦也，然苦未既而不勝其甘，詩亦如是而已矣。（《誠齋集》卷八十三）

誠齋的意思很明確，「詞」與「意」於詩而言固然重要，然而，風味則是詩歌最本質的東西，是詩的精髓。風味，當在言之外，所謂言有盡而意無窮。這也正是《誠齋詩話》中所說的「詩已盡而味方永」，「詩有句中無其辭而句外有其意者」之義。一首詩，無論語言如何，句法如何甚至內容如何，其價值最終還是在於它是否有意味。而這意味，並非虛無縹緲、玄而又玄的東西，它就存在於古往今來所有經久不衰的經典詩歌中：在《誠齋詩話》中，楊萬里對此作了進一步闡釋，並列舉了一些詩例：

> 太史公曰：「《國風》好色而不淫，《小雅》怨誹而不亂：《左氏傳》曰：「《春秋》之稱，微而顯，志而晦，婉而成章，盡而不污。」此《詩》與《春秋》紀事之妙也……晏叔原云：「落花人獨立，微雨燕雙飛。」可謂「好色而不淫」矣……劉長卿云：「月來深殿早，春到後宮遲。」可謂「怨誹而不亂」矣……李義山云：「侍燕歸來宮漏永，薛王沉醉壽王醒。」可謂微婉顯晦，盡而不污矣。

誠齋以為《詩經》與《春秋》中的風味最濃厚也最醇正，這是容易理解的。《詩經》與《春秋》可以看作是原生態的現存古老的文學作品，其中富含文學最本質的東西。這種本質的東西正是文學之所以存在並得以發展的根源。誠齋所引詩句，都是自然感發，鬱積於心，委婉表達，言於此而意在於彼，且喜怒不形於色。詩中蘊含的那種風味，那種意趣，就是詩人感悟於心並豁然開朗之詩歌要義。按之楊萬里開悟後的詩作，不難體會到其中幽隱，下面是他的《度小橋》詩：

> 危橋度中半，深溪動人心，欲返業至此，將進眩下臨。已涉尚
> 回顧，溪水知幾深？誰能大此橋，以安往來人。

初看上去，這是一首平淡到再也不能平淡的詩。詩人只是在寫自己戰戰兢兢地度過一座危橋而已。然而詩之風味恰恰就藏在這平淡之中。此詩有刺：緣何沒有人來修此橋？雖然如此，卻不見劍拔弩張之勢，義憤填膺之情，正所謂「求其詩無刺之之詞，亦不見刺之之意也」。這是一種舉重若輕的寫法。須具有極深厚的文化積累與道德修養，才有可能將此作詩法運用自如，從而進入創作的「欣如」之境。

楊萬里在攻半山和晚唐絕句這開悟前的最後一關時，最大的收穫就是發現並把握住了這種風味。於是，詩風變來變去的楊萬里終於找到了立足點。此後即使再變，也是萬變不離其宗，這是最終形成「誠齋體」的本質與靈魂。至此，由於能以平靜的心態去面對他曾努力擺脫的江西詩派和他特別推重的半山詩、晚唐詩，楊萬里顯得異常愉快：

> 江西宗派詩者，詩江西也，人非皆江西也。人非皆江西，而詩
> 曰江西者何？繫之也。繫之者何？以味不以形也。東坡云：「江瑤柱
> 似荔子。」又云：「杜詩似太史公書。」不唯當時聞者嘸然陽應曰諾
> 而已，今猶嘸然也。非嘸然者之罪也，舍風味而論形似，故應嘸然
> 也。形焉而已矣。高子勉不似二謝，二謝不似三洪，三洪不似徐師
> 川，師川不似陳後山，而況似山谷矣？味焉而已矣。酸鹹異和，山
> 海異珍，而調胹之妙，出乎一手矣。(《誠齋集》卷七十九《江西宗
> 派詩序》)

這段話說來說去無非是說詩當以味為重，即「味焉而已矣」。蘇東坡說海鮮美味與荔枝的美味都在於其「鮮」，從這樣的意義上說二者是相似的。江瑤柱，為貝類海味珍品，又稱江珧、櫛江珧。其殼大而薄，肉柱形，極鮮美。荔

子，即荔枝。東坡常以味喻詩，如「故應好語如爬癢，有味難明應自知」（《次韻答劉景文左藏》）；「酸鹹雜眾好，中有至味永」（《送參寥師》）等。「杜詩似太史公書」有跨文體比較的意思，這裏與「江瑤柱似荔子」對舉，意在強調味在詞與形之上。高子勉，即高荷，江西派詩人。劉克莊《江西詩派小序》稱其「親見山谷，經指教」。黃山谷稱他「以杜子美為標準，用一字如軍中之令，置一字如關門之鍵……蓋天下士也」。「二謝」亦指江西派詩人謝逸（字無逸）和謝邁（字右槃），而非指謝靈運與謝朓，誠齋這裏固以江西詩人為說詞也。「三洪」與徐師川，都是黃山谷的外甥。「三洪」是指洪朋（字龜父）、洪芻（字駒父）、洪炎（字玉父）兄弟三人。徐師川名俯，師川為其字。之所以對誠齋這段話略作注釋，是因它特別重要，誠齋特重詩之韻味與情致，視味為詩之大要。他比較了江西派詩人的不同韻味，是要說明變的道理，用意仍在指斥凝固與僵化。此外，「二謝」、「三洪」亦容易混淆。在宋代，洪适、洪遵、洪邁兄弟三人，也被稱為「三洪」，且此「三洪」較彼「三洪」名氣更大些。

可見，在誠齋看來，要溝通江西詩派與晚唐諸家，不過是「味焉而已矣」。其區別在形之差異，而「形」則是「求之可也，遺之亦可也。」（《誠齋集》卷七十九《江西宗派詩序》）。至於味之不同，全在詩人「調脂之妙，出乎一手」，與美廚無異。誠齋此一「悟」，大致在淳熙五年（1178）前後，他自己說在「忽有所悟」之後，便進入了「萬象畢來，獻予詩材」的「欣如」狀態（《誠齋集》卷八十《荊溪集序》）。於是，在此後的「誠齋體」詩作中，我們不難發現，詩人儘量去表現、去傳達的正是韻致與意味，往往從尋常事物景觀之中，創造出新奇來。「誠齋體」詩絕大多數彷彿沒有什麼重大的動機或原因，他的詩是自然而然地流淌出來的；他的詩也似乎不存震撼人心的初衷，卻有著咀嚼不盡的回味，有如滋潤心田的涓涓細流：

> 三月風光一歲無，杏花欲過李花初。柳絲自為春風舞，竹尾如何也學渠？

——《寒食相將諸子游翟園詩》

詩人信手捕捉眼前景物，它體現了「誠齋體」的一貫作風。這可以說是一首純粹的景物詩，沒有絲毫刻意「言志」與「載道」的痕跡。正是因為這種純粹，使我們陷於沉思，渴望在其中尋找到什麼。在如此千姿萬態、喧嘩鬧熱的春潮湧動之中，詩人所要表現的只是生命力的孳勃，自然界生生不息的律動。經歷了無數滄桑的詩人，面對明媚而又絢爛的自然，他想些什麼呢？自然、

詩、詩人以及讀詩的人與宇宙、人生到底有著怎樣錯綜複雜而又微渺難言的關係？想必這正是言有盡而意無窮的魅力所在吧。

塞繆爾・泰勒・柯勒律治說得好：「在詩歌創作中，同樣也在文學研究中，天才將最為普遍承認的真理從普遍認可的環境造成的軟弱無力的境地拯救出來，同時，創造了最為強烈的新奇效果。」〔註6〕楊萬里正是這樣的天才。

悟後的楊萬里，才真正稱得上是「誠齋體」詩論成就特出的實踐者。他將「活法」發揮到了極致，這或許是他的前輩呂本中所未曾想到的。故劉克莊說，江西派詩人對於「活法」，多「不知紫微（呂本中號）去取之意云何，惜當日無人以此叩之。後來誠齋出，真得所謂活法，所謂流轉圓美如彈丸者，恨紫微公不及見耳」〔註7〕。劉後村洞見幽微，可視為紫微和誠齋之同道。

三、「誠齋體」之俗

關於「誠齋體」詩歌的俗，後人病詬者甚多。如清人田雯在《古歡堂雜著》卷一中云：「誠齋一出，腐俗已甚。」沈德潛《說詩晬語》卷下言誠齋詩「變為諧俗」。《宋詩鈔・誠齋詩鈔》則謂：「後村謂放翁學力也似杜甫，誠齋天分也似李白，蓋落盡皮毛，自出機杼，古人之所謂似李白者，入今之俗目，則皆俚諺也。……嗚乎！不笑不足以為誠齋詩。」〔註8〕翁方綱《石洲詩話》中雖有褒語：「誠齋之詩，巧處即其俚處。」〔註9〕然抵語貶調亦多，茲不再羅列。

雅俗問題，是一老大問題，見仁見智。清人詩話中固不乏真知灼見者，卻也不無迂腐之談。這裏要思考的問題是：在「誠齋體」詩歌中，「俗」究竟表現在哪些地方？爾後才能判斷俗在「誠齋體」中之得失。

一般說來，「俗」首先指的是通俗。胡適在《逼上梁山》一文中幾次談及通俗，並以宋詩為例，他說：「由唐詩變到宋詩，無甚玄妙，只是作詩更近於作文！更近於說話。近世詩人喜歡做宋詩，其實他們不曾明白宋詩的長處在哪裏。宋朝的大詩人的絕大貢獻，只在打破了六朝以來聲律的束縛，努力造成一

〔註6〕轉引自（英）拉曼・塞爾登編《文學批評理論——從柏拉圖到現在》第146頁，北京大學出版社2000年版。
〔註7〕劉克莊：《江西詩派小序・總序》，見丁福保輯《歷代詩話續編》上冊第486頁，中華書局1983年版。
〔註8〕顧廷龍：《詩歌總集叢刊》第370頁，三聯書店1988年版。
〔註9〕郭紹虞：《清詩話續編》第1436頁，上海古籍出版社1983年版。

種近於說話的詩體。」〔註10〕就這一點而言，楊萬里稱得上是有「絕大貢獻」的「大詩人」了。不唯楊萬里、陳師道、曾幾、范成大甚至包括黃庭堅在內，都可以被稱為白話詩人：

楊萬里是一個衝口出常言，至味自在其中的詩人。他的詩樸實、簡淡、清新、流暢，同時也重布局，講用字，能明顯看到陳師道與曾幾的影響。看他的那首《懷古堂前小梅漸開》：

梅邊春意未全回，淡月微風暗裏催，近水數株殊小在，一梢雙朵忽齊開。生愁落去輕輕拆，不怕清寒得得來。腸斷故園千樹雪，大江西去亂雲堆。

紀昀評此詩：「渾成圓足，格意俱高。」〔註11〕這樣的詩既平白如話，也能見出作者對總體布局以及語言的推敲，在誠齋體中是屬於雅俗共賞的作品。「不怕清寒得得來」這樣的句子與尋常說話的聲吻無異，全詩之通俗流暢也是顯而易見的。

其次，「俗」指的是鄙俗，即鄙俚粗俗。所謂鄙俗，或以為是格調不高，「以村學究語入四聲」（田雯《古歡堂集·雜著》卷一）；或以為是以平民情調入詩，語言淺陋，所謂「誠齋詩多患粗率。此詩順筆掃下，貌似老而實非」〔註12〕。如此等等。楊萬里有一首《霰》詩，曾遭到紀昀的指斥。先看詩：

雪花遣汝作前鋒，勢頗張皇欲暗空。篩瓦巧尋疏處漏，跳階誤到暖邊融。寒聲帶雨山難白，冷氣侵人火失紅。方訝一冬暄軟甚，今宵敢歎臥如弓。

紀昀評曰：「起二句粗。三四巧密，然格不高：五句笨，六句湊。」〔註13〕顯而易見，紀昀不喜歡這首詩，按他的詩歌審美標準，這就是一首鄙俗的詩。而這位大名鼎鼎的紀曉嵐，其審美觀是很有代表性的。他們重視詩歌的所謂格調，講究布局結構，錘鍊琢磨字句，追求高雅的詩味和脫俗的意境。這正是傳統的詩歌觀念在清代趨於模式化和規範化的表現。用這樣的眼光來審視誠齋

〔註10〕胡適：《胡適古典文學研究論集》第204頁，上海古籍出版社1988年版。
〔註11〕（宋）方回：《瀛奎律髓匯評》第803頁，李慶甲集評校點本，上海古籍出版社1986年版。
〔註12〕（宋）方回：《瀛奎律髓匯評》第803頁，李慶甲集評校點本，上海古籍出版社1986年版。
〔註13〕（宋）方回：《瀛奎律髓匯評》第902頁，李慶甲集評校點本，上海古籍出版社1986年版。

的這首詩，自然有不少的格格不入之處。總之，紀昀未曾把握住誠齋求變與出新的精神，或者說對誠齋的「活法」作詩缺乏深入的思考，故不可能真正理解。須知誠齋為詩，遵循的最重要一條原則是：靜心感受自然和生活。他特別強調「興」的作用，且對「興」有獨到的理解。在《答建康府大軍庫監門徐達書》中，他說：

> 大抵詩之作也，興上也，賦次之，賡和不得已也。我初無意於作是詩，而是物是事適然觸乎我，我之意亦適然感乎是物是事。觸先焉，感隨焉，而是詩出焉。我何與哉？天也。斯為之興。

這裏所說的「興」，指無意求詩，而「興」到詩自成。正所謂「郊行聊著眼，興到漫成詩」（《春晚往永和》）。此「興」不消說已逸出「賦比興」之「興」的本義。他的《觀化》詩頗能說明問題：

> 道是東風巧，西風未減東。菊黃霜換紫，樹碧露揉紅。須把乖張眼，偷窺造化工。只愁失天巧，不悔得詩窮。

詩人置身於秋色圖中，並不滿足於欣賞斑斕的色彩，卻偏要尋根究底，一睹造化之工如何施巧。他首先注意到了風，從而激發起詩情，一氣呵成了這首小詩，顯得毫不費力，天籟自成。

由此我們不難發現，楊萬里的詩歌審美觀念與傳統的詩歌審美觀念有著明顯的不同。在他看來，美並無界限，它是無所不在的；美也似乎無所謂雅俗，雅俗之間可以穿透。於是，在誠齋手裏，涉筆成趣，沒有什麼事物不可以入詩。便是冬天裏曬太陽的蒼蠅，也被他寫得饒有機趣：「隔窗偶見負暄蠅，雙腳接拿弄曉晴。日影欲移先會得，忽然飛落別窗聲。」（《凍蠅》）詩人的觀察細而又細，捕捉到了一個生動的瞬間，透視到了豐富多彩的微靈世界。蒼蠅在人類看來是醜陋的，但在詩人那裏，卻在剎那間發現了人以外的生命形態，並以靈動而細緻的筆觸將其表現出來，而且是那樣的迅速，那樣的準確！這是一種極微妙的、轉瞬即逝的美，若無靈巧與活泛的筆致，焉能為之？

誠齋有誠齋的追求。「誠齋體」詩以一種特殊的方式為詩人的美學理想服務。為了定格那種瞬間的美、微妙得常人不易發現的美，楊萬里常常張口即來，並不過多地推敲琢磨，其中得失物議多因此產生。然他並不放棄自己的追求。他盡可能地調動一切具有表現力的手段，將即時感受到的美定格。這其實是對詩美視域的拓展與發掘。這種類型的美，是抱定某種美的範式的詩論家一時所無法接受的。

　　縱觀楊萬里求變求悟的過程，不難發現，事實上，他並不排斥傳統詩美的觀念。因了題材內容的需要，他的詩有時非常講求格調，錘鍊字句，精心布局，工夫很深厚。他實在也能雅。如《送丘宗卿帥蜀》詩，就為賀裳所激賞。《載酒園詩話》卷五評曰：「『杜宇』句尤極弄姿之妙，二物正蜀中花鳥，不惟精切，兼有風致。次聯亦巨麗，固是傑作。又『荒城日短溪山靜，野寺人稀鶴雀鳴』，蕭條之狀如見。」〔註14〕此外，《夜坐》、《過揚子江》等亦屬此類。

　　至於說到「誠齋體」詩語言方面廣泛汲取營養，不避俚言俗語、方言口語，甚至諧謔諢語，本質上可視為是對傳統詩歌語言大膽的拓展與超越，具有濃厚的創新意識。清人李樹滋說：「用方言入詩，唐人已有之。用俗語入詩，始於宋人，而要莫善於楊誠齋。」(《石橋詩話》卷四)加以藝術提煉的俗語（包括口語、家常語乃至方言、市井熟語等），又可稱之為「本色語」。元曲中用例極多，而且句法變化豐富。顯然曲子較詩詞更易於運用俗語。王驥德說：

　　　　詩與詞，不得以諧語方言入，而曲則惟吾意之欲至，口之欲宣，
　　縱橫出入，無之而無不可也。(《曲律・雜論三十九下》)

　　「誠齋體」詩何嘗不是如此？在表達方式上，「誠齋體」以白描手法見長，又善於勾勒與點染，往往是頰上添毫，生動傳神。這種表達方式與元曲的「尖新」、「透闢」多有暗合之處。元曲不避直白之語，表情達意常是衝口而出，是真性情的自然流露，所謂說盡道透，生新潑辣。「誠齋體」詩亦如此，如《曬衣》詩：

　　　　亭午曬衣晡折衣，柳箱布袂自攜歸。妻孥相笑還相問：赤腳蒼
　　頭更阿誰？

　　這首詩率真自然，彷彿隨口吟出，不見絲毫雕飾與造作，可謂天真絕俗。細繹其語言，平樸直白，純然是口語化的，庶幾近於曲的表達方式。而且，這首小詩頗有「打諢」意味，前兩句是「打猛諢入」，後兩句是「打猛諢出」。黃庭堅曾說：「作詩如作雜劇，初時布置，臨了須打諢，方是出場。」我們知道，江西詩派骨子裏是禪，而禪宗的「棒喝」，又與雜劇的「打諢」有著某種內在的聯繫，故黃山谷將「打諢」視為一條重要的作詩技巧。不消說，這裏的「打諢」絕無一絲貶意。在這一點上，運用得最出神入化的詩人怕是非楊誠齋莫屬

〔註14〕郭紹虞編：《清詩話續編》第一冊第449頁，上海古籍出版社1983年版。賀裳所評誠齋《送丘宗卿帥蜀》（原詩一組三首）其二云：「諭蜀宣威百萬兵，不須號令自精明。酒揮勃律天西椀，鼓臥蓬婆雪外城。二月海棠傾國色，五更杜宇說鄉情。少陵山谷千年恨，不遇丘遲眼為青。」

了，儘管他不屬於江西詩派中人。所謂「打諢」，在雜劇中主要指退場前以詼諧機智的語言贏得笑聲，令人有餘味不盡之感。而在「誠齋體」詩中，「打諢」已不僅僅是藝術構思和結構布局上的技巧方法而已，更是詩人一種詼諧性情與平民意識的自在流露，從而使其詩充滿智慧的諧趣。如：「卻是竹君殊解事，炎風篩過作清風」（《午熱登多稼亭》），這是以竹為諢。「青簾不飲能樣醉，弄殺霜風舞殺他」（《夜泊平望》），這是以酒旗為諢。「最是楊花欺客子，向人一一作西飛」（《都下無憂館小樓春盡旅懷二首》之一），這是以楊花打諢。「東風未得顛如許，定被春光引得顛」（《又和風雨二首》其一），這是以春風為諢等等。從這一點來說，誠齋並非徹底割斷其與江西詩派的聯繫，在某些意趣上因為「活法」的需要，他甚至有很大的發揮。也正是在諢趣意義上，「誠齋體」與元曲之間有著驚人的相通會之處。問題在於：產生於南宋中期的「誠齋體」何以與差不多百年後的元曲能同氣相求，具有某些相似的品質呢？

眾所周知，宋元之際是俗文學蓬勃興起的時代。誠齋是講求變易的詩人，他一官一集，一集一變，可以說始終在求變創新的努力之中。清人陳訏說：「楊誠齋矯矯拔俗，魄力又足以勝之，雄傑排奡，有籠挫萬象之概，攀韓頡蘇宜也。誠齋集甚富，然未免過於擺脫，不但洗盡鉛華，是粗頭亂服矣。」（《宋十五家詩選·誠齋詩選》）他看出了誠齋之致力於「擺脫」，也承認誠齋詩「洗盡鉛華」，只是嫌其未免有些過；「粗頭亂服」也不可視為貶語。陳訏擔心後學模擬誠齋畫虎不成，以為誠齋與韓、蘇一樣不易學，結論是：「先生亦別開生面矣。」（同上）「誠齋體」語言淺切本色，題材往往尋常所見，意境率真自然，風格明快活潑，的確有比較濃重的後世曲的韻味。故稱其開後世活文學——曲之風氣，不為過也。說誠齋的追求具有新的文學因素，預示著文學發展新的方向，亦不為過之。

總之，楊萬里在詩歌創作中不斷變化，反覆嘗試的過程，實際上是一個頭腦清醒的詩人自覺尋求個性化創作道路的過程。他對創新的意義領會得很深。首先，他清楚地意識到，詩歌藝術是創造的藝術，模仿與因襲是沒有出路的。創新意識及其素質是衡量詩人及其作品價值的最重要標準。其次，在作為哲學家的楊萬里看來，創新本質上是一種超越，即是說，這種「新」，不是憑空所能獲得的，而是要不斷地對現存詩歌審美觀念提出疑問，從而在揚棄基礎上逐漸形成新的詩歌美學觀。楊萬里在這方面作出了切實的努力，也取得了可觀的成就。第三，詩歌又是語言的藝術，詩歌史從語言變化史的角度也可以得到很

好的解釋。誠齋廣泛汲取語言養料，大膽以俗語入詩，在經歷長期摸索探求之後，終於形成了「誠齋體」的獨特風格韻致。最後，誠齋在藝術思維方面異常敏銳，感受力也非常活躍，這是他長期磨煉的結果。他的詩風之所以變來變去，也是不斷否定不斷探索的過程。詩人非聖賢，在形成個人風格時並非一蹴而就。黃宗羲曾說：「夫誠齋之所以累變者，亦不敢以自信之心為之也。」〔註15〕然而在反覆幾次大的變化之後，誠齋最終把握住了詩歌發展的新方向，並順應這一方向，將「俗」的東西融入自己的創作，且發揮得淋漓盡致，從而進入了渙然自得之境。他在《跋徐恭仲省干近詩》其三說：

　　　　傳派傳宗我替羞，作家各自一風流：黃、陳籬下休安腳，陶、
　　謝行前更出頭！

　「誠齋體」的俗化傾向，具有形式上和本質上雙重重要的意義：形式上，「俗」有強烈創新意識，它預示了宋詩發展的新方向；本質上，「俗」又受控於誠齋的「正心誠意」之學，溯源求根，與傳統詩教又有著割不斷的聯繫，故它是「活法」作詩的必然選擇。因而，「誠齋體」詩歌之「俗」，不同於民間文學的俗，它具有新的審美意義，屬於更廣闊的詩歌審美範疇。它的積極後果便是誠齋的獨步詩壇，其作品「活潑剌底，人難及也」！〔註16〕

原載於《南京師範大學文學院學報》2002 年第 3 期

〔註15〕（明）黃宗羲：《黃梨洲文集》第 351 頁，中華書局 1959 年版。
〔註16〕金人劉祁引李屏山評罵誠齋語，見劉祁：《歸潛志》卷五第 87 頁，中華書局 1983 年版。

出處進退說靜修
——從劉因詩詞看其人品風節

　　劉因是理學史上一位著名的學問家，在元代與許衡、吳澄並稱。同時，劉因又是一位著名的文學家，他的《白溝》、《白燕行》等詩盛傳不衰，在元代詩壇上，有開啟之功。清葉矯然稱讚劉靜修詩「矯矯不凡」、「警異可稱」（《龍性堂詩話初集》）；又稱「李莊靖（俊民）、劉文靜（因）起宋季之狹陋，開元始之風華」（《龍性堂詩話續集》）。而明人李東陽則認為：「極元之選，惟劉靜修、虞伯生（集）二人，皆能名家，莫可軒輊」。（《麓堂詩話》）綜觀靜修詩，他的古體詩閒婉沖淡，風骨凜然超邁；今體詩更是氣勢渾灝，筆調蒼勁，可直逼盛唐。劉因詩文，多半湮沒。但從他僅留存的詩文看，亦可概見他的人格操守。

一、家世與學養

　　劉因（1249～1293），字夢吉，保定容城（今河北徐水）人。初名駰，字夢驥，後易為「因」與「夢吉」。因他愛諸葛孔明「靜以修身」之說，名其所居為「靜修」，世人遂稱他為靜修先生。又號為雷溪真隱、牧溪翁、樵庵、汎翁、雪翠翁等。劉家世代業儒，又以耕讀為宗，「雖非公卿門，紆朱相接足」（《和歸田園居》，《靜修先生文集》卷三。本篇所引劉因詩詞，均見四部叢刊初集本，下只注篇名）。稱得上是書香門第。劉因出世的時候，家道已中落。劉因父祖本為金朝人。劉因出生時，金亡已十五載，按說他已是元蒙統治下的子民，他出仕與否，並不存在名節問題。但劉因所受的教育以及師承的學問，

皆根於漢族傳統文化，所以他對金朝文物風習，無限眷戀，對兩宋義理文章，更是崇尚倍至，他自視為亡金遺民、故宋學子，在思想感情上一直與元蒙統治者格格不入。全祖望《宋元學案·靜修學案》說：「文靖生於元，見宋、金相繼而亡，而元又不足為輔，故南悲臨安，北悵蔡州。集賢雖勉受命，終敝履去之，此其實也。」有人認為元初綱常不立，姦佞恣橫，元世祖嗜殺酷烈，不足為輔，所以劉因始終採取不合作的態度，以至被忽必烈稱為「不召之臣」。類似說法，表面上看，都不無道理，然未能觸及問題的實質。說到底，是割不斷文化承傳上的根所致。金朝典章文物，一承中夏漢族文化傳統，可謂一壤之根。劉氏家族，儒學根柢深厚。劉因天資絕人，才器卓異，六歲能詩，八歲能草書，「進學之敏，一日千里」（《畿輔通志》卷一百七十五，元楊俊民撰《劉靜修祠記》）。蘇天爵《墓表》又說「先生將生之夕，父夢神人馬載一兒至其家，曰善養之。既覺而生，乃名曰駰，字夢驥，後改今名及字」。自小師事名儒郾城先生硯彌堅。據《元史》本傳，劉因初從國子司業硯彌堅學習經學章句，後又得趙復所傳程朱之學，又對周（敦頤）、邵（雍）「觀物之書，深有契焉」，窮通性理之學，學養「博通精深，未嘗守一家之言」（《靜修先生文集》卷末王灝題跋）。劉因因有如此根植勁厚的學養，目睹儒道之尊不能風行，所以始終不肯出仕。所謂「則知苟非行道之時，必不當出，亦不擇地而居之」（《宋元學案·靜修學案》）。這正是這位「不召之臣」內心隱曲的關鍵。

忽必烈曾兩次徵召劉因，第一次是至元十九年（1282），未及一年，即以母疾辭歸。第二次是至元二十八年（1291），劉因又以「素有羸疾」為由，堅辭不赴，後隱跡鄉野，終生以授徒為業。劉因拒不仕元，原因的確撲朔迷離，讓人難以說出確切的根據，然而，綜觀劉因詩文詞賦，我們可以獲得一個較為明晰的印象，那就是劉因出處行藏的緣由確乎是根植於文化心理上的，抓住這一點，對於我們認識和評價劉因可以說是至關重要的。

二、「承平文物記金源」

劉因生於元蒙滅金未久之時，對金元之際的殺伐屠戮，怵目驚心，頭腦中始終有抹不去的陰影。同時對金源承平時日，格外懷念。面對新朝，獨念舊國，河山之感，黍離之悲，揮之不去。他對三代漢唐，心嚮往之，情意之深厚，辭語之懇切，都足以令人讀之而感奮，思之而動容。他在詩文中每每言及草木成騎、衣冠化魚的往事，如《雜詩二首》其一云：

　　　　　聞昔飛狐口，奇兵入搗虛。

　　　　　人才九州外，天道百年餘。

　　　　　草木皆成騎，衣冠盡化魚。

　　　　　遺民心膽破，諱說戰爭初。

　　其中「人才」句透露出劉因的「夷夏之防」觀念，他原本將自己視為「羲皇」子孫，三代漢唐餘脈。而「天道百年餘」，卻幾成「讖語」，元蒙國祚不過百年，被他不幸而言中。劉因詩中多出現「羲皇」、「陶令」及「元龍」的名字，這是頗耐人尋味的。如「莫道幽人好標置，北窗自古有羲皇」（《夏日即事》）；「有時陶令羲皇上，何物元龍湖海豪」（《萬古》）；「吾心素羲皇，人世不可諧」（《隱仙谷》）等。如果說「吾心素羲皇」是志在從周公孔子之後，為往聖而繼漢儒之學，那麼劉因的歸隱正是不欲達世，而求志獨往，其心志與陶淵明有相通之處。這恰恰是他追慕淵明，每每以陶令自況的緣由。

　　說元蒙不足為輔，所以劉因高蹈遠晦，亦不乏根據。《靜修先生文集》中對金元之際殺伐的殘暴，綱紀的鬆弛以及戰爭所帶來的滿目瘡痍，描述甚多，語調沉痛，情景悲愴，足使人掩泣不已。其中《翟節婦詩並序》有云：「昔金源氏之南遷也，河溯土崩，天理蕩然，人紀為之大擾，誰復維持之者！……」此詩記述翟氏在戰亂兵刃中，痛失丈夫，自己也九死一生。劉因借翟婦守節，在序中議論說：「夫人心之極，有世變之所不能奪者，於此亦可以見之。」深味其詩。劉因分明以節婦而自況，言事變不可奪其志。這與他在《明妃曲》中含蓄蘊藉的寫法是如出一轍的：「君心有憂在遠方，但恨妾身是女郎，飛鴻不解琵琶語，只帶離愁歸故鄉。故鄉休嗟妾薄命，此身雖死君恩重。」與王安石同題詩作用意不同，劉因突出了昭君思念漢家故土的哀怨苦情，唱出了「胡恩自淺漢自深」的幽思，與馬致遠《漢宮秋》可謂異曲同工，意在喚起民族意識，使我們窺到了作者內心深處無法割斷的故國家園情結。結二句「君王要聽新聲譜，為譜高皇猛士歌」，則更加張揚了一個雙重意義上的「漢」字。原來，劉因在元代一直是將自己當作「客身」的。「故國無家仍是客，病軀未老錯呼翁」；「欲向溪南訪喬木，不禁煙雨正空濛」（《上冢》）。他遙望南天，心潮澒洞：「咫尺白溝已南北，區區銅馬為誰堅。」（《登武遂北城》）及至「南悲臨安」，他「客身」的感覺就更強烈了。在易代之時，他的精神家園分明在金源，溯而上之，承祀三皇周孔之禮，「人們忠孝寧無責，學術淵源先有盟」。這正是他文化意義上的根。

三、屈己降志，寄情於山水林泉

　　劉因自幼心高志大，無奈處於一個極為特殊的時局之中，加上個性的剛強不群，文化學養上的血肉聯繫等原因，不得已而屈已降志，投入了家山田園的懷抱。事實上元代有不少的文人都是如此抉擇的，元散曲中反覆詠歎的基調即是如此。不過劉因的抉擇似格外的苦痛，只要讀讀他的《呈保定諸公》、《秋夕感懷》等篇，不難看出他個性中狂狷、骨鯁的一面。他的「恥為時輩群，追思古人跡」以及「不有撥亂功，當乘浮海舟」(《馮瀛王吟詩臺》)之語，潛藏著無盡的低徊與慨歎。《宋元學案‧靜修學案》中所說的「蓋立人之朝，即當行道，不僅明道止。不能行道，而思明道，不如居田野……」說起來容易，做起來無疑是痛苦的。好在靜修內心深處確有與陶淵明相彷彿的情愫：一是「性本愛丘山」的秉性，二是安貧樂道的修養。

　　靜修詩中多有歌頌田園之趣與山光水色的佳句名篇，元吳師道尤愛靜修《詠薔薇》詩中的佳對：「劉因夢吉《詠薔薇》詩：『色染女真黃，露凝天水碧。』又《薔薇酒》詩，亦用下六字，常愛其佳對。」(《吳禮部詩話》)所謂「下六字」，乃指「女真黃」、「天水碧」。細味之，六字對得的確佳妙。然吳師道過於咬文嚼字了，靜修此類詩的佳處，更得力於意境的幽美和情趣的深厚。且看其《山家》：

　　　　馬啼踏水亂明霞，醉袖迎風受落花。

　　　　怪見溪童出門望，鵲聲先我到山家。

色彩明麗，韻味雋永，頗耐反覆吟詠。又如《探春》小詩：

　　　　道邊殘雪護短牆，牆外柔絲露淺黃。

　　　　春色雖微已堪惜，輕寒休近柳梢傍。

　　企盼春光，惜春、留春之細微心地悄然流出，色彩的對比與疏淡的筆觸亦令人撫玩無厭。

　　劉因此類詩古樸渾厚，清逸爽暢，陶淵明的淡遠，范成大的凝煉，盡在其中，又渾化無跡。而劉因自己的警異與矯矯然，特別是風骨超邁，意境深遠之處，亦非等閒作手能望其項背。

　　靜修隱居守拙，安貧樂道，雖不時流露出絲絲寂寥與愁苦，卻終不改其志。這類詩作數量最多，亦最是靜修心跡的真實剖白與自然流露，更是我們瞭解靜修隱居生活的鮮活材料。其《次人韻》詩云：

　　　　樂天方識淡中甜，安土無妨著處黏。

> 道在市朝皆可隱，機忘鷗鳥亦無嫌。
>
> 窗虛不礙山雲度，樹老慣經秋氣嚴。
>
> 世上閒愁渾幾許，而今青鏡滿霜髭。

自在自得之中又雜有逝者如斯、人生易老的憂傷，看似平樸簡淡，實為歷盡滄桑者沉至之語。「樹老慣經秋氣嚴」一句，大有老杜風韻。劉因晚年多病，自種草藥調理，也讀些醫書。「久乏園蔬因種藥，不留窗紙為抄方」（《夏日即事》）。即便如此，他心中仍裝著仲尼、朱子，貧病交加之中，元晦、仲尼成了他的精神支柱。痛楚之時，學者兼詩人的靜修自有排遣之道：「開眼昭昭天，無形有痛癢。斯人亦安忍，斫喪甘自枉。裈中虱一齧，其死隨翻掌。乃知天地間，感應如影響。」（《偶書》）這其實是他內外兼忘，無分彼我，專務其靜，視物若無心性思想的詩意解釋。將《偶書》詩與那篇有名的《馴鼠記》對照而讀，是不難揣摸到其奧旨的。再與他的《女蘿生松枝》詩對讀，就更能體味到靜修的性理思想與詩中哲思了：「人生朝露爾，豈止蜉蝣然。蕩蕩山海圖，悠悠皇極元。其間何物無，何事無推遷？事有古今希，達觀如寒暄。……」倘若閒適之中又有好心情，靜修便排除一切雜念：「莫思世事兼身事，不薄今人愛古人。明月清風無盡藏，野花啼鳥一般春。」（《野興》）一念到自然中去求靜：「閒從鳥雀分晴晝，靜與蛩螿共晚涼。」（《夏日即事》）這類閒適之作的代表作品當推《新晴》：

> 小雨新晴草色蘇，家園生理未全疏。
>
> 埋盆欲學魚千里，試地先栽芋一區。
>
> 時與老農談稼穡，不因閒客罷琴書。
>
> 乾坤妙處無人會，臥看牆陰雀哺雛。

然而，貧病交加，怡然快慰的心情畢竟是短暫而少有的，更多的還是「試看孤影伴頹然」（《除夕》）和「四海堂堂皆漢土，誰知流淚在金銅」（《感事》）的悽愴。劉因心底裏纏繞的，終是興亡意緒，家國情懷。

四、旨祖春秋，秉詩史之筆

靜修古體歌行，多豪縱之作，其詞亦調亢情激，有蘇、辛之風。《詠白溝》數首不必說，其《登鎮州隆興寺閣》及《明遠堂賞蓮醉賦》，也是明例。前者有云：

> 堂堂全趙思一嚬，江山落落吾心胸。

中原左界此重鎮，形勢彷彿餘兵衝。

胸中有故國山河，登閣一望，眼前猶現兵衝陣鬥，抹不去破家失國之痛，蒼涼沉鬱之中藏無盡慷慨激越，韻致類似杜甫。後者則有句：

荷香繞筆詩自健，滿紙已覺清江流。

平生老氣回萬牛，為君傾倒元龍樓。

舉杯喚起謝安石，我醉不省蒼生憂。

欲以醉忘憂，卻愈醉愈憂，寫法上又近於太白。《元詩紀事》卷五引明胡應麟《詩藪》評靜修詩：「歌行學杜，《隆興寺》、《明遠堂》等作，老筆縱橫，雖間涉宋人，然不露儒生腳色。」靜修雖是一代學問家，卻不失於迂執的書生氣，他關心民生疾苦，憫蒼生，哀黎庶，躬踐農務，熱腸古道，這種情愫，也與杜甫頗為相似。劉大杰先生曾說，劉因「是一位學者，他的詩風格豪放，頗有傷時感事和關懷農民疾苦之作，如《燕歌行》、《白雁行》、《憫旱》、《觀梅有感》、《晚上易臺》諸篇，都是好詩」。〔註 1〕靜修詞作，傳世無多，就《樵庵詞》而言，豪放一路的作品居多。長調如〔念奴嬌〕《憶仲良》、〔玉漏遲〕《泛舟東溪》；小令如〔菩薩蠻〕《元龍未減當年氣》、〔太常引〕《男兒勳業古來難》等，都是好詞，直可逼蘇辛一派詞人。

靜修詠史詩，也有名篇流傳。其中《讀史》詩頗為詩評家所稱賞。其詩云：

記錄紛紛已失真，語言輕重在詞臣。

若將字字論心術，恐有無邊受屈人。

此詩言簡意賅，對史官文化的弊端鞭劈入裏，一針見血，故陳衍輯撰《元詩紀事》引《薛文清公集》評曰：「道盡作史之弊。」而顧嗣立《元詩選》則贊其「此真善於論古者」。靜修又有《書事三首》，詠宋室覆亡事，明楊慎《升菴詩話補遺》評曰「含蓄不露，可謂詩史矣」。明都穆《南濠詩話》則謂其「辭意嚴正，可謂詩之斧鉞矣」。靜修曾兩詠馮道，其中《馮瀛王吟詩臺》見於《靜修先生文集》卷一（四部叢刊本），另一首以《馮道》為題者，文集未收，見於《元詩紀事》卷五。此詩罵盡折節貳臣，對朝秦暮楚之輩深惡痛絕。將上述諸詩與文集卷十三《讀史漫記》以及卷十八《輞川圖記》聯繫起來看，可概見靜修先生的氣節操守。若再聯繫《擬古》，就更見出靜修先生對屈節附勢者的鄙棄了：

多少白面郎，屈節慕身肥。

〔註 1〕劉大杰：《中國文學發展史》第 817 頁，上海古籍出版社 1982 年版。

奴顏與婢膝，附勢同奔馳。

吮癰與舐痔，百媚無不為。……

在痛罵揶揄之後，靜修感到恥與若輩為伍，發出了「世態盡倀鬼，吾將誰與歸」的歎息，靜修之人格風節，於風俗澆薄之中，卓然獨立；其出處進退，更顯得凜然絕俗。

明清詩論家每每尋章摘句，著眼於劉因詩詞俊語麗句，舉出「蜀道青天休種杞，武陵流水漫尋花」，「掌上三峰看太華，人間一發是中原」，以及「黃雲古戍孤城晚，落日西風一雁秋」等等。究其根本，實未從人格風範與審美情趣來推究根柢。元人論詩，崇尚古法。劉將孫說：「詩本於性情，哀樂俯仰，各盡其興。後之為詩者，鍛鍊奪其天成，刪改失其初意，欣悲遠而變化，非矣。」（《本此詩序》）劉因也說：「東坡謂：書至於顏柳，而鍾、王之法益微；詩至於李杜，而魏晉以來高風絕塵，亦少衰矣！」（《書王子端草書後》）可知靜修亦尚古樸渾厚，他詩中天真絕俗之處，並不鮮見。學問與詩翰，互為表裏，都透出靜修個性與追求，他對元詩流變發展，貢獻甚巨！沈鈞德曾說「蓋宋詩末流之弊也，為粗率，為生硬；元詩則反是。欲救宋詩流弊，舍元曷以哉！……循元詩盛軌，弗墜唐音，而溯源於《風》、《騷》、漢、魏」（《元詩別裁集序》）。瀏覽元詩，再回首細味靜修詩，是不難循到其承啟開拓之跡的。

原載《古典文學知識》1996 年第 2 期

劉因《明妃曲》發微

　　一說到《明妃曲》，人們很自然地會想到王安石的二首同題之作，詩中王昭君「低徊顧影無顏色，尚得君王不自持」的黯然銷魂之態，以及漢元帝「歸來卻怪丹青手，入眼平生未曾有」的追悔莫及之狀，都神情畢肖，活生生如在目前。特別是王安石「意態由來畫不成，當時枉殺毛延壽」，還有「漢恩自淺胡自深，人生樂在相知心」的議論，精警奇拔，給人留下了極為深刻的印象。

　　《明妃曲》實為樂府舊題，或稱《昭君怨》，又稱《明君詞》，或又徑直稱作《王昭君》，一向是詩人們特別偏愛的題材。從晉石崇的《王昭君》，到王安石的《明妃曲》，歷代著名詩人染指此題者未知凡幾，唐人似乎尤眾，盧照鄰、沈佺期、上官儀，乃至李白、杜甫、白居易等，都有吟詠昭君的詩作傳世。至元代，由於西北游牧民族奄有中國，此題更具有了特殊的意義。元人詠昭君的詩也特別多，其中劉因的一首《明妃曲》，格調別致，寄託遙深，藝術上也頗有獨到之處。它與馬致遠的《漢宮秋》雜劇異曲同工，表達了作者對王昭君傳說的一種新的思考，既具有時代精神，又不乏個性色彩：

> 初聞丹青寫明眸，明妃私喜六宮羞。
> 再聞北使選絕色，六宮無慮明妃愁。
> 妾身只有愁可必，萬里今從漢宮出。
> 悔不別君未識時，免使君心憐玉質。
> 君心有憂在遠方，但恨妾身是女郎。
> 飛鴻不解琵琶語，只帶離愁歸故鄉。
> 故鄉休嗟妾薄命，此身雖死君恩重。

來時無數後宮花，明日飄零成底用。

宮花無用妾如何？傳去哀弦憂思多。

君王要聽新聲譜，為譜高皇猛士歌。

這是一首七言古詩。它渾樸流暢，如泣如訴，極饒民歌風韻，特別是後半部分大量運用「接語」形式，類於宋元間說唱藝術中的「頂針續麻」，不僅讀起來朗朗上口，且有一種節奏上的急切感，彷彿昭君有萬語千言要訴說，直是不可間阻，見出作者長於古詩，在藝術上追求一種古樸渾厚、自然爽暢之美。劉因出手即不同凡響，他顯然不取《西京雜記》中的說法。畫師毛延壽因昭君不向他行賄，有意報復，處心積慮地將昭君畫像「點破」，至使元帝無法得見昭君的美麗。這樣的說法不見於史書，託名葛洪的《西京雜記》中的昭君故事或許來自民間傳說，可視其為小說家言。然而，歷代文人都津津樂道畫師誤人之事，並於此大作文章，連王安石也未能免。劉因則反是，他彷彿有意在作翻案文章，說畫師「丹青寫明眸」，將昭君形象畫得光彩照人，以至相形之下，後宮佳麗黯然而失色，真的是「六宮粉黛無顏色」了。「明妃私喜六宮羞」一句，大約是受到了白居易《長恨歌》的啟發。劈頭裏就是力排眾議翻案筆調，詩的奇崛與新異在開篇即顯示出來。於是，作者以先聲奪人的氣勢，一下子就攫住了讀者的注意力。接著筆勢猛然翻轉，以「北使選絕色」使文情突變，「再聞」與「初聞」形成了鮮明對照，昭君之一「喜」一「憂」，情勢逆轉，讀者的情緒也隨之緊張起來。從「妾身只有愁可必」句始，至「但恨妾身是女郎」句斷開，全詩可視為兩個部分。前半主要寫昭君含恨離漢宮的憂淒與悲苦，昭君對漢宮和君王一往而情深，但恨自己不能為漢皇分憂。同時細緻描摹了昭君在萬般無奈的情況下，頻頻掩泣、步步回首之依依不捨和憂怨悵惘情態。

劉因是元代碩儒，也是一位有氣節的著名學者，「出處進退之間，高風振天下」（趙昕《滋溪文稿序》）。他曾固辭朝廷徵召，被元世祖稱為「不召之臣」。全祖望《宋元學案‧靜修學案》稱：「文靜生於元，見宋、金相繼而亡，而元又不足為輔，故南悲臨安，北悵蔡州。集賢雖免受命，終敝履去之……」觀劉因詩詞，一方面，他眷戀金朝文物，自謂要承「先世之統」（《靜修先生文集》卷二十《書畫像自警》。本篇所引劉因詩文，均錄自「四部叢刊本」《靜修先生文集，下不注出》），因其先世為金朝人，世代業儒；另一方面，他為學崇尚邵子與程、朱，對漢民族之文化傳統有承垂之功。故其「南悲」、「北悵」是很自

然的。而對元蒙當局，他則採取一種婉拒而不合作的態度。在《明妃曲》的前半中，我們不難看出，劉因通過昭君對漢宮、對君王的深沉眷念，要表達的正是自己「南悲臨安」的複雜情感，這是一種在文化心理上割捨不斷的情結。完全可以這樣說：詩中的昭君形象，正是劉因的自況。君與妾，可以看作是一種中國古典文學中自楚辭以來的符號代碼，其隱喻意義是君與臣。「悔不別君未識時」，似隱約在說自己生不逢時，倘若能像父祖那樣，生於金源甚或更早些，怕即不會有這份深憂與痛苦了。「君心有憂在遠方，但恨妾身是女郎」二句，則差不多是「南悲」、「北恨」之同義語，言漢家天下易主，令人憂傷悲戚。劉因面對現實，既無力挽狂瀾，又不願隨波逐流，內心十分痛苦。昭君的入番與劉因的生於元季都是無法選擇的，「但恨」背後，是難以言傳的矛盾與痛苦。因此，劉因在此要表達的是與王安石相反的意義，即「漢恩自深胡自淺」。他對漢族的人文風物，心嚮往之，情繫念之。「但恨」句明明是說他恨自己無回天之力。試看其《雜詩二首》其一：

> 聞昔飛狐口，奇兵入搗虛。
> 人才九州外，天道百年餘。
> 草木皆成騎，衣冠盡化魚。
> 遺民心膽破，譁說戰爭初。

劉因在這裏自標「遺民」，對眼前之慘痛之狀不堪留眄。詩中還流露出「華夷」之歎，而「百年餘」云云，則幾乎成了「讖語」，唏噓歎唱，純是無可奈何之慨。他還在《上冢》詩中說：「故國無家仍是客，病軀未老錯呼翁。」王昭君入番地是客，劉因雖在故地，卻是江山易主，輿圖換稿，又何嘗不是客呢？說劉因在《明妃曲》中借昭君之怨，以抒發自己心中隱憂，該是再貼切不過的了。

後十句更深入一層，繼續抒發昭君思念故國家山的怨悵之情。「飛鴻」二句，是借大雁南飛以喻思歸之情，於目送歸鴻中寄託了作者「莫更候雲臺上望，武陽禾黍亦離離」（《唐張忠孝山亭故墓》）的河山之感，故國之懷。接著作者又以嗟歎命薄，雖死猶念君恩之語，曲折表達了他將亡金與故宋當作精神家園的複雜心態。以下四句當是以漢宮佳麗（後宮花）暗指遺老舊者。說「後宮花」紛紛搖落、飄零，而昭君自己則除了哀弦憂思、琵琶寄語之外，更無別策。如此，詩人「千古傷心有開運，幾人臨死問幽燕」（《登武遂北城》）的傷痛便悄悄透出。聯繫作者那首有名的《白溝詩》，其中「寶符藏山自可攻，兒孫誰是

出群雄」二句，與《明妃曲》中的「來時無數後宮花，明日飄零成底用」二句，正可互相發明，其用意乃在對宋亡作歷史的思索，同時潛藏著對眼下恢復無望、只能含恨抱怨之意味。劉因曾在《除夕》詩中寫道：「浮雲往事空千變，清鏡明朝又一年。頭上無繩繫白日，胸中有石補青天。」可知其夢魂牽繞，無時不思故國。「補天」之志雖終未能實現，而此信念卻一直在其心中耿耿然，如棱若石，便是能解千愁之烈酒，也無法澆去其心頭之塊壘：「興亡更遣陂塘在，幾欲悲歌酒未釃。」（《過徐橋》）結二句，忽復振起，以漢高祖《大風歌》的旋律激起餘響，使全詩復有一個昂揚的尾聲。劉因對漢高祖之歌辭彷彿有特殊的感情，屢屢用之。如《白溝》詩中有句：「幽燕不照中天月，豐沛空歌海內風。」用意雖略有不同，然突出一個「漢」字，以隱指眼下非漢家天下之用心卻是可以揣摸得到的。這個結尾，喚醒了全篇。

與馬致遠的《漢宮秋》一樣，劉因在《明妃曲》中突出了昭君的氣節，旨在曲折傳達出藏在內心深處的家國情懷，民族意識。然而，對王昭君故事的所取和理解則迥然不同。馬致遠有他自己總體的藝術構思，劉因則選取了一個更獨特的視角。說來對於昭君傳說，元以前變化並不太大，詩人們突出的多是「滿面胡沙滿鬢風」（白居易《王昭君》）的昭君形象，且對《西京雜記》中畫師誤昭君的情節，亦多樂道不疲。如李白的「生乏黃金枉圖畫，死留青冢使人嗟」。當然也包括王安石的《明妃曲》在內。詩的旨趣往往亦不出「蛾眉誤殺人」（施榮泰句）、「能使千秋傷綺羅」（劉長卿句）而已。元代就大不相同了，往往取了昭君傳說的外殼，立意卻在思國懷鄉，突出昭君對漢宮的無限眷戀之情。如元淮的《昭君出塞》二首有句：「一天怨在琵琶上，試倩征鴻問漢皇。」與劉因「傳去哀弦幽思多」意甚近之。而袁確的《昭君詩》則謂：「鬢影愁添塞雪，花枝羞殺宮春。」與劉因《明妃曲》首二句意趣相通，此亦可看作是劉詩對同時代人的影響。元末的楊維楨是寫樂府詩的大作手，他的一首《昭君曲》出語不俗，大有新意。詩的結尾云：「漢家將軍高築壇，身騎烏龍虎豹顏。何時去奪胭脂山？嗚呼何時去奪胭脂山！」作者並非突發奇想，欲以武力奪回昭君，分明有弦外之音。總之，元人的昭君詩，帶著明顯的時代烙印，與歷代同題材作品，韻味殊異。明乎此，在一時期的社會文化心理層面上去分析劉因《明妃曲》，就可以勢如破竹，遊刃有餘。文化是根，是情結，它有時是大於一般意義上的思想性與藝術性的。劉因之《明妃曲》恰恰給了我們這樣的啟發。

　　劉因詩矯矯不凡，棱棱然有磊落之氣。《四庫全書總目提要》卷三十二「靜
修集提要」引張綸《林泉隨筆》語云：「劉夢吉之詩，古詩不減陶、柳，其歌
行律詩，直溯盛唐，無一字作今人語。」清人葉矯然也說劉因詩「語語拔出後
前」，「警異可稱」（《龍性堂詩話初集》）。細繹其《明妃曲》，可知清人所評不
妄。劉因長於古詩，樂府詩在其集中雖不多，然有此一篇《明妃曲》，亦足可
領略其拔俗矯健之筆調。

原載《古典文學知識》1996 第 3 期

主要參考書目

1.《元史》（明）宋濂等撰，中華書局，1983年版。

2.《元史紀事本末》（明）陳邦瞻撰，中華書局，1979年版。

3.《國朝文類》（元）蘇天爵編，四部從刊本。

4.《元朝名臣事略》（元）蘇天爵編著，中華書局，1997年版。

5.《滋溪文稿》（元）蘇天爵著，中華書局，1997年版。

6.《元代奏議集錄》陳得芝等輯點本，浙江古籍出版社，1998年版。

7.《通制條格校注》方齡貴校注本，中華書局，2001年版。

8.《南村輟耕錄》（元）陶宗儀著，中華書局，1980年版。

9.《遺山先生文集》（金）元好問著，四部叢刊本。

10.《歸潛志》（金）劉祁著，中華書局，1997年版。

11.《靜修先生大全文集》（元）劉因著，四部叢刊本。

12.《秋澗先生大全文集》（元）王惲著，四部叢刊本。

13.《草木子》（明）葉子奇著，中華書局，1997年版。

14.《松雪齋文集》（元）趙孟頫著，四部叢刊本。

15.《水雲村稿》（元）劉壎著，四庫珍本四集本。

16.《剡源戴先生文集》（元）戴表元著，四部叢刊本。

17.《紫山大全集》（元）胡祗遹著，四庫珍本四集本。

18.《東維子文集》（元）楊維楨著，四部叢刊本。

19.《金文最》（清）張金吾編纂，中華書局，1990年版。

20.《元詩選》（清）顧嗣立編纂，中華書局，1987年版。

21.《元詩紀事》陳衍輯本，上海古籍出版社，1987年版。

22.《全宋詞》唐圭璋編，中華書局，1980 年版。

23.《全金元詞》唐圭璋編，中華書局，1979 年版。

24.《詞話叢編》唐圭璋編，中華書局，1986 年版。

25.《全元戲曲》王起主編，人民文學出版社，1990 年版。

26.《王季思全集》王季思著，河北教育出版社，2005 年版。

27.《董每戡文集》黃天驥、陳壽楠編，廣東高等教育出版社，1999 年版。

28.《全唐五代詞》張璋、黃畬編，上海古籍出版社，1987 年版。

29.《唐戲弄》任半塘著，作家出版社，1958 年版。

30.《唐聲詩》任半塘著，上海古籍出版社，1982 年版。

31.《論詩詞曲雜著》俞平伯著，上海古籍出版社，1983 年版。

32.《詞苑叢談》（清）徐釚撰，唐圭璋校點本，上海古籍出版社，1981 年版。

33.《元曲選》（明）臧懋循編，中華書局影印商務印書館本，1979 年版。

34.《元曲選外編》隋樹森編，中華書局，1980 年版。

35.《全元文》李修生主編，江蘇古籍出版社，1998 年版。

36.《全元散曲》隋樹森編，中華書局，1986 年版。

37.《新校元刊雜劇三十種》徐沁君校本，中華書局，1980 年版。

38.《元人雜劇選》顧肇倉選注本，人民文學出版社，1979 年版。

39.《元人散曲選》劉永濟輯本，上海古籍出版社，1982 年版。

40.《中國戲曲選》王起主編，人民文學出版社，1985 年版。

41.《元人雜劇概說》（日）青木正兒著，隋樹森譯本，中國戲劇出版社，1957
年版。

42.《諸宮調兩種》凌景埏、謝伯陽校注本，齊魯書社，1988 年版。

43.《董解元西廂記》凌景埏校點本，人民文學出版社，1986 年版。

44.《新校九卷本陽春白雪》（元）楊超英選輯本，中華書局，1957 年版。

45.《朝野新聲太平樂府》（元）楊超英選輯本，中華書局，1958 年版。

46.《梨園按試樂府新聲》（元）無名氏選輯，隋樹森校訂本，中華書局，1958
年版。

47.《類聚明賢樂府群玉》（元）無名氏選輯，隋樹森校訂本，上海古籍出版社，
1982 年版。

48.《琅嬛文集》（明）張岱著，劉大杰校點本，上雜公司，1935 年版。

49.《李笠翁曲話》（清）李漁著，陳多注釋本，湖南人民出版社，1980 年版。

50.《元明戲曲中的蒙古語》方齡貴著，漢語大詞典出版社，1991年版。

51.《論中原音韻》周維培著，中國戲劇出版社，1990年版。

52.《詞曲概論》龍榆生著，上海古籍出版社，1980年版。

53.《隋唐五代燕樂雜言歌辭研究》王昆吾著，中華書局，1996年版。

54.《全明散曲》謝伯陽編，齊魯書社，1994年版。

55.《中國古典戲曲論著集成》中國戲劇出版社，1959年版。

56.《曲海總目提要》黃文暘等校理本，人民文學出版社，1959年版。

57.《王國維戲曲論文集》王國維著，中國戲劇出版社，1984年版。

58.《吳梅戲曲論文集》吳梅著，中國戲劇出版社，1983年版。

59.《中國俗文學史》鄭振鐸著，作家出版社，1954年版。

60.《中國文學研究》鄭振鐸著，人民文學出版社，2000年版。

61.《郭沫若古典文學論文集》郭沫若著，上海古籍出版社，1985年版。

62.《鄭振鐸古典文學論文集》鄭振鐸著，上海古籍出版社，1984年版。

63.《詞曲史》王易著，東方出版社，1996年版。

64.《花間集注》華鍾彥校點本，中州書畫社，1983年版。

65.《詞樂曲唱》洛地著，人民音樂出版社，1995年版。

66.《玉輪軒古典文學論集》王季思著，中華書局，1982年版。

67.《玉輪軒曲論》王季思著，中華書局，1980年版。

68.《玉輪軒曲論新編》王季思著，中國戲劇出版社，1983年版。

69.《玉輪軒曲論三編》王季思著，中國戲劇出版社，1988年版。

70.《中國韻文通論》陳中凡著，上海中華書局，1927年版。

71.《陳中凡論文集》陳中凡著，姚科夫編，上海古籍出版社，1993年版。

72.《元白詩箋證稿》陳寅恪著，上海古籍出版社，1978年版。

73.《汪辟疆文集》汪辟疆著，上海古籍出版社，1988年版。

74.《元明散曲小史》梁乙真著，商務印書館，1934年版。

75.《兩小山齋論文集》羅忼烈著，中華書局，1982年版。

76.《詩詞曲論文集》羅忼烈著，廣東人民出版社，1980年版。

77.《鄭天挺元史講義》鄭天挺著，中華書局，2009年版。

78.《中國戲曲通史》張庚、郭漢城主編，中國戲劇出版社，1981年版。

79.《金元全真道內丹心性學》張廣保著，三聯書店，1995年版。

80.《南宋金元的道教》詹石窗著，上海古籍出版社，1989年版。

81. 《崑曲格律》王守泰著，江蘇人民出版社，1982 年版。

82. 《中國文化要義》梁漱溟著，學林出版社，1987 年版。

83. 《藝境》宗白華著，北京大學出版社，1987 年版。

84. 《文化與人生》賀麟著，商務印書館，1996 年版。

85. 《元史論叢》袁冀著，臺北聯經出版公司，1978 年版。

86. 《元史論集》南京大學歷史系元史研究室編，人民出版社，1984 年版。

87. 《元代吏制研究》許凡著，勞動人事出版社，1987 年版。

88. 《吏學指南》（外三種）浙江古籍出版社，1988 年版。

89. 《元明詩概說》（日）吉川幸次郎著，鄭清茂譯本，臺北幼獅文化事業公司，1986 年版。

90. 《元代文學批評之研究》朱榮智著，臺北聯經出版公司，1982 年版。

91. 《徐朔方集》徐朔方著，浙江古籍出版社，1993 年版。

92. 《詞與音樂關係研究》施議對著，中國社會科學出版社，1985 年版。

93. 《中國文學發展史》劉大杰著，上海古籍出版社，1982 年版。

94. 《曲論初探》趙景深著，上海文藝出版社，1980 年版。

95. 《戲曲筆談》趙景深著，中華書局上海編輯所，1963 年版。

96. 《讀曲小識》盧前著，嶽麓書社，1912 年版。

97. 《讀曲小記》趙景深著，中華書局，1959 年版。

98. 《元明北雜劇考略》邵曾祺著，中州古籍出版社，1985 年版。

99. 《宋元語言詞典》龍潛庵著，上海辭書出版社，1985 年版。

100. 《小說詞語匯釋》陸澹安著，上海古籍出版社，1978 年版。

101. 《曲譜》中國書店出版社，1990 年版。

102. 《中國大百科全書·戲曲曲藝卷》中國大百科全書出版社，1983 年版。

103. 《周易古經今注》高亨著，中華書局，1984 年版。

104. 《莊子今注今譯》陳鼓應注譯本，中華書局，1983 年版。

105. 《中國古代音樂史稿》楊蔭瀏著，人民音樂出版社，1981 年版。

106. 《中國散曲史》羅錦堂著，臺北中國文化大學出版部，1983 年版。

107. 《中國古代散曲史》李昌集著，華東師範大學出版社，1991 年版。

108. 《元散曲通論》趙義山著，巴蜀書社，1993 年版。

109. 《宋金雜劇考》胡忌著，上海古典文學出版社，1957 年版。

110. 《中國古代戲劇史》唐文標著，中國戲劇出版社，1985 年版。

111.《斜出齋曲論前集》趙義山著，四川人民出版社，1999 年版。

112.《20 世紀元散曲研究綜論》趙義山著，上海古籍出版社，2002 年版。

113.《元雜劇研究概述》寧宗一等編，天津教育出版社，1987 年版。

114.《王國維及其文學批評》葉嘉瑩著，中華書局香港分局，1982 年版。

115.《西方人看中國戲劇》施淑青著，人民文學出版社，1988 年版。

116.《中國小說史略》魯迅著，人民文學出版社，1958 年版。

117.《胡適古典文學研究論集》胡適著，上海古籍出版社，1988 年版。

118.《日本東京所見小說書目》孫楷第著，人民文學出版社，1958 年版。

119.《中國小說叢考》趙景深著，齊魯書社，1980 年版。

120.《中國古代小說研究》劉世德著，上海古籍出版社，1983 年版。

121.《歷代詩話》（清）何文煥編，中華書局，1982 年版。

122.《歷代詩話續編》（近代）丁福保編，中華書局，1983 年版。

123.《清詩話》（近代）丁福保編，上海古籍出版社，1978 年版。

124.《瀛奎律髓彙編》李慶甲評點本，上海古籍出版社，1986 年版。

125.《清詩話續編》郭紹虞編，上海古籍出版社，1983 年版。

126.《詩歌總集叢刊》顧廷龍主編，上海三聯書店，1988 年版。

127.《談藝錄》錢鍾書著，中華書局，1984 年版。

128.《詩詞散論》繆鉞著，上海古籍出版社，1982 年版。

129.《楊萬里選集》周汝昌選編，上海古籍出版社，1979 年版。

130.《士與中國文化》余英時著，上海人民出版社，1987 年版。

131.《元代文人心態》么書儀著，文化藝術出版社，1993 年版。

132.《元代的士人與政治》王明蓀著，臺灣學生書局，1992 年版。

133.《詩學》（古希臘）亞里斯多德著，羅念生譯本，人民文學出版社，1982 年版。

134.《藝術哲學》（法）丹納著，傅雷譯本，人民文學出版社，1981 年版。

135.《漢堡劇評》（德）萊辛著，張黎譯本，上海譯文出版社，1981 年版。

136.《雨果論文學》（法）維克多·雨果著，柳鳴九譯本，上海譯文出版社，1980 年版。

137.《美學》（德）黑格爾著，朱光潛譯本，商務印書館，1979 年版。

138.《劇做法》（英）威廉·阿契爾著，吳鈞燮等譯本，中國戲劇出版社，2004 年版。

139. 《狄德羅美學論文選》徐繼曾等譯本，人民文學出版社，1984 年版。

140. 《拉辛與莎士比亞》（法）司湯達著，王道乾譯本，上海譯文出版社，1979年版。

141. 《笑——論滑稽的意義》（法）昂利·柏格森著，徐繼曾譯本，上海譯文出版社，1980 年版。

142. 《戲劇剖析》（英）馬丁·艾思林著，羅婉華譯本，中國戲劇出版社，1981年版。

143. 《西方文論選》伍蠡甫主編，上海譯文出版社，1979 年版。

144. 《古典文藝理論譯叢》古典文藝理論譯叢編輯委員會編，人民文學出版社，1966 年版。

145. 《美感》（西班牙）喬治·桑塔耶納著，繆靈珠譯本，中國社會科學出版社，1982 年版。

146. 《情感與形式》（美）蘇珊·朗格著，劉大基等譯本，中國社會科學出版社，1986 年版。

147. 《美學史》（英）鮑桑葵著，張今譯本，商務印書館，1985 年版。

148. 《文學風格論》（德）歌德等著，王元化譯本，上海譯文出版社，1982 年版。

149. 《文化論》（英）馬林諾夫斯基著，費孝通等譯本，中國民間文藝出版社，1987 年版。

150. 《秘戲圖考》（荷）高羅佩著，楊權譯本，廣東人民出版社，1992 年版。

151. 《小說面面觀》（英）福斯特著，蘇炳文譯本，花城出版社，1984 年版。

152. 《小說的藝術》（法、捷）米蘭·昆德拉著，唐曉渡譯本，作家出版社，1993 年版。

後 記

　　裒輯於本書中的論文與札記，寫於不同時期，為授課之餘所作，又經過再三篩選，得「曲論篇」30，「稗說篇」10，「編外輯」7，凡47篇，名之曰《茗花齋雜稿》。平生酷愛中國古代各體文學，讀書亦駁雜，忝列王季思先生門牆之後，所學專業為中國古代戲曲史，故曲學方面的論著寫得略多。又因歷來戲曲小說不分家，也關注古代小說的研究探討。至於對古代詩詞的閱讀欣賞，則是我自幼之所愛。茗花齋，是我書房的名號，雅稱齋號。非是附庸風雅，實有一段故事。

　　上世紀90年代初，曾應朋友之邀往蘇州，朋友帶我去遊石壁精舍，稱那裏有清末「海上四大家」虛古上人之墓，近現代一些著名畫家如江寒汀等也葬在那裏。所謂石壁精舍，是太湖邊上一個很小的寺院，小歸小，卻名氣頗大。迤邐登上小山，滿眼皆是綠色與金黃色的雜錯，時近中秋，農家正忙於採擷桂花，大筐小籮，盛滿金燦燦的岩桂，排列在山間小路旁。濃鬱的花香，細微而似有似無的雨絲，還有間或傳來吳儂軟語的聲聲笑語，令人如癡如醉。經過一片茶園時，我看到茶樹上串串月白色的小花，躬身嗅之，清香淡淡，彷彿茶香襲人。朋友告訴我，這就是茗花，也稱茶花，但有別於雲南的山茶花，你喝的碧螺春茶之花，就是它。素喜品茗，卻向來未知茗花是什麼樣子。由桂林走進了茶林，看到茗花正帶露綻放，和雨共舒，豈止是長了見識，亦領略了濃濃的詩意。驀然間，頭腦中跳出了南宋詩人陳與義的兩句詩：

　　　　青裙玉面初相識，九月茶花滿路開。

　　此詩題目為《初識茶花》，道出了簡齋初見茗花的驚喜。我亦初識茗花，其情其景與這位號稱「洛中八俊」之「詩俊」心是相通的。元人朱德潤也詠過

茗花，其《題白茶花屏》中有句：

> 飛仙自天來，幻作白茶蕊。
>
> 清香不自媚，迴出山谷底。

細觀茗花，確有仙子飛來之風韻，其淡如菊，其秀似梅，幽微之清香，不若桂花那般濃鬱；玉骨冰肌，其美恰在於樸素與清淳。朋友還告訴我：茗花也可入藥，理氣清火；與茶共沏，花葉同啜，別是一番滋味。下山時，徵得茶農首肯，採得茗花一枝，從太湖中掬水入一飲料瓶中，我將其從蘇州捧回南京，置於書桌之上。面對茗花，翻開《廣群芳譜》，於卷二十一看到這樣的記載：

> 茗花即食茶之花，色月白而黃心，清香隱然。瓶之高齋，可為
>
> 清供佳品。且蕊在枝條，無不開遍。

書生並無高齋，然瓶之清賞，自是樂不可支。猛然想起湯顯祖齋號「玉茗堂」，久不解其意，一時豁然，遂命敝書房號為「茗花齋」。

此即書名《茗花齋雜稿》之由來。

教了大半輩子書，是典型的教書匠。課業在身，頗為繁重，寫點東西不易。然而課務多也有好處，即講課時常常遇到一些問題，總不能以其昏昏，使人昭昭，因而須鑽研問題，解決問題，於是便有了文章的題目，教書匠一些文章的動機在此。

記得王季思先生來南京祝賀唐圭璋先生從教六十週年暨八十五歲壽辰時，便中到我家裏，曾語重心長地對我說，你在高校教書，首先得要注意三點，第一，事先要熟悉學生花名冊，人名字用字很複雜，冷僻字要查字書，否則讀錯字會貽笑大方；第二，上課或講座一定要帶上講稿，即使你了熟於心的內容，也必須帶上，這是對聽講（課）者的尊重；第三，不要在課上動輒讓學生查看你發表的文章如何如何，人家注意到了自然去翻閱。接著先生要看我的講義，隨機指出了有些觀點可以再去查相關資料，深入思考，寫成文章。先生的教誨使我終生受益，有些文章正是在這樣的啟發下寫成的，如關於中國戲曲中的悲喜劇問題，還有元雜劇編劇技巧問題等。其中論述悲喜劇的問題，我引入了西方文論中有關悲喜劇概念，因為這些概念範疇是外來的，而文學藝術創作又有著全人類的通會之處，竊以為適當而有節制地引入相關論述，有利於問題的明晰。季思先生以為只要能說明問題，適當引入自然是可以的。不惟悲喜劇問題，其他問題也不排除方法的多樣性。這或許是寫古典文學論文的一個特色亦未可知。

　　在整理篩選文章和編排錄入時，朋友們和我的學生們多有相助，晚年能得年輕友朋與弟子之助，乃人生一大幸事。孫書磊、章俊弟、倪培翔、彭茵、李相東等，助我尤多，理當稱謝。艾立中、鮑開愷夫婦百忙中為書稿錄入花費了不少時間。特別是在讀研究生李星卉同學，冒著酷暑溽熱，為書稿核對引文出處，糾正舛誤，非常辛苦，自然也要好好謝謝她。

　　劉禹錫詩云：「其奈無成空老去，每臨明鏡若為情。」（《遙和韓睦州元相公二君子》）人將老去，眊眼案頭，愧怍難安，自覺文章蕪雜粗淺，疏漏之處在所難免，尚祈讀者方家不吝郢政。

癸卯初秋於秦淮河西之茗花齋